BASTEI
LÜBBE

ELIZABETH BOYLE

Verführerische Schwindlerin

Roman

Ins Deutsche übertragen
von Bettina Albrod

BASTEI
LÜBBE

BASTEI LÜBBE TASCHENBUCH
Band 18 241

Erste Auflage: Dezember 1999

Originaltitel: Brazen Heiress
Lektorat: Katharina Woicke
Titelbild: Cherif Fortin/Lynn Sanders/
Agentur Thomas Schlück GmbH
Umschlaggestaltung: QuadroGrafik, Bensberg
Satz: KCS GmbH, Buchholz/Hamburg
Druck und Verarbeitung:
Brodard & Taupin, La Flèche, Frankreich
Printed in France
ISBN 3-404-18241-3

Sie finden uns im Internet unter
http://www.luebbe.de

Der Preis dieses Bandes versteht sich einschließlich der gesetzlichen Mehrwertsteuer

Dieses Buch ist mit aller Liebe meiner Mutter Tess Herlan gewidmet. Eine Tochter hätte sich keine bessere Mutter und Mentorin wünschen können. Danke, Mom, daß du uns jede Woche in die Bibliothek mitgenommen hast, unsere Liebe zum Lernen und zum Lesen geweckt und uns immer ermutigt hast, unsere Träume zu verfolgen. Danke, weil du uns den Lohn von harter Arbeit und Hingabe gelehrt hast. Am meisten danke dafür, daß du meine beste Freundin bist.

PROLOG

Byrnewood Manor
England, 1795

»Ich werde niemals hier rauskommen, ohne meine Tugend zu verlieren.« Amelia Gräfin von Marston warf ihrem Begleiter Webb Dryden, der dicht neben ihr saß, einen verschmitzten Blick über die Schulter zu.

Da sie auf einer Marmorbank in der inneren Abgeschiedenheit des Buchsbaumhecken-Labyrinths von Byrnewood saßen, hegte Amelia keinerlei Zweifel daran, warum sie eingeladen worden war, die verschlungenen Pfade zu erkunden. Innerhalb undurchdringlicher Hecken lag ein ruhiger Blumengarten, der eine willkommene Zuflucht vor dem lärmenden Haushalt ihres Gastgebers bot.

Die späte Nachmittagssonne ließ goldene Lichter in den braunen Haaren ihres Liebhabers schimmern, und Amelia lächelte den attraktiven Mann an. »Was hast du für verwegene Pläne?« fragte sie. »Willst du mich als Geisel nehmen?«

Webb grinste, und sein Blick versprach, daß sie für die Freilassung nicht in klingender Münze bezahlen würde.

Amelia liebte den verruchten Schwung seiner Lippen, wenn sie ihn neckte. Obwohl Webb erst dreiundzwanzig war, wußte er um seine Vorzüge und wie er sie einsetzen mußte, um sich alle Türen zu öffnen – Türen zu den Geheimnissen mächtiger Männer und zu den Schlafzimmern ihrer Frauen.

»Eine Geiselnahme, sagst du? Nun, das ist eine gute

Idee.« Er rückte näher und maß sie mit dem berechnenden Blick eines Schurken. »Was könntest du wohl anzubieten haben, was ich nicht schon gesehen oder gekostet hätte?«

Arroganter Kerl, dachte sie und mußte vor sich selbst zugeben, daß gerade diese selbstbewußte Arroganz sie an erster Stelle zu ihm hingezogen hatte. Sie widerstand dem Drang, ihm die Spitze ihres Sonnenschirms in die Rippen zu stoßen, und lugte statt dessen unter dessen Fransenrand zu ihm auf. »Sei dir nicht zu sicher, Sir. Eine Frau meiner Erfahrung hat immer einen Vorrat an Geheimnissen in der Hinterhand. Ich glaube nicht, daß ich dir schon etwas von den wirklich delikaten Leckerbissen erzählt habe, die ich während meiner Zeit in Ägypten letztes Jahr aufgeschnappt habe.«

Sie warf ihm einen raschen Blick zu, um zu sehen, ob sie damit seine Aufmerksamkeit geweckt hatte. »Unbezahlbare Informationen, die ich bei meinen persönlichen Besuchen beim Pascha bekommen habe. Brocken, die in meinem Bericht an das Außenministerium nicht erwähnt werden.«

Er gab vor, nicht interessiert zu sein, und richtete seine Aufmerksamkeit ganz auf einen kleinen Rosenbusch, der in der Nähe eines Springbrunnens wuchs. Aber die Art, wie er sich unruhig in seinen engen Reithosen bewegte, zeigte ihr, daß sie seine Aufmerksamkeit gewonnen hatte.

»Ein Pascha, sagst du?« murmelte er. »Sind die nicht schon alt und fett?«

»Durchaus nicht«, lächelte Amelia. »Tatsächlich würde ich sagen, daß du genauso alt bist.« Sie fuhr fort, beim Sprechen Webbs Reaktionen zu beobachten, wobei sie sich sehr bewußt war, daß unter seinem doppelreihigen Uniformrock und dem gestärkten weißen Hemd harte Muskeln und jugendliche Leidenschaft lagen, die der des Paschas nicht unähnlich waren. »Und auch von gleicher …

Größe.« Sie seufzte, teils um der Wirkung willen, aber auch in Erinnerung an das, was definitiv nicht in ihrem Bericht an Webbs Vater stand, der im Außenministerium ihr Vorgesetzter war.

»Im Orient –«, fuhr sie fort, während sie ihren Sonnenschirm beiseite legte, »– nehmen die Männer die Liebe sehr ernst. Sie werden von frühester Jugend an auf sinnliche Fortschritte getrimmt, so daß ein Vergleich mit englischen Jugendlichen natürlich ganz und gar unfair wäre.«

Fast hätte sie gelacht, als sich die Brauen des ›englischen Jugendlichen‹ hoben.

Webb war ein guter Liebhaber, aber sie fragte sich, ob ein wütender Webb nicht ein noch besserer wäre. Wie sie es liebte, einen Mann bis an die Grenze der Wildheit zu provozieren!

»Also warum hast du mich hierhergebracht?« fragte sie erneut.

»Es ist der einzige Ort, an dem wir für uns sein können«, knurrte er, brach eine weiße Rose und reichte sie ihr. »Zwischen meiner Familie und deinen Verwandten haben wir keinen Moment Frieden.«

Das stimmte zwar, aber Amelia kannte den wahren Grund für ihr heimliches Treffen – die fünfzehnjährige Tochter ihrer Gastgeber, Lily D'Artiers.

Das Mädchen war zum erstenmal verliebt, und Webb, das Objekt ihrer Zuneigung, machte ein heilloses Durcheinander daraus, wie Amelia fand. »In Wirklichkeit meinst du, daß Lily uns hier nicht finden kann. Oder besser gesagt, dich.«

Webb wurde blaß und schüttelte sich. »Sprich ihren Namen nicht aus. Wenn ich gewußt hätte, daß diese Göre zu Besuch kommt, hätte ich nie zugestimmt, meinen Vater hier zu besuchen. Sie hat uns beim Reiten verfolgt, setzt sich bei jeder Mahlzeit neben mich und war nicht davon abzuhalten, bei dem Rundgang durch den Westflügel mitzutappen.« Er warf ihr einen komplizenhaften Blick zu, als müßte sie über die Aufdringlichkeit des jungen Mädchens genauso empört sein.

Aber Amelia konnte nicht umhin, ihn wegen seiner Verehrerin noch etwas länger zu necken. »Ich glaube, wenn wir von Byrnewood aufbrechen, wirst du Lily vermissen. Sie verwöhnt dich mit ihren Aufmerksamkeiten. Sie wird dich noch für jede andere Frau verderben.«

»Aaah, komm, Amelia«, begann Webb und beugte sich vor, so daß seine Lippen nur Millimeter von ihrem Ohr entfernt waren. »Vergiß Lily, vergiß unsere Gastgeber, vergiß alles bis auf uns – verborgen, gefangen, wenn dir das lieber ist, in diesem blühenden Gefängnis.«

»Verborgen kann man das kaum nennen«, erwiderte sie und verdrängte die lasziven Bilder, die ihr unwillkürlich in den Sinn kamen. »Jederzeit könnte hier jemand über uns stolpern.«

»Das macht es ja so aufregend«, erwiderte er und fuhr ihr mit dem Finger leicht über den Ausschnitt, wobei er geschickt die blaue Seide über ihren Schultern verschob.

Amelia lehnte sich zurück und genoß die beginnende Verführung. Er hatte recht, der Gedanke, ertappt zu werden, erhöhte nur die Erregung.

Genauso wie bei ihrer beider Beruf, der Spionage.

Webbs Vater, Lord Dryden, hatte sie mit zweiundzwanzig in den Dienst des Außenministeriums geholt. Das war neun Jahre her, und mittlerweile gehörte sie zu den Topagenten Englands – Intrigen und amouröse Erfolge waren ihr Beitrag für König und Vaterland.

Webbs Lippen erreichten eine sensible Stelle an ihrem Hals. »Wenn mein Vater erwartet, daß wir uns in Wien als Liebespaar ausgeben, sollten wir dann nicht schon einmal üben?«

Oh, wie sie ihn wollte! Aber sie wollte, daß er nach ihren Vorzügen verlangte. Sie wich zurück, erhob sich von der Bank und strich ihr Kleid glatt.

»Das kann ich nicht tun. Nicht als ehrenhafte Frau.« Sie ignorierte sein ungläubiges Schnauben. »Ich kann es nicht zulassen, daß ich das Werkzeug deines Ruins werde. Ich weiß aus erster Quelle, daß du dich für deine junge Verlobte aufsparst.«

»Meine waaaas?« stieß Webb ungläubig hervor und wich zurück.

»Lily, natürlich. Sie hat mir gestern abend anvertraut, daß ihr beide heiratet, sobald sie sechzehn ist.«

»Zur Hölle, wenn ich ...« Webb trat ein paar Schritte zurück und stieß mit dem Fuß in den Rasen. Dann fuhr er herum. »Wie kannst du ihr glauben? Sie ist eine verlogene, ränkespinnende kleine ...«

»Ts, ts, ts, so spricht man aber nicht über seine Verlobte«, neckte sie ihn. »Bei deiner Hochzeit werde ich mit Sicherheit weinen. Ich weine immer auf Hochzeiten.«

Er blieb abrupt stehen. »Hochzeit? Ich werde sie nicht heiraten, und jemand anderen übrigens auch nicht.«

»Jemand anderen?« Amelia ergriff ihren Sonnenschirm und ließ ihn kreisen. Es war nicht so, daß sie vorhatte, einen Mann wie Webb Dryden, der weder Geld noch Titel hatte, zu ehelichen. Dennoch fand sie seine Erklärung verletzend. Sie hob ihr Kinn und wandte den Blick ab.

»Verdammt, Amelia, du weißt genau, was ich meine.« Wieder begann er, auf und ab zu gehen. »Ich habe es herzlich satt, mich von jedem wegen des Mädchens ärgern zu lassen. Sie folgt mir wie ein kleines Äffchen, seit wir uns kennengelernt haben – sehr zu meinem Mißfallen.«

»Oh, du bist grausam«, gurrte sie. »Außerdem ist das Kind, wie du sie so abfällig nennst, fast erwachsen – oder ist dir das entgangen?«

»Was entgangen? Sie ist ein mageres, staksiges Ding. Sie ist so schüchtern, daß ich staune, daß sie in Gesellschaft mitgenommen wird. Gestern hat sie fast den halben Salon ihrer Schwester zerstört, weil sie über alles gestolpert ist. Und erst ihr Kleid, es war skandalös genug für jemand ihres Alters. Ich kann nicht verstehen, daß ihre Eltern es zulassen, daß sie so unanständig gekleidet herumstolziert.«

»Ich denke, du hast nicht auf sie geachtet.« Sosehr es Amelia auch mißfiel, wenn seine Blicke woanders auf ihr ruhten, so hatte ihre Unterhaltung doch die erwünschte Wirkung. »Dieses Kind wird einmal eine Schönheit«, bemerkte sie ehrlichen Herzens. »Sieh dir nur die Schwester und die Mutter an. Gib deiner kleinen Verlobten noch ein oder zwei Jahre, und sie wird diese mageren Glieder, die du jetzt so verwirfst, trefflich genug ausfüllen.«

Webb schüttelte den Kopf. »Lily D'Artiers soll eine Schönheit werden? Unvorstellbar! Man sollte überlegen, ob man sie nicht als Gnade für die Gesellschaft in ein Kloster sperrt.«

»Sie will doch nur Eindruck auf dich machen, aber du ignorierst sie.«

Webb sah düster drein. »Ich wage es nicht, sie zu ermutigen. Ich werde sie ja nie los, solange sie glaubt, ich fände nur den geringsten Gefallen an ihr. Und loswerden will ich sie, sonst läuft sie mir noch bis ans Ende meines Lebens nach.«

»Sir, ich denke, du protestierst zu viel«, erwiderte Amelia. »Mir sieht es eher so aus, als hegtest du doch Gefühle für sie, ob du es nun zugeben magst oder nicht.«

Das bewog ihn zu einer ärgerlichen Schmährede über Lily D'Artiers und ihre Nachteile. Das Mädchen tat Amelia fast leid. Aber schnell verdrängte sie jedes Mitleid. Sie würde das Saphirhalsband, das der Pascha ihr geschenkt hatte, darauf verwetten, daß Lily eine Schönheit werden würde. Eines Tages würde Webb Dryden noch Schlange stehen, um einen Blick auf das Mädchen mit den goldenen Haaren und den grünen Augen werfen zu dürfen. Dann würde er nach Lilys Pfeife tanzen.

Amelia wäre dann … nun, sie zählte die Jahre nicht mehr gerne. Noch ging sie für fünfundzwanzig durch, aber auch das, so wußte sie, würde nicht mehr lange anhalten. Sie mußte sich langsam ernsthaft nach einem Ehemann mit einem Titel und – wichtiger noch – einem Vermögen umsehen.

Dennoch, dachte sie und betrachtete Webbs blitzende blaue Augen, während er sich weiter über Lily ausließ, die Suche nach einem Ehemann hatte bis nach ihrem Auftrag in Wien Zeit. Webbs Augen versprachen zuviel Leidenschaft, zuviel Erregung, etwas zu Gefährliches und Anziehendes, um sich übereilt in einer Ehe zu binden.

Außerdem war er mittlerweile am Siedepunkt angekommen. Das galt übrigens auch für sie.

Amelia sah auf und hörte sich seine letzten Einwände an.

»Du willst, daß ich sie ermutige, Amelia?« fragte er empört und überrascht. »So, wie ich die Ramseys kenne, würde sie sich nachts wahrscheinlich in mein Bett schleichen und mir ihre unsterbliche Liebe erklären. Mit uns dreien im Bett würde es wahrscheinlich etwas eng werden, meinst du nicht?« Er riß sie in seine Arme. »Es ist ja kaum Platz für mich im Bett, so, wie du mich herumscheuchst.«

»Ich scheuche nicht …« Sie lehnte sich an ihn, ihr Mund nur Millimeter von seinem entfernt. »Ich ziehe das Wort *verfolgen* vor.«

»Dann fang an, mich zu verfolgen, Mylady.«

Sein Mund legte sich auf ihren. Fast hätte sie vor Triumph aufgeschrien, als sich seine aufgestaute Empörung in einem leidenschaftlichen Kuß Bahn brach. Sie sanken zu Boden und zerrten in seliger Selbstvergessenheit einander an den Kleidern.

Im Nu hatte Amelia bei der leidenschaftlichen Umarmung ihres Liebhabers alle Gedanken an seine kleine ›Verlobte‹ verscheucht.

Das wäre ihr nicht so leichtgefallen, wenn sie einen Blick zur Pforte geworfen hätte, wo eine magere, schlaksige Gestalt voller Entsetzen durch die Lücke in der Hecke spähte. Oder wenn sie den tränenerstickten Schwur gehört hätte, als das weinende Mädchen davontaumelte.

»Ich hasse dich, Webb Dryden! Ich werde dich bis zu meinem Lebensende hassen!«

1

Byrnewood Manor
England, Nov. 1800

»Sie haben hoffentlich einen guten Grund dafür, daß Sie mich aus London herbefohlen haben, Sir«, sagte Webb Dryden zu seinem Vater, der am Tisch seines langjährigen Freundes Giles Corliss, Marquis von Trahern, saß. Byrnewood Manor, das Haus von Giles' Ahnen, lag ein paar Meilen außerhalb von Bath, und obwohl das eine entzückende Stadt war, wollte Webb in London sein, statt auf dem Lande in den kalten Herbstwinden zu frieren.

Er konnte sich außer einer bevorstehenden Invasion der Franzosen keinen anderen Grund vorstellen, um ihn von den Abwechslungen der Stadt fortzuholen. Die letzten zwei Jahre hatte er damit verbracht, sich während Kriegen und Intrigen an den Höfen Europas herumzutreiben, und er war erst nach Hause geholt worden, als er sich nach einer Verletzung hatte erholen müssen.

Aber das war erst einen Monat her.

Verdammt, aber er hatte das Herumreisen zutiefst satt und verlangte nur noch nach der Sicherheit eines weichen Bettes und eines noch weicheren Frauenkörpers. Nicht, daß er das in London gefunden hätte.

Er hatte bei seinem Abschied den Fehler begangen, seiner Mutter gegenüber zu erwähnen, daß er sich nach seiner Rückkehr niederzulassen wünsche. Das hatte er nur gesagt, um ihre Besorgnis angesichts seiner Mission zu zerstreuen, doch sie hatte ihn beim Wort genommen und ihn seitdem auf den Heiratsmarkt geschleppt.

»Warum humpelst du noch?« fragte sein Vater, ohne auf seine Bemerkung einzugehen. »Ich denke, McTaggart hat dich in Paris wieder zusammengeflickt.«

»Das hat er«, bestätigte Webb. »Und er hat auch gesagt, daß ich Ruhe brauche und wilde Kutschfahrten aufs Land vermeiden soll.«

Sein Vater blickte nicht von den Papieren vor sich auf. Auch er war erst vor Minuten vom Familiensitz eingetroffen, wie Webb an der schmucklosen Kutsche mit dem Wappen der Drydens hatte sehen können, die vor dem efeubewachsenen Eingang Byrnewoods gestanden hatte. Der ältere Dryden hatte seinen Vorsprung genutzt, um sich auf einem imponierenden Sessel, einer lederbezogenen Monstrosität hinter dem Tisch von Giles, niederzulassen.

»Ihre Nachricht besagt nur, daß ich Sie hier treffen soll«, stellte Webb fest und verbeugte sich kurz vor ihren Gastgebern – Giles und seine Frau Sophia, Marquise von Trahern – die beide auf der anderen Seite des Tisches auf einem Sofa saßen.

Es scheint schlimm zu sein, dachte er, als er die Sorgenfalten auf der Stirn Sophias sah, die normalerweise nie eine Miene verzog. Selbst unter härtesten Bedingungen zeigte sie selten etwas anderes als leichtes Amüsement.

Sein Vater hatte doch sicher noch nichts von seinem kleinen nächtlichen Ausflug hinter dem Rücken von Bonapartes Wachen in die Tuilerien gehört. Sie hatten ihn erst entdeckt, als er geflohen war, und die Tatsache, daß er einen Sturz aus dem Fenster des ersten Stocks überlebt hatte, bewies doch seine Zähigkeit und die Faulheit des Gärtners, der einen großen Blätterhaufen nicht weggekarrt hatte. Obwohl sein Vater das Unternehmen nicht gebilligt hätte, war Webb erfolgreich gewesen. Er hatte das Dokument gefunden, das sie gesucht hatten.

Außer der kleinen Verfehlung des Ungehorsams konnte er sich beim besten Willen keinen Grund vorstellen, warum man ihn aus London vor dieses ›Tribunal‹ gerufen hatte, zu dem auch sein Vater mit grimmiger Miene gehörte.

Dennoch hatte Webb das sichere Gefühl, daß er zu einer Beerdigung gerufen worden war.

Zu seiner, um genau zu sein, wenn er Sophias mitleidiges Gesicht richtig deutete. Höchstwahrscheinlich ein erneuter Ortswechsel. Oder schlimmer noch, ein Schreibtischjob in den Katakomben des Außenministeriums.

Lord Dryden bedeutete Webb, sich zu setzen. »Ich war gerade dabei, Lord und Lady Trahern die Neuigkeit mitzuteilen, mein Junge. Eine Neuigkeit, die viel zu delikat ist, um sie in meinem Büro zu besprechen.«

Zu delikat für die dicken Steinwände des Außenministeriums? Die Aussicht auf einen Schreibtisch dort erschien ihm mehr und mehr wie die auf einen Sarg.

Sein Vater räusperte sich und verkündete: »Henri de Chevenoy ist tot.«

»Henri tot?« wiederholte Webb tonlos, plötzlich aus seinen egoistischen Überlegungen aufgeschreckt. Doch selbst dann verspürte er einen Anflug von Erleichterung. Das bedeutete, daß seine Eskapade bislang noch unentdeckt war.

Webb beobachtete, wie sein Vater langsam seine Brille mit Goldfassung abnahm und mit einem weißen Taschentuch polierte. Die abgezirkelten Bewegungen verrieten Webb, daß die Nachricht vom Tod Henris, so schlimm sie auch war, nicht die einzige schlechte Nachricht war, die sein Vater zu überbringen hatte, nur erst der Anfang.

Aber was kann schlimmer sein als der Tod von Henri de Chevenoy? fragte sich Webb.

Fast fünfundzwanzig Jahre lang war Henri de Chevenoy Englands Meisterspion auf der anderen Seite des Kanals gewesen – und nicht nur gegen Frankreich. De Chevenoy waren die meisten Operationen Englands auf dem Kontinent anvertraut worden. Er war einmal ein hochstehender Adeliger am Hof Louis XIV. gewesen, ehe er sich in den ersten Jahren der Revolution auf die angebliche Sicherheit des Landes zurückgezogen hatte. Obwohl er kein bekannter Mann war, hatte de Chevenoy immer kurz vor einem Ehrenposten gestanden. Beim wechselnden Geschick der Regierungen hatte der Mann eine ungewöhnliche Begabung dafür entwickelt, sich rechtzeitig von der einen Regierung zu lösen, um sich bei der nächsten unentbehrlich zu machen, immer im verborgenen. In letzter Zeit war seine Freundschaft mit dem korsischen Emporkömmling Napoleon Bonaparte für Englands Kriegspläne von unschätzbarem Wert gewesen.

Und jetzt war de Chevenoy tot, gerade dann, wenn England ihn am meisten brauchte. Angesichts dessen nahmen sich Webbs anfängliche Ängste närrisch aus.

»Wann?« fragte Sophia und brach damit das betroffene Schweigen.

»Wann, wollen Sie wissen«, sagte Lord Dryden und wühlte in seinen Papieren. »Vor einem Monat. Sein Diener Valet hat ihn mit dem Gesicht zu Boden in seinem Ankleideraum gefunden. Er war hinausgegangen, um etwas zu holen, und als er zurückkam, war de Chevenoy tot. Offenbar Herzversagen. Es ist traurig, Mylady, aber ich wollte, daß Sie es von mir hören, weil ich weiß, wie gerne Sie den Grafen hatten.«

Sophia nickte zustimmend.

»Aber die wirkliche Sorge ist ...« Er unterbrach sich und wirkte unbehaglich, weil er in Anwesenheit einer Dame sprechen mußte, selbst wenn sie so gefaßt war wie Sophia.

»Sie wissen, daß ich nicht gehen werde, Mylord«, bestätigte Sophia und lächelte höflich, als sie tiefer in das Sofa glitt. »Sie können nicht eine solche Nachricht überbringen und dann erwarten, daß ich rücksichtsvoll das Zimmer verlasse, wenn die Hauptsache erst noch kommt, nicht wahr?«

Webb wußte, daß sein Vater nie mit ihrer Verwicklung in diese Angelegenheiten einverstanden gewesen war, aber selbst die Ansichten seines Vaters konnten sich angesichts ihrer natürlichen Begabung für die Spionage oder ihrer Fähigkeit, strategisch zu denken, nicht durchsetzen. Während Giles schon lange zu den besten Männern des Außenministeriums zählte, war Sophia die Partnerin ihres Mannes und ihm vom ersten Tag ihres Kennenlernens gleichwertig. Selbst jetzt, da sie hochschwanger und eindeutig nicht für irgendwelche Missionen geeignet war, die sein Vater im Sinn hatte, sah Webb, wie sie ihrem Mann einen Blick dieser seltsamen Verständigung zuwarf, die wie eine Geheimsprache zwischen ihnen war. Webb hätte schwören können, daß die Traherns sich durch eine Zimmerlänge getrennt sehen und dennoch eine lange Unterhaltung führen konnten, ohne ein Wort zu sagen.

Du gehst nicht ohne mich, schien ihr Gesicht zu sagen.

Giles' finstere Miene setzte sich der dickköpfigen Bestimmtheit seiner Frau entgegen.

»Nun, wenn Sie unbedingt bleiben wollen«, stieß Lord Dryden hervor, »können Sie genausogut auch alles hören.« Webbs Vater setzte seine Brille wieder auf und fuhr fort. »De Chevenoys Tod, der so unpassend eintrat, gefährdet unsere gesamte Operation auf dem Kontinent.«

»So schlimm ist es doch sicher nicht, Sir«, wandte Giles ein und wurde von einem mißfälligen Stirnrunzeln von Dryden bedacht, der sich nicht gerne unterbrechen ließ.

»Nicht so schlimm?« explodierte Lord Dryden. »Der

Narr mag tot sein, aber er hat vergessen, seine Tagebücher mitzunehmen.«

»Tagebücher?« Sophia lehnte nicht mehr im Sofa, sondern saß mit glitzernden blauen Augen auf der Kante.

»Ja. Ich nehme an, es sollte mich nicht überraschen, daß Sie unser Problem sofort verstehen«, wandte Lord Dryden sich an sie. »Jawohl, eine verdammte Chronik all seiner Aktivitäten und seiner Kontakte. Soweit ich gehört habe, gibt es mehrere Bände. Der Mann war schlimmer als Johnson und sein verdammtes Wörterbuch.« Dryden sank zurück und stöhnte. »Der verdammte Narr hat sie seine ›Rente‹ genannt.«

»Damit war er abgesichert, falls er enttarnt worden wäre.« Webb schüttelte den Kopf. »Habe ich recht?«

»Genau«, bestätigte Dryden. »Jetzt weißt du, warum ich den verdammten Franzosen nie leiden konnte, den du so gemocht hast. Die ganze Zeit hat er mich mit der Existenz dieser Bücher gequält und mir versprochen, daß sie nie in die falschen Hände geraten, solange sein Bankkonto gedeckt wäre. Aber ich hätte nie erwartet, daß er einfach so stirbt und sie ungeschützt zurückläßt.«

»Und du willst, daß ich sie hole?« Webb plante seine Abreise noch beim Sprechen. Das war keine Aufgabe für jedermann, sondern nur für die besten Agenten seines Vaters – was bedeutete, für ihn oder die Traherns –, und da Sophia kurz vor der Geburt stand, konnte das nur ihn betreffen.

»Sie holen, sagst du?« Der Ausbruch seines Vaters enthielt schon die ersten Töne eines Klagelieds. »Wenn ich wüßte, wo die verdammten Dinger sind, hätte ich dich schon in dem Moment kommen lassen, in dem ich von de Chevenoys Tod gehört habe.«

Webb nickte. De Chevenoy war kein Narr gewesen und würde diese Art Dokumente wohl kaum in der oberen Schreibtischschublade aufbewahren.

Giles erhob sich und begann, auf und ab zu gehen. »Wenn diese Dokumente eine Gefahr für alle Agenten auf dem Kontinent bedeuten, dann sind sie auch eine Gefahr für ihre Familien.« Er blieb stehen und wandte sich an seine Frau. »Besonders für deine, meine Liebe. Wenn irgend etwas davon an die Öffentlichkeit gelangt, kann Lucien alle Hoffnung, den Titel und die Ländereien zurückzugewinnen, vergessen.« Mit Lucien meinte er den älteren Bruder seiner Frau.

»Das habe ich mir auch schon gesagt«, stimmte sie zu und runzelte besorgt die Stirn.

»Lebt Ihre ganze Familie in Frankreich?« fragte Webb.

»Nur Lucien«, erwiderte Sophia und warf ihrem Mann und Lord Dryden einen schnellen Blick zu. »Da mein anderer Bruder Julien zur See fährt, hat Lucien seine Frau und die Kinder in Virginia gelassen und kümmert sich um meine Eltern.«

Webb fiel auf, daß Sophia zwar ihren jüngeren Bruder, nicht aber ihre Schwester Lily erwähnte. Obwohl Webb von seiner Mutter wußte, daß Lily sicher verheiratet war, lief ihm bei dem Gedanken an sie ein Schauer über den Rücken.

Bei seinem letzten Besuch auf Byrnewood hatten ihn Lilys hingebungsvolle Schulmädchenavancen fast verrückt gemacht. Schlimmer noch, ihre Vernarrtheit in Webb war bei den Drydens zu einem Familienwitz geworden – einem, den Webb weder amüsant noch der Wiederholung wert fand, auch wenn seine Schwestern es genossen, ihn wegen Lily und ihrer angeblich bevorstehenden Verlobung aufzuziehen. Webb schauderte es.

Nein, er würde es nicht riskieren, Informationen über Sophias Familie einzuholen. Es war besser, sich Lily als Frau ihres Virginia-Farmers vorzustellen und mit einer Schar Kinder, die sich an ihren Rock klammerten, als sich vorzustellen, daß sie vielleicht in unmittelbarer Nähe im Obergeschoß war.

Webb warf einen Blick auf Giles, der konzentriert die Stirn runzelte. Hier sollten seine Gedanken sein. Webb wurde klar, daß sein Freund sich in einem Dilemma befand – er haßte es, seine Frau so kurz vor der Niederkunft zu verlassen, aber gleichzeitig zwang ihn die Ehre, sich um das Wohl seiner Familie zu kümmern.

Webb wußte, daß Sophias Schwangerschaften nicht einfach verliefen und Giles es sich nicht verzeihen würde, wenn er nicht rechtzeitig zur Geburt bei ihr sein würde.

Webb erhob sich und klopfte Giles hart auf die Schulter. »Du mußt hierbleiben, mein Freund. Wenn du jetzt gehen würdest, würde deine Frau dir nur nachreisen. Du bleibst und verhinderst, daß sie nach Paris fährt, und ich gehe hinüber, hole die Tagebücher von de Chevenoy und bin rechtzeitig zur Taufe wieder da.«

Sophia öffnete den Mund, um zu protestieren.

Webb kam ihr zuvor. »Auch wenn ich mich vor der überlegenen Kunst Ihrer Einbrüche verbeuge, Mylady, so glaube ich doch, daß ich unentdeckt in das Haus von de Chevenoy eindringen und die Tagebücher holen kann.«

Lord Dryden warf ein Papier auf den Tisch, das er gerade gelesen hatte. »Glaubst du denn, ich hätte euch alle nach Bath beordert, wenn es damit getan wäre? Es ist noch mehr dran an der Sache. Setzt euch beide hin und hört zu!« Sein scharfer Ton veranlaßte Webb und Giles, sich wie gescholtene Schuljungen eilig wieder an ihre Plätze zu begeben.

Lord Dryden schlug eine Ledermappe auf und ging die Notizen durch. »De Chevenoys Besitz ist auf Anordnung des Ersten Konsuls Bonaparte versiegelt worden.«

»Bonaparte«, wiederholte Webb leise.

Sein Vater nickte. »Ja. De Chevenoy hat eine enge

Freundschaft mit dem Ersten Konsul gepflegt. Da Bonaparte bestrebt ist, seine Position durch die Freundschaft mit den gegnerischen Parteien zu festigen, betrachtete er de Chevenoy mit seinen vielen Kontakten zu den Anhängern des alten Regimes als ein Mittel, die Adeligen zurück nach Frankreich zu holen. Es ist also keine Überraschung, daß unser wilder Korse Wachen hat aufstellen lassen, um das Eigentum zu ›beschützen‹, und daß er einen Anwalt damit beauftragt hat, den Besitz mit seinem Leben zu schützen.«

»Wahrscheinlicher ist, daß dieser Emporkömmling und sein Gefolgsmann Fouché den Besitz selber in Ruhe plündern wollen«, murmelte Webb.

Sein Vater schüttelte den Kopf. »Fouché habe ich nie unterschätzt, aber der Erste Konsul scheint es ernst zu meinen, daß er den Besitz de Chevenoys beschützen will.«

»Aber warum und wovor?« wollte Webb wissen.

»Nicht wovor, sondern vor wem«, verbesserte sein Vater. »Niemand darf hinein, außer der Diener, bis die Erbin eingetroffen ist.«

»Die Erbin? Welche Erbin?« Soweit Webb wußte, hatte de Chevenoy wie ein Mönch gelebt, sich in seinen Landsitz oder in seine Wohnung in Paris zurückgezogen und kaum jemandem Zutritt zu seinem geheimen und gefährlichen Leben gestattet.

Dryden übergab Webb ein einzelnes Blatt Papier, wobei ein teuflisches Funkeln in seinen Augen stand. »Sieh selbst, mein Junge. De Chevenoy hat alles seiner Tochter hinterlassen.«

Webb überflog die Kopie von de Chevenoys Letztem Willen. Er fragte seinen Vater nicht, wie er so schnell an das Papier gekommen war, auch wenn ihn die Kontakte seines Vaters immer wieder überraschten. »Eine Tochter? Ich wußte gar nicht, daß er eine Tochter hat.«

»Doch, Adelaide«, kommentierte Sophia. Sie wandte sich an Lord Dryden. »Wenn Sie gestatten, Mylord?«

»Ja, ja, machen Sie nur«, erwiderte er und nickte ihr stolz zu. »Sie wissen offenbar mehr als diese beiden Taugenichtse.«

Webb und Giles tauschten einen mitleidigen Blick, weil sie einmal mehr von Sophia vor ihrem Vorgesetzten an die Wand gespielt wurden.

»De Chevenoys Familie«, begann sie, »hat wie meine auch in ihre englische Verwandtschaft hineingeheiratet. De Chevenoys Mutter war Engländerin, und seine Frau, Lady Mary Haynes, ebenfalls, ehe sie die Comtesse de Chevenoy wurde. Ich habe sie nur einmal in meiner Jugend getroffen. Da Ihre Gnaden und meine Mutter als Mädchen befreundet gewesen waren, haben wir die Comtesse kurz nach Adelaides Geburt in ihrer Wohnung in Versailles besucht. Ein paar Jahre später starb die Comtesse an einem Fieber.«

Gebannt von dieser unerwarteten Enthüllung beugte Webb sich vor, um Sophias Erzählung besser zu lauschen. De Chevenoy verheiratet? Und Vater eines Kindes? In all den Jahren, die sie zusammengearbeitet hatten, hatte der Mann kein Wort über eine Frau oder gar eine Tochter verlauten lassen. »Aber was ist mit dieser Adelaide geschehen?«

Sophia, die in Gedanken an früher versunken war, fuhr hoch. »Soweit ich von meiner Mutter weiß, hat der Comte sie in ein Kloster auf Martinique geschickt, als die ersten revolutionären Flugblätter aufgetaucht sind. Falls es zu Gewalt kommen sollte, wollte de Chevenoy seine Tochter aus dem Gefahrenbereich holen. Man nannte ihn einen Narren, weil er sich so früh aus Versailles zurückgezogen hat, aber diejenigen, die damals auf seinen Rat gehört haben, sind heute noch am Leben.«

Lord Dryden griff erneut in die Mappe und holte ein handtellergroßes Porträt hervor, das er Webb reichte.

Webb betrachtete das Mädchen, das höchstens zehn, zwölf Jahre alt war. Ihr Lächeln war strahlend, Mutwillen tanzte in den grünen Augen, und ihr blondes Haar, das sich auf den Schultern lockte, verhieß einst eine goldene Krone zu werden. »Aber er hat nie eine Tochter erwähnt«, sagte Webb, mehr zu sich als zu den anderen. Er sah seinen Vater an. »Wahrscheinlich ist sie jetzt ganz entzückend.«

Deshalb also wollte sein Vater ihn auf die Mission schicken – weil er *zu charmant und voll männlichem Tatendrang war,* wie seine Schwester ihn einst beschrieben hatte und was der Angelegenheit jetzt gut zustatten kam.

»Ich soll mich also an de Chevenoys Tochter heranmachen. Einen Weg an den Wachen vorbei und in ihr Haus finden.« Webb grinste Giles an. »Ah, die Freuden des Junggesellentums. Jetzt verstehe ich, warum du für die Sache ungeeignet bist, alter Junge.«

Sophia lachte. Sie beugte sich vor und flüsterte Lord Dryden verschwörerisch zu: »Ich glaube, Mylord, Ihr Sohn denkt, daß er die Erbin becircen soll, um an die Tagebücher heranzukommen.«

Sein Vater kicherte, was Webb sehr verärgerte.

»Was ist so komisch?« verlangte er zu wissen.

Sophia konnte ihr Lachen lange genug unterdrücken, um es ihm zu erklären. »Ich glaube, nicht einmal der König könnte dir das befehlen, weil Adelaide gestorben ist, ehe ihr Schiff überhaupt in Martinique ankam.«

»Gestorben?« fragten Giles und Webb wie aus einem Munde.

Webb schüttelte den Kopf. Das Porträt fühlte sich auf einmal kalt an. Rasch legte er es zurück auf die Tischkante. »De Chevenoy hat seinen Besitz einer toten Tochter hinterlassen?«

Dryden nickte. »Ja, der Mann hat sich geweigert, ihren Tod zu akzeptieren. Er hat so getan, als wäre sie noch am Leben. Er hat sogar darauf bestanden, die Schulkosten weiter zu zahlen, so daß die Nonnen ihm aus Erbarmen Briefe seiner Tochter geschickt haben.«

»Du scheinst die Mutter Oberin gut zu kennen«, bemerkte Webb.

Sein Vater stieß den Atem aus. »Sie steht in meiner Schuld, nachdem ich ihr viel Gold geschickt habe. Ich weiß nicht, wie und warum, aber de Chevenoy hat dafür gesorgt, daß alle ihm geglaubt haben, daß seine Tochter die letzten neun Jahre im Schutz eines Klosters auf den Westindischen Inseln verbracht und darauf gewartet hat, von ihrem Vater nach Hause gerufen zu werden.«

»Und wenn Napoleon herausfindet …« Webb mußte nicht weitersprechen.

Jeder wußte genau, was der gierige kleine Korse tun würde – alles Wertvolle für sich behalten und die weniger wertvollen Sachen seiner Familie oder seiner gegenwärtigen Mätresse überlassen.

»De Chevenoys Anwalt hat an das Kloster geschrieben und der Mutter Oberin befohlen, das Mädchen nach Hause zu schicken.« Lord Dryden lächelte, was an sich selten war, und hielt einen Brief hoch. »Wir waren in der Lage, den Brief abzufangen, und ich habe eine Antwort geschrieben, für die ich Ihre elegante Schrift nutzen will, Lady Trahern, sowie Ihre Kenntnis der Sprache.« Er stand auf und ging zu ihr, um ihr das Antwortschreiben zu übergeben.

Während Sophia die Zeilen überflog, warf sie erst dem Brief und dann dem Bild einen Blick zu, das immer noch auf dem Tisch lag. Webb erkannte an dem verschmitzten Grinsen und dem Funkeln in Sophias Augen, daß sie die raffinierten Pläne seines Vaters schnell erkannt hatte.

Sie blinzelte seinem Vater zu. »Jetzt verstehe ich, warum

Sie unsere Hilfe brauchen – zumindest, wenn ich Ihren Antwortbrief richtig verstehe.«

»Das tun Sie«, erwiderte sein Vater mysteriös.

Sophia nickte zustimmend. »Ich weiß nicht, wie die betroffene Person reagieren wird, aber ich denke, wenn die Dringlichkeit der Situation erst einmal deutlich wird, wird besagte Person ihre Rolle nicht nur als ihre Pflicht erkennen, sondern auch als eine Möglichkeit, die Schuld zurückzuzahlen, in der unsere Familie bei Ihnen steht.«

Sie reichte das Bild und den Text an ihren Mann weiter, der schnell las und dann zu kichern begann. Mann und Frau sahen einander an und blickten dann zu Webb, ehe beide wieder in Gelächter ausbrachen.

Bevor Webb herausfinden konnte, was für amüsante Pläne sein Vater hatte, hatte Giles Brief und Bild schon an Lord Dryden zurückgegeben.

Sophia zog an der Klingel. Kurze Zeit darauf kam ein Mädchen ins Arbeitszimmer, neigte kurz den Kopf vor ihrer Herrin und betrachtete dabei die Männer am Tisch aus großen, neugierigen braunen Augen. Sophia flüsterte dem Mädchen eine Anweisung zu, das daraufhin mit einem furchtsamen Blick auf Lord Dryden den Raum verließ.

Ich weiß, wie du dich fühlst, Mädchen, dachte Webb, während er unruhig auf seinem Stuhl hin und her rückte und aller Augen nachdenklich auf ihn gerichtet waren. Wieder beschlich ihn das unsichere Gefühl, daß er seiner eigenen Beerdigung beiwohnte. »Nun, da jedermann sonst den Plan zu kennen scheint, könntet ihr mich dann vielleicht auch einweihen?«

Sophia nickte Lord Dryden zu. »Er hört es besser von Ihnen.«

»Wir haben vor, unsere eigene Adelaide nach Frankreich zu schicken, damit sie Anspruch auf den Besitz erhebt.«

Webb konnte nicht verstehen, was daran so komisch sein sollte, zumal sein Vater Mühe haben würde, in so kurzer Zeit eine passende Agentin aufzutreiben, die sich als Adelaide ausgeben konnte. »Kann ich davon ausgehen, daß du schon jemand im Sinn hast?«

»Ja.«

Webb kannte seinen Vater gut genug, um zu wissen, daß Vorsicht geboten war, wenn er mit nur einem Wort antwortete. »Wie alt wäre das Mädchen jetzt, neunzehn, zwanzig?«

»Einundzwanzig«, sagte Sophia. »Adelaide war zwölf, als sie weggeschickt wurde.«

Webb ließ alle Agentinnen im Geiste Revue passieren, aber es fiel ihm keine ein, die sein Vater schicken könnte. »Einen Ersatz, der ohne englischen Akzent Französisch spricht.«

»Genau.« Ein zweitesmal begann Lord Dryden seine Brille zu polieren.

Die Intuition sagte Webb, daß sein Vater noch mehr schlechte Nachrichten in der Hinterhand hatte. Etwas wie den letzten Wunsch.

»Eine geflohene Französin aus der Gosse kannst du nicht im Sinn haben«, bemerkte er auf der Suche nach der Lösung. »Sie muß von adeliger Herkunft sein und sich mit dem alten Regime, Versailles, dem König und der Königin auskennen.«

»Genau.«

Webb wurde blaß, als sein Vater so einsilbig antwortete. »Wie soll jemand auf die Schnelle intimes Wissen über die Familie de Chevenoy lernen, die Namen der Diener, den Grundriß des Hauses und was alles dazugehört?«

Giles erhob sich und trat hinter Webbs Stuhl, um Webb eine Hand auf die Schulter zu legen. »Ich denke, von uns dreien wirst du, alter Knabe, in der Lage sein, ihr alles über den De-Chevenoy-Besitz zu erzählen, denn erst vor Minuten hast du gesagt, du würdest dich dort so gut auskennen.«

Webb machte sich nicht die Mühe, über die Schulter zu blicken, die Belustigung in Giles' Stimme kratzte an seinem Stolz, und er wollte nicht zusätzlich durch das Grinsen des Mannes gedemütigt werden. Er hatte natürlich eben angegeben, aber das mußte sein Freund ihm doch nicht so auf die Nase binden. Webb wandte sich an seinen Vater. »Sie denken an eine neue Agentin, nicht wahr, Sir?«

»Ja.«

»Und ich soll sie ausbilden?«

»Ja.«

Er holte tief Luft. »Soll ich mit ihr reisen und sicherstellen, daß sie keine Schwierigkeiten bekommt?«

»Man könnte sagen, daß du für die Aufgabe wie geschaffen bist.« Giles klopfte ihm auf die Schulter. »Aaah, die Freuden des Junggesellentums!«

Aus den Augenwinkeln warf Webb einen Blick auf das Porträt Adelaides, und selbst sie schien ihn auszulachen. Noch einmal sah er hin und dachte, daß ihm etwas an dem Bild vertraut vorkam, etwas, das er nicht sehen wollte.

Es war ein unmöglicher Gedanke, aber er konnte nur hoffen, daß sein Verdacht unbegründet war.

»Du hast ein Mädchen von adeliger Herkunft, einundzwanzig Jahre alt, blond und bereit, bei so einem verwegenen Plan mitzumachen?«

Sein Vater gab nicht mal mehr die erwartete einsilbige Antwort, sondern nickte nur.

Webb warf einen Blick zu Sophia hinüber, deren Augen vor boshafter Belustigung funkelten. Zum erstenmal seit Jahren ließen ihn seine gewöhnlich starken Nerven im Stich. »Wo finden wir so eine Frau? Wenn ich es nicht besser wüßte, würde ich meinen, mein Vater würde Ihre kleine Schwester beschreiben, Sophia.« Er lachte nervös.

»Das tut er«, erwiderte sie.

Lily.

Warum hatte er nur so ein Schicksal verdient?

Dann erkannte er, daß er von Anfang an recht gehabt hatte. Sein Vater hatte von seiner Eskapade erfahren und entschieden, daß ein Schreibtischjob bei weitem nicht Strafe genug für seinen jüngsten Sohn war.

2

Lily D'Artiers Copeland stieg die große Steintreppe zum Portal von Byrnewood empor, nachdem sie sich durch einen Spaziergang in der kühlen Novembersonne erfrischt hatte.

Als sie die Halle betrat, eilte ein Dienstmädchen auf sie zu.

»Mrs. Copeland, Lady Trahern bittet Sie, ins Arbeitszimmer zu kommen.« Das Mädchen betrachtete ihren aufgelösten Zustand mit einem kritischen Blick und streckte die Hand aus, um ihr den Mantel abzunehmen. »Es sind Besucher da.«

Du liebe Güte, dachte Lily. Sie hatte gehofft, vor der Ankunft von Adam und seiner Mutter zurück zu sein. Sie hatten sie nach England begleitet und ihr versprochen, sie auf dem Besitz ihrer Schwester zu besuchen, sobald Adam seine dringendsten Geschäfte in London erledigt hatte.

Lily sah an dem geborgten Kleid hinunter, das sie trug. Da ihre Truhen noch nicht in Byrnewood eingetroffen waren, hatte sie sich ein paar Sachen von ihrer Tante leihen müssen, weil nichts aus dem Schrank der zierlichen Schwester zu ihrer Größe passen würde. Zum Glück lebte ihre Tante, Lady Larkhall, auf dem benachbarten Gut und war genauso groß und auch so proportioniert wie Lily – eine Erinnerung an ihre gemeinsame Herkunft von den Ramseys. Allerdings hatte ihre Tante ihr nur strenge Trauerkleider anbieten können, da sie seit dem Tod ihres geliebten Mannes nie mehr etwas anderes getragen hatte.

Obwohl der Tod ihres eigenen Mannes erst ein knappes Jahr zurücklag, hatte Lily gehofft, bis zu ihrem Eintreffen in England nicht mehr in Trauer gehen zu müssen. Aber nun sah es so aus, als würde die Trauerkleidung sie verfolgen wie zum Hohn dafür, daß sie Thomas' frühzeitigen Tod so wenig betrauerte.

Lily warf einen Blick in den Spiegel und seufzte.

Das schwarze Kleid hing formlos an ihr herab und ließ ihre ohnehin blassen Züge noch bleicher wirken. Ihre Haare waren vom Wind zerzaust und voller kleiner Äste und Blätter, die von ihrem Weg durch das Unterholz stammten, als sie versucht hatte, den Hauptweg wiederzufinden. Ihre Frisur erinnerte damit an ein Vogelnest. Auch ihr Gesicht wurde von einem Schmutzstreifen geziert, der sich von der Schläfe bis zum Kinn erstreckte.

Als Lily ihr Kleid betrachtete, sah sie, daß der Saum und ein gutes Stück des Petticoats ebenfalls voller Schlamm waren.

Da Lily nicht vorhatte, ihrer stets makellos gekleideten Schwester und ihren Gästen dermaßen ungepflegt unter die Augen zu treten, wandte sie sich zur Treppe, um ein anderes der abgelegten Kleider ihrer Tante anzuziehen.

»O nein, Miss«, hielt das Mädchen sie zurück. »Sie sollen sofort ins Arbeitszimmer kommen. Ihre Ladyschaft hat darauf bestanden.«

Diesmal habe ich es übertrieben, dachte Lily auf dem Weg zur Tür von Giles' Arbeitszimmer. Wenigstens wird Adam mir mein Gepäck gebracht haben.

Sie klopfte an und wartete auf die Aufforderung zum Eintreten.

Zögernd trat Lily über die Schwelle, verwirrt, weil ihre Schwester sie in den relativ ungemütlichen Raum bat, um ihre Gäste zu begrüßen. Sobald sie im Zimmer stand, wußte sie, daß ihre Annahme, Adam wäre gekommen, falsch war.

Sophia und Giles saßen auf dieser gräßlichen Roßhaarcouch, die Giles für weniger geschätzte Gäste reserviert hatte. Noch während sie sich darüber wunderte, bemerkte sie den älteren Herren, der sich von dem Lederstuhl erhob, der sonst Giles' Stammplatz war.

Es war fünf Jahre her, seit Lily Lord Dryden zuletzt gesehen hatte, aber sie erkannte ihn sofort. Er war der letzte Mann in England, von dem sie gewünscht hätte, daß er sie jetzt so durchdringend musterte.

»Lord Dryden, ich freue mich, Sie wiederzusehen«, brachte Lily krächzend hervor, denn ihre Stimme war noch rauh von ihrem Spaziergang im Wind.

»Du bist wohl gewandert, Lily, was?« erwiderte Lord Dryden und musterte den verschmutzten Saum ihres Kleides. »Du meine Güte, du mußt eine gute Kondition haben. Meine Frau wandert jeden Tag, und sie ist stärker und besser beisammen als jede Frau, die nur halb so alt ist wie sie.«

»Ja, also, es war so ein schöner Tag, da wollte ich mir die Gelegenheit nicht entgehen lassen.« Lily hoffte, daß ihre Worte ungezwungen klangen und ihre Besorgnis verbargen.

Lord Dryden? Der Kopf des englischen Außenministeriums?

Lord Dryden hatte seine besten Agenten sicher nicht aus einer Laune heraus hier zusammenkommen lassen. Nein, das bedeutete Geschäft.

Wäre es möglich, daß ... rasch verbannte sie die wilden Spekulationen, die ihr in den Sinn kamen. Sie warf einen vorsichtigen Blick in die Runde und verwarf den Gedanken, daß sie gleich wegen Hochverrats weggeschleppt werden würde.

Giles, Sophia und selbst der sonst so strenge Lord Dryden trugen ein so falsches Lächeln zur Schau, daß sie überzeugt war, sie würden selbst dann hurra schreien, wenn sie verkündete, eben im Westflügel Feuer gelegt zu haben.

»Setz dich, mein Mädchen«, sagte Lord Dryden und zeigte auf einen leeren Stuhl vor dem Schreibtisch.

Langsam nahm Lily Platz und sah sich in dem großen Zimmer um. Die Tür zum Garten war angelehnt. Kalte Novemberluft kam herein, aber Giles und Sophia liebten beide frische Luft.

Nein, in Giles' aufgeräumten Arbeitszimmer schien alles an seinem Platz zu sein, nur das Verhalten der drei war sonderbar.

Lord Dryden wandte sich an Sophia. »Vielleicht sollten Sie die Vorstellung übernehmen, Mylady. Es fällt ihr vielleicht leichter, wenn es von Ihnen kommt.«

Lily stockte der Atem. Sie hatte gewußt, daß das passieren könnte, hatte geahnt, daß das zu den Risiken gehörte, wenn sie …

»Kein Grund zur Sorge, Lily.« Sophias Lächeln und ihre Worte bannten Lilys Furcht. »Es geht allen gut, niemand ist gestorben.«

»Was ist es dann?« brachte sie hervor.

»Es ist Lucien«, sagte ihre Schwester.

Lucien, dachte Lily. Was hat er mit meinem Besuch in England zu tun? »Hast du etwas aus Paris gehört?«

»Nun, gewisserweise ja«, seufzte Sophia. »Am besten sage ich es geradeheraus. Ich fürchte, meine Arbeit für Lord Dryden hat unsere Familie in ernste Gefahr gebracht. Tatsächlich steht unser aller Leben auf dem Spiel, falls wir je nach Frankreich zurückkehren.«

Worauf wollte Sophia nur hinaus? »Nun, du kannst versichert sein, daß ich nicht vorhabe, in nächster Zeit dorthin zurückzukehren.« Lily erhob sich.

»Sie müssen nach Paris fahren, Mylady.« Lord Drydens abrupte Unterbrechung ließ Lily verharren.

»Ich bezweifle, daß das klug wäre, Sir«, erwiderte Lily. »Meine Schwester hat gerade gesagt …«

»Deine Schwester hat dir nicht alles gesagt«, unterbrach er sie. »Setz dich und hör zu.«

Sosehr es ihr auch widerstrebte, Lord Drydens Ton verlangte Respekt. Lily ließ sich wieder auf den Stuhl sinken.

In den folgenden zwanzig Minuten, als er ihr seinen Plan enthüllte, daß sie sich als Adelaide ausgeben und zurück nach Paris gehen sollte, konnte sie ihn nur sprachlos anstarren. Ihre Schwester und ihr Schwager blieben stumm und bekräftigten Lord Drydens Wunsch nur dann und wann mit einem Nicken.

Selbst als er damit schloß, ›daß so viele Leben an einem seidenen Faden hingen‹, wußte Lily, daß das noch nicht alles war.

Er ließ bewußt etwas aus.

»Siehst du, Lily, wir brauchen dich. Es fällt mir schwer, jemand so unschuldigen und jungen auf so eine gefährliche Mission zu schicken, aber ich habe keine andere Wahl.«

Lily saß einen Moment still und überlegte, wie sie ihre Antwort formulieren sollte.

»Du bist in keiner unmittelbaren Gefahr«, versicherte ihr ihre Schwester.

Lily gab keine Antwort. Wen wollte Sophia überzeugen? Wenn sie gefangen wurde, würde man sie erschießen oder ihr noch Schlimmeres antun. Aber es war nicht die Angst vor der Haft, die sie jetzt ihre Antwort geben ließ.

Sie hatte keine Zeit. Nicht jetzt.

»Es tut mir leid, daß ich Sie enttäuschen muß, Mylord, aber ich kann nicht nach Paris reisen«, sagte sie. »Ich bin gekommen, um meine Schwester in engem Zeitrahmen zu besuchen. Mein Schiff nach Hause fährt in drei Monaten, und ich darf es nicht verpassen.«

»Wir haben dich im Nu wieder in England, ehe jemand dich vermißt, meine Liebe«, versicherte Lord Dryden.

Lily schüttelte den Kopf. »Ich bin hergekommen, um in London einzukaufen, und Sophia hat schon Termine bei den besten Schneiderinnen für mich vereinbart. Ich trage schon so lange Trauerkleidung, wenn ich zurück nach Hause komme, will ich keine Witwentracht mehr sehen.«

»Das kannst du alles machen, bevor du nach Paris reist«, versicherte er ihr. »Wenn du als Erbin de Chevenoys auftrittst, brauchst du eine komplette neue Garderobe. Ich habe nach Madame Volnay, der besten Modistin Londons, schicken lassen. Sie und ihre Assistentinnen werden alle deine Wünsche von hier aus bearbeiten.«

Oh, wie rücksichtsvoll, hätte Lily am liebsten erwidert. Sie zermarterte sich das Hirn, was sie noch dagegen vorbringen könnte, und sagte alles, was ihr in den Sinn kam, in der Hoffnung, daß eines der Argumente seinen Zweck erfüllen würde.

»Es ist Jahre her, seit ich meine Schwester und meinen Schwager zuletzt gesehen habe, und ich habe versprochen, allen Tanten einen Besuch abzustatten«, begann sie. »Ich kann nicht sehen, wie ich Ihren Wunsch erfüllen und gleichzeitig meinen Pflichten gegenüber meiner Familie nachkommen soll. Was soll ich Mr. Saint-Jean sagen? Seine Mutter und er waren so nett, mich auf der Überfahrt zu begleiten. Ich erwarte jede Minute ihren Besuch, und sie haben sich so darauf gefreut, zwei Wochen hier unsere Gäste zu sein. Was soll ich ihnen sagen, warum ich sofort nach ihrer Ankunft verschwinde?«

»Wir können den Saint-Jeans sagen, daß unsere Tante in London erkrankt wäre, und da ich selber nicht reisen kann, bist du an ihr Bett geeilt«, schlug Sophia vor.

Verdammt sollst du sein, Sophia, dachte Lily. Ihrer Schwester fiel immer eine passende Ausrede ein.

»Ich habe mich so darauf gefreut, etwas Zeit mit euch zu verbringen, besonders mit den Kindern. Vielleicht könnte ich im Frühjahr noch einmal herkommen, und dann besprechen wir die Angelegenheit.« Hoffnungsvoll lächelte sie ihre Schwester an.

»Hast du nicht zugehört, Lily?« fragte Sophia in dem überlegenen Tonfall, den Lily so haßte. Ihre schwangere Schwester kämpfte sich auf die Füße. »Lucien ist in diesem Moment in Frankreich. Sein Leben steht auf dem Spiel. Du kannst deiner Familie nicht einfach absagen, weil es dir gerade nicht paßt. Glaubst du denn, du wärst noch am Leben, wenn ich nicht dasselbe Risiko auf mich genommen hätte?«

Lily wurde wütend. Das sah Sophia ähnlich, daß sie jetzt so tat, als wäre alles ihre Schuld.

Lily erhob sich und trat ihrer Schwester ebenso entschieden entgegen. »Du hättest wissen müssen, daß deine Entscheidung, dich für England einzusetzen, unsere Familie in Gefahr bringen würde. Deine Entscheidungen, Schwester, bringen Luciens Leben in Gefahr, nicht meine mangelnde Bereitschaft, das wieder auszubügeln.«

Unbehagliches Schweigen senkte sich über den Raum, als die beiden Schwestern, die einander ähnlicher waren, als sie zugeben wollten, einander wie Straßenkatzen vor dem Kampf musterten.

Giles brach die Spannung, indem er an die Seite seiner Frau trat und sie zurück zum Sofa führte. »Sophia, Lily hat jedes Recht, sich zu weigern. Wir haben uns daran gewöhnt, mit der Gefahr im Rücken zu leben, und vergessen, daß das für andere nicht so natürlich ist.« Er lächelte Lily an. »Lord Dryden macht dir nur das Angebot, weil du Adelaide so ähnlich siehst, in den Farben wie in der Größe.«

Er nahm ein goldgerahmtes Bild vom Tisch und drückte es ihr in die Hand. »Sieh selbst, Lily-Biene«, forderte er sie auf und nannte sie bei ihrem alten Spitznamen. »Ihr zwei könntet Zwillinge sein. Wer weiß, vielleicht wäret ihr ja sogar Freundinnen geworden.« Er nickte ihr zu, das Bild zu betrachten.

Bei Giles' Worten kühlte Lilys Ärger sich etwas ab. Aber er hatte immer schon diese Wirkung auf sie gehabt, auch wenn es ihr nicht gefiel, wie leicht er ihre Gefühle lenken konnte. Sie versuchte dem Drang, das Bild zu betrachten, zu widerstehen, aber ihre Neugier war größer, und sie betrachtete das Mädchen, das von dem zeitlosen Ölbild zu ihr auflächelte.

Innerhalb von Sekunden fühlte sie sich in ihre Kindheit zurückversetzt, ehe die französische Revolution ihre Welt in Stücke geschlagen hatte.

Sie sah sich selbst, wie sie damals war – die verwöhnte und umsorgte Tochter eines angesehenen Comte, die in einem Märchenschloß aufwuchs oder in der Wohnung der Familie in Versailles lebte.

Adelaide wäre ihre Freundin gewesen, da hatte Giles recht. Vielleicht hätten sie dieselbe Klosterschule bei Paris besucht, geheime Ehewünsche gehegt und wären schließlich mit gebührendem Pomp bei Hofe vorgestellt worden wie die Generationen vor ihnen.

Lily schüttelte den Kopf. O nein, sie würde kein Opfer der Gefühle werden, die Giles in ihr wecken wollte. Dieses alte Leben war vergangen, genauso wie Adelaide.

Lily hatte ihr eigenes Leben, und das hieß, daß sie in London sein mußte, nicht in Paris.

Niemand würde sie davon abbringen.

»Ich glaube nicht, daß ich die richtige Frau dafür bin«, wandte sie ein. Auch wenn es ihr schwerfiel, fuhr sie doch fort: »Ich bin weder so klug noch so mutig wie du, Sophia. Ich würde bestimmt etwas falsch machen. Wenn ihr mich schickt, wird das eine Katastrophe.«

»Keine Sorge, mein Mädchen«, schaltete sich Lord Dryden ein. »Ich würde dich nicht schutzlos in diese gefährliche Stadt schicken.«

Lily sah, wie ihr Schwager bestätigend nickte. Hatte Giles etwa vor, Sophia so kurz vor der Niederkunft alleine zu lassen? Die Situation war ernst genug, und einen Moment lang überlegte Lily, ob sie die Zeit hatte, um nach Paris zu reisen. Und wenn es nur war, um Luciens Sicherheit zu garantieren.

»Hältst du es für klug, Sophia jetzt allein zu lassen, Giles?« fragte sie ihren Schwager.

»Ich gehe nicht mit, Lily«, erwiderte er. »Lord Dryden will dir seinen besten Agenten mitgeben. Ich bin mir sicher, daß gerade du sehr mit diesem Arrangement einverstanden sein wirst.«

Es gefiel ihr gar nicht, wie er grinste, als er das sagte. Wenn es nicht Giles war, wer war es dann, den Lord Dryden ihr als Begleiter mitschicken wollte?

Lord Dryden räusperte sich und fuhr in väterlichem Ton fort. »Lily, ich will alles tun, um sicherzustellen, daß du rechtzeitig wieder nach Hause kommst, um deinen Verpflichtungen nachkommen zu können. Was deinen Mut oder deine Tapferkeit angeht, scheinst du mir genau die richtige zu sein. Du wirst schon alles richtig machen. Betrachte es als ein großes Abenteuer.« Er fuhr fort, ihre Qualitäten zu loben und Argumente für ihre Sicherheit anzuführen.

Lily hörte nur mit einem Ohr zu, drehte den kleinen Granatring an ihrem Finger und überlegte, wie ihre Chancen standen. Sie mußte in der ersten Januarwoche in London sein, aber das konnte sie Lord Dryden unmöglich erklären.

Sie brauchte einen Grund, den selbst er anerkennen würde, um den ganzen Plan abzublasen.

Sie sah auf den Ring hinab, ein seltsames Schmuckstück, das ihr Schwiegervater ihr kurz vor seinem Tod gegeben hatte. Er paßte ihr genau, und aus irgendeinem Grund hatte sie das seltsame Stück immer getragen, auch wenn sie nicht wußte, warum Thomas' Vater sie gebeten hatte, ihn zu tragen, oder was er bedeutete. Etwas an der Hummelform und den Edelsteinaugen, die jetzt in der Sonne glitzerten, hatte sie zu dem Schmuckstück hingezogen. Lily sah aus dem Fenster, und ihr Blick fiel auf die Buchsbaumhecke des Labyrinths – eine kalte Erinnerung an ihren letzten Besuch in Byrnewood.

Bei diesem Besuch waren ihre kindischen Mädchenträume von Liebe und Ehe erloschen.

Und du hast gedacht, du würdest diesen herzlosen Schuft heiraten.

Verheiratet und überglücklich.

In dem Moment, wo es ihr um die Zukunft leid tat, die sie sich erträumt hatte, fiel ihr die perfekte Entschuldigung ein.

Eine Ausrede, die so überzeugend war, daß selbst Lord Dryden nicht mehr argumentieren könnte.

Lily holte tief Luft und verkündete: »Ich kann unmöglich nach Frankreich gehen. Ich sage es nicht gerne, weil es eine Überraschung werden sollte, aber nun muß ich es sagen. Ich muß in der ersten Januarwoche wieder in London sein, weil ich dann heirate.«

Webb Dryden hatte draußen gestanden und durch die geöffnete Gartentür zugehört. Lilys erste Einwände hatten glaubwürdig geklungen, aber diese offensichtliche Lüge über ihre baldige Vermählung … nun, es war an der Zeit, ihr Spiel zu beenden.

Wenn sie erst einmal erfuhr, wer ihr Begleiter werden

würde, so dachte er, würde sie diesen imaginären Bräutigam vergessen und nur zu gerne mit nach Paris reisen. Jeder wußte, daß Lily D'Artiers eine tiefe Zuneigung zu ihm gefaßt hatte, und wenn Gefühle nötig waren, um die Sicherheit seines Landes zu garantieren, so mußte es eben sein.

Er mußte nur daran denken, seine Schlafzimmertür abzuschließen und die Fenster zuzulassen, solange sie zusammen unterwegs waren. Sie war immerhin jetzt erfahrener als mit fünfzehn und Witwe, wie er gerade erfahren hatte.

»Wieder heiraten? Wem folgst du jetzt auf Schritt und Tritt?« fragte Webb und trat ein. Das erstemal seit fünf Jahren sah er Lily wieder vor sich und konnte nicht glauben, wie sein Vater sie als das sanfte, im Kloster erzogene Mädchen durchgehen lassen wollte, das Napoleon erwartete.

Falls sie gewachsen war, war es schwer zu sagen, denn ihr Kleid war ihr zu groß und verhüllte ihre Figur vollkommen. Er mußte lächeln, als er sich daran erinnerte, wie Lady Marston behauptet hatte, daß sie eines Tages zu einer Schönheit werden würde.

Wenn er Amelia das nächstemal sah, mußte er sich die Krone holen, die er gewettet hatte, daß das nie der Fall sein würde.

Tatsächlich wirkte Lily durch das Schwarz noch blasser, ein starker Kontrast zu ihrer blühenden Schwester.

Anscheinend hat das Leben in Amerika ihre wilde Art nicht gemildert, dachte er, als er die Blätter in ihrem Haar und das schmutzige Kleid betrachtete. Sie sah aus, als wäre sie auf einen Baum gestiegen.

Wenn ihr Gesicht schön war, konnte man das bei der wilden Mähne und dem Schmutz nicht sagen.

Tatsächlich, dachte er und verwarf Amelias Theorie, sah sie noch ziemlich genauso aus wie vor fünf Jahren, und dann dachte er gar nicht mehr über ihr Aussehen nach.

Selbst jetzt starrte sie ihn nur sprachlos an, den Mund vor Überraschung über sein plötzliches Auftauchen geöffnet.

Sicher der freudige Schreck über seine Rückkehr in ihr trübes Witwendasein.

Webb ging zu ihr und grinste, wobei er all seinen Charme aufbot. »Hochzeit? Wirklich, Lily, kannst du dir nicht etwas Glaubwürdigeres ausdenken? Vergiß deinen Verlobten und komm mit mir nach Paris.« Er streckte ihr die Hand hin und erwartete, daß sie mit begierigem Entzücken danach greifen würde, aber zu seiner Bestürzung sah sie auf seine Finger hinunter, als wären sie mit einem gräßlichen Bazillus behaftet.

Was ist das? dachte Webb, der plötzlich doch die Unterschiede zwischen der Frau vor ihm und der mageren Fünfzehnjährigen bemerkte. Wo ist ihr sanfter, auffordernder Blick? Das scheue Flirten?

Diese grünen Augen bohrten sich kalt und hart in seine und erschütterten ihn zutiefst, weil es so aussah, als hätte sie die Veränderungen in ihm erkannt und ihn verworfen.

Nein, Lily sah wahrlich nicht erfreut aus oder verklärt oder wie eine Frau, die mit ihrer ›einzigen, großen Liebe‹ wieder vereinigt ist, wie sie ihn in einem Liebesbrief vor fünf Jahren genannt hatte. Wenn Webb ehrlich sein sollte, mußte er sogar zugeben, daß aus ihrer Miene eher Abneigung und Wut sprachen.

Vielleicht ist sie wütend, weil ich so lange gewartet habe, bis ich wieder in ihr Leben getreten bin, dachte er, als sie herumfuhr und sich an die anderen wandte.

»Das«, sagte sie und deutete mit dem Daumen auf Webb, »soll der großartige Agent sein, den ihr mir mitschicken wollt? Ich werde nicht meinen Ruf aufs Spiel setzen, indem ich mit der Art leichtsinnigen Lothario reisen werde.«

»Lothario?« Webbs Ohren brannten angesichts der Verachtung, die aus ihren Worten sprach.

»Ja. Weiberheld. Betrüger. Schurke. Leichtfuß«, führte sie aus. »Soll ich weitermachen, oder gibt es noch andere Sünden, die ich auf die Liste setzen könnte?«

Webb lächelte, als er begriff. Lily war eifersüchtig. Sophia hatte vielleicht die Namen einer oder zwei seiner Geliebten erwähnt, um die Gefühle ihrer kleinen Schwester in andere Bahnen zu lenken, aber das hatte Lily nur noch besitzergreifender gemacht.

Er sah sie an. Oder?

Sowohl Sophia als auch Giles sahen zu fröhlich aus, um ihn in seiner Annahme zu bestätigen.

»Ich gehe nicht in den Tod mit diesem inkompetenten Schuft an meiner Seite«, fuhr Lily fort.

»Inkompetent?« echote er. Jetzt war es an Webb, wütend zu werden. Man konnte ihm viel vorwerfen, etwas Tollkühnheit vielleicht, aber bestimmt nicht Inkompetenz.

»Lord Dryden, ich verstehe, daß Sie sofort handeln müssen, aber ich lehne ihr Angebot ab. Ihr Sohn und ich sind für jede Art von Partnerschaft ungeeignet. Wenn mein Verlobter je herausfinden sollte, daß ich in der Gesellschaft eines solchen Mannes gereist bin, würde meine Zukunft auf dem Spiel stehen. Ich bitte Sie, suchen Sie sich jemand anderen. Ich kann nicht nach Paris reisen, und ganz bestimmt nicht in der Begleitung eines solchen Mannes wie *ihm*.«

Das klang ja fast, als sei er ein Aussätziger.

Webb betrachtete Lilys feine Züge und fand keine Hinweise darauf, daß sie die schwer zu Kriegende spielte.

Nein, sie verachtete ihn und hatte jedes Wort ernst gemeint.

Lothario. Schuft. Inkompetent.

Ihr entschiedene Ablehnung irritierte ihn, obwohl er

doch eigentlich hätte erleichtert sein sollen. Nun, die Vorstellung, daß Lily ihn verachtete, paßte einfach nicht in seine Welt.

Während all der Gefahren, in die er sich begeben hatte, in all den Situationen, in denen er gedacht hatte, er könnte sein Leben verlieren, hatte es immer ein leises Stimmchen in seinem Hinterkopf gegeben, das ihn in die grünen Hügel Englands zurückgerufen hatte.

An einen Ort, wo unschuldige Herzen wie das Lilys darauf warteten, daß ihr Liebster nach Hause kommen würde.

Das hatte ihm nie viel bedeutet, außer in den Momenten tiefster Verzweiflung, aber seltsamerweise wollte er es jetzt wieder so haben.

Außerdem war er doch derjenige, der protestieren müßte, nicht sie. Jeder wußte, daß Lily ihn liebte.

»Lily, wußten nicht, daß du heiraten willst«, sagte Sophia. »Mama hat in ihren Briefen kein Wort darüber verloren.«

»Ich habe es ihr auch noch nicht erzählt«, erwiderte Lily. »Es hat sich … an Bord des Schiffes ergeben. Ja, während der Überfahrt. Er hat sich in einer stürmischen Nacht erklärt, als ich dachte, es wäre alles verloren. Ist das nicht romantisch?«

Webb sah Lily prüfend an.

Er konnte Menschen und ihre Glaubwürdigkeit beurteilen, und eben gerade hatte er Lily mißtraut. Ihre Geschichte kam zu zögernd und wies zu viele Lücken auf. Auch jetzt drehte sie nervös an dem seltsamen Ring und lächelte unglaubwürdig.

Ja, Lily log. Das hatte er sich schon gedacht, als er vom Garten her ihre Unterhaltung belauscht hatte, und jetzt, wo er ihr Gesicht dabei sehen konnte, war er davon überzeugt. Aber warum?

»Erzähle«, sagte Webb, ging um sie herum und setzte sich auf ihren Stuhl. Lily sah ihn böse an, weil sie so in der Mitte des Raumes stehen mußte. Webb grinste und ließ sie dort stehen, wo jeder im Raum jede ihrer Regungen sehen konnte.

So kann man sie am besten überführen, dachte er, streckte die Beine aus und verschränkte die Arme vor der Brust. »Ich liebe romantische Geschichten. Ist es ein gewöhnlicher Matrose, oder hast du die Aufmerksamkeit eines großen Kapitäns geweckt?«

Sie runzelte die Stirn, und Webb dachte, daß sie ihm gleich etwas über den Kopf schlagen würde.

»Weder noch«, erwiderte sie scharf. »Er ... er ... er ist ...«

»Am Leben und atmet?« schlug er vor.

»Ist es dein Mr. Saint-Jean?« fragte Sophia. »Hast du ihn deshalb hierher nach Byrnewood eingeladen?«

Webb setzte sich auf und sah Lily forschend an. Einen Moment wirkte sie ertappt, als wüßte sie nicht, in welche Richtung sie sich jetzt wenden sollte – ob drohen oder ihre Verstrickung weiterverfolgen.

»Ja«, sagte sie dann, »ich bin mit Mr. Saint-Jean verlobt.«

Sophia lächelte ihre Schwester an. »Nun, das hat sich ja gut ergeben. Ich weiß, daß es Mama sehr recht war, daß er und seine Mutter dich auf der Reise begleitet haben, aber stell dir ihr Erstaunen vor, wenn sie erfährt, daß sie bald zur Familie gehören werden. Oh, kein Wunder, daß du dich umziehen wolltest, wenn du mit ihrer Ankunft gerechnet hast.«

Webb griff diese Neuigkeiten auf. »Dein Mr. Saint-Jean kommt her? Man stelle sich das nur vor. Ich kann es kaum erwarten, den künftigen Bräutigam kennenzulernen.« Noch während er sprach, nahm er eine Bewegung auf der Auffahrt wahr. »Wie es die Vorsehung will, trifft der glückliche Mann gerade eben in diesem Moment ein.«

Die kleine Hexe hatte zumindest die Grazie, zu erblassen, aber ob aus Angst, in ihrem derzeitigen Aufzug vor ihrem Verlobten erscheinen zu müssen, oder deshalb, weil der Tag ihrer Entdeckung so schnell gekommen war, vermochte er nicht zu sagen.

Auch Lily sah aus dem Fenster und beobachtete entsetzt, wie die goldene Kutsche der Traherns die letzte Rabatte umrundete.

»Du liebe Zeit!« stieß sie hervor, ehe sie sich beherrschen konnte.

Sophia erhob sich. »Geh hoch und zieh dich um. Giles und ich können deine Gäste ohne dich empfangen.«

Ohne mich, dachte Lily. Nicht sehr wahrscheinlich. Nicht, solange Webb Dryden dabeistand und so offensichtlich darauf wartete, ihre Lüge bloßzustellen.

Sein Grinsen verriet ihr genug. Er glaubte ihr nicht. Der große Affe dachte womöglich, sie hegte immer noch zärtliche Gefühle für ihn.

Er hatte recht, was die Verlobung betraf, aber eher würde sie sterben, als sich je wieder in Webb zu verlieben. Auch wenn er immer noch der attraktivste Mann war, den sie je getroffen hatte. Die leichten Veränderungen, die die Zeit mit sich gebracht hatte – der zynische Ausdruck in seinen Augen, die kleinen Falten um seine Augen und die Wachsamkeit, die früher gefehlt hatte – taten wenig dazu, den Reiz seines unwiderstehlichen Lächelns oder seines schlanken, starken Körpers zu mindern.

»Beeil dich, Lily, sie sind fast da«, mahnte Sophia und scheuchte sie zur Tür. »Du willst doch nicht, daß sie dich auf der Treppe abfangen.«

»Oh, Mr. Saint-Jean nimmt es mit solchen Dingen nicht so genau«, erwiderte Lily wahrheitsgemäß. Nein, Adam waren ihr jungenhaftes Benehmen und ihre Kleider egal, weil er es bewunderte, wie sie reiten und den Besitz wie ein Mann verwalten konnte. In der Tat käme ihm ihre Lüge wie gerufen, und er würde nur zu gerne bei dem Betrug mitspielen.

Er hatte sie sogar mehrmals gebeten, ihn zu heiraten, aber das war immer so spielerisch geschehen, daß sie seine jungenhaften Avancen nie ernst genommen hatte.

»Er will mich sicher sofort sehen. Wenn ihr mich entschuldigt, ich will sie begrüßen und hereinbringen.«

Mit dem letzten Rest Beherrschung ging sie ruhig aus dem Raum, aber sobald sie die Tür hinter sich geschlossen hatte, rannte sie durch die Halle und die Treppe hinunter, als die Kutsche bereits vorfuhr.

Lily warf einen Blick über die Schulter und sah alle vier Leute aus der Bibliothek in unverhohlener Neugier am Fenster stehen.

Wenn sie überhaupt etwas trösten konnte, dann der Moment, als Adam Saint-Jean aus der Kutsche stieg. Ihr war Webbs abfälliger Blick nicht entgangen. Er hielt sie immer noch für ein Kind, das nur Ärger machte.

Nun, Mr. Dryden, dann seht mal gut hin, dachte sie, *was für eine Art Mann mich anziehend findet.*

Adam Saint-Jean fuhr sich mit der Hand durch die rabenschwarzen Haare. Der Dreiundzwanzigjährige streckte seinen großen, schlanken Körper nach der Kutschfahrt. Mit einem breiten, strahlenden Lächeln trat er auf Lily zu, das jedem verriet, daß sich das Erbe seiner galanten französischen Vorfahren trotz der fraglichen Herkunft seiner Mutter bei ihm durchsetzte.

»Adam, hör mir schnell zu, ich habe nicht viel Zeit«, flüsterte Lily hastig in sein Ohr, als er sich vorbeugte, um ihre Hand zu küssen. »In Bezug auf unsere Pläne hat sich ein Hindernis ergeben.«

Bei diesen Worten sah Adam ihr in die Augen. »Hindernis? Ich glaube, du machst dir zu viele Sorgen, Lily. Und selbst wenn, jetzt bin ich ja hier und stehe ganz zu deinen Diensten.«

Sie nickte zu seinen üblichen Komplimenten. »Ich kann es dir jetzt nicht erklären, aber um zu vermeiden, daß … ich in einer Familienangelegenheit für ein paar Monate wegmuß, habe ich meiner Schwester und ihren Freunden eine kleine Lüge erzählt.«

Lily hatte es geschafft, ihn ein Stück von der Kutsche und den aufnahmebereiten Ohren seiner Mutter wegzubringen, um ihm die Sache zu erklären.

»Eine Lüge?« sagte er und grinste. »Die Sache gefällt mir immer besser.«

»Das ist nicht komisch, Adam. Du mußt mitspielen. Im Ernst. Unser Leben hängt davon ab.«

Adams Vater konnte seinen Stammbaum bis zu Karl dem Großen zurückverfolgen, aber bei seiner Mutter sah das anders aus. Es hieß, daß der ältere Saint-Jean nach der Koketterie der Damen bei Hofe die Unkompliziertheit Imogene Evermounts bei seinem Dienst unter Lafayette in Amerika höchst erfrischend fand. Obwohl es plausibel war, daß der dritte Sohn eines englischen Barons bei den Möglichkeiten, die sich in dem Land boten, in Amerika geblieben war, hatte keiner verstanden, warum er die Tochter einer Dienerin geheiratet hatte. Und doch hatte das Paar drei Söhne und vier Töchter als Beweis der gegenseitigen Zuneigung gezeugt und lebte seit dem Ende der amerikanischen Revolution glücklich und zufrieden zusammen in Amerika.

»Was ist das, Adam, was ist das?« unterbrach Mrs. Saint-Jean. »Was sagt ihr da? Ich brauche Hilfe, um aus dieser verflixten Falle zu steigen. Meine Knochen sind müde, und mein Kopf schmerzt davon, stundenlang durch die Gegend geschaukelt worden zu sein.« Sie sah an der imponierenden Fassade Byrnewoods empor, und ihre kurzsichtigen

Augen kniffen sich zusammen, als sie die Höhe und Größe des Gebäudes ausmachte. »Ein wahres Sodom und Gomorrha, nicht wahr? Nun, die Reichen lieben es, ihr Gold vor den Augen der hart arbeitenden Bevölkerung zu zeigen.« Sie schnaubte und warf einen Blick auf die elegante Kutsche der Traherns, die Giles großzügig zur Verfügung gestellt hatte, um sie nach Byrnewood zu bringen. »Ja, jetzt sehe ich, daß wir armselig behandelt worden sind, Mrs. Copeland. Wirklich armselig. Während wir Stunden voller Unbehagen in diesem ... diesem Gefährt verbracht haben, hätte Ihre Familie uns etwas ganz anderes schicken können, in dem wir hätten reisen können.«

Lily knirschte angesichts der vertrauten Klagen mit den Zähnen und warf einen Blick zum Fenster des Arbeitszimmers, um zu sehen, ob ihr noch Zeit blieb. Zu ihrem Kummer war das Fenster leer. Sie zuckte zusammen, als sie sich vorstellte, ihre Schwester und ihre Gäste könnten Mrs. Saint-Jeans krasse Feststellungen gehört haben.

Sie hatte Sophia und Giles schon gewarnt, daß Mrs. Saint-Jean sehr geradeheraus sprach, aber sie hatte nicht vorgehabt, sie ihnen als ihre künftige Schwiegermutter vorzustellen.

Nicht, daß sie das jetzt wollte.

Lily schloß die Augen und drehte den Kopf zum Eingang. Als sie die Augen wieder öffnete, standen alle aufgereiht da und warteten auf eine Vorstellung ihres Verlobten und der künftigen Schwiegermutter.

»Jetzt ist keine Zeit für Erklärungen«, zischte Lily Adam zu, während Mrs. Saint-Jean die Diener schalt, weil sie ihr Gepäck so langsam ausluden. »Wir sind verlobt. Wenn meine Familie fragt, so sage, daß wir in der ersten Januarwoche in London heiraten wollen.«

»Verlobt?« Adam blickte an dem Haus empor, und Lily konnte förmlich sehen, wie er seine Zuhörer abschätzte.

Dann grinste er. »Gut, also verlobt.« Damit senkte er den Kopf und nutzte die Situation aus, indem er einen Verlobungskuß einforderte.

»Verlobt? Wer ist verlobt?« fragte Mrs. Saint-Jean so laut, daß man sie nicht nur am Eingang, sondern wahrscheinlich auch auf dem nächsten Gut hören konnte. »Adam, hör sofort auf, Mrs. Copeland zu küssen!«

Adam gehorchte, aber erst, nachdem er noch ein paar Sekunden seine neue Rolle ausgenutzt hatte. Dann hob er den Kopf und grinste wie beim letztenmal, als er ihr einen Kuß geraubt hatte.

Nur daß sie ihm diesmal nicht eine hinter die Ohren geben konnte wie beim letztenmal.

Und das wußte er sehr gut. »Lächeln, meine Liebe. Du siehst im Moment gar nicht überzeugend drein.«

Lily, die mit dem Rücken zu den anderen stand, warf ihm einen wütenden Blick zu, ehe sie sich strahlend zu ihren Verwandten umwandte.

Sosehr sie sich auch davon zu überzeugen versuchte, daß es zu Sophias und Giles' Nutzen geschah, so sehr verriet ihr ihr Herz, daß diese Vorführung nur einem einzigen Mann gegolten hatte.

Webb Dryden.

Sophia, Giles und Webb kamen jetzt über den Kies der Auffahrt auf sie zugeschlendert.

»Wer heiratet?« verlangte Mrs. Saint-Jean mit noch lauterer Stimme zu wissen.

»Nun, Ihr Sohn und Lady Lily«, erwiderte Webb und sah Lily an. »Wir haben die gute Nachricht gerade erst erfahren.«

Mrs. Saint-Jeans Mund blieb offenstehen, und sie sah aus, als wollte sie jeden Moment in Ohnmacht fallen. Ein rascher Blick verriet Lily, daß Adam sie eher noch einmal küssen würde, als seiner Mutter beizuspringen.

Lily löste sich aus Adams Arm und eilte an Mrs. Saint-Jeans Seite. »Ja, Mrs. Saint-Jean, es tut mir leid, daß Sie es so überraschend erfahren, aber ich habe an Bord des Schiffes zugestimmt, die Frau Ihres Sohnes zu werden.«

Die Lider der Frau flatterten, und sie schnappte nach Luft wie ein Fisch auf dem Trockenen. »Erst habe ich zugestimmt, zu diesem königlichen Sodom und Gomorrha zu kommen – wo ich mein Seelenheil aufs Spiel setze bei den Versuchungen des Adels und alledem. Und nun das! Mein lieber Sohn verlobt mit einer hochgeborenen Miss!« zischte sie. »Also wirklich, Lady Lily. Ich nehme an, sie wollen in Virginia ein großartiges neues Haus von meinem Sohn haben. Nun, Sie werden sich wundern. Wenn Waterton –«, womit sie sich auf die Plantage der Saint-Jeans bezog, »– für mich gut genug war, wird es auch für Sie ausreichen müssen.« Sie wandte ihren stechenden Blick ihrem grinsenden Nachwuchs zu. »Wie kannst du das deiner Mutter nur antun, Adam?« fragte sie und zerdrückte ihn fast in einer mächtigen Umarmung. »Oh, Himmel, wie stolz dein Vater wäre!« Die Dame wandte ihren wässerigen Blick Webb zu. »Ich hätte nie zu träumen gewagt, daß mein Sohn einmal in den Adel einheiratet. Ich kann es kaum glauben!«

»Ich auch nicht«, flüsterte Webb Lily ins Ohr.

3

»Ah, Portwein und Zigarren«, sagte Webb, als die Männer später ihr Heiligtum, den Jagdsalon, betraten. »Das sind die wahren Segnungen der Zivilisation, nicht wahr, Mrs. Saint-Jean?« Er schlug dem Mann kräftig auf die breite Schulter.

Mr. Saint-Jean lächelte strahlend. »O ja, ein gutes Getränk ist meine Schwäche. Besonders, wenn es jemand anderem gehört.« Er ließ Webb stehen und bewunderte die Ausstattung des Raumes.

Der Jagdsalon von Byrnewood, der ganze Stolz von Giles' jagdbesessenem Großvater, zeigte eine erschreckende und ungewöhnliche Sammlung von ausgestopften Tieren und glitzernden Waffen.

»So etwas habe ich noch nie gesehen«, sagte Adam mit bewundernder Stimme. »Haben Sie die alle getötet?«

Giles schüttelte den Kopf. »Das ist das Werk meines Großvaters. Er hat für die Jagd gelebt und haßte es, wenn niemand seine Geschichten geglaubt hat. Deshalb hat er die örtlichen Präparatoren dazu überredet, seine Beute auszustopfen.«

»Er muß ein hervorragender Schütze gewesen sein«, bemerkte Adam mit einem Nicken auf die Sammlung. »Sie können sich glücklich schätzen, so etwas zu besitzen.«

»Lassen Sie das nicht meine Frau hören«, entgegnete Giles. »Sie haßt diesen Raum. Sie sagt, es sei eine Pest, hier sauberzumachen, denn von den Mädchen traut sich keine hier rein.«

Alle lachten.

»Ich habe nur den Billardtisch zu dem Raum beigetragen«, gestand Giles und griff nach einem Queue, das neben einer Sammlung von Lanzen an der Wand hing.

»Ehe wir anfangen, lassen Sie mich einen Toast auf den glücklichsten Mann unter uns ausbringen«, verkündete Webb und trat auf einen Marmortisch an der Wand zu, auf dem ein Diener gerade ein Tablett mit Getränken neben einem ausgestopften Fuchs abgestellt hatte. Das ausgestopfte Tier befand sich im Sprung auf der Flucht vor den Hunden.

Mr. Saint-Jean, so hoffte Webb, würde bald genauso aussehen.

Er goß vier Gläser Portwein ein und pfiff ein Jagdlied, an das er sich aus seiner Schulzeit erinnerte.

»Danke, Mr. Dryden«, sagte Adam. »Geben Sie mir nach vier oder fünf Gläsern nichts mehr, weil ich dazu neige, mich dann zum Narren zu machen.«

Webb, dem dieser Hinweis gut gefiel, nahm sich vor, Adams Glas immer rechtzeitig nachzufüllen.

»Mr. Dryden? Das ist zu förmlich für so einen Anlaß«, wandte er dann ein. »Nennen Sie mich Webb. Ich habe so ein Gefühl, daß wir, ehe diese Nacht vorüber ist, die besten Freunde sein werden.« Er goß noch etwas Portwein ein.

Mr. Saint-Jean lächelte vage. »Dann müssen Sie mich Adam nennen.« Er trank einen großen Schluck.

»Dann also Adam«, stimmte Webb mit einem Lachen zu. »Da wir jetzt Freunde sind, ist es meine oberste Pflicht, darauf zu trinken, daß Sie das Glück hatten, eine so gute Braut zu finden.« Er hob sein Glas und prostete Giles und seinem Vater zu.

Giles und sein Vater griffen ebenfalls nach ihren Gläsern.

»Auf Adam und seine bevorstehende Hochzeit«, sagte Webb.

»Auf Adam.«

Alle leerten ihr Glas, auch Adam, und Webb füllte rasch wieder nach. Adam schlenderte durch den Raum und bewunderte die Trophäen.

Webb beobachtete den Mann aus den Augenwinkeln, wie er es schon seit dessen Ankunft getan hatte. Wenn es eines gab, was er in den Jahren im Außenministerium gelernt hatte, dann warten und beobachten, bis die richtige Gelegenheit kam, und Geduld wurde immer belohnt.

Zum Abendessen war Lily gewaschen und in einem frischen, zu großen Kleid erschienen, das ebenfalls schwarz war. Kaum das richtige Kleid für eine frischgebackene Braut, hatte er gedacht, aber nichts gesagt.

Mrs. Saint-Jean hatte die Unterhaltung dominiert und sich lauthals über die Menge des Essens verwundert, während sie gleichzeitig gewaltige Portionen davon vertilgt hatte.

Webb hatte die ganze unerträgliche Mahlzeit über stumm dagesessen und darauf gewartet, daß er nach dem letzten Gang Adam von seiner unmöglichen Mutter und vor allem von Lily weglotsen könnte, wenn die Männer sich zum Portwein zurückzogen.

»Spielen Sie, Mr. Saint-Jean?« fragte Giles und bot ihm das Queue an.

Der Mann nickte. »Gelegentlich mache ich ein Spiel. Aber heute werde ich passen. Ich würde mir lieber die schöne Waffensammlung Ihrer Familie ansehen.« Er strich liebevoll über eine alte Muskete. »Darf ich?« fragte er und legte die Hand um den Griff.

»Gewiß«, gestattete ihm Giles. Er warf einen Blick zu Webb hinüber, zuckte mit den Achseln und reichte das Queue dann Lord Dryden. Beide begannen zu spielen, aber Webb wußte, daß sie an das geplante Gespräch mit dem künftigen Bräutigam dachten.

»Ich nehme an, Sie mögen die Jagd«, eröffnete Webb die Unterhaltung.

»Sehr«, bestätigte Adam begeistert. Er hob die Muskete, zielte auf den Kamin und dann auf einen ausgestopften Bären. »Obwohl ich in letzter Zeit wenig Muße dafür hatte.«

»Ah, wegen der Verlobung?«

Adam stutzte. »Ja«, sagte er dann. »Die Verlobung. Meine Lily hält mich in Atem.« Er legte die Muskete wieder an ihren Platz und wandte seine Aufmerksamkeit einer juwelenverzierten Klinge zu.

»Hmm«, sagte Webb und griff erneut nach der Karaffe. »Ich könnte schwören, sie hätte gesagt, Sie hätten sich erst an Bord des Schiffes verlobt.«

Adam erstarrte kurz.

Webb spürte die Anspannung des Mannes. Bei einer kleinen Lüge ertappt, aber doch bei einer Lüge.

Doch sofort erschien wieder ein verbindliches Lächeln auf Adams Gesicht. »Ja, das stimmt. Aber die Werbung – das hat mich alle Zeit und allen Verstand gekostet, wenn Sie meine Lily richtig kennen.« Er neigte sein fast leeres Glas.

Die Herausforderung war abgewehrt, und Webb mußte die Art bewundern, in der der andere sich aus der Situation herausgeredet hatte. Zumindest beinahe. Webb schenkte ihm nach.

»Sie brauchen bestimmt Ihren vollen Verstand, wenn Sie Lily zur Frau nehmen«, sagte er zu Adam. »Sie ist eine kleine Hexe, das weiß ich nur zu gut. Es hat mich alle Kraft gekostet, diesem Schicksal zu entgehen. Lily zu heiraten, meine ich.«

Falls Adam gehört hatte, daß Lily einst an Webb interessiert war, so gab er das durch nichts zu erkennen und ignorierte auch die versteckte Beleidigung.

»Schicksal nennen Sie das? Ich nenne es Glück«, erwiderte Adam, ohne daß sich seine weiche Stimme mit dem amerikanischen Akzent veränderte, während er sich zu einem Paar Duellpistolen hinunterbeugte. »Ich gewinne viel durch eine Ehe mit Lily. Das Land, das sie geerbt hat, grenzt an meines, und zusammen werden wir eine der größten Plantagen des Landes besitzen. Nicht schlecht, wenn man bedenkt, daß ich sie meinen besten Freund habe heiraten lassen und dann gewartet habe.«

Adams lässiges Lachen ließ Webb innehalten.

Konnte das wirklich Lilys Ernst sein, daß sie diesen eitlen Kerl heiraten wollte? Webb verdrängte den unwahrscheinlichen Gedanken. Nein, er war sich sicher, daß Lily diesen Mann nicht heiraten wollte. Er hatte sie das ganze Abendessen über beobachtet, und sie hatte keinerlei Anzeichen gezeigt, daß sie die offensichtliche Leidenschaft des Mannes erwiderte.

Aber warum hatte sie dann die Verlobung erfunden, die sie von der Parisreise abhalten sollte?

»Außerdem«, fuhr Adam fort und strich mit der Hand über eine Klinge, »hat sie eine Grazie und etwas Besonderes an sich, das einzigartig ist. Ein Gewinn, sie zu besitzen.« Sein Ton deutete an, daß er dieses Besondere schon besessen hatte und es ihm gefiel.

»Grazie?« fragte Webb, der nicht mehr sicher war, daß sie über dieselbe Frau sprachen. Wenn Lily jetzt Vorzüge besaß, dann gehörte Grazie sicher nicht dazu. »Als ich sie das letztemal gesehen habe, hat sie fast eine Sammlung orientalischer Vasen ruiniert. Weißt du noch, Giles?«

Giles lächelte. »Der Töpfer hatte ordentlich zu tun, alles das zu reparieren, was sie kaputtgemacht hat.«

»Nun, dem ist sie mit Sicherheit entwachsen«, erklärte Adam in so wissendem Ton, daß es an Webbs Sensibilität nagte. Der Mann war einfach zu glatt, zu überlegt, als wollte er Webb mit seinen Worten bewußt herausfordern.

Wie ein Hahn auf dem Hof. Ein Hahn, der das dritte Glas von Giles' bestem Portwein leerte.

»Freut mich, das zu hören. Die Familie kann sich die Verluste nicht leisten«, bemerkte Webb lässig. Er streckte die Beine aus und beobachtete seinen Vater, der im Begriff war, zuzustoßen.

Ein Blitzen von verletzter Ehre erschien in den Augen des Mannes. »Ich werde immer Zugeständnisse machen, Sir«, sagte Adam, »denn es ist mein erklärtes Ziel, Lily stets zu beschützen.«

Webb belohnte die überzogene Galanterie des Jungen, indem er sein Glas nachfüllte. »Sie fangen früh damit an. Lily ist immer noch in Trauer. Dennoch hat sie einer erneuten Ehe zugestimmt. Wie seltsam.« Webb betrachtete den Inhalt seines Glases.

Adam war noch nüchtern genug, um Verlegenheit vorzutäuschen. »Ich denke, es gereicht ihr zur Ehre, daß sie immer noch um Copeland trauert, und nicht nur um ihn, sondern auch um ihren Schwiegervater. Lily hat sicher genug Takt, sich nicht vor der Zeit in anderen Farben zu zeigen.« Adam verschränkte die Arme vor der Brust. »Deshalb wollten wir unsere Übereinkunft auch noch geheimhalten … bis jetzt, wie es aussieht«, setzte er hinzu, als er den Widerspruch bemerkte.

Webb unterdrückte eine Erwiderung. Takt und Lily in einem Satz erschienen ihm kaum glaubhaft. Lily und Skandal paßten da viel eher zusammen.

»Nun ist die Katze aus dem Sack. Aber Sie scheinen mir ein fähiger Mann zu sein, mein Freund.« Webb prostete Adam zu und trank einen Schluck. »Die Witwe zu schnappen, bevor ein anderer die Chance bekommt, um sie zu werben. Ist das nicht riskant?«

»Nicht sehr sportlich, da stimme ich zu, aber es ist der frühe Vogel, der den Wurm bekommt«, sagte Adam verteidigend. Dann richtete er sich zu voller Größe auf und sah Webb gerade in die Augen. »Wenn Sie aber unterstellen wollen, daß ich aus meiner Position einen Vorteil gezogen habe, dann muß ich Genugtuung verlangen.«

»Wahrscheinlich.« Webb unterdrückte weitere Fragen, und die Stille zwischen ihnen wuchs. »Aber sparen Sie sich das Duell im Morgengrauen, ich wollte Sie nicht verletzen.«

Einen Moment lang hörte man nur das Knistern der Flammen und das Klacken der Billardkugeln.

»Ist das Ihre erste Reise nach England, Adam?« fragte Webb dann.

»Ja«, erwiderte der. »Mein Vater ist jedes Jahr mit Mr. Copeland hergereist, weil beide hier Geschäftsinteressen hatten. Er ist vor ein paar Jahren gestorben. Er hat es immer seine ›Ferien‹ genannt.« Er grinste bei dem kleinen Geständnis.

Webb erwiderte sein Lächeln. »Und nun sind Sie in die Fußstapfen Ihres Vaters getreten. Sie sind mit einer Copeland nach England gekommen.«

Adam, der sich für das Thema erwärmte, fuhr fort: »Ja, das stimmt wohl in gewisser Weise. Als Lily entschieden hatte, nach England zu reisen, um sich persönlich um ihre Geschäfte zu kümmern, habe ich angeboten, sie zu begleiten. Da hielt Mutter es natürlich für das beste, ebenfalls mitzukommen.

Webb erhob sich, um sein Glas neu zu füllen, hielt Adam fragend die Karaffe hin, und der trank aus und ließ sich nachfüllen.

»Was kann eine junge Witwe wie Mrs. Copeland schon für Geschäfte zu erledigen haben, die Sie nicht für sie hätten erledigen können? Zumal sie beide bald heiraten werden.«

Adam starrte in sein Glas und sah aus, als würde er die

Worte am liebsten zurücknehmen. Dann preßte er die Lippen zusammen, und es sah aus, als wolle er jedes weitere Wort genau abwägen, bevor er es aussprach.

Verdammt! fluchte Webb stumm; er hatte es übertrieben. Er blickte zum Billardtisch hinüber.

Sein Vater sah ihn erschöpft an.

Webb hob sein Glas und trank, als wollte er sagen: Die Runde geht an mich.

Sein Vater lächelte und spielte dann weiter.

Webb erhob sich. »Adam, ich respektiere Ihr Schweigen. Sie sind ein kluger Mann. Auch unter Freunden muß man zurückhaltend sein«, fuhr er fort, um Adams Vertrauen zurückzugewinnen.

Adam warf ihm einen prüfenden Blick zu, ehe er sich erhob und zum Fenster schlenderte. Er würde kein Wort mehr sagen.

Der Mann war ein gleichwertiger Gegner.

Aber Webb hatte noch keinen Mann getroffen, den er nicht irgendwann besiegt hätte. Webb gesellte sich zu Adam ans Fenster und erspähte eine große Gestalt, die durch das Gras zu einem Pavillon ging, den der fünfte Marquis einst hatte bauen lassen.

Selbst auf diese Entfernung und im schwachen Licht, das aus den Fenstern Byrnewoods fiel, hatte Webb keinen Zweifel, um wen es sich da handelte, auch wenn er das Vorhaben der Gestalt nur raten konnte.

Was immer es war, Webb wollte nicht zu weit von Lilys unbekannten Plänen entfernt sein.

Adam gähnte und streckte sich. Dann trat er an Webb vorbei an den Billardtisch. »Ich denke, ich ziehe mich zurück. Die lange Reise und das exzellente Essen, Lord Trahern, haben mich jetzt sehr müde gemacht.« Er schwieg einen Moment. »Haben Sie etwas dagegen, wenn ich vorher noch ein wenig in Ihrem herrlichen Garten spazierengehe?«

Giles warf Webb einen Blick zu. Webb nickte ihm zu.

»Natürlich nicht«, erwiderte Giles. »Durch die Tür dort kommen Sie direkt hinaus in die Wildnis.«

»Wildnis?« lachte Adam. »Etwas wie Wildnis in diesem ordentlichen Land muß ich erst noch entdecken.«

Giles lachte. »So hat sich mein Ururgroßvater die Wildnis auf gezähmte Art vorgestellt. Gemessen an Virginia werden Sie es recht zahm finden.«

»Das klingt perfekt«, erwiderte der Mann, verneigte sich leicht und sagte: »Wenn Sie mich bitte entschuldigen.« Er öffnete die Tür neben einem wild blickenden Bären und trat hinaus in die Dunkelheit.

Kaum hatte sich die Tür geschlossen, goß Webb sich weiteren Portwein ein. »Das ist gutgegangen«, sagte er und wandte sich um.

Giles lachte. »Solange du nicht auf Informationen gewartet hast. Himmel, was findet Lily nur immer an so selbstherrlichen Narren?«

Webb starrte seinen Freund an. »Du glaubst doch nicht im Ernst, daß Lily diesen … Dummkopf heiraten will?«

»Ihre vorherige Wahl war auch nicht viel besser.«

»Was meinst du damit?« hakte Webb nach.

»Soweit Sophia und ich gehört haben, war Thomas Copeland kein Gewinn.« Giles zielte mit dem Queue und stieß zu. »Vermögen ja, die Plantage, aber er trieb sich mit rauhen Burschen herum und trank zuviel. Die Familie meinte, daß er Lily als Eintrittskarte in die feine Gesellschaft Virginias betrachtet hat.«

»Warum hat sie ihn dann geheiratet?« Webb wußte, daß es ihn nichts anging, aber ihn störte die Vorstellung, daß das zarte, unschuldige Mädchen von einst von so einem rauhen Mann in das Leben eingeführt worden war. Dann überlegte er noch einmal, warum Lily D'Artiers sich für Copeland entschieden haben mochte – Sophia und Lily hatten beide einen leidenschaftlichen Zug von ihrer Großmutter Ramsey geerbt.

Ramsey-Frauen waren unabhängig, leidenschaftlich und immer widerspenstig.

Webb würde darauf wetten, daß Lily mehr als ihren Teil von den Ramseys mitbekommen hatte. »Egal, immerhin ist sie deine Schwägerin.«

»Genau.« Giles füllte sein Glas, während Lord Dryden den Tisch musterte. »Alles in allem war wohl jeder erleichtert, als er den Löffel abgegeben hat, auch wenn der Kerl so gestorben ist, wie er gelebt hat, in einem Skandal. Er ist keine zwei Wochen nach der Hochzeit mit Lily betrunken vom Pferd gefallen, als er ein Bordell verlassen hatte. Als sein Vater drei Monate später auch noch starb, hat sie alles geerbt, weil sie die letzte in der Linie war.«

Webb schauderte es. »Copeland hat den einfachen Weg gewählt – Lily hätte ihm sicher den Kopf abgerissen, wenn sie herausgefunden hätte, wo er gewesen war.«

Giles trank sein Glas leer und nickte zustimmend.

Lord Dryden gewann mit dem letzten Stoß, hustete und lenkte damit die Aufmerksamkeit der anderen beiden zurück zu ihren Problemen. »Nun, da du Mr. Saint-Jean hast gehen lassen, was hast du jetzt vor?«

»Das, was jeder gute Spion tut«, erwiderte Webb und trat zur Tür. »Ihm folgen.«

»Wo warst du denn so lange?« flüsterte Lily, als Adam die Pavillonstufen hochstieg.

Er blieb stehen. »Du siehst aus, als wenn du hierhergehörtest in diese Umgebung, wie eine antike Göttin, die man ausgesandt hat, um mein irdisches Herz in Versuchung zu führen.«

Lily hätte fast laut gestöhnt. Adam kam nur auf die

Klassiker zurück, wenn er zuviel getrunken hatte. »Oh, Mist! Jetzt ist keine Zeit für deine Galanterien und Poesie. Wo warst du?«

»Bei deinem guten Freund Webb Dryden. Wir haben ein paar Portwein getrunken, und er hat versucht, Informationen aus mir herauszuholen.«

Lily stöhnte. »Ich habe dir gesagt, daß du nicht mit Webb Dryden reden sollst. Und nicht trinken. Hörst du? Nicht mit ihm. Der Mann ist gefährlich.«

Adam lachte. »Mit Webb Dryden kann ich umgehen. Und mit jedem anderen auch. Ich würde dich vor einem ganzen Stamm wilder ...«

»Genug.« Sie blickte zum Haus und kämpfte den Impuls nieder, hinüberzugehen und Webb den Hals umzudrehen.

»Dann sag mir –«, bat Adam und taumelte unsicher vorwärts, »– warum hast du endlich zugestimmt, meine Frau zu werden?«

»Habe ich nicht. Ich brauchte nur eine Ausrede, weil sie wollten, daß ich nach, äh ...« Sie suchte nach einer neuen Lüge. Einer Lüge für den Mann, der immer ihr Freund gewesen war. Daran war nur Webb schuld.

Webb war Thomas ähnlicher, als sie zuzugeben wagte.

»Wohin, mein Liebes?«

»Nach Norden, nach York. Ich wäre erst nach Wochen zurück gewesen, und das konnte ich nicht zulassen, nicht wahr?«

»Wir können weitermachen. Ich wäre nur zu bereit.«

»Adam, genug davon«, unterbrach sie ihn. »Du bist unter der Bedingung mitgekommen, daß du meinen Anordnungen Folge leistest. Nun, ich will, daß du meinen Verlobten spielst. Zumindest, bis wir nach London zurückkehren.«

»Warum sagst du ihnen nicht, daß du Geschäfte zu erledigen hast und deshalb nicht fahren kannst? Ich habe so etwas erwähnt, und alle waren überrascht, daß du in England Geschäfte hast, besonders Webb. Du hättest einfach die Wahrheit sagen sollen, der Mann ist scharfsinnig.«

Lily unterdrückte eine Entgegnung, was Webbs Scharfsinn anging. Er hatte bereits eine Lücke in ihrer Kette aus Lügen entdeckt. Eine weitere konnte sie sich nicht leisten. Nicht, solange er sie noch so sah wie einst die Fünfzehnjährige. Sie hatte es an seinem Blick erkannt und wußte, daß das die einzige Möglichkeit war, um ihn auf Distanz zu halten.

»Adam, es ist am besten, wenn wir einfach weiter so tun …« Lily unterbrach sich, als sie spürte, daß sie nicht mehr allein waren.

Ein Gefühl in der Magengrube verriet ihr, daß der friedliche Garten nicht mehr nur ihnen allein gehörte. Lily ergriff Adam am Ellbogen, zog ihn in den Pavillon und flüsterte: »Sag mir leise, wo Webb war, als du gegangen bist.«

»Im Jagdsalon, wo er sich noch einen Portwein eingegossen hat«, erwiderte Adam. »Sein Vater und Lord Trahern haben Billard gespielt.« Er sah sich nach beiden Seiten um. »Ich schließe aus deiner Frage, daß du denkst, wir wären nicht mehr allein.«

Lily nickte und dachte nach. Sie wußte, was sie an Webb Drydens Stelle wäre – und das hätte nichts mit einem weiteren Glas Portwein zu tun.

»Leg die Arme um mich«, forderte sie Adam auf.

Adam grinste. »Glaubst du, das wäre anständig?«

»Mach schon!« befahl Lily so laut, wie sie es wagte.

Nur zu bereit nahm Adam Lily in die Arme. Seine dunklen Augen funkelten vor Belustigung.

Als wenn er seine Rolle noch betonen wollte, zog er sie noch enger an sich und blickte sie verzückt an.

»Adam, muß das sein?«

»Das kommt auf die Sichtweise an. Und ich hoffe, unser Freund kann genau sehen, was ihm entgeht. Auch wenn ich nur raten kann, warum er uns nachspioniert. Willst du es mir verraten?«

»Er glaubt mir nicht. Uns nicht.« Sie seufzte und sah ihn an. »Daß wir verlobt sind.«

Adams Augen funkelten angesichts der Herausforderung. »Laß mich alle Zweifel auslöschen.«

Er senkte seinen Mund auf ihren, aber sie war nicht bereit, sich erneut von ihm küssen zu lassen. Das machte die Dinge nur noch komplizierter. Statt dessen lehnte sie den Kopf an seine Brust und hoffte, daß sie und Adam für jemanden, der aus der Ferne zusah, wie ein junges Liebespaar aussahen.

»Das ist aber nicht sehr überzeugend«, flüsterte er ihr ins Ohr.

»Adam, es tut mir leid mit der Verlobung, aber das ist unvermeidlich. Wir müssen meine Familie und insbesondere Webb Dryden überzeugen, sonst werde ich … werde ich in Familienangelegenheiten weggeschickt und versäume unser Treffen in London.«

Sie spürte, wie er verständnisvoll nickte.

»Als ich dich bat, mit nach England zu kommen, wußte ich, daß es Komplikationen geben würde. Das ist eine davon.«

»Aber ich könnte den Teufel schnell beseitigen. Laß mich einfach …«

»Das tust du nicht. Versprich mir, daß du nichts tust, was Webb Dryden provozieren könnte, halte dich einfach nur von ihm fern.« Aus den Augenwinkeln sah sie einen Schatten, der sich in der Dämmerung bewegte. Als sie genauer hinsah, dachte sie, daß es vielleicht der Wind gewesen war, der die Bäume an der Auffahrt bewegt hatte.

Vielleicht der Wind, aber wahrscheinlich Webb.

Obwohl sie ihn nicht sehen konnte, hätte sie die Tabakernte des vergangenen Jahres darauf verwettet, daß er in der Nähe war.

»Er ist hinter den Bäumen«, flüsterte Adam. »Warum zum Teufel spioniert er hinter uns her?«

Lily holte tief Luft. »Weil das sein Metier ist, Adam. Webb ist ein Spion. Sein Vater, Lord Dryden, ist der Kopf eines Spionagerings im Außenministerium.«

Adam holte tief Luft, als er den Ernst der Situation verstand. »Wir könnten morgen nach London aufbrechen. Denk dir was aus, und wir reisen morgen früh ab. Hier können wir nicht bleiben.«

Lily wich zurück und lachte auf, als hätte er eben etwas sehr Lustiges gesagt. Dann schmiegte sie wieder den Kopf an seine Schulter und flüsterte: »Das würde die Sache nur schlimmer machen. Nein, wir müssen ihn nur davon überzeugen, daß wir verlobt sind, glücklich verlobt, dann ist es gut.« Sie sah ihm ins Gesicht und sagte laut: »Oh, Liebster, du bist so wunderbar. Natürlich darfst du mich küssen. Aber nur einmal. Du weißt, daß mich deine Leidenschaft um den Verstand bringt und mich das Undenkbare denken läßt.«

Angesichts dieser Einladung schwand Adams Furcht, und er kam ihrer Einladung nur zu gerne nach.

Als er sie zärtlich küßte, wünschte sie nur, er könnte etwas von dem Feuer in ihr erwecken, das in ihren Träumen herumgeisterte.

Eine alles verzehrende Leidenschaft.

Ungewollt sah sie Webb vor ihrem geistigen Auge, und sie fragte sich, wie es wohl wäre, ihn zu küssen, in seinen Armen zu liegen, an ihn gepreßt zu werden ...

Als Adam ihr kurzes Schwachwerden bemerkte, nutzte er das aus, zog sie noch näher an sich und versuchte, den

Kuß zu vertiefen, aber das riß sie nur aus ihren törichten Träumereien.

Lily zog sich von ihm zurück. »Geh jetzt ins Haus zurück«, flüsterte sie. »Laß mich hier, ich kümmere mich darum.«

»Hältst du das für klug? Ich könnte ihn stellen. Ich würde ihn nur ein bißchen verprügeln, aber das würde ihn uns vom Leib halten.«

Lily schüttelte den Kopf. Sie brauchte soviel Abstand wie möglich zwischen Adam und Webb.

»Nein. Vergiß nicht, was du versprochen hast – keine Duelle. Bitte, Adam, geh rein.« Sie faltete die Hände über der Brust. Dann hob sie die Stimme, so daß jeder sie hören konnte: »Wenn du dir noch einmal solche Freiheiten erlaubst, werde ich mit Sicherheit ohnmächtig werden.«

Adam stand auf der Treppe und sah sie bittend an, damit sie ihn die Situation handhaben ließ, aber sie schüttelte leicht den Kopf. Sein Gesicht verschloß sich – er war bestimmt gekränkt –, dann drehte er sich um und ging mit großen Schritten zum Haus. Seine Füße knirschten auf dem Kies, und mit einem lauten Knall fiel die schwere Tür hinter ihm ins Schloß.

Vor sich hin summend machte auch Lily sich auf den Rückweg.

Die Stille der Nacht wurde plötzlich durch einzelnen Applaus und das Lachen eines Mannes gestört.

»Bravo, meine Dame«, sagte Webb Dryden und trat ihr hinter einem Baum hervor in den Weg. »Was für eine schöne Zurschaustellung der Leidenschaft! Und so wundervoll gespielt!«

Lily wich ihm aus und ging weiter. »Ich weiß nicht, was du meinst.«

Er ging neben ihr her. »Ich meine jenen Kuß. Einen Moment lang hätte ich ihn fast für echt gehalten.«

Sie blieb abrupt stehen. »Bist du für so ein pubertäres Verhalten nicht ein bißchen zu alt? Also wirklich, in deinem Alter zuzusehen!«

Er verschränkte die Arme vor der Brust. »Du hast wohl vergessen, daß das mein Beruf ist.«

Lily neigte den Kopf und schnaubte. »Paare in ihren intimen Momenten zu beobachten? Die Franzosen haben ein Wort für solche Art Männer. Willst du es hören?«

Er sah erschrocken und verletzt drein. »Nein, das will ich nicht. Was ich wissen will, ist, was du da gemacht hast.«

Lily tätschelte seinen Arm. »Ich sehe, daß diese Nacht eine große Herausforderung für deine Beobachtungskünste war, Mr. Dryden. Wie du so wunderbar herausgefunden hast, habe ich meinen Verlobten geküßt.«

Sie lächelte und wollte weitergehen, aber er ergriff sie am Ellbogen und hielt sie fest.

Lily holte tief Luft und sagte nichts.

»Ich weiß, daß du etwas im Schilde führst, Mrs. Copeland. Du bist nicht mehr mit dem Mann verlobt als mit mir.«

Er hielt sie noch immer fest.

Lily lachte. »Du kannst ruhig glauben, daß ich lieber mit einem Affen verlobt bin als mit dir. Warum glaubst du mir nicht, daß ich jemanden wie Adam heiraten will?«

Jetzt lachte Webb. »Oh, Adam, deine Leidenschaft bringt mich um den Verstand«, machte er sich über sie lustig. »Glaubst du wirklich, jemand würde so einen Haufen Unsinn glauben?«

Lilys Stolz war verletzt. Sie riß sich von ihm los und trat einen Schritt zurück. »Nur weil dein Liebesspiel immer mit einem vulgären Austausch von Münzen beginnt, gib nicht mir die Schuld, daß du wahre Liebe nicht erkennst.« Ihr Zeigefinger bohrte sich in seine Brust und ließ ihn einen Schritt zurücktaumeln.

»Wahre Liebe?« höhnte er. »Nicht sehr wahrscheinlich.« Er kam näher. »Vielleicht erinnerst du dich, Mrs. Copeland, daß ich dich verliebt gesehen habe. Ich weiß, wie dein anbetender Blick dann dem Mann folgt. Wie du nur daran denkst, bei ihm zu sein. Wenn du diesen wandelnden Modegecken wirklich liebtest, würde er jetzt nicht einsam in seinem Bett liegen, die Füße auf einer Wärmflasche und die Decke bis zum Kinn hochgezogen.« Er trat noch näher. »Ich weiß, was es heißt, wenn du in einen Mann verliebt bist. Und wie weit du gehen würdest, um bei ihm zu sein.«

Du hassenswerter, arroganter Kerl, wollte sie sagen, aber sie befürchtete, noch viel mehr zu sagen, wenn sie erst mal den Mund öffnen würde.

Er ragte über ihr auf, ein teuflisches Grinsen in den Augen, und sie wußte, was er dachte.

Fünf Jahre, zehn Jahre, zwanzig Jahre, es spielt keine Rolle, Lily. Ich werde immer der Mann sein, den du wirklich liebst.

Am schlimmsten war, daß er vielleicht recht hatte.

Sie schüttelte den Kopf und vertrieb die Gedanken. Webb Dryden zu lieben war so, als wollte man die Pest haben, und am besten war es, wenn sie auf Distanz blieb und ihr Herz vor ihm verschloß.

»Du bist unerträglich«, bemerkte sie. »Ich habe keine Ahnung, was du eigentlich sagen willst.«

»Oh, doch, Lily, das weißt du sehr gut. Du glaubst doch nicht im Ernst, daß dieser Kuß vorhin mich überzeugt hat. Das war doch nur ein armseliger Versuch, das zu verbergen, was ich und deine Familie nicht herausfinden sollen.«

Er kam der Wahrheit gefährlich nahe – der Wahrheit der Vergangenheit wie der der Gegenwart –, und Lily hatte keine Lust, über eine von beiden zu reden.

»Ich liebe Adam und will ihn heiraten.«

Er hob in arroganter Antwort die Brauen.

»Ich bin nicht mehr fünfzehn, Webb. Ich bin erwachsen und verschwende meine Zuneigung nicht mehr an Schurken und Weiberhelden. Ich will einen soliden, verläßlichen Mann. Einen Ehemann, dem ich trauen kann.« Diese Worte klangen echt, denn egal, was sie sonst zu ihm gesagt hatte, das hier meinte sie ernst.

Ja, sie hatte sich vor langer Zeit in Webb verliebt, und als er ihr das Herz gebrochen hatte, hatte sie Thomas Copeland erlaubt, der Webb so ähnlich war in seiner Männlichkeit, an seine Stelle zu treten.

»Ich will einen Mann wie Adam in meinem Leben«, flüsterte sie und hoffte, daß er den Schmerz in ihren Worten nicht hörte.

»Ich glaube dir nicht, Lily.«

»Bitte, Webb, laß mich in Ruhe. Das ist kein Spiel mehr.«

Er hielt sie ein Stück von sich weg, und sie fragte sich, was er sah, als er sie von oben bis unten betrachtete. Das fünfzehnjährige Mädchen, über das er sich lustig gemacht hatte, oder die erwachsene Frau? Sie wollte nicht, daß er sie erneut mit seinem Spott verletzte, und wandte den Blick ab.

Als sie dann wieder aufsah, erkannte sie den wirklichen Grund, warum Webb Dryden so gefährlich war für ihre Pläne.

Denn in seinen dunkelblauen Augen glänzte eine leidenschaftliche Anerkennung. Er sah sie unter dem Sternenhimmel mit neuen Augen. Und Lily wußte genug über Männer, um zu erkennen, daß ihm gefiel, was er sah.

Er schob die Hände unter ihren Mantel, und sie spürte seine warmen Finger, die über ihre bloßen Arme streichelten.

»Dein Adam mag es wagen, dich so zu halten«, flüsterte er und zog sie eng an sich, so daß sich seine Hüften an ihre preßten. Seine andere Hand glitt in ihr Haar und zwang sanft ihren Kopf zurück. Seine Lippen lagen nahe an ihren. »Aber weiß er auch, daß du es magst, genau hier geküßt zu werden?« Und seine Lippen strichen über die empfindlichste Stelle hinter ihrem Ohr.

Woher wußte er das? »Laß mich los!« verlangte sie schwach, als er fortfuhr, ihren Hals zärtlich zu küssen.

Noch als sie es sagte, wußte sie, daß sie es nicht wirklich wollte. Ihr Körper schien unter seiner Hitze zu schmelzen, während seine Berührungen ihr noch größere Leidenschaft verhießen.

Plötzlich ging ihr Kindheitstraum von Webb, der sie in die Arme riß und küßte, in Erfüllung.

»Lily«, flüsterte er, »*solche* Gefühle muß ein Verlobter in dir wecken.«

Lily öffnete die Lippen zum Protest, aber es war schwer, einen langgehegten Traum loszulassen. Seine Lippen eroberten ihre in einem Kuß, der alle Phantasie vergessen machte und ihre Träume in der Realität verankerte, wie sie es nie für möglich gehalten hätte.

Hart und wild bewegte sich sein Mund auf ihrem. Sie konnte nicht anders, als ihm entgegenzukommen, sich ihm mit allem Begehren zu öffnen, das sie so lange in sich verschlossen gehalten hatte.

Und selbst als sich ihre heimliche Leidenschaft so wundersam erfüllte, wußte Lily genau, wie sie Webb Dryden daran hindern konnte, ihre Pläne zu stören.

Er war auch nur ein Mann.

4

Webb hatte den Verdacht, daß in den Gärten von Byrnewood eine Hexe ihr Unwesen trieb, oder vielleicht war es auch das Licht des Mondes, das Lily ganz anders aussehen ließ. Plötzlich war sie keine farblose, düstere Witwe mehr.

Als sie den Kopf geneigt und ihn mit diesen seelenvollen grünen Augen angesehen hatte, hatte er nicht mehr gewußt, wie er noch atmen sollte. Um die Sache noch schlimmer zu machen, war eine goldene Locke unter ihrer schwarzen Seidenkappe hervorgerutscht und hatte sich sanft um ihre Wange geringelt, wo sie im Mondschein wie Gold glänzte.

Hinterher versuchte er sich zu überzeugen, daß er nur die Locke hatte zurückstreichen wollen, aber dann war es mehr geworden. Dieser unschuldige Blick hatte ihn herausgefordert, sie zu küssen, ihr zu zeigen, was zwischen Mann und Frau vorging, und zwar nicht der Unsinn, den sie ihm mit ihrem Verlobten vorgespielt hatte.

Ehe er wußte, was ihm geschah, hatten Lilys Lippen, erst so weich und unschuldig, das Feuer in ihm entfacht und ihn in einem sinnlichen, alles vergessen machenden Kuß gefangen.

Ihr Körper, nicht mehr mager, war unter seinen Händen plötzlich aufgeblüht und hatte ihn mit seinem kurvenreichen Charme entzückt – wiegende Hüften, die sich an ihm rieben und ihm vorgaukelten, daß sie nicht in einem Park standen, sondern gemeinsam auf einem großen Bett lagen.

Bevor er begriff, was geschah, befanden sich seine Sinne in einem Aufruhr, über den er keinerlei Gewalt mehr hatte.

Gedanken gingen ihm durch den Sinn, die alle damit zu tun hatten, Lily auszuziehen und zu verführen.

Was zum Teufel dachte er da?

Lily verführen?

Als er noch versuchte, zu verstehen, was da mit ihm geschah, und sich von ihr zurückzuziehen, brach sie den erotischen Zauber und zog sich von ihm zurück.

Das traf ihn wie ein Eimer voller kalter Wirklichkeit.

Denn vor ihm stand dieselbe unscheinbare kleine Witwe, die er hier getroffen hatte, und ihre aufrechte Haltung war an die Stelle der verführerischen Kurtisane getreten, die er noch Momente zuvor in den Armen gehalten hatte.

Dann begriff er und war erschüttert – Lily hatte sich ihm zuerst entzogen. Und wie aus dem triumphierenden Funkeln in ihren grünen Augen zu schließen war und er an ihrem schwachen Achselzucken zu erkennen glaubte, hatte ihr etwas gefehlt.

»Du mußt noch viel über Frauen lernen, Webb«, sagte sie und hob den Kopf. »Ich habe gedacht, ein Mann mit deiner Erfahrung hätte auf seinen Reisen das eine oder andere gelernt.« Sie seufzte, und der Laut zeugte von unausgesprochener Enttäuschung.

Lily wandte sich um und ging den Weg hinunter. Dann blieb sie noch einmal stehen und warf ihre vernichtendste Bemerkung über die Schulter: »Du kannst überlegen, ob du Adam nach seinem Geheimnis fragst, wie man mich mit nur einem Kuß schwach macht.« Sie ging zum Haus zurück.

Er folgte ihr, wobei er wegen seiner Verletzung immer noch leicht hinkte.

Sie war ihm auf vielerlei Weise unter die Haut gegangen. Aber er wollte verdammt sein, wenn er es zuließ, sich von einem Mädchen beeindrucken zu lassen. Dabei konnte er den Blick nicht von ihren schwingenden Hüften abwenden, als sie den Weg entlangschritt.

Gut, das hier hatte er verdorben, aber wenn er Geduld hatte, würde er schon den richtigen Dreh herausfinden.

Um dieser kleinen Miss ihren Platz zu zeigen.

Er holte sie ein. »Gefällt dir dein Besuch in England?« fragte er, als ob sie nur gemeinsam im Park spazierengingen.

Sie sah ihn an und verdrehte die Augen, als wäre er ein aufdringliches Kind, das um ein neues Spielzeug bettelte.

Webb hatte vor, sie die wahre Bedeutung von ausdauernd zu lehren.

»Ich bin froh, das zu hören«, sagte er mit großer Begeisterung. »Ich finde Byrnewood auch noch so schön wie beim letzten Besuch«, fügte er hinzu, als hätte sie ihn höflich danach gefragt.

Plötzlich blieb sie stehen. »Warum hinkst du?«

»Ich habe mich vor kurzem verletzt.«

Sie schluckte. »Hat sich jemand um dich gekümmert?«

»Ich habe es geschafft.«

Sie spitzte die Lippen, als wollte sie die Einzelheiten wissen, schwieg dann aber. »Du solltest besser auf dich aufpassen.«

»Ich werde daran denken«, versprach er, als sie weiterging, ihr Tempo jetzt seinen Schritten angepaßt.

Ihre Sorge brachte ihn aus dem Konzept, aber nicht lange. Schnell hatte er sich wieder gefaßt und legte seine Falle.

»Meine liebe Mrs. Copeland«, begann er. »Ich weiß, daß du etwas im Schilde führst, und ich bin entschlossen herauszufinden, was das ist.«

»Spiel woanders, Mr. Dryden«, wies sie ihn an. »Du verschwendest nur deine Zeit, wenn du hinter mir her bist. Das bist du doch, nicht wahr? Hinter mir her? Oh, wie die Mächtigen gesunken sind. Was hast du nur getan, um so einen gefährlichen Auftrag zu bekommen?«

Webb fragte sich gerade dasselbe. »Mein Vater will dich für diese Mission, und ich will dafür sorgen, daß du zustimmst.«

Nicht, daß er die Entscheidung seines Vaters unterstützte. Er persönlich hielt Lily für eine schlechte Wahl, aber wie sein Vater gesagt hatte, war keine Zeit, um in den Straßen Londons nach einer besseren Emigrantin Ausschau zu halten. Wenn ihr Vater also dieses blasse Kind für die Mission wollte, würde er, Webb, sein Bestes tun, um sie dazu zu bewegen.

»Er hat dich als Unterhändler geschickt?« Sie lachte. »Und ich habe Lord Dryden immer für einen intelligenten Mann gehalten.« Dann blieb sie stehen. »Und wie willst du mich dazu bringen, mit dir zusammen nach Paris zu reisen? Dein Kuß hat es nicht geschafft, und nun bleibt nur noch dein überwältigender Charme, gegen den ich ebenfalls immun bin. Was hast du noch an Überzeugendem zu bieten?«

Er haßte es, wenn sie so selbstzufrieden klang, so selbstsicher. Aber eine Waffe hatte er noch.

Ausdauer.

Es war offensichtlich, daß Lily ihn nicht in der Nähe ihres kolonialen Verehrers haben wollte. Und warum wollte sie unbedingt in England bleiben?

Nun, wenn er nur lange genug bei ihr blieb, würde er das schon noch herausfinden.

Webb grinste. »Was habe ich noch? Laß mich überlegen.« Er klopfte sich mit dem Finger gegen das Kinn. »Ah, nun, was sagst du zu meiner Gesellschaft? Zu meiner ermüdenden, nie endenden Präsenz in deinem Leben?«

Sie sah ihn mißtrauisch an.

»Hör mir gut zu, Göre«, sagte er und beugte sich dicht zu ihr herunter, »denn ich schwöre hier und jetzt, daß ich dir folgen werde, dich verfolgen werde und jede deiner Bewegungen im Blick haben werde, bis ich weiß, was du vorhast. Du siehst, ob deine Familie den Unsinn über deine Verlobung glaubt oder nicht, ich tue es nicht. Ich glaube, daß du etwas vorhast, Mrs. Copeland, und ich habe vor, herauszufinden, was das ist.«

Sie runzelte die Stirn. »Nenn mich nicht Göre.«

Er grinste.

»Und denke nicht daran, mir zu folgen. Das wäre unziemlich. Ich bin verlobt. Wenn ausgerechnet du jeder meiner Bewegungen folgtest, würde das den Klatsch herausfordern und womöglich zu einer Lösung meiner Verlobung führen.«

»Und das wäre ja schrecklich, nicht wahr?«

Sie wandte den Blick ab und überlegte – falls die Art, wie sie nervös an ihrem Ring spielte, ein Anzeichen darauf war. »Wenn ich zustimme und bei deinem Vater mitspiele«, fragte sie langsam, »habe ich dann sein Wort, daß ich in der ersten Januarwoche wieder in England sein werde?«

»Du hast mein Wort.«

Sie schüttelte den Kopf. »Ich will das deines Vaters.«

»Gut, dann sollst du als erstes morgen früh das Versprechen meines Vaters haben, daß du zu deiner *Hochzeit* wieder hiersein wirst.«

»Und du läßt mich von jetzt an in Ruhe und mischst dich nicht in meine Verlobung, bis wir nach Paris aufbrechen?«

»So wenig wie möglich«, versprach er und konnte kaum glauben, daß sie so leicht zu überzeugen war. »Wir müssen sofort mit deinem Training anfangen, damit du Adelaide überzeugend spielen kannst.«

Sie spitzte die Lippen, dann nickte sie.

»Ich werde mit dir nach Paris reisen. Aber danach will ich dich nie wiedersehen.«

»In diesem Punkt will ich nicht widersprechen, Mrs. Copeland. Morgen fangen wir an.« Als Webb ihr nachsah, wie sie mit entschiedenen Schritten davonging, fragte er sich einmal mehr, warum sie so schnell zugestimmt hatte, nach Paris zu reisen, nachdem sie doch vorher so heftig protestiert hatte.

Als sie sich an der Tür lächelnd zu ihm umdrehte, wußte er, daß Lily nicht vorhatte, ihr Wort zu halten. Morgen würde er nicht nur den Sonnenaufgang bewundern können, sondern auch Lilys nächste Intrige.

Lily schloß die Tür ihres Zimmers hinter sich und blieb einen Moment stehen, um sich zu fassen.

Kohlen glühten im Kamin und warfen ein warmes Licht in den Raum. Sie ging darauf zu und hielt ihre Hände zur Wärme, um die Kälte des Novemberabends daraus zu vertreiben.

»Und was hast du so spät noch gemacht?«

Lily zuckte bei der Frage ihres Mädchens zusammen.

»Celeste!« stieß sie hervor. Völlig in Gedanken versunken hatte sie die große Mulattin in der Ecke neben dem Kamin nicht bemerkt. »Warum bist du denn noch auf?«

Zusammen mit dem Copeland-Land hatte Lily auch die Sklaven der Plantage geerbt, zu denen auch Celeste zählte. Sie war auf Martinique geboren worden und mit sieben Jahren auf die Plantage gekommen, wo ihre Großmutter sie aufgezogen hatte, eine Wahrsagerin, die recht bekannt war. Celeste war als Spielkameradin für Thomas' Schwester gekauft worden, im Herrenhaus aufgewachsen und mit der Tochter des Hauses erzogen worden. Mittlerweile war Celeste eine kluge und gebildete Frau.

Als Thomas' Schwester an einem Fieber gestorben war, hatte Celeste einen Großteil der Haushaltspflichten übernommen, bis Thomas Lily geheiratet hatte. Statt die schöne und kluge Sklavin in die Küche oder auf die Felder zurückzuschicken, wie eine andere Herrin es getan haben mochte, freute Lily sich über die Erfahrung und die Freundschaft der Frau in dem ihr fremden Copeland-Haus.

Lily wiederholte ihre Frage. »Warum bist du noch auf? Ich dachte, du schläfst schon lange.«

»Ich hasse die Kälte, und ich habe mir Sorgen um dich gemacht.« Celeste erhob sich und zog einen zweiten Stuhl ans Feuer. Mit der kaffeefarbenen Haut, den hellbraunen Augen und ihrer bunten Kleidung bot sie eine exotische Erscheinung unter den schlicht gekleideten Dienstboten auf Byrnewood. »Etwas stimmt nicht. Das habe ich heute in den Teeblättern gesehen.«

Celeste hielt treu an den Lektionen fest, die ihre Großmutter, die Wahrsagerin, ihr einst erteilt hatte. Lily lächelte, als sie Platz nahm und sich die kalten Hände wärmte.

Obwohl Lily Celestes Wahrsagekunst nicht ernst nahm, hielt sie sie für eine weise Frau und ihre beste Freundin.

Früher hatte sie ihre Gefühle mit der beredten Magd teilen können, doch jetzt war sie scheu bei dem Gedanken daran, was im Garten geschehen war.

»Was ist los?« fragte Celeste. »Sicher ein Mann.«

Lily nickte. Sie fuhr sich mit den Fingerspitzen über die Lippen, weil sie immer noch die Hitze von Webbs Kuß zu spüren glaubte.

Ich kann nicht mit ihm nach Paris reisen. Nicht jetzt, nachdem …

Celeste lachte. »Sag mir, daß es nicht Mr. Saint-Jean ist. Ich habe den Unsinn über ihn und dich im Dienstbotentrakt gehört. Was für Lügen hast du da erzählt?«

»Ich mußte meiner Familie erzählen, daß ich mit Adam verlobt bin. Sonst hätten sie mich nach Paris geschickt.«

Celeste riß erschrocken die Augen auf. »Paris? Du kannst nicht nach Paris.«

»Ich weiß«, sagte Lily. »Aber es war die einzige Ausrede, die mir im Moment einfiel.«

»Wenn es nicht Master Saint-Jean ist, dann ist es der junge Mann, der spionierend aus dem Arbeitszimmer gekommen ist?« Celeste lächelte. »Ich wußte es! Der Mann aus der Vergangenheit, wie ich es vorhergesehen habe.«

»Du weißt doch, daß ich daran nicht glaube«, wehrte Lily ab. Obwohl Celeste für ihre präzisen Vorhersagen berühmt war, gefiel Lily die Vorstellung nicht, daß ihre Zukunft schon feststand. Sie betrachtete ihre Handfläche, in der laut Celeste alles geschrieben war.

Ein Mann aus der Vergangenheit. Ihre wahre große Liebe, hatte Celeste ihr auf der Überfahrt vorausgesagt. Es war ein grauer, regnerischer Tag gewesen, an dem Lily sich so gelangweilt hatte, daß sie die Ablenkung begrüßt hatte – bis Celestes Worte den Geheimnissen in ihrem Herzen zu nahegekommen waren.

Und nun lief sie in eine Zukunft, die sie nicht wollte.

»Du hast ihn geküßt.« Celeste, die im Grunde ihres Herzens eine Romantikerin war, seufzte.

»Woher weißt du das?« fragte Lily. »Das siehst du doch sicher nicht in meiner Handfläche?«

Celeste zuckte die Achseln. »Woher willst du das wissen?«

Lily sah sie mißtrauisch an.

»Nein, das habe ich nicht in deiner Hand gelesen. Aber meine Augen sind noch gut.« Celeste lächelte. »Ich habe dich vom Fenster aus gesehen. Ein gutaussehender Mann. Und ein guter Kuß, so wie es aussah.«

»Was weißt du schon von Küssen?«

Celeste hob die Brauen. »Ich weiß viel übers Küssen.«

»Nun, so soll ein Kuß nicht sein«, erwiderte Lily. Es durfte nicht sein. Wie konnte ein einziger Kuß ihr das Gefühl geben, daß die Welt um sie herum verschwand?

Das war die Leidenschaft, von der sie geträumt hatte, aber konnte das Schicksal so grausam sein, daß sie die nur bei Webb Dryden fand? Wieder sah sie auf ihre Hände. »Ein Kuß sollte nicht so sein.«

»Wenn du so etwas Dummes sagst, hast du noch nie zuvor einen Mann geküßt«, sagte Celeste.

»Du lieber Himmel, ich war mit Thomas Copeland verheiratet. Und seinen Ruf kennst du gut.«

Celeste streckte die Beine aus und wackelte mit den bloßen Zehen. »Thomas Copeland war kein Mann. Kein guter, um es genau zu sagen.«

»Nun, das ist Webb Dryden auch nicht. Er ist einer von der schlimmsten Sorte.«

»Aber er kann küssen?«

Jetzt stieg Lily das Blut in die Wagen. Sie hatte nicht aufhören wollen, keine Sekunde lang. Nicht, bis sie …

Ihre Wangen wurden noch wärmer, und weil sie sich sagte, daß sie zu nahe am Feuer saß, wandte sie das Gesicht ab in die Kälte des Raumes.

Wo sie ihr Erröten und ihre Geheimnisse verbergen konnte.

»Du wirst ihn heiraten, weißt du. Nicht einmal, sondern zweimal. Er ist dein Herz und dein Schicksal.« Celeste berührte die Holzkette, die sie immer trug.

»Unsinn, Celeste. Ich würde diesen Teufel nicht mal einmal heiraten, geschweige denn zweimal. Such dir lieber neue Teeblätter. Der Mann, den du mein Herz nennst, erpreßt mich, damit ich mit ihm nach Paris fahre. Er hat gesagt, wenn ich nicht einwillige, verfolgt er mich, bis er weiß, was ich vorhabe und warum ich die Lüge mit Adam erdacht habe.« Lily schwieg. »Und das können wir nicht brauchen. Nicht, wenn wir den Rest unseres Lebens woanders als in einem englischen Gefängnis verbringen wollen.«

Celeste nickte. »Und was hast du ihm gesagt?«

»Was konnte ich schon tun? Ich habe zugestimmt. Zumindest erst mal.«

Celeste nickte. »Ich finde, du solltest mit ihm reisen. Dann wirst du sehen, daß er der Mann ist, von dem ich dir erzählt habe.«

»Ich habe nicht vor, mit ihm nach Paris zu fahren. Du weißt sehr gut, daß ich nicht auf den Kontinent reisen kann, wenn ich in London erwartet werde.«

»Du hättest es diesem Mann nicht versprochen, wenn du nicht reisen wolltest.« Celeste lehnte sich lächelnd auf ihrem Stuhl zurück. »Du wirst nach Paris fahren, und er wird sich in dich verlieben.«

»*Wenn* ich fahre«, verbesserte Lily.

Celeste starrte sie an. »Was sagst du da?«

»Überlaß das mir.« Lily hatte nicht wirklich gelogen, als sie gesagt hatte, sie würde nach Paris reisen. Lily war stolz darauf, immer ihr Wort zu halten.

Sie hatte zu ihrem Versprechen gestanden, nachdem sie herausgefunden hatte, was für ein Schurke Thomas Copeland war, und sie hatte geschworen, die Familiengeheimnisse zu hüten, als ihr Schwiegervater drei Monate später gestorben war. Und während ein Teil von ihr sich wünschte, ihr Wort zu halten und mit Webb nach Paris zu fahren, wußte sie doch, daß das nur katastrophal enden konnte.

Aber sie hatte es versprochen.

Sie mußte nur Webb dazu bringen, das Versprechen für sie zu brechen.

Webb kam am nächsten Morgen zum Frühstück, als Lily schon lange gegessen hatte. Sie saß mit seinem Vater am Kopfende des Tisches, und als er sich auf den freien Stuhl daneben setzte, hallte ihr Lachen durch den Raum.

»Ist das wahr?« hörte er Lily fragen. »Doch nicht auf seiner ersten Mission?«

Sein Vater nickte, und die kleine Göre grinste von Ohr zu Ohr.

Webb zuckte zusammen. Er wußte genau, wovon sie sprachen. Seine erste Mission. Sie war mittlerweile eine Legende im Außenministerium, die die Ausbilder erzählten, um ihren Schülern beizubringen, wie man es nicht machen durfte.

»Wir können von Glück sagen, daß er noch bei uns ist«, schmunzelte sein Vater. »Äh, Webb, da bist du ja. Setz dich doch, wir haben gerade über dich gesprochen.«

»Das habe ich geahnt, Sir.« Webb nahm steif Platz. Ein Diener trat vor, und er sagte ihm, was er wollte. Ein zweiter goß ihm starken Kaffee ein.

Lily nickte ihm über den Tisch zu, als wollte sie ihre Übereinkunft von gestern abend bestätigen, aber mehr auch nicht.

Falls da noch etwas von der Leidenschaft der Nacht war, so war es nicht zu bemerken. Auch wenn Lily noch immer das Witwenkleid trug, so hatte sie es heute mit einem weißen Seidenschal aufgeputzt, der Kontrast zu ihrem strengen Kleid bot.

Lily hob eine Tasse mit heißem Tee an die rosigen Lippen und blies sacht in die dampfende Flüssigkeit. Über den Goldrand des Porzellans hinweg sprach sie ihn an. »Dein Vater hat mir erzählt, daß du vor kurzem in Frankreich warst und dort verletzt wurdest.« Belustigung tanzte in ihren Augen. »Vielleicht willst du lieber auf diesem Stuhl sitzen?« Sie klopfte auf einen gepolsterten Stuhl neben sich. »Sophia hält ihn immer für meine Tante Dearsley bereit.«

Webb unterdrückte eine bissige Antwort dazu, daß er mit einer ältlichen Dame verglichen wurde. »Was mein Vater dir auch erzählt haben mag, mir geht es gut.«

»Aber, aber, wo ist dein Sinn für Humor geblieben?« Sein Vater lehnte sich auf seinem Stuhl zurück und hob die Tasse an die Lippen. »Ich war gerade dabei, Lilys Besorgnis in bezug auf ihre Rolle in dem ganzen Unternehmen zu zerstreuen. Ich habe ihr erzählt, daß deine schlimmste Verwundung bisher ein Schuß in den ...«

»Vater!« schnitt Webb jede weitere Ausführung ab. Ehe sein Vater weitersprechen konnte, erschienen ihre Gastgeber bei Tisch.

»Ah, guten Morgen zusammen«, sagte Sophia, als sie trotz ihrer Schwangerschaft graziös in den Raum schritt. Giles brachte sie zu ihrem Platz, bevor er sich selber hinsetzte.

»Lily hat sich die Sache überlegt«, verkündete Lord Dryden. »Wir müssen sofort mit den Vorbereitungen beginnen, und ich möchte, daß ihr alle ihr von euren Erfahrungen erzählt.« In einer warmen, väterlichen Geste griff er über den Tisch und tätschelte Lilys Hand. »Das Mädchen denkt, es könnte alles verderben. Und ihr wißt, daß ich das nicht zulasse.«

Diesmal war Webb mit Lily einer Meinung. Er hatte keine Zweifel daran, daß sie am wenigsten für die Aufgabe geeignet war.

Ungelernt, undiszipliniert, unwillig, Befehle anzunehmen und, was am schlimmsten war, unberechenbar in ihrem Verhalten.

Wenn sie seine Gedanken erriet, verriet ihr Lächeln nichts davon. »Lord Dryden hat mir von deinen Fehlern erzählt, Webb. Es gibt soviel zu lernen und so viele Gefahren.« Sie erschauerte leicht. »Ich weiß nicht, wie ich nach so kurzer Vorbereitungszeit für dich von Nutzen sein sollte.«

Ehe sie weitersprechen konnten, erschienen Mrs. Saint-Jean und Adam. Die ältere Dame war in ehrlicher Unruhe, weil der Morgen schon so weit fortgeschritten war. Sie schritt den langen Tisch an der Wand ab, auf dem das Frühstück bereitstand, sah sich alles genau an und sank dann auf den Polsterstuhl neben Lily.

Adam, der mit hellen Hosen und einem eleganten Jackett eher für die Bond-Street als für ein Frühstück auf dem Lande gekleidet war, grinste Lily verschwörerisch zu, ehe er sich neben Webb setzte.

Mrs. Saint-Jean stieß pfeifend den Atem aus. »Oh, ich merke, daß ich mich schon Ihrem Müßiggang angepaßt habe. Ich war mir ganz sicher, daß ich als erste auf sein würde. Wir Saint-Jeans sind als Frühaufsteher bekannt.«

Darauf wußte niemand eine Antwort, und die Dame war zufrieden, weil sie jede Unterhaltung gestoppt hatte.

»Haben Sie gut geschlafen, Ma'am?« fragte Sophia höflich.

»Hm, das würde ich nicht sagen. Dieses Zimmer, in das man mich gesteckt hat, ist schrecklich zugig. Aber ich glaube, die Leute denken nicht an Bequemlichkeit, wenn sie diese riesigen Steinmonstrositäten bauen. Wenn es um ihren Reichtum geht, achten sie auf die praktische Seite. In Waterton haben wir fünf Kamine, und keiner davon qualmt oder ist feucht.«

Nach kurzem Schweigen ergriff Mrs. Saint-Jean wieder das Wort. »Nun, ich weiß, daß Ihre Taschen voll sind«, sagte sie und hob ihre Tasse in Giles' Richtung. Dann wandte sie sich an Lord Dryden. »Und bei Ihnen mit Ihrem klangvollen Titel ist es gewiß ebenso. Aber Sie«, sprach sie Webb an, »wie halten Sie sich über Wasser? Ich höre, daß Ihr jungen Kerle immer nur Ärger macht.«

Webb wußte nicht, wie er auf eine so rüde Frage antworten sollte. Noch nie hatte ihn jemand so rundheraus nach seiner Beschäftigung gefragt.

Als er noch nach einer unschuldigen Antwort suchte, griff Lily ein.

»Habe ich Ihnen das nicht gesagt, Mrs. Saint-Jean?« Sie reicht der Dame das Buttermesser. »Mr. Dryden ist ein Spion.«

5

Nach dem Frühstück hatte sich Lily wie eine Gefangene auf dem Weg zum Galgen gefühlt, als sie mit Lord Dryden, Webb, Sophia und Giles in das Arbeitszimmer gegangen war. Vorher hatte Sophia noch Adam und seine Mutter zu einem Einkaufsausflug nach Bath geschickt, der den ganzen Tag dauern würde.

Adam war nur zu bereit dazu gewesen, nachdem Giles ihm für den Ritt seinen Zuchthengst angeboten hatte. Mrs. Saint-Jean war bequem in der offenen Kutsche der Familie untergebracht worden.

»Ich habe es dir schon einmal gesagt, Vater, und ich sage es jetzt wieder: Sie ist unberechenbar.« Webb warf Lily einen anklagenden Blick zu, ehe er sich wieder an seinen Vater wandte. »Es gibt Tausende von Emigranten in London, und sicher Dutzende, die deine Erbin spielen könnten. Du kannst mir nicht weismachen, daß du in St. Georges Fields oder in den Wohnungen um St. Pancras keine bessere Adelaide …«

Wieder ruhte sein stechender Blick auf Lily.

Sie war klug genug, den Kopf zu senken und nicht zu lächeln.

Stoisch saß Lily auf dem Sofa und hörte sich Webbs Einwände gegen ihre Rolle an, zu denen Giles und Sophia ihre eigenen zufügten.

Es war nicht leicht, sich Ausführungen über die eigene Unfähigkeit anzuhören, aber Lily wußte, daß hierin ihre Chance lag, die Aufgabe doch noch abgeben zu können.

Sie hatte gestern Celeste ihre Pläne erklärt. Wenn sie sich als komplett ungeeignet für die Arbeit einer Spionin zeigte, würde Webb darauf bestehen, sie durch jemand anderen zu ersetzen. Allerdings hatte sie nicht erwartet, daß er nach nur einer Bemerkung von ihr schon damit anfangen würde.

Sie hatte diesen Morgen schon jetzt satt, wie sie alles seit der Woche nach Thomas' Tod satt hatte, aber je mehr sie wie ein völliger Dummkopf wirkte, desto eher würde ihr Plan funktionieren.

Die De-Chevenoy-Erbin, die man in Paris erwartete, mußte eine sprühende, hübsche Erscheinung sein, während Lily alles tun wollte, um so weit wie möglich von diesen Eigenschaften abzuweichen.

Unter gesenkten Wimpern hervor betrachtete sie Webb. Er saß aufrecht auf seinem Stuhl, und seine Miene war ausdruckslos und verriet gar nichts.

Lily fragte sich plötzlich, ob Webb je andere Gefühle als Verachtung für sie empfunden hatte. Oder ob er noch an den Kuß von gestern abend dachte. Nicht, daß es ihr etwas bedeutete, ob er an sie dachte oder nicht.

Das Problem war, daß sie es tat. Wieder hatte sie das Gefühl, fünfzehn und in dieser hoffnungslos einseitigen Liebe gefangen zu sein.

Lily schloß die Augen und schüttelte den Kopf, um die Gedanken zu vertreiben.

»Ein Spion! Sie hat diesem Fischweib erzählt, daß ich ein Spion bin!« beschwerte sich Webb.

Lily biß sich auf die Unterlippe, um nicht zu lächeln. Es war höchst amüsant gewesen, Mrs. Saint-Jeans Reaktion auf ihre Worte zu beobachten.

Lily hatte sich den richtigen Zeitpunkt für ihre Eröffnung ausgesucht, denn die Dame hatte gerade einen großen Bissen Hering in den Mund gesteckt. Wenn Giles nicht so schnell reagiert und der hustenden Dame auf den Rücken geklopft hätte, hätte Lily Adam vielleicht noch den Gefallen getan, ihn zum Vollwaisen zu machen.

Die anderen hatten sie angestarrt, als hätte sie ihren Kopf zwischen den Kissen vergessen. Lord Dryden, Sophia und Giles hatten sich schnell wieder gefaßt und ihr Erschrecken hinter ausdruckslosen Mienen verborgen, aber Webb war eindeutig wütend gewesen.

Die alte Dame war schnell davon überzeugt worden, daß Lily nur eine witzige Bemerkung hatte machen wollen. Schließlich hatte selbst Mrs. Saint-Jean gelacht, aber erst, nachdem sie Lily über die Untugend des Lügens belehrt hatte.

Lily hatte mitgespielt und ihre künftige Schwiegermutter davon überzeugt, daß sie kein wahres Wort gesprochen hatte.

»Es dient nicht ihrer Sicherheit, wenn sie alles herausblökt, was ihr gerade durch den Kopf geht«, merkte Webb an, der erregt vor dem Schreibtisch hin und her ging, ehe er sich in den Schaukelstuhl sinken ließ, die Arme vor der Brust verschränkt, die Brust vorgestreckt.

Lily strich glättend über ihr Kleid und tat so, als wäre sie von all der Aufregung verwirrt.

»Ich muß Webb zustimmen, Mylord«, ergriff jetzt Sophia das Wort. »Lily ist schließlich meine Schwester, und ich will auf keinen Fall, daß ihr etwas passiert.«

Lily fragte sich, ob das stimmte. An Sophias zusammengepreßten Lippen und scharfen Blicken konnte sie sehen, daß ihre Schwester über ihren Ausrutscher vorhin entsetzt war, zumal es vor fast Fremden geschehen war.

»Nun, ich muß sagen, daß auch mich deine Unklugheit erstaunt hat, Lily«, wandte sich Lord Dryden jetzt an sie. »Das läßt mein Vertrauen in dich für diese Mission doch geringer werden. Ich habe gedacht, du wärst eher wie ...«

Er sprach nicht weiter, aber Lily wußte, was er hatte sagen wollen.

Eher wie deine Schwester.

Sophia. Die immer überlegene, mutige und perfekte Sophia.

Das hörte sie, seit sie Laufen gelernt hatte. »Warum kannst du nicht so sein wie Sophia?« Selbst als Sophia ihre Familie in Ungnade gebracht hatte, war sie noch immer für ihren Charme und ihre Manieren bewundert worden.

Oh, wie Lily es haßte, immer nur im Schatten ihrer Schwester zu leben!

Nun, nicht mehr viel länger.

»Ich habe nicht gedacht, daß das ein Problem werden könnte, Mylord«, sagte sie zu Lord Dryden. »Mrs. Saint-Jean gehört praktisch zur Familie. Ich betrachte sie als Inbegriff der Verschwiegenheit.«

»Verschwiegenheit?« Webb sprang aus dem Schaukelstuhl auf. »Die Tatsache, daß das Mädchen diese alte Schwätzerin für verschwiegen hält, sollte Beweis genug dafür sein, daß sie für diese Mission gänzlich ungeeignet ist. Ihre Unfähigkeit wird innerhalb einer Woche zu unserem Tod führen, wenn es überhaupt solange dauert.« Er stöhnte frustriert auf und setzte sich wieder hin. Finster sah er sie an und rieb sich mit der Hand abwesend über die verletzte Schulter.

Lily war vernünftig genug, sich niedergeschmettert zu geben, während sie sich eisern zurückhalten mußte, um Webb nicht ein oder zwei Dinge zum Thema Diskretion zu sagen.

Lord Dryden lehnte sich zurück – er hatte wieder den besten Stuhl im Raum ergattert. Er schüttelte den Kopf. »Ich weiß nicht, was wir sonst tun können.«

Lily hielt den Atem an. Sie hätte nicht gedacht, daß es so einfach sein würde, alle davon zu überzeugen, daß sie eine schlechte Spionin abgeben würde. Aber ihr kurzer Triumph schwand, als Lord Dryden ernst weitersprach.

»Die Berichte, die ich heute morgen bekommen habe, klingen nicht gut. Die Situation auf dem Kontinent wird mit jedem Tag ernster. Das bedeutet, daß wir sie doppelt schnell unterrichten müssen.« Er lächelte Lily an. »Dir ist ein kleiner Fehler unterlaufen, aber wenn du auf Webb und deine Schwester hörst, wirst du den Rest ohne solche Ausrutscher überstehen.«

Als aller Augen sie skeptisch betrachteten, hatte Lily das beschämende Gefühl, ein Welpe zu sein, dem in der Halle ein Mißgeschick passiert war.

Lord Dryden verschränkte die Hände auf dem Tisch. »Morgen kommt die Schneiderin. Sophia, ich möchte, daß du die Kleider aussuchst. Webb, du hast eng mit de Chevenoy zusammengearbeitet und kennst dich am besten mit seinem Haushalt und den Dienern aus. Arbeite mit Lily, bis sie mit geschlossenen Augen durch das Haus gehen kann, als wäre sie dort aufgewachsen. Dann kommt die gegenwärtige Situation in Frankreich dran.« Er wandte sich an Lily. »Du hast eine Klosterschule besucht, nicht wahr?«

Lily schüttelte den Kopf. »Ich sollte die Schule von Sophia besuchen, aber dann …« Ihre Stimme verebbte. Sie sprach nicht gerne über das, was in ihrer Kindheit passiert war, die durch einen Terror beendet worden war, der heute noch ihre Nächte heimsuchte.

»Ja, natürlich, das kam natürlich unpassend«, murmelte Dryden. »Dann müssen wir die Jahre von Adelaides Schulbesuch auch ändern.« Er zog ein Stück Papier hervor. »Hier ist der Lehrplan. Du mußt besonders gut in Gesellschaftstanz, Stickerei und Konversation sein.« Er runzelte die Stirn bei letzterem. »An der Konversation müssen wir definitiv noch arbeiten. Wie sieht es mit dem Tanzen aus?«

»Nicht sehr gut«, gab sie ehrlich zu und hoffte, daß Lord Dryden sie damit doch noch ersetzen lassen würde.

»Tanzen«, informierte Lord Dryden Lily, »ist in Paris gerade die letzte Mode. Das hier reicht nicht.« Er suchte in seinen Papieren, bis er ein recht zerknittertes Blatt hervorzog. »Ja, das ist es. Es hat den Anschein, daß der gefeierte Meister des St.-Pierre-Theaters, Monsieur François, einige Jahre an Adelaides Schule Tanzunterricht gegeben hat. Deshalb wird erwartet, daß Adelaide exzellent tanzen kann.« Er seufzte. »Du wirst es lernen müssen.«

Jetzt, da er wieder wie gewohnt sichten und anordnen konnte, war Lord Dryden wieder ganz Herr der Lage. »Giles, ich habe eine Reihe von Aufgaben in London, die sofort erledigt werden müssen, und wir müssen eine Hilfe aus London holen. Laß deine schnellste Kutsche vorfahren. Wir haben nur vierzehn Tage Zeit für die Vorbereitungen. Ich vertraue darauf, daß ihr alle euer Bestes geben werdet.«

Als Lily sich umsah, dämmerte ihr, daß Lord Dryden der einzige war, der diese optimistische Hoffnung hegte.

»Nein! Nein! Nein!« Das letzte Wort klang fast wie ein Schmerzenslaut. Monsieur Beauvoir, Londons bester Tanzlehrer, stieß seinen Stock zum viertenmal auf den polierten Boden des Tanzsaales. Als *der* Tanzlehrer Londons betrachtete der Franzose seine Schüler als Menschen, die sich glücklich schätzen konnten, bei ihm Unterricht zu bekommen. »Nein, Mrs. Copeland, da sollen Ihre Füße nicht sein. Wissen Sie nicht mehr? Ich habe es Ihnen gestern erklärt und …« – den Tag davor und den Tag davor, dachte Lily, während der arme Franzose seinen Blick himmelwärts richtete und sein Schicksal in seiner Heimatsprache beklagte.

Tanzmeister, von wegen. Folterknecht trifft die Sache eher, dachte Lily und krümmte die Zehen in den engen Tanzschuhen.

»Passen Sie auf, wie Ihre *chère tante et moi* es machen«, mahnte er und bot ihrer Tante Lady Larkhall die Hand. Dann bedeutete er mit einem kurzen Nicken seiner stummen Frau am Klavier, noch einmal zu beginnen.

Wegen Sophias Schwangerschaft hatte Lady Larkhall zugestimmt, für den Tanzunterricht vom benachbarten Gut herüberzukommen. Der Saal von Byrnewood hatte lange keine so anmutige Tänzerin mehr erlebt.

Dazu flogen Mme. Beauvoirs Finger mit immer gleicher Präzision über die Tasten.

Als der Tanzmeister sich vor Lady Larkhall verneigte und dann elegant mit ihr über die Tanzfläche glitt, konnte Lily nicht anders, als das perfekte Paar zu bewundern. Jeder Schritt sprach von Anmut und Harmonie.

Seit Mr. Beauvoirs Ankunft verbrachte Lily jeden Vormittag hier mit Tanzunterricht. Eine Serie von unglücklichen Partnern hatte ihr dabei zur Seite gestanden, Giles, Lord Dryden und ein paar Diener mit eingeschlossen, die jetzt jeweils zu verschwinden schienen, sobald sich der Zeiger der Tanzstundenzeit näherte.

An diesem Morgen hatte eine Flucht passender männlicher Partner eingesetzt, die alle lieber verschwunden waren, als sich der schmerzhaften Pflicht im Tanzsaal zu unterziehen.

Lily warf einen Blick auf ihre schmerzenden Zehen und sah dann entschuldigend zu Webb auf, ihrem heutigen Tanzpartner, dessen schmerzvolle Miene kaum seine Frustration über Lilys Verwandlung in die anmutige Adelaide de Chevenoy verbergen konnte.

Lily hatte sich ganz auf die Geschichtsstunden konzentriert und bei der Näharbeit eine Katastrophe angerichtet.

Ihre Erinnerungen an den blühenden Klostergarten auf Martinique klangen eher so, als hätte Adelaide ihre Schulzeit bei klirrender Kälte in St. Petersburg verbracht.

Jeder Fortschritt oder dessen Mangel wurde täglich Lord Dryden gemeldet, begleitet von einem Kopfschütteln und dem Vorschlag, sie doch noch zu ersetzen.

Aber Lord Dryden wollte nichts davon hören und wies seine Agenten nur an, sich noch mehr Mühe zu geben. Die Berichte aus Frankreich klangen in der Tat ernst. Wenn Henris Tagebücher entdeckt wurden, ehe die Engländer sie holen konnten, würden viele Agenten in Frankreich in Lebensgefahr sein.

»Bitte, paß besser auf«, drängte Webb und wiederholte damit eine oft benutzte Phrase seines Vaters.

»Das tue ich«, sagte Lily wahrheitsgemäß. Nichts wäre ihr lieber, als genauso anmutig durch den Saal zu gleiten wie ihre Tante, aber irgendwie verlor sie zwischen der Musik, dem Stock des Tanzmeisters und den Schritten immer den Takt oder verwechselte recht und links.

Ohne auf die Anweisung des Meisters zu warten, nahm Webb sie in die Arme und führte sie langsam und deutlich durch die Schritte, als führte er ein Regime in die Schlacht.

Lily wagte nicht, ihn anzusehen. In ihrem Bemühen, ihn an die Verlobung glauben zu lassen, und in dem Wissen, ständig von ihm beobachtet zu werden, wußte sie kaum, wie sie die nächsten zwölf Stunden überstehen sollte, bis Lord Dryden endgültig über die Mission entscheiden würde.

Bislang hatte Webb sich vor den Tanzstunden drücken können, indem er behauptet hatte, seine anderen Stunden mit Lily seien schon genug. Aber heute war er zu früh von seinem Ausritt zurückgekehrt und hergeschleppt worden.

Webb war der letzte Partner, den Lily sich wünschte.

Tanzen bedeutete Körperkontakt. Bislang hatte sie den

vermeiden können, und keiner von ihnen sprach je über den Kuß im Garten.

Aber die Erinnerungen an diesen Kuß verfolgten Lily, und wann immer Adam seine Lippen auf ihre legte, um ihre Scharade glaubwürdig erscheinen zu lassen, konnte sie nicht anders, als sich zu wünschen, daß Webb an seiner Stelle wäre.

Sie schalt sich töricht. Ein Mann wie Adam, loyal, sicher, wenn auch etwas arrogant, war ein guter Mann. Warum entzündeten seine Küsse ihr Blut dann nicht so, wie der Kuß von Webb es getan hatte?

Mr. Beauvoir tanzte vor ihnen auf und ab. »Mylady, können Sie nicht zählen? Eins, zwei, drei und dann nach links. Links, nicht rechts!« Er klopfte mit dem Stock auf den Boden, und die Musik verstummte. »Heute abend gibt Ihre Schwester ein Fest, und ich will nicht, daß Sie wie eine hölzerne Kuh über den Tanzboden tappen und meinen Ruf ruinieren.« Er wandte sich mit Märtyrermiene an Webb. »Monsieur, *s'il vous plaît,* Mistress Copeland ist nicht aus Porzellan. Sie ist eine Dame, eine begehrenswerte Dame.« Aber die Art, wie er das sagte, ließ wenig Zweifel daran, daß er Lily in Wirklichkeit ungraziös und alles andere als begehrenswert fand. »Sie müssen sie eng an sich ziehen und mit ihr tanzen.« Er beugte sich vor und flüsterte laut: »Tanzen Sie mit ihr, wie Sie eine schöne Frau lieben würden.« Dann wandte er sich wieder an seine geduldige Frau und schnippte mit den Fingern.

»Bah, die Engländer«, murmelte er dabei. Er reichte Lady Larkhall die Hand. »Sie, Mylady, sind doch sicher Französin, denn Sie bewegen sich, als hätten Sie Musik in der Seele.«

Lily schwieg und hätte den kleinen Mann am liebsten aus dem Fenster gestoßen. Eine hölzerne Kuh? Das traf sie. Wenn sie doch nur die Witwenkleider ablegen und der

Welt zeigen könnte, daß sie nicht die unscheinbare Witwe war, zu der sie sich in den letzten vierzehn Tagen gemacht hatte.

Webb lächelte schwach, zog sie näher und begann zu tanzen.

Sein Mitleid wollte sie bestimmt nicht. Arme Lily, für Gesellschaften nicht geeignet.

Lily konzentrierte sich und klammerte sich an seine Hand, die ihre beruhigend drückte. Sein Körper bewegte sich mit ihrem, und er hielt sie in sicherem Griff. Lily sah auf ihre Röcke hinunter, paßte sich seinen Bewegungen an – lange, muskulöse Beine in engen Reithosen und polierten Stiefeln. Er schlang den Arm um ihre Taille und zog sie an sich. Sie spürte seine Finger durch den Stoff ihres Kleides, und die Hitze seiner Berührung erweckte erneut ihre Vorstellungskraft.

Lily stolperte, und seine Hand glitt höher und berührte kurz ihre Brust, als er sie auffing.

Die Hitze und Intimität dieser Berührung riefen ein prickelndes Gefühl in ihr wach.

Sie sah ihn selbstvergessen an.

Als wenn Sie sie liebten.

Die Worte des Meisters neckten sie. Bei der romantischen Musik und der erotischen Nähe Webbs konnte Lily sogar fast tanzen.

Eins, zwei, drei, zählte sie, und dann nach links. Webb grinste sie an, und sofort erinnerte sie sich an seinen Kuß. Sie vergaß die Rechtsdrehung und versuchte angestrengt, sich an die Schrittfolge zu erinnern.

Ach Himmel, dachte sie, als sie sich nach rechts drehte und erkannte, daß es wieder falsch war. Sie prallte gegen Webb, ihre Füße verhakten sich, und sie fielen zu Boden.

Zu Lilys Glück landete sie auf Webb, und er hielt sie fest, damit sie nicht weiterfiel.

Als sie die Augen aufschlug, sahen sie einander an. Erst dachte sie, er würde vor Wut explodieren, denn sein Körper zitterte, aber dann brüllte er vor Lachen.

»Ich glaube, du hast den Vorschlag mit der Liebe etwas zu wörtlich genommen, Mädchen.«

Lily wurde sich bewußt, daß ihre Beine ihn umfingen, ihre Hüften und Brüste sich an ihn preßten. Es fehlte nur noch die Federmatratze unter ihnen.

»Nenn mich nicht so«, rief sie und bemühte sich, auf die Beine zu gelangen, aber ihr Rock war zwischen ihnen eingeklemmt.

»Monsieur! Madame! Das gehört sich nicht. So etwas dulde ich in meinem Unterricht nicht«, klagte der Meister über ihnen.

Webb mußte wieder lachen, und Lily fiel ein.

»Das ist durchaus nicht komisch«, wies Beauvoir sie zurecht. »Das ist ein Affront für meine Gefühle. Wenn jemand Sie so sieht, bin ich ruiniert.«

»Zu spät. Man hat uns ertappt«, erklärte Webb. Lily folgte seinem Blick und sah Adam mit gerunzelter Stirn in der Tür stehen.

»Das ist eine interessante Überraschung«, sagte ihr Verlobter und schlenderte zu ihnen. »Was machen Sie da mit meiner Verlobten, Mr. Dryden?«

Die Drohung in den Worten des jungen Mannes entging niemandem. Lily zuckte zusammen. Es würde schwer werden, Adam von etwas Törichtem abzuhalten.

Webb grinste sie an. Wenn sie sich nicht sehr irrte, hatte er Adam wahrscheinlich in dem Moment entdeckt, in dem er den Saal betreten hatte. Wieder versuchte sie freizukommen, aber ihr Rock hielt sie gefangen.

Dieser Schuft, dachte sie, als sie an dem Stoff riß. Mit Adams Hilfe, der besitzergreifend ihre Hände ergriff, kam sie auf die Füße.

»Adam, was machst du hier?« fragte sie. »Ich denke, du wolltest mit Giles schießen gehen.«

»Das merke ich«, sagte Adam und sah Webb an, der sich jetzt auch aufrappelte und neben Lily trat.

»Haben Sie das nicht geahnt?« fragte er amüsiert und mit noch etwas in der Stimme, das Lily nicht ganz deuten konnte. »Wir tanzen.«

Adam drehte sich zu ihr um. »Tanzen? Du?«

Er mußte ja nicht so überrascht klingen. Es war in Virginia zwar kein Geheimnis, daß Lady D'Artiers Copeland niemals tanzte, aber nur wenige, unter ihnen Adam, kannten den Grund dafür:

Sie konnte es nicht.

»Ich wollte dich überraschen«, sagte sie und schlug die Augen nieder.

Adam nickte. »Deine Schwester will heute abend unsere Verlobung bekanntgeben lassen, und es wird erwartet, daß wir den ersten Tanz anführen.«

Lily schüttelte den Kopf. »Nein, Adam, wir wollten doch noch nichts ankündigen, erst nach den Ferien. Erst muß mein Trauerjahr für Thomas um sein.«

»Ja, der arme Verblichene. War er nicht Ihr Freund?« warf Webb ein.

»Wir sprechen später darüber«, erwiderte Adam. »Mich interessiert, warum du das so geheimgehalten hast und warum du mit ihm übst. Wenn du es mir gesagt hättest, hätten wir gemeinsam üben können.«

Die Spannung im Raum stieg, und Madame schlug nervös ein paar Tasten auf dem Klavier an, die wie Noten des Protestes durch den Saal klangen.

Webb wußte später nicht, warum er das getan hatte, vielleicht weil er das Gehabe des jüngeren Mannes leid war, aber er legte Lily eine Hand auf die Schulter und sah sein Gegenüber kühl an. »Seien Sie nicht so hart mit ihr, mein guter Mann, wir lernen gerade ein paar neue Schritte.« Er lächelte Lily lasziv an. »Es ist, wie sie sagt, sie wollte Sie überraschen. Nichts Schlimmes dabei.«

»Sie hört nie auf, mich zu überraschen. Und Sie auch nicht«, gab Adam zurück, ergriff Lilys Hand und zog sie zu sich. »Aber wenn ihr jemand neue Schritte beibringt, dann werde ich das sein.«

»Oh, aber ich denke, ich habe mehr Erfahrung mit den Schritten und der Dame«, gab Webb zurück, ehe er Lily zurück an seine Seite riß.

Die beiden Männer starrten einander an, und Webb wollte nicht nachgeben. Er hatte Lily und ihren Verlobten zwei Wochen lang beobachtet, und das hatte ihn davon überzeugt, daß sie entweder den zweiten großen Fehler beging, wenn sie diesen aufgeblasenen Laffen heiraten wollte, oder daß er recht gehabt hatte und das Ganze von Anfang an nur Verstellung gewesen war.

Obwohl er immer noch nicht wußte, warum Lily so weit ging, um eine Reise nach Paris zu vermeiden.

In diesem Moment tauchte Lord Dryden auf, der absichtlich gewartet hatte, bis er nicht mehr als Tanzpartner Lilys herangezogen werden konnte. Wenn ihm die Spannung zwischen Webb und Adam auffiel, zeigte er es nicht. Statt dessen fragte er Monsieur, welchen Fortschritt die Tanzstunden machten.

»Bah, es hat keinen Sinn!« erklärte Monsieur Beauvoir. Das harte Klopfen seines Stocks betonte jedes seiner Worte. »Sie verdient mein Talent nicht, sie verdient es nicht, zu tanzen.« Er gab seiner Frau ein Zeichen, die daraufhin die Noten einsammelte und sich erhob.

»Es würde meinen Ruf als Tanzlehrer nachhaltig zerstören, wenn mich jemand mit dieser bleifüßigen Ente in Verbindung bringen würde. Ihr Geld, Mylord, wäre besser angelegt, wenn Sie mich einer Kuh das Tanzen lehren ließen.« Dann verlangte er von Lord Dryden, der offenen Mundes zugehört hatte, sein Geld. Drydens Proteste stießen auf taube Ohren, dann verneigte sich Monsieur vor Lady Larkhall und verließ den Saal, gefolgt von seiner Frau.

»Warum zahlt Lord Dryden für deine Tanzstunde, meine Liebe?« wollte Adam wissen.

Ehe Lily antworten konnte, trat Lord Dryden vor. »Ein Hochzeitsgeschenk. Sie hat mir anvertraut, wie gerne sie tanzen lernen möchte, und ich habe Monsieur Beauvoir hergebeten, damit er es ihr beibringt.«

Die Antwort schien Adam zufriedenzustellen. »Lily«, sagte er, hielt ihr den Arm hin und führte sie aus dem Ballsaal.

Während sein Vater und Lady Larkhall noch Artigkeiten austauschten, folgte Webb den Verlobten.

Dabei wurde er Zeuge einer hitzigen Auseinandersetzung zwischen den beiden, als sie die Treppe hinunterstiegen.

»Ich werde nicht mit ansehen, wie er dich befummelt«, sagte Adam, »dafür bin ich zu sehr Gentleman. Auch werde ich mir nicht anhören, wie er deine Ehre mit seinen häßlichen Andeutungen besudelt.«

»Beruhige dich, Adam, du weißt, warum wir verlobt sind, und was Webb Dryden denkt oder tut, spielt keine Rolle. Ich tue das alles, um dich, um uns beide zu beschützen.«

Beschützen? Wovor? Vor wem?

In diesem Moment erschien der Tanzlehrer mit seiner Frau und ihren Sachen in der Halle. Lily und Adam blieben stehen, und Webb konnte Adams Antwort nicht hören, wohl aber Lilys Gesicht sehen.

Ein breites, zufriedenes Lächeln spielte um ihre Mundwinkel. Webb fragte sich, was an der Tatsache, daß sie den

Tanzlehrer aus dem Haus getrieben hatte, ein Grund zur Freude war.

Es sah aus wie Befriedigung. Als wenn sie es genauso geplant hätte.

6

Lily blieb auf der Treppe stehen und sah hinunter zu den Ankömmlingen.

»Eine Generalprobe«, hatte Sophia ihr vor ein paar Tagen erklärt. »Eine kleine Gesellschaft zur Adventszeit, um deine neue Fähigkeiten zu erproben.«

Kleine Gesellschaft, dachte Lily spöttisch. Es sah ganz so aus, als wäre jedes Mitglied der guten Gesellschaft von Bath und Umgebung hier zusammengekommen, um die schon legendäre Gastfreundschaft vor Lady Trahern zu genießen. Mit seinen Girlanden und Kerzen war das Haus für Weihnachten bereit, auch wenn bis zum Fest noch zwei Wochen Zeit waren.

Die Gäste schien es nicht zu stören, im Gegenteil, sie freuten sich an den Zeichen, daß das fröhliche Fest schon bald bevorstand.

Lily stöhnte. Es war schlimm genug, daß sie seit zwei Wochen jeden in Byrnewood davon zu überzeugen versuchte, daß sie eine komplette Idiotin war, aber jetzt mußte sie damit auch noch vor der halben Gesellschaft von Bath fortfahren.

Zumindest hatte sie Sophia und Giles davon überzeugen können, ihre Verlobung mit Adam noch nicht anzukündigen. Ihr Trauerjahr war erst in einem Monat zu Ende, und sie hatte recht überzeugend argumentiert, daß es ihrem Ruf schaden könnte, wenn sie jetzt schon eine zweite Ehe ankündigte.

Die Musiker stimmten ihre Instrumente.

Sophia hatte versprochen, daß sie eine bekannte Gruppe holen würde, die so lange spielte, wie es gewünscht war.

Aber nicht einmal der Meisterunterricht hatte ihr auch nur die Spur eines Rhythmusgefühls vermitteln können. Für sie klang eine Note wie die andere, und es war reine Glückssache, wie sie ihre Füße dazu setzte.

Nun, dachte sie, heute abend ist der letzte Test. Sie hatte vor, so vollkommen zu versagen, daß Lord Dryden nichts anderes übrigblieb, als sie aus der Mission zu entlassen und eine andere Adelaide zu suchen.

Im Hinterkopf sorgte sie sich um ihren Bruder und seine Sicherheit unter dem harten Regime Napoleons, vor allem dann, wenn Sophias Rolle im englischen Geheimdienst bekannt werden würde. Aber wie Lily Sophia kannte, würde sie ihm dann eine Warnung zukommen lassen.

Lucien war kein Dummkopf und würde schon dafür sorgen, daß er schnell genug aus Paris herauskam, falls es nötig werden sollte.

»Da bist du ja, meine Liebe«, sagte Adam glatt, trat an ihre Seite und flüsterte: »Und ich kann sehen, daß du diese Scharade bis zum bitteren Ende weiterspielen willst.«

Sie lächelte und betrachtete ihr Kleid. Celeste und sie hatten den ganzen Nachmittag gebraucht, um eines ihrer schwarzen Kleider zu ändern. Sophia hatte sie angewiesen, eines ihrer neuen Kleider zu tragen, und das tat sie nun.

Nun, wir haben dem alten Kleid neues Leben eingehaucht, verbesserte sich Lily. Sie hatten den Ausschnitt mit schwarzer Spitze verbrämt, so daß ihr Hals verborgen war. Auch die Ärmel waren gesäumt und der Saum ausgelassen worden. Ihr Haar hatte sie so straff zurückgebunden, daß es aus den Wurzeln zu reißen drohte, so daß ihr Gesicht spitz und schmerzvoll aussah. Auf ihrem Kopf thronte eine schwarze Seidenkappe. Den letzten Schliff hatte ihr der Reispuder verliehen, den Celeste mit Safran gemischt hatte, um ihrer Haut einen kränklichen gelben Ton zu verleihen.

»Sieh doch an, meine Liebe, du siehst ... geradezu perfekt aus«, sagte Adam und hob in gespieltem Schrecken die Brauen.

Lily lächelte. »Danke, Adam, du kannst dich auch sehen lassen.«

Das stimmte. Giles hatte ihn zum besten Schneider in Bath begleitet, und der junge Amerikaner hatte keine Kosten gescheut, um sich in einen eleganten jungen Mann zu verwandeln.

»Das könntest du auch, wenn du dich endlich von deinen Koffern und diesen elenden schwarzen Kleidern trennen könntest, die ich bald nicht mehr sehen kann.«

»Ich werde sie nicht mehr lange tragen, das verspreche ich.«

»Gut«, sagte er. »Vertraust du mir genug, um mir zu verraten, was hier eigentlich vorgeht?«

Lily drehte den Ring an ihrem Finger, und das Granatauge der Hummel zwinkerte ihr zu. Es war nicht so, daß sie ihm mißtraute, sie wollte ihm nur nicht mehr verraten, als unbedingt nötig war.

»Nach diesem Abend wird es keine Geheimnisse mehr zwischen uns geben, verstanden?« sagte er, ehe er galant ihre Fingerspitzen küßte.

»Äh, das glückliche Paar«, sagte Webb, der jetzt zu ihnen trat.

Lily zuckte zusammen. Es war die Feier ihres Sieges über Lord Dryden und seine Pläne, die heute abend stattfinden sollte, und es war dieser Dryden, der sie in alles andere als Feststimmung brachte.

Bei jeder Verfehlung spürte sie Webbs kühle Mißbilligung im Rücken. Sie brauchte gar nicht zu hören, was er seinem Vater jeden Abend hinter verschlossenen Türen in der Bibliothek mitteilte, sie konnte es in seinem Gesicht sehen.

Ich will sie loswerden.

Diese Worte, die vor langer Zeit gesprochen worden waren, ließen sie immer noch vor Beschämung erröten und trafen sie mit ihrer unbarmherzigen Kälte bis ins Herz.

Daß Webb sie immer noch als das unbeholfene Ding sah, das er Lady Marston einst mit diesen Worten geschildert hatte, gab ihr jetzt einen Ansporn.

Sie hatte Webb Dryden an jenem Tag vor vielen Jahren aus ihrem Herzen vertrieben, doch sein Kuß im Garten war wie ein Schlüssel zu einem lange weggeschlossenen Schatz gewesen, in dem sie ihre Jugendliebe zu ihm und ihre Träume verschlossen hatte, ehe sie nun wieder ans Licht gezogen wurden. Zusammen mit den jugendlichen Selbstzweifeln.

Wie einst Pandora hatte er alle vergessenen Gefühle wieder ans Licht gebracht.

Nun, nach dem heutigen Abend würde sie diese Probleme nicht mehr haben, weder die ungebetenen Tagträume noch Webbs nie schwindende Aufmerksamkeit.

Wie aufs Stichwort klopfte Webb Adam hart auf den Rücken. »Da ist ja der glückliche Bräutigam. Wo haben Sie denn Ihre liebe Mutter?«

Adam zog eine Braue hoch und betrachtete die unwillkommene Hand auf seiner Schulter mit aller Arroganz seiner französischen Vorfahren. »Sie kleidet sich noch um. Ich weiß, daß sie darauf brennt, mit Ihnen zu tanzen, Webb.«

Webb zuckte zusammen und maß dann Lily mit kritischem Blick. »Du hast dich heute wirklich selbst übertroffen, meine Liebe. Kann das eines von deinen neuen Kleidern sein?«

Lily achtete nicht auf seine spöttische Miene. »Wie nett

von dir, das zu sagen, Webb. Aber ich fürchte, das ist dasselbe alte Kleid, das ich schon die ganze Zeit trage. Mein Mädchen und ich haben es etwas ändern können, damit es passend für die Party ist.« Er brauchte ihr nicht zu sagen, daß sie lächerlich aussah, das wußte sie schon, aber in ein paar Stunden würde sein Vater sie für die falsche Besetzung der Rolle erklären, und sie würde Byrnewood und ihre Verkleidung für immer hinter sich lassen.

Aus Webbs Stirnrunzeln schloß sie, daß ihre Erscheinung offenbar die erhoffte Wirkung erzielte, aber dennoch wünschte die Frau in ihr, er würde nicht ganz so angeekelt dreinsehen. Es war schlimm genug, daß sich der Saal bereits mit den hübschen jungen Damen der Nachbarschaft füllte, die alle bunt und luftig in hauchzarten Musselin gekleidet waren.

Wenn sie erst einmal die Treppe hinunterkam, würde sie aussehen wie eine alte Krähe zwischen lauter bunten Kanarienvögeln.

Nun, sagte sie sich, es ist ja nur noch für eine Nacht, dann bin ich wieder frei, um mein eigenes Leben zu führen.

Webb lehnte sich zurück und betrachtete sie genauer. »Ich dachte eben, daß du richtig festlich aussiehst. Schließlich ist es eine Gesellschaft, auf der deine Verlobung bekanntgegeben werden soll. Zumindest habe ich gerade gehört, wie Sophia das Lady Larkhall zugeflüstert hat.«

Adam nickte, und seine kühle Bestätigung erschreckte Lily. Ihre Verlobung bekanntgeben? Sie hatten sich doch geeinigt, das noch nicht zu tun! Wenn sie erst einmal bekanntgegeben war, würde es ein Riesenskandal werden, sie zu widerrufen. Lily sah Adam an, und sie bemerkte das Lächeln, das um seinen Mund spielte.

Er wollte sie mit ihrer Lüge einfangen! Er wollte die gespielte Verlobung bekanntgeben und sie so zwingen, ihn wirklich zu heiraten.

»Ich hätte gedacht«, fuhr Webb fort, »daß Trauer und die glückliche Nachricht einander widersprechen.«

»Es wird keine Bekanntmachung geben«, erwiderte Lily gepreßt.

Beide Männer sahen sie an, als wäre sie ein widerspenstiges Kind. Jeder aus einem anderen Grund.

Ehe Lily sie aufhalten konnte, erschienen Sophia und Giles am Fuße der Treppe. Ihre Schwester lächelte zu ihr hoch, auch wenn Lily die Mißbilligung in ihrem Blick lesen konnte. Schließlich lagen oben ein halbes Dutzend neuer Kleider bereit, die für so eine Gesellschaft mehr als geeignet gewesen wären.

Doch Sophia dachte nicht daran, Lily vor der Gesellschaft eine Szene zu machen und sie aufzufordern, sich umzuziehen.

Außerdem war es jetzt zu spät. Sophia und Giles waren nicht die einzigen, die zu Lily und ihrem seltsamen Kleid hochsahen.

Als wenn sie wüßte, daß sie Lilys Auftraten überspielen mußte, lächelte Sophia noch breiter. »Lily, Adam, da seid ihr ja. Kommt her. Giles will die Bekanntmachung hinter sich bringen, damit wir tanzen können.«

Webb ging voran, und Lily wich zurück. Sie war bereit, alles mögliche zu tun, um als Närrin dazustehen, aber die Bekanntgabe einer Verlobung würde ihr Schicksal besiegeln.

Adam ergriff ihre Hand, legte sie auf seinen Arm und zog sie die Treppe hinunter.

»Wir haben uns doch entschieden, die Verlobung noch nicht bekanntzugeben«, zischte sie ihm mit einem falschen Lächeln zu.

»Ich habe es mir anders überlegt.« Er blieb kurz stehen. »Du brauchst jemanden, der auf dich aufpaßt und dich aus diesem Wirrwarr, in den du dich mit den Drydens gebracht hast, wieder herausholt. Nicht gerade fair von ihnen, dich so zu benutzen. Wenn du erst einmal meine Frau bist, wird diese Erpressung aufhören. Dann kannst du die scheußlichen Kleider und dein ungeschicktes Benehmen ablegen und wieder die Dame sein, die ich kenne.«

Lily knirschte mit den Zähnen. »Keiner erpreßt mich, nur du.«

Webb drehte sich um.

Lily konnte nur raten, wieviel er mitgehört hatte.

»Was ist das?« erkundigte er sich. »Die zukünftige Gattin stimmt nicht zu?«

Lily lächelte süß. »Doch, natürlich. Was bringt dich nur auf diesen Gedanken?«

Er zuckte die Achseln. »Oh, nichts.« Er ging weiter die Treppe hinunter.

Lily konzentrierte sich auf seine breiten Schultern und seine katzenhafte Anmut.

Sie konnte einfach nicht vergessen, wie es sich angefühlt hatte, mit den Händen über seinen Körper zu streichen. Sie hatte wieder und wieder versucht, die verräterischen Gedanken daran, wie Webb sie gehalten hatte, zu verdrängen, um nicht schwach zu werden. Oder die Gedanken an seinen Kuß, seine rücksichtslose Leidenschaft, mit der er unter ihren Mantel …

In Gedanken versunken rannte sie direkt gegen diese Schultern, und obwohl sie sich noch zu fangen versuchte, stolperte sie gegen eine gerade erst eintreffende Herzogin.

Zu ihrem Ärger waren es Webbs starke Hände, die sie stützten, und seine Lippen, die ihr ins Ohr flüsterten: »Vorsicht, Mädchen, es könnte sonst so aussehen, als wolltest du deinem geliebten Verlobten entkommen.«

Bevor sie zu einer wütenden Erwiderung ansetzen konnte, wandte er sich an die ärgerliche Herzogin und lächelte sie charmant an.

Sofort errötete die Dame, und als er sich vor ihr verneigte und ihr den Arm bot, folgte sie ihm ohne zu zögern in den Ballsaal.

Die Menge teilte sich vor der anerkannten Gesellschaftsdame und ihrem attraktiven Begleiter, und Lily beobachtete, wie zwei junge Mädchen, die gerade erst dem Schulalter entwachsen waren, Webb mit einem Seufzen nachsahen.

»Nun, das ist noch mal gutgegangen«, bemerkte Sophia. »Lily, paß bitte besser auf.« Damit ergriff sie den Arm ihres Ehemannes, der Lily entschuldigend anlächelte, ehe er Sophia in den Ballsaal geleitete.

»Sophia, ich ziehe es vor, daß meine Verlobung heute nicht bekanntgegeben wird«, rief Lily ihr nach.

Sophia tätschelte ihr den Arm und sah Adam an. »Hochzeitsaufregung, du hast recht, Adam.« Sophia lächelte sie an. »Wenn Giles erst einmal die Verlobung bekanntgegeben hat, wirst du dich wieder beruhigen.«

Sie war schon zwei Schritte weiter, als Lily in Panik rückwärts drängte, als wäre der Boden plötzlich aus Eis. »Das gefällt mir nicht«, sagte sie. »Ich lasse mich nicht in eine Ehe zwingen.«

Giles trat vor sie und schützte sie vor den Blicken der Gäste, die sich bereits im Ballsaal von Byrnewood drängten, doch Lily erkannte trotzdem Webbs breiten Rücken vor dem Stuhl, auf den sich die Herzogin gesetzt hatte.

Fragend glitt sein Blick von Adam zu ihr.

Sie durfte ihn ihre Panik und ihr Widerstreben nicht sehen lassen. Aber wie konnte sie andererseits Giles eine Verlobung bekanntgeben lassen, die sie nicht wollte?

Ihre Verlobung mit dem falschen Mann. Lily schüttelte den Kopf. Langsam begann sie sich zu fragen, ob es überhaupt einen richtigen Mann für sie gab.

Giles Stimme fesselte aller Aufmerksamkeit, und Lily

spürte förmlich, wie sich die Spannung im Raum aufbaute, als er fortfuhr. »Es geschieht mit großer Freude, daß die Marquise und ich Ihnen …«

»Adam«, flüsterte Lily wild, »das werde ich dir nie verzeihen!«

»Doch, das wirst du, wenn wir erst einmal verheiratet sind. Du wirst schon sehen. Dann wird alles gut.«

Lily überlegte, was seine Motive sein mochten.

Erpressung … ihre Scharade … ihr seltsames Benehmen … schlechte Manieren.

Lily drehte sich um und lächelte ihren Verlobten an. Hoffentlich verzieh er ihr, was sie jetzt tun würde.

»Oh, Lord Dryden, können Sie uns je vergeben? Es schmerzt mich, zu denken, daß sie meine Schwester ist«, sagte Sophia, als sie mit Giles zu Webb und Lord Dryden trat, die am Rande der Tanzfläche standen. Ihre Gastgeberin lächelte so strahlend, als wäre alles in Ordnung.

Dennoch zuckte Lord Dryden zusammen, als Lily einmal mehr ihren Tanzpartner anrempelte und damit die ganze Tanzordnung zum Straucheln brachte, ehe die Tanzenden ihr unauffällig auswichen.

Sophia sah zwar strahlend drein, aber ihr Ton verriet ein anderes Gefühl. »Es entsetzt mich genauso wie Sie, Mylord, daß Lily Ihre Erwartungen nicht erfüllt.«

Webb wußte, daß sein Vater es haßte, wenn einer seiner Pläne durchkreuzt wurde, was nur selten geschah. Doch für Webb war der Abend eine Erhellung geworden, und er wollte sich nicht pessimistischen Gedanken hingeben. »Ihre Schwester hat heute abend sogar meine Erwartungen noch übertroffen.« Er sah Sophia an. »Ohne Sie beleidigen zu wollen.«

»Ich weiß«, seufzte Sophia resigniert. »Ich weiß nicht,

worauf wir uns hier einlassen. Ich hätte nie gedacht, daß Lily soviel anders ist als ich. Vielleicht macht ihre Verlobung sie nervös.«

»Nervös?« Giles lachte. »Langsam beginne ich zu glauben, daß deine Schwester für die Franzosen arbeitet.«

»Lily, eine Doppelagentin?« Lord Dryden lachte auf. »Gott helfe den Franzosen.«

Giles neigte den Kopf und sah sich im Ballsaal um. »Da wir gerade von Mr. Saint-Jean sprechen, wer ist die Frau, mit der er heute abend soviel Zeit verbringt? Sie kommt mir bekannt vor.«

Lord Dryden hüstelte. »Das sollte sie auch. Das ist Gräfin Allen, sie soll eine amerikanische Agentin sein, auch wenn ich dafür nie einen Beweis gefunden habe. Sie stammt aus Boston und hat Lord Allen während der Kolonialkriege geheiratet.«

»Sieh mich nicht so an«, wehrte sich Sophia, »ich habe die Frau nicht eingeladen. Aber dafür ist jetzt keine Zeit. Lily hat gerade Lord und Lady Lewis angerempelt. Wie jemand so ungraziös auf dem Tanzboden sein kann, will mir nicht in den Sinn. Ich muß mich sofort für sie entschuldigen.«

Sophia eilte davon, und Webb holte tief Luft. Lilys Worte klangen ihm noch in den Ohren.

Ich habe alles nur getan, um dich, um uns zu schützen.

Wieder sah er zu Adam und Gräfin Allen hinüber, und da fiel das letzte Steinchen an seinen Platz.

»Nun, das wirft ein anderes Licht auf unsere Pläne«, murmelte sein Vater da. »Wir können Lily nicht nehmen.«

»Oh, das würde ich nicht sagen«, widersprach Webb.

Seit vierzehn Tagen wartete er darauf, daß sich ihre Intrige entfaltete. Nichts war ihm klar gewesen. Bis heute.

Die Lily, die er nachts in den Armen gehalten hatte, war

eine andere als die ungeschickte, häßliche Witwe, die er vierzehn Tage lang beobachtet hatte.

Jene Frau war wie eine Sternschnuppe gewesen, eine Frau voller Feuer, die wie ein Stern vom Himmel in seine Arme gefallen war. Und genauso schnell war sie auch wieder verschwunden und hatte nur eine quälende Erinnerung zurückgelassen.

Ja, die Beweise gegen sie waren erdrückend.

Wenn er richtig gezählt hatte, hatte Lily gegen mindestens zwanzig Gesellschaftsregeln verstoßen, die Herzogin umgerannt, ihre Tanzpartner angerempelt, den Pfarrer mit einer Zuchtgeschichte über Schweine aufgeregt, und dann hatte sie auch noch Unmengen Wein getrunken und mit der Hälfte aller verheirateten Männer im Raum geflirtet.

Selbst ihr Verlobter hatte sie verlassen, und seine Mutter verlangte lauthals einen Widerruf der Verlobung.

Statt sich als Klosterschülerin und Unschuld zu präsentieren, trat sie auf wie eine Tänzerin aus Covent Garden, die auf der falschen Party gelandet war.

Auftreten. Das war das Schlüsselwort.

Ich habe das alles getan, um dich, um uns zu schützen.

Alles das, dachte er, die Kleider, das Tanzen, das schlechte Benehmen.

Um ihren verräterischen Verlobten zu beschützen.

»Ich denke, wir sollten es ihr so bald wie möglich sagen«, unterbrach Lord Dryden Webbs Überlegungen. »Ich hoffe, sie ist dadurch nicht gekränkt, weil sie sich schon soviel Mühe gegeben hat.«

Webb sah zu Lily hinüber. In ihrem häßlichen schwarzen Kleid war sie leicht zu entdecken – und an der Unruhe, die sie verbreitete.

Als die letzten Töne des Tanzes verklangen, führte ihr erleichterter Tanzherr sie humpelnd von der Tanzfläche.

Webb stand neben seinem Vater, und so konnte Lily nicht sehen, wie er sie beobachtete, und zu seiner Überraschung konzentrierte sie sich auf das Gespräch, das sein Vater mit Giles führte. Das scheue Lächeln auf ihrem Gesicht sagte ihm, daß sie genau wußte, daß sie über sie sprachen. Dann sah er noch etwas, das alle seine Vermutungen bestätigte.

Triumph glühte in den jadegrünen Augen, als wenn sie gerade gewonnen hätte.

»Ich kann es immer noch kaum glauben«, sagte Webbs Vater zu Giles, »daß jemand so schlecht sein kann.«

Kaum zu glauben, in der Tat, dachte Webb, der hinter die schwarzen Kleider, die Unbeholfenheit und die hundert Tricks schaute, die sie erdacht hatte, um ihr Können zu verbergen. Wenn sie sich bei Adelaide nur halb soviel Mühe gab, würde Paris ihr zu Füßen liegen.

Und die feurige Frau? Die ihn in seinen Träumen die letzten vierzehn Tage verfolgt hatte? Nun, er fragte sich unwillkürlich, wie tief er graben mußte, um sie in Lily zu finden.

Als er wieder aufsah, war sie in der Menge verschwunden.

Webb wandte sich an seinen Vater. »Sir, ich denke, wir sollten unsere Entscheidung bis morgen noch einmal überdenken. Ich würde ihr gerne noch eine Chance geben.«

Die Chance, sich vor dem Tod durch Erwürgen zu retten, dachte er, als er auf der Suche nach ihr den Ballsaal durchquerte.

7

Nach Lilys vorsichtiger Einschätzung war der Abend eine gesellschaftliche Katastrophe und ein überwältigender Erfolg.

Sie konnte es kaum erwarten, nach oben zu gelangen und Celeste alles zu berichten. Deren Ankündigung von der eintretenden Katastrophe war nun widerlegt.

Aus der Handfläche lesen, also wirklich, dachte Lily, als sie in die Galerie einbog, die vom Ballsaal abführte, und sich in einem Alkoven in einen Sessel sinken ließ.

Sophia hatte ihr Versprechen erfüllt, daß Lily Tanzpraxis kriegen sollte, und dafür alle jungen Männer bestochen, daß sie mit ihr tanzten. Und jedem von ihnen hatte sie auf die Zehen getreten.

Morgen wird es in Bath und Umgebung keinen jungen Mann mehr geben, der noch aufrecht gehen kann, dachte Lily stolz. Zumindest keiner von denen, die mit mir getanzt haben.

Als sie gesehen hatte, wie Webb, Lord Dryden und Giles sich mit unglücklichen Gesichtern in einer Ecke unterhalten hatten, hatte sie gewußt, daß ihr Plan geklappt hatte.

Selbst Adam hatte sie im Stich gelassen und sich statt dessen zu einer Gräfin gesellt. Sie hatte ihn mit ihrer heutigen Vorstellung zutiefst bloßgestellt.

Geschieht ihm ganz recht, dachte sie, wie kann er mich so in die Verlobung drängen.

Das war falsch und blieb falsch.

Erschöpft von dem Abend und ihrer Verstellung, zog

Lily die Vorhänge vor, um sich gegen neugierige Blicke abzuschirmen.

Hier konnte sie außerdem unbeobachtet aus ihren Schuhen schlüpfen, sich die schmerzenden Zehen reiben und wünschen, sie hätte nicht zwei linke Füße.

Und sie wäre nie nach Byrnewood und zu Webb Dryden zurückgekehrt.

»Lily?« fragte eine Stimme und störte sie in ihrer Einsamkeit.

Adam.

Wahrscheinlich wollte er sie wegen ihres Benehmens ausschelten.

Nun, das war berechtigt, wie sie zugeben mußte.

»Ich bin hier, Adam«, sagte sie und teilte die Vorhänge.

Er kam herbei und steckte den Kopf zwischen die Vorhänge, während Lily nach ihren Schuhen fischte und sich erhob. Dabei verfing sich ihr Zeh in ihrem Kleid, und sie taumelte.

Adam lachte und öffnete den Vorhang ganz, um einzutreten. »Bleib sitzen, ich fordere dich bestimmt nicht zum Tanz auf.«

Der Vorhang schloß sich um sie, und sie waren allein.

»Danke«, sagte sie und ließ die Schuhe wieder fallen.

»Waffenstillstand?« fragte er, und sie nickte.

»Natürlich.«

»Wir sind Partner, weißt du«, fuhr er fort. »Ich möchte nicht, daß du bedauerst, mich zu diesem Abenteuer mitgenommen zu haben. Es ist großartig.«

Ein großartiges Abenteuer, dachte sie trocken und drehte an ihrem Ring, als sie daran dachte, wie sie ihn bekommen hatte. Thomas' Vater hatte ihn vor seinem Tod abgezogen und ihr auf den Finger geschoben. Sie hatte es für die sentimentale Geste eines sterbenden Mannes gehalten.

Aber es war mehr gewesen, als er sie gebeten hatte, den

Ring zu tragen. Er hatte sie gebeten, das Erbe der Copelands weiterzutragen.

Ein paar Monate nach dem Tod ihres Schwiegervaters hatte Adam der staunenden Lily eröffnet, daß ein Copeland einmal im Jahr einem britischen Unterhändler einen Goldbetrag aushändigte. Davon ließ der Mann das ganze Jahr über Schiffe in London und auch in anderen Häfen ein- und auslaufen.

Und er sorgte für Schiffsverkehr, der vorherzusehen war.

Das Wissen um die Schiffahrt der Engländer hatte die Amerikaner in die Lage versetzt, die zunehmend unerfreulichen Zusammenstöße mit ihren englischen Nachbarn zu vermeiden. Gestoppte Schiffe, beschlagnahmte Ladung, Matrosen und Passagiere, die in den Marinedienst gepreßt wurden.

Konfrontationen, welche die Amerikaner bislang nicht hatten umgehen können.

Diese Absprache gab es seit über zwanzig Jahren, und nach dem Tod des alten Copeland hatte der Agent sich geweigert, einen neuen Kontakt zu akzeptieren.

»Ich mache nur mit einem Copeland Geschäfte«, hatte der Mann dickköpfig erklärt. Er wollte den Träger des Ringes sehen. Ein Hummel-Ring. *Ihr* Hummel-Ring.

Und so hatten der amerikanische Vizepräsident Thomas Jefferson und die Regierung sie dazu bestimmt, das Familienerbe der Spionage für die Amerikaner weiterzutragen.

Obwohl Lily keine geborene Copeland war, hatte sie das richtige Blut für eine exzellente Agentin.

Adam hatte gebeten, sie begleiten zu dürfen, weil er nach einem Abenteuer gesucht hatte, bei dem er seinem Land dienen konnte. Außerdem, so hatte er angeführt, brauchte Lily einen Beschützer. Er hatte geschworen, die Letzte der Copelands mit seinem Leben zu beschützen.

»Lily, du solltest mir sagen, was hier vorgeht.« Er ergriff

ihre Hand und hielt sie fast ehrfurchtsvoll fest. »Ich kann dir helfen. Ich kann dich von hier fortbringen. Heirate mich, und wir bringen deinen Auftrag hier in England ohne Verzögerung zu Ende. Dann bringe ich dich nach Haus nach Virginia. Stell dir vor, wenn wir verheiratet wären. Wir wären sehr glücklich, und denk doch nur, was wir unseren Enkeln für Geschichten erzählen könnten.«

Trotz aller Neckereien, Spiele und Witze kannte Lily jetzt die schreckliche Wahrheit.

Adam liebte sie. Seine Rolle als pflichtvoller Bräutigam oder eifersüchtiger Liebender war keine Rolle gewesen. Er hatte erst sogar sie getäuscht. Aber er meinte jedes Wort und jeden Kuß ernst.

Wenn jemand das Gefühl unerwiderter Liebe kannte, dann war es Lily, und sein Geständnis zerriß ihr das Herz.

»Komm mit mir, Lily. Wir können heiraten, ehe wir lossegeln, und ein glückliches Leben führen.«

Lily schloß die Augen. Warum liebte sie Adam nicht? Er war so attraktiv und Webb so ähnlich, und doch ...

Webb so ähnlich?

Jetzt tat sie es wieder. Jeden Mann verglich sie mit Webb.

Sie hätte ihn nie küssen dürfen, nie nach England und Byrnewood zurückkommen dürfen.

Sich nicht wieder in ihn verlieben dürfen.

»Aber ich liebe ihn nicht«, flüsterte sie.

»Wen?« Adam drückte ihre Hand. »Thomas? Natürlich liebst du ihn nicht mehr. Er war ein Narr. Ich würde nie etwas tun, das dich verletzen könnte, Lily, und ich werde den Rest meines Lebens damit verbringen, dir das zu beweisen.«

Die richtigen Worte vom falschen Mann. Lily schüttelte den Kopf und haßte sich, weil sie ihm die Wahrheit offenbarte. »Nein, es ist nicht Thomas, es ist ...«

Adam war ein sehr intelligenter Mann.

»Webb«, sagte er ruhig, ohne Zorn, sondern mit der Resignation eines Mannes, der weiß, daß er nichts mehr unternehmen kann.

Sie nickte.

Er sah weg. »Weiß er es?«

Lily biß sich auf die Unterlippe und schüttelte dann den Kopf. Es würde nie geschehen, daß Webb die Worte sagte, die sie eben von Adam gehört hatte.

»Hast du dir deshalb die Verlobung ausgedacht, um ihn zu verletzen?«

»Nein, das hätte ohnehin nicht geklappt. Er sieht in mir immer noch ein unbeholfenes Kind.«

Adam lachte. »Nun, wenn du aufhörst, diese schrecklichen Fetzen zu tragen und das nicht mehr machst, was du mit deinem Gesicht anstellst, wird jeder Mann dich ansehen und wie ich die schöne Frau in dir entdecken.«

Lily sah weg und wußte nicht, was sie zu Adams Kompliment sagen sollte, jetzt, da sie seine wahren Gefühle kannte. »Ich habe dich furchtbar behandelt.«

»Nein, das hast du nicht«, sagte er. »Ich habe mich fortreißen lassen. Obwohl deine Vorführung heute, wozu sie auch sein sollte, die beste war. Ich bin sicher, jeder im Saal hält mich für einen kompletten Narren, weil ich die Verlobung nicht abgeblasen habe. Ich bezweifle aber, daß du das willst, zumindest noch nicht. Sag mir eins: Warum, Lily? Warum hast du zu solchen Mitteln gegriffen, um …«

Ehe er zu Ende sprechen konnte, wurde der Vorhang zurückgerissen, und ein wütender Webb Dryden stand vor ihnen.

Wieviel hatte er gehört? Zuviel, entschied Lily, als sie sah, daß seine Muskeln vor Zorn angespannt waren. Dann bestätigte er ihren Verdacht, als er Adams Frage aufgriff.

»Ja, Lily, sag: Warum hast du versucht, alle mit deiner Vorstellung an der Nase herumzuführen?«

Betrug.

Alles, was Webb hören mußte, war das eine Wort, das die Wahrheit über Lily verriet.

Sie hatte sie alle betrogen, ihren geliebten Verlobten eingeschlossen.

Er fragte sich, wie viele Lügen sie wohl erzählt hatte. Nun, jedenfalls eine zuviel, und nun stürzte das ganze Lügengebäude zusammen.

»Komm schon, Lily«, forderte er sie auf. »Keine schlagfertige Antwort, kein Witz, um deinen Hals zu retten?«

Adam erhob sich. »Ich glaube nicht, daß Ihre Anwesenheit hier gewünscht wird, Sir.« Sein Akzent betonte noch die Drohung in seinen Worten.

Webb hielt es Adam zugute, daß er Lily verteidigte. In ein paar Jahren würde er eine imposante Erscheinung sein, bei dem man es sich zweimal überlegte, wie man ihn anfaßte, doch noch war er kein Gegner für ihn.

Webb sah Adam eisig an und ergriff ihn beim Kragen, um ihn hochzuziehen, bis er auf den Zehenspitzen stand. »Noch ein Wort, und ich lasse Sie und die Gräfin wegen Hochverrats festnehmen.«

Lily sprang auf und zupfte nervös an ihrem Kleid. »Was fällt dir ein? Hochverrat? Bist du verrückt geworden?«

Webb sah sie an und entdeckte vielleicht zum erstenmal Ehrlichkeit in ihren Zügen.

»Dein Verlobter hat den Großteil des Abends mit einer mutmaßlichen Agentin, der Countess Allen, verbracht.« Er wandte sich wieder an Adam. »Stimmt's?«

Der Mann zuckte mit keiner Wimper. »Ich habe keine Ahnung, wovon Sie sprechen.«

Doch Lilys Vorstellung war nicht so überzeugend. Sie wurde sichtlich blaß und sah ungläubig und ärgerlich zwischen Webb und Adam hin und her.

Doch auch wenn sie es ihrem Verlobten übelnahm, daß

er im Haus ihrer Schwester Hochverrat beging, so ließ sie nicht zu, daß Webb ihn beschuldigte. »Laß ihn los, Webb, oder ich mache eine Szene, die du nie vergessen wirst.«

Webb ließ den Mann nur los, weil er ihr glaubte.

»Das geht Sie nichts an«, sagte Adam und richtete seine Krawatte, ehe er sein Jackett glattstrich. »Gehen Sie. Sie haben kein Recht, sich in ihre Angelegenheiten einzumischen.«

»Ihre Angelegenheiten sind mein Geschäft.« Webb nickte zur Tür hin. »Wenn einer geht, dann Sie. Gehen Sie, und ich vergesse, was ich gesehen habe, aber wenn ich Sie in einer Stunde noch in diesem Haus sehe, wird es Ihre letzte Stunde in Freiheit gewesen sein.«

Lily drängte sich dazwischen und sah ihren eifrigen Verteidiger an. »Adam, das ist nicht nötig«, sagte sie weich. »Mir passiert nichts.« Sie streckte ihm die Hand hin. »Tu, was er sagt, und geh. Du weißt, daß es sein muß.«

Adam wollte etwas einwenden, aber Lily lächelte und schüttelte den Kopf.

Adam Saint-Jean beugte sich formvollendet über ihre ausgestreckte Hand, als hätten sie gerade nur zusammen getanzt. Dann schob er sich mit einem kurzen Nicken an Webb vorbei und ging zurück in den Ballsaal.

Lily sah ihm nach, bis er in der Menge verschwunden war, dann wandte sie sich wütend an Webb.

Er konnte sich nicht bremsen und fragte: »Was denn, keine Tränen für deinen Verlobten?«

»Was geht es dich an?« Lily wollte wie Adam zurück in den Ballsaal gehen.

Webb hielt sie fest. »Nicht so schnell. Wenn du gedacht hast, dein Plan würde klappen, dann hast du dich getäuscht.«

Er riß sie zurück in den Alkoven und schloß die Vorhänge. Als sie sie wieder öffnen wollte, hielt er ihre Hand fest.

»Es gibt da ein paar Dinge, die ich mit dir bereden will.«

»Wie interessant«, erwiderte sie, »aber ich habe dir nach dieser beschämenden Szene nichts zu sagen. Warum du den armen Adam wie ein eifersüchtiger Liebhaber behandelt hast, werde ich nicht verstehen. Es steht dir nicht zu ...«

Müde, ihren Lügen länger zuzuhören, und wütend, weil sie mit ihrem Egoismus und Betrug das Leben so vieler Agenten auf dem Kontinent aufs Spiel setzte, griff Webb an ihr vorbei und öffnete die Tür. Ehe sie protestieren konnte, schob er sie auf den Balkon, wo es stark regnete.

Als Lily sich umwandte, schloß er schnell die Tür und sperrte sie aus.

Soll sie doch sehen, wie es ist, wenn das Leben auf dem Spiel steht.

Einen Moment lang starrte sie ihn durch das Glas an, erst ungläubig, dann wütend. Besonders, als eine große Menge Wasser aus der Dachrinne auf sie lief.

Sie war von Kopf bis Fuß durchnäßt.

»Laß mich rein!« Sie hob den Rock, und er sah, daß sie mit bloßen Füßen in einer Pfütze stand. »Ich habe keine Schuhe an.«

Er sah sich um und hob ihre Schuhe und einen Seidenschal auf.

»Das wird dir nicht viel helfen, oder?« sagte er und ließ den Schal vor ihrem Gesicht baumeln.

Ihre Miene wurde stürmischer als das Wetter. Wahrscheinlich hätte sie den Schal eher für eine Schlinge um seinen Hals als zum Schutz vor dem Regen genommen.

»Laß mich rein!« rief sie und schlug mit der Faust an den Rahmen.

»Ein guterzogenes Mädchen würde auf einem Ball doch nicht ihre Sachen herumliegen lassen, oder?« fragte er und hoffte auf die Flammen, die ihre Tarnung durchbrechen würden.

»Ich bin durchweicht!« hörte er sie rufen.

Webb stellte die Schuhe dorthin, wo sie sie sehen konnte, sank auf einen Stuhl und legte die Füße hoch. Dann deckte er sich mit dem Schal zu. »Tu so, als hättest du einen Schirm. Im So-tun bist du doch gut.«

Sie murmelte einen anschaulichen Fluch auf französisch und sagte dann etwas Herabsetzendes über seine Herkunft.

Endlich, dachte er. Das ist die Lily, an die ich mich erinnere.

Er lehnte sich zurück, verschränkte die Arme und schloß die Augen. Er entspannte sich schweigend, und nur der Regen klopfte an die Scheibe.

»Webb, bitte.«

Er wußte, was die Bitte sie gekostet hatte, aber noch war er nicht zum Nachgeben bereit. Sie hatte mit ihrer Intrige zwei Wochen ihrer wertvollen Zeit vergeudet. Fast wäre er auf die Intrige hereingefallen.

Lily verschränkte zitternd die Arme vor den Brüsten. »Wenn ich an einer Lungenentzündung sterbe, kann ich keine überzeugende Adelaide abgeben.«

Verdammt, dachte er, als er merkte, daß sie recht hatte. Es sähe ihr ähnlich, etwas Tödliches zu kriegen, nur um nicht nach Paris fahren zu müssen.

Widerstrebend schob er den Riegel zurück.

Lily barst in einem Tropfenregen herein, die sie großteils auf ihn schüttelte.

»Du Bas-«, schimpfte sie los.

»Ts, ts«, unterbrach er sie und öffnete erneut die Tür, »das ist wohl kaum die Sprache einer guterzogenen Unschuld. Brauchst du noch eine Lektion?« Seine Hand legte sich um ihren Ellbogen, und er nickte Richtung Balkon.

»Diesmal würdest du das nicht so leicht schaffen«, gab sie zurück. »Ich würde das ganze Haus zusammenschreien. Allein der Skandal würde alle deine Aussichten auf eine passende Braut zunichte machen.«

»Woher weißt du davon?« fragte er, erstaunt darüber, daß sie seine Pläne, sich niederzulassen, kannte.

»Das hat mir dein Vater erzählt. Viel Glück, wenn jeder weiß, wie du eine arme, schwache Witwe behandelt hast. Die noch dazu mit einem anderen verlobt ist. Keine Mutter in England wird dich ihre Tochter heiraten lassen. Zumindest nicht, wenn sie aus gutem Hause stammt.«

»Was weißt du schon von gutem Hause«, sagte er und ließ ihren Arm los.

Obwohl Lily nun von Kopf bis Fuß durchnäßt war, stellte das keine Verbesserung ihres verhärmten Witwenbildes dar.

Der Stoff sah aus wie ein Beerdigungstuch, ihr Haar war naß und strähnig, und der Wind hatte Haarnadeln herausgerissen.

Und doch hatte der Regen es geschafft, den Großteil ihrer Verstellung wegzuwaschen.

Der Puder rann ihr in gelben Streifen über das Gesicht. Webb beugte sich vor, strich mit dem Finger über ihre Haut und sah sie gelb werden. Unter dem Make-up hatte ihre Haut einen gesunden, rosigen Schimmer.

Und nichts konnte die Wut und das Feuer in ihren Augen verbergen. Was sie wohl noch hinter Stoff und Make-up verborgen hatte?

Er hätte Adams brennenden Blick ernst nehmen sollen, wenn Adam sie voller Bewunderung angesehen hatte.

Webb spürte das Verlangen, das Geheimnis zu lösen, nachdem er sich von seinen Erinnerungen und von Lily hatte blenden lassen.

Dann mußte er wieder an ihren Kuß denken, die Leidenschaft ihrer Berührungen, ihr Dahinschmelzen. Er brauchte nur die Augen zu schließen, um wieder die Verführerin vor sich zu sehen, die zu solcher Verzauberung fähig war, aber vor ihm stand nur das nasse kleine Kätzchen, das er immer in ihr gesehen hatte.

Doch Adam hatte Lilys Geheimnisse die ganze Zeit schon gekannt – mit einer Vertrautheit und Nähe, die in Webb plötzlich Eifersucht aufkeimen ließ, die verlangte, daß auch er herausfand, was Adam schon wußte.

Webb ergriff Lily an den Schultern. »Was für ein Spiel hast du gespielt, Lily? Hast du geglaubt, du könntest deinen Liebhaber vor seiner eigenen Dummheit schützen, indem du behauptest, mit ihm verlobt zu sein?«

Lily riß sich los. »Mein Liebhaber? Der einzig Dumme hier bist du.« Sie schüttelte ihre Röcke aus, und Wasser sammelte sich zu ihren Füßen.

»Vielleicht hätte ich Adam folgen sollen, um herauszubekommen, was für Geheimnisse du verbirgst«, forderte Webb sie heraus.

Sie sah ihn an, und einen Moment lang glaubte er Erschrecken in ihrem Blick zu sehen. Dann zuckte sie die Achseln.

»Du hast gesagt, daß er gehen kann. Du hast es versprochen.«

»Ich habe gelogen.«

Sie hob das Kinn. »Ich weiß gar nicht, warum mich das verwundert. Jemand wie du lügt sicher mit Leichtigkeit.«

So, wie sie es sagte, klang es, als wäre er der niedrigste Abschaum. Er war nicht derjenige, der mit einem vermutlichen Spion und Verräter verlobt war.

»Nun, wenn du mir nichts sagst, will ich mir den jungen Narren noch mal vorknöpfen und sehen, ob ich aus ihm ein paar Wahrheiten herausprügeln kann. Ich bin mir sicher, daß er weiß, warum du dich solchen Mühen unterzogen hast, um nicht mit mir nach Paris reisen zu müssen.«

Sie hielt ihn am Arm fest. »Laß ihn da raus.« Es war eindeutig, was das bedeutete.

»Zu spät«, erwiderte Webb und wandte sich zum Gehen. Lily riß ihn herum. »Laß ihn in Ruhe, Webb.«

»Sag mir, warum du dich so verstellt hast, um nicht nach Paris zu müssen.«

»Das habe ich ni…«

»Vergiß es, Lily. Ich habe dir schon mal gesagt, daß ich dich beobachte. Ich kann genausogut auch deinen Verlobten auf die Liste setzen und ihn beobachten.«

Sie kniff die Augen zu Schlitzen zusammen. »Ich habe dir doch gesagt, daß du ihn in Ruhe lassen sollst!«

»Hör gut zu. Ich werde Adam folgen und die Wahrheit aus ihm herausholen, und wenn ich das nicht schaffe, werfe ich ihn ins Gefängnis, bis ihr beide wieder zu Verstand kommt.«

Sie sprach jetzt kühl und gefaßt. »Wenn du ihn in Ruhe läßt, reise ich mit dir nach Paris. Es wird keinen Ärger, keine Verstellung mehr geben, aber nur, wenn du schwörst, daß du Adam in Ruhe läßt.«

Webb sah auf ihre Hand hinunter, die ihn am Arm festhielt.

Ihre Finger waren kalt, und er glaubte, die Kälte durch seine Jacke bis auf die Haut zu spüren.

Doch ihre eisigen Hände paßten nicht zu ihren hitzigen Worten. Keine Frage, Adam war für Lily und ihre Geheimnisse von Bedeutung.

Wieder spürte Webb einen Anflug von Eifersucht. Aber was kümmerte es ihn, wenn Lily sich um den Mann sorgte? Das war sein Schlüssel zu Adelaide de Chevenoy und ihrer Unterwerfung.

Oder nicht?

Einen Moment lang sahen ihre grünen Augen ihn nicht mit der üblichen Feindseligkeit an. Eher mit einer Frage und einer Spur Sehnsucht.

Später sagte er sich, daß er sich hätte zurückhalten sollen. Es gab zu viele Fragen, um sie mit einem Kuß beantworten zu lassen. Es sah so einfach aus.

Aber er hätte es besser wissen sollen. Nichts an Lily D'Artiers Copeland war einfach.

Er zog sie an sich und suchte nach seiner Antwort.

Nachdem er sie vierzehn Tage lang mit einem anderen Mann gesehen hatte, brannte die Eifersucht in seinem Blut. Und noch immer machte die Erinnerung an den Kuß im Park ihn atemlos.

Ihre Hände zerrten an seiner Schulter, und sie versuchte, den Kopf abzuwenden.

Wenn er sie jetzt losließ, würde sie die Szene machen, mit der sie ihm gedroht hatte. Und Webb hatte nicht vor, Lily gehenzulassen, ehe er nicht die Antwort wußte.

Sein Mund legte sich auf ihren und nahm sich, was er wollte. Ihr Widerstand erlahmte, und schon bald legte sie die Arme um ihn und öffnete willig ihre Lippen für ihn.

Er küßte sie, suchte die Wahrheit, die Frau, die er hinter all den Geheimnissen und Verkleidungen vermutete.

Sie sank gegen ihn, und die Nässe ihres Kleides zog in seine Jacke und Hose.

Wahre Leidenschaft und heißes Verlangen kreisten in seinen Adern. Lilys Kuß brachte ihn fast um den Verstand.

Verstellung, warnte sein Verstand. Das ist Lily, die Meisterin der Verstellung.

Bei diesem Gedanken ließ er sie los.

Zitternd wich sie von ihm zurück und wandte sich ab. Ohne nachzudenken hob er ihren Schal auf und legte ihn ihr um. Dann zog er sie wie ein Fischer sein Netz daran wieder zu sich.

»Du gehst mit nach Paris, und es gibt keine Verzögerungen und Schwierigkeiten mehr?« fragte er. Seine Hände rieben über ihre nackten Arme.

Sie warf einen Blick über die Schulter auf den Ballsaal.

»Ja.« Sie sah in wieder an. »Und du hältst dein Wort?«

Er versuchte, nicht auf ihren Mund zu blicken, nicht daran zu denken, wie sie geschmeckt und sich unter seinen Lippen angefühlt hatte.

Sie gehörte ihm. Zumindest für diesen Auftrag.

»Ja«, versprach er schließlich, obwohl er sein Versprechen brechen würde, wenn Adam ihm heute noch einmal über den Weg laufen würde. Zum Beispiel auf dem Weg vor dem Tor.

»Warum hast du dein Versprechen gebrochen, Lily?« wollte er wissen, als sein Ärger sich legte. »Du hast in jener Nacht gesagt, daß du mit mir nach Paris gehst.«

»Ich habe mein Versprechen nicht gebrochen«, erwiderte sie. »Aber ich habe nie gesagt, daß ich es dir einfach mache. Außerdem bist du derjenige, der eine andere Partnerin will, nicht ich.« Ihre Hand glitt an ihre Lippen, um ein Lächeln zu verbergen.

Er dachte nach. »Ja, aber du hast es darauf angelegt.«

Sie sahen einander an, und Webb spürte widerwilligen Respekt für sie in sich aufkeimen.

Das kleine Mädchen war erwachsen geworden.

Sie wand den Schal enger um sich und zitterte erneut. »Ich muß mich umziehen, sonst hole ich mir noch den Tod.«

Er wollte ihr seine Hilfe anbieten, verdrängte aber den abwegigen Gedanken.

Zum Teufel, er wurde noch verrückt. Das war Lily. Die kleine Lily. Die störende, lästige Lily. Hatte sie das mit ihrem ganzen Theater nicht wieder einmal bewiesen?

Sie schickte sich an, den Alkoven zu verlassen, sah sich

dann aber noch einmal nach ihm um. »Was hat mich verraten?«

»Bitte?«

»Was hat mich verraten? Wie hast du herausgefunden, daß ich nicht ganz so schlimm bin, wie ich gespielt habe?«

Er wußte nicht, ob er es ihr sagen sollte, tat es dann aber, weil sie überführt war. »Dein Tanzen. Es war ein bißchen zu plump.«

Sie sah verblüfft drein. »Mein Tanzen? Du bist vielleicht ein Spion.« Sie preßte die Lippen zusammen.

»Was meinst du? Du hast absichtlich alles falsch gemacht, um schrecklich dazustehen. Monsieur hatte schon recht – er ist nicht der einzige, der dich nach dem Abend heute mit einer tanzenden Kuh vergleichen wird.« Er lachte. »Wirklich, Lily, niemand tanzt so schlecht.«

Lily lachte nicht mit. Statt dessen handelte sie.

Wie sie es tat, konnte Webb hinterher nicht sagen, aber sie bewegte sich so schnell wie einer der berühmten Mamelucken-Krieger, so daß er sie nicht aufhalten konnte.

Lily riß die Balkontür auf, und plötzlich stand Webb draußen im Regen, und die Tür fiel zu.

Eine wütende Lily sah ihn aus der Wärme des Zimmers heraus an.

»Das Tanzen, Herr Meisterspion«, sagte sie schneidend, »war das einzige, das ich nicht gespielt habe.« Und damit fegte sie aus dem Alkoven und überließ ihn den Elementen.

»Hatschi«, nieste Webb.

»Gesundheit«, rief Lily hinter dem Paravent hervor, der zum Umziehen diente und wo die Modistin letzte Hand an ihre Kleider legte.

Wenn sein Vater, Giles und Sophia nicht hiergewesen

wären, hätte Webb ihr schon gebührend geantwortet. Aber es war so, daß sie zu viert in Sophias Morgenzimmer saßen, das in den letzten vierzehn Tagen als ihr Hauptquartier gedient hatte.

»Was hat dich nur bewogen, letzte Nacht auf den Balkon zu gehen?« wunderte sich Sophia mütterlich. »Du kannst froh sein, daß du dir keine Lungenentzündung geholt hast.«

Als auf sein Klopfen niemand reagiert hatte, war er gezwungen gewesen, die efeubewachsene Fassade von Byrnewood hinunterzuklettern. Auf den letzten zwei Metern hatten seine steifgefrorenen Finger ihn nicht mehr halten können, so daß er fast der Herzogin in die Arme gefallen war, die sich gerade verabschiedet hatte.

»Wirklich, Mr. Dryden, du solltest vorsichtiger sein«, meldete sich Lily hinter dem Paravent.

Ihr entzücktes Kichern trieb ihn fast auf die Beine. Er sollte ihr das geben, was sie verdiente.

»Ein Fehler in meinem Urteilsvermögen«, antwortete er und achtete nicht auf die Belustigung in den Gesichtern Giles' und seines Vaters. Als er der Falle endlich entronnen war, hatte er weder Adam noch Adams Mutter noch die amerikanische Gräfin wiederfinden können. Vorsichtige Nachfragen hatten ergeben, daß alle drei in Eile von Byrnewood abgereist waren.

Wenn Sophia und Giles sich etwas zu der hastigen Abreise ihrer Hausgäste dachten, hatten sie zu ihm jedenfalls nichts darüber gesagt.

Ein weiteres Geheimnis in Lilys Sammlung.

Eines, hinter das er kommen wollte.

Hinter dem Wandschirm beschrieb eine plötzlich begabte Lily den Stammbaum der de Chevenoys, den Grundriß des Besitzes und ihre tränenreiche Arbeit, als sie ein Blumengesteck für die Beerdigung ihrer lieben Lehrerin Marie-Rufina Helena angefertigt hatte.

Dieses unberechenbare Mädchen beschämte die besten Agenten, wenn sie wollte.

Als wenn er seine Gedanken lesen könnte, stimmte sein Vater ein Loblied an. »Sehr gut, Lily, sehr gut. Ich hätte dich schon vor Jahren rekrutieren sollen. Wie konnte ich es nur zulassen, daß deine Familie dich in die Wildnis Amerikas entführt hat? Dein Talent war verschwendet.«

Ihr früheres Versagen hatte sie sehr überzeugend damit erklärt, daß sie angesichts einer Rückkehr nach Paris nervös gewesen sei. Zumal sie traumatische Kindheitserlebnisse aus der Revolutionszeit damit verband. Ihre grünen Augen hatten vor gut eingesetzten Tränen geglänzt und ihr die ganze Verzeihung seines Vaters eingebracht.

Webb mußte ihr zugestehen, daß sie sich klug verhalten hatte, aber ein Hindernis mußte sie noch bewältigen.

Adelaides Werdegang deutete an, daß aus dem Kind eine Schönheit werden würde.

Er wußte zwar, daß Lily die Leidenschaft ihrer Ramsey-Ahnen geerbt hatte, aber ihr fehlte die äußere Schönheit, die Paris von ihr erwarten würde.

Das war die letzte Aufgabe. Wenn Mme. Pontius, eine der besten Schneiderinnen von London, ihr Kunstwerk enthüllte, würde Lily entweder als Adelaide akzeptiert oder von ihrer Aufgabe entbunden werden.

Nach dem ersten Ärger darüber, daß er so von ihr getäuscht worden war, hatte Webb lange auf dem Balkon darüber nachgedacht, warum er sich so dafür einsetzte, ihren unwilligen Körper mit nach Paris zu nehmen.

Allein mit Lily in Paris? Was dachte er sich denn?

Wenn sie schon nichts dabei fand, ihn im Regen stehen zu lassen, welche Chancen hatte er dann in der Pariser Gesellschaft?

Und dann waren da noch die ungewohnten Gefühle, die

sie gestern in ihm geweckt hatte. Schutzbedürfnis. Eifersucht. Sehnsucht.

Was die Küsse anging, wollte er über seine Gefühle und Lily nicht nachdenken.

Mme. Pontius trat von ihrem Werk zurück und schnalzte mit der Zunge. »Ich denke, Sie werden zufrieden sein, Mylord«, sagte sie zu seinem Vater. »Das ist das Beste, was ich in der Zeit zustande bringe. Sie werden sehen, das ist Ihre Erbin, ein wahrer Engel.«

Webb lächelte die Frau so höflich wie möglich an, weil er wußte, wie sehr sein Vater sie schätzte.

Wenn Madame über ihr neuestes Werk in Entzücken verfallen wollte, so sollte sie das tun, aber Webb glaubte auch nicht für eine Minute, daß selbst eine so talentierte Frau wie sie Lily in einen Engel verwandeln konnte.

Schönheit konnte nicht einmal Lily nachmachen.

Als er zu diesem Schluß gelangt war, trat Lily hinter dem Wandschirm hervor.

Das Kleid wurde noch von Nadeln und Bändern zusammengehalten, aber gleichwohl umschmeichelte es ihren Körper wie das Gewand der griechischen Statuen in den Parks von Byrnewood. Die helle Seide, auf den Schultern von goldenen Klammern gehalten, floß in üppigen Wellen zu Boden. Der Ausschnitt fiel in das Tal zwischen ihren Brüsten, deren runde Fülle den Saum zu sprengen drohten.

Webb holte tief Luft und sah noch einmal hin. Er hatte das Gefühl, seinen Augen nicht trauen zu können, obwohl der Rest seines Körpers unwillkürlich reagierte.

Bislang war sie unter der Fülle des gräßlichen schwarzen Stoffes verborgen gewesen. Ohne die Witwenkleider sah sie aus wie eine Taube im Flug, frei zu fliegen, frei, ihre feinen weißen Federn zu zeigen. Ihr Gesicht, das unter der schwarzen Haube und dem Puder blaß und leblos gewirkt hatte, erwachte nun zum Leben.

Er hatte ihren Körper zwar mit den Händen erkundet, aber nun sah er, daß das, was er sich vorgestellt hatte, Wirklichkeit war – die schmalen, sanft gerundeten Hüften, die Vollkommenheit ihrer kleinen runden Brüste.

Das Haar hatte sie mit einem grünen Band hochgebunden, und von dort fielen die schimmernden Strähnen wie pures Gold über ihre Schultern. Es war, als wäre Diana aus ihrem Marmorgefängnis getreten und stünde nun als lebendige, atmende Frau vor ihm.

Als wäre ein Engel vom Himmel gefallen.

Er wußte, daß er sie anstarrte, aber er konnte die Verwandlung kaum glauben.

Diese blonde Göttin war seine kleine Lily? Wo war das kleine Mädchen? Die kleine Pest, die ihn verfolgt hatte, das lästige Gör mit den ungelenken Bewegungen? Wo war die blasse Witwe mit den unförmigen Kleidern und den verwaschenen Zügen?

Lady Marstons Prophezeiung fiel ihm ein.

Dieses Kind wird einmal eine Schönheit.

Jetzt stand sie vor ihm, und ihre elegante Grazie neckte ihn. Sein Bild von der lästigen Göre war für immer dahin, ersetzt durch diese atemberaubende Erscheinung vor ihm.

Er war nicht der einzige, den die plötzliche Verwandlung erstaunte. Alle staunten sie Lily offenen Mundes an.

»Was ist los?« fragte Lily. Sie drehte sich nach rechts und links, um zu sehen, was der Grund war.

Madame lachte. »Nein, *ma chérie*, ich glaube, Sie sind zu vollkommen.«

Webb schwamm es vor den Augen.

Plötzlich sah er ihre Mission in Paris aus einem ganz anderen Blickwinkel, der höchst gefährlich war.

So würde Lily Paris in einen Aufruhr versetzen, wie es ihn seit der Erstürmung der Bastille nicht mehr gegeben hatte.

Was sie allen möglichen Gefahren aussetzen würde.

Ja, wir haben unsere Erbin gefunden, dachte Webb. Aber dabei haben wir irgendwo eine Verführerin ausgegraben.

8

Paris. Dezember 1800

Bernard Troussebois trat durch die Hintertür des De-Chevenoy-Besitzes ein, wie es seit seinem ersten Tag als Anwalt des Grafen seine Gewohnheit gewesen war. Das gewaltige Gebäude aus Sandstein mit dem geschwungenen Dach lag in der ruhigen Rue du Renard.

Der Anwalt zog es vor, an den Hintertüren seiner Mandanten zu klopfen, weil ihm das die Gelegenheit gab, sich kurz mit ihren Dienstboten zu unterhalten und so das Neueste über die Geschäfte und Umstände ihrer Herrschaft zu erfahren.

Informationen, die ein Mandant vielleicht nur unwillig oder gar nicht preisgab.

Das Haus de Chevenoys hatte er immer besonders gerne besucht, weil sich dort die Chance bot, das eine oder andere Stück von Madame Costards frischem Backwerk zu probieren, ehe er sich den Geschäften mit dem Grafen zuwandte. Er war sich nicht sicher, wie die Frau es schaffte, ständig Essen bereitzuhalten, aber vermutlich war der stete Goldstrom aus den Händen de Chevenoys, egal, wie hoch die Inflationsraten waren, dabei sehr hilfreich.

Auch die begabte Mme. Costard selbst hatte ihre Quellen, wie Troussebois vermutete.

Er bezweifelte, daß es einen Fleischer oder Gemüsehändler in Paris gab, der der mächtigen Dame etwas verweigert hätte, die trotz ihres Umfangs und entschiedenen Auftretens ein weiches und freundliches Herz hatte.

Nach seinem zweiten Klopfen öffnete Monsieur Costard die Tür. Während seine Frau aussah wie ein fetter Gladiator und auch so stark wirkte, war ihr Mann ein mageres Männchen, das aussah, als hätte es seit zwei Wochen nichts Richtiges mehr zu essen bekommen.

Troussebois wußte, daß das nicht stimmte, denn Madame war eine vorzügliche Köchin, aber die beiden waren schon ein seltsames Paar.

»Kommen Sie herein, Monsieur Troussebois«, sagte Costard. »Kommen Sie aus der Kälte.« Das schmale Gesicht des Mannes wirkte beunruhigt, und seine buschigen grauen Brauen standen in alle Richtungen. Trotz seiner vielen Sorgen vergaß der Kammerdiener nie seine Pflichten und nahm Troussebois auch jetzt den durchnäßten Mantel ab, um ihn am Feuer zum Trocknen aufzuhängen.

»Die Erbin ist also eingetroffen.« Troussebois nahm auf seinem üblichen Stuhl am Küchentisch Platz. Vor ihm stand ein Teller mit Mandelkuchen. Die Kuchenstücke dufteten köstlich, aber seine guten Manieren geboten ihm zu warten, bis ihm davon angeboten wurde.

Zu seiner Enttäuschung füllte die sonst so großzügige Madame Costard nicht sofort einen Teller für ihn.

»O ja. Ihre Erbin ist da«, erwiderte Costard und setzte sich ihm gegenüber. De Chevenoys treuer Diener und seine Frau waren die einzigen Dienstboten im Haus, und das auch schon seit der Zeit, als Troussebois begonnen hatte, de Chevenoy zu seinen Mandanten zu zählen.

Troussebois hatte gedacht, daß der Grund dafür die menschenscheue Zurückgezogenheit des Comte war, aber seit Henris Tod wußte der Anwalt, daß de Chevenoy aus einem ganz anderen Grund seinen Haushalt so klein gehalten hatte.

Ein Grund, der ihn schaudern ließ, und zum tausendstenmal seit dem Tod seines Klienten stellte er sich dieselbe Frage.

Wie hatte er nur in diesen Schlamassel geraten können?

Nun, jetzt war es zu spät, um noch einen anderen Kurs einzuschlagen als den, auf den er und die Costards sich geeinigt hatten.

»Sie ist vor einer knappen Stunde eingetroffen und packt gerade aus«, erklärte Costard. »Truhen, eine Dienerin und ...«, hier beugte der Diener sich vor und stützte die Ellenbogen auf den Tisch, »... ein Verlobter.«

Ein Verlobter? Troussebois schluckte und war erst einmal sprachlos. Ein Verlobter konnte nur Ärger bedeuten oder, schlimmer noch, überflüssige Fragen und Nachforschungen.

Troussebois versuchte, die Schmetterlinge in seinem Bauch zu beruhigen, und beklagte sein Schicksal, daß er je Henri de Chevenoy zu seinem Mandanten gemacht hatte. Trotz des Umstandes, daß der Vertrag mit de Chevenoy in den vergangenen sieben Jahren das Brot auf seinen Tisch gebracht hatte, während viele seiner Kollegen verhungert waren oder ihren Kopf verloren hatten.

Nein, Troussebois, sagte er sich, wie er es oft tat, wenn er sich vor eine berufliche Herausforderung gestellt sah, du darfst den Mut nicht verlieren.

Ihr Leben hing von der De-Chevenoy-Erbin ab – das der Costards, damit sie ein Dach über dem Kopf und ein Einkommen hatten, und seines, weil er Gebühren für die Verwaltung des großen Besitzes bekam.

Aber ein Verlobter?

Dieser Gedanke gefiel ihm gar nicht. Das packte eine Wagenladung voll neuer Probleme in ihre sorgsam ausgetüftelten Pläne, aber es war keine Zeit, das jetzt zu bedenken, wo die wichtigste Frage noch unbeantwortet war.

Mit wachsender Sorge sah er zwischen Mann und Frau hin und her. »Besteht die Chance, daß wir diese Betrügerin als Adelaide de Chevenoy durchgehen lassen können?«

Lily schritt auf dem Orientteppich im Salon de Chevenoys auf und ab und blieb vor einem großen Sekretär in der Ecke stehen. Ohne Zögern begann sie, die Schubladen aufzuziehen und die Papiere durchzusehen.

»Was glaubst du, was du da machst?« sagte Webb, sprang vom Sofa auf und zog sie weg. Seine Hände umfaßten ihre, und für einen Moment sahen sie einander an, als sich die Hitze ihrer Körper mischte.

In dem Augenblick, als sie ihn ansah, ließ er ihre Hände los, als hätte er sich verbrannt, und sah weg.

»Ich suche nach den Tagebüchern, oder was hast du gedacht?« erwiderte sie schnippisch, müde und erschöpft von der Reise und Webbs unermüdlicher Gegenwart. Seit dem Ball auf Byrnewood hatte zwar ein unausgesprochener Waffenstillstand zwischen ihnen geherrscht, aber das bedeutete nicht, daß es deshalb keine Spannung mehr zwischen ihnen gab.

Als sie sich erneut dem Sekretär zuwandte, zog Webb sie von dem großen Kirschholzmöbel weg und schob alle Schubladen, die sie schon geöffnet hatte, wieder zu. Ehe sie protestieren konnte, hatte er sie schon zu einem brokatbezogenen Sofa gezogen. Dort zeigte Webb auf ein Sofa, auf das sie sich setzen sollte, und ließ sie los.

Lily nahm Platz, aber nur widerstrebend, als wenn sie ihn ärgern wollte.

»Du suchst dann, wenn ich es dir sage«, befahl Webb und setzte sich wieder in den Ledersessel neben dem Sofa. »Was willst du denn den Costards sagen, wenn sie hereinkommen und dich dabei ertappen, daß du wie eine gewöhnliche Diebin das Haus durchsuchst?«

Lily gab keine Antwort.

Der einzige Unterschied, den sie zwischen sich und einem gewöhnlichen Dieb sah, war der, daß ein Dieb klug genug war, nur nachts zu kommen, um sein schmutziges Geschäft zu erledigen.

»Mir gefällt diese ganze Warterei nicht.« Lily verschränkte die Arme vor den Brüsten und betrachtete die geschlossene Salontür. Hinter ihr lag ein ganzes Haus, und Henris Tagebücher konnten überall sein.

Egal, wie schnell sie sie fanden und nach England zurückkehren konnte, für Lily konnte es nicht schnell genug sein.

Du bist vielleicht eine schöne Spionin, dachte sie. Vor einer Stunde erst waren sie auf dem De-Chevenoy-Besitz eingetroffen, und sie brannte bereits darauf, wieder wegzukommen.

Statt dessen hatte sie doch Grund zur Freude – sie hatte ihren ersten Test bestanden, als Henri de Chevenoys langjährige Diener, Mme. und M. Costard, sie als Adelaide akzeptiert hatten.

Der erste bange Moment, als M. Costard die Haustür geöffnet und sie unter buschigen Brauen hervor betrachtet hatte, hatte sich schnell in einen Moment glücklichen Wiedersehens verwandelt.

Die Costards hatten sie mit offenen Armen willkommen geheißen, es gab viele Umarmungen und viele Tränen, und dann hatte Madame sie auf Armeslänge von sich gehalten und behauptet, sie wäre das lebende Abbild ihre verstorbenen Mutter.

Napoleons Wachen, die immer noch an der Tür standen, hatten sie nicht weiter beachtet, nachdem Costard ihnen gesagt hatte, wer sie war. Einer von ihnen konnte sogar dazu bewegt werden, dem Kutscher zu helfen, das Gepäck hineinzutragen.

Die Bediensteten der De-Chevenoys hatten auch Celeste, die in ihrer bunten Kleidung und mit dem Tuch um den Kopf einen farbenfrohen Anblick bot, herzlich in ihrer Mitte willkommen geheißen und ihr ein kleines Zimmer neben Lilys zugewiesen.

Webb dagegen war gründlicher betrachtet worden, vor allem, nachdem Lily ihn allen als ihren Verlobten vorgestellt hatte, der sie um der Sicherheit willen nach Paris begleitet hatte.

Dann waren Webb und sie in den Salon geführt worden, während Mme. Costard verschwunden war, um ein Tablett für sie zu richten und Costard dem Kutscher gezeigt hatte, wo er ihr Gepäck hinbringen sollte, nämlich in Adelaides Zimmer, wo Lily dann auspacken sollte.

»Was meinst du, wie lange Mme. Costard braucht, um das Essen zu bringen? Vielleicht sollte ich einmal nachsehen, warum es so lange dauert?« Lily erhob sich vom Sofa.

Webb sah sie strafend an, ehe er sich wieder dem dicken Buch zuwandte, das er sich aus dem Regal genommen hatte.

Wenn Adam doch nur nicht so dumm gewesen wäre, sich mit der amerikanischen Gräfin beim Ball zu zeigen, dachte Lily, dann hätte ich doch noch einen Ausweg finden können. Aber sobald Webb einmal gesehen hatte, daß ihr Freund mit einer Agentin sprach, war sein Leben keinen Pfifferling wert. Deshalb hatte sie Webb angeboten, mit ihm nach Paris zu reisen und das zu tun, was er sich am meisten wünschte – Adelaide zu spielen.

Ein Pakt mit dem Teufel, dachte sie, warf Webb einen Blick zu und tappte ungeduldig mit dem Fuß auf den Boden.

Er lauerte wie ein Löwe in dem Sessel. Sein braunes

Haar hatte er zurückgebürstet und im Nacken mit einem schwarzen Samtband zusammengefaßt. Eine Locke war dem Band entkommen und ringelte sich über seiner Stirn, was ihm ein jungenhaftes Aussehen verlieh. Er trug einen schwarzen Mantel und eine lederne Hose, weißes Hemd und schwarze Krawatte. Nur seine polierten Stiefel verliehen seiner zurückhaltenden Erscheinung etwas Glanz.

Er sah genauso aus, wie er auf Wunsch seines Vaters aussehen sollte: wie Mr. Milne, ein Schiffsbesitzer aus Nordamerika, der mit Adelaide verlobt war.

Verlobt! Wie sie diese Rolle haßte. Es war schon schlimm genug, daß sie die letzten Tage mit ihm in einer Kutsche durch das Land hatte fahren müssen, aber nun mußten sie auch noch Gefühle füreinander vorspiegeln.

Sie seufzte leise und sah weg.

Seit sie ihm in Byrnewood mit den neuen Kleidern ihre wahre Gestalt gezeigt hatte, hatte er nicht mehr Worte mit ihr gewechselt, als unbedingt nötig, und sie kaum angesehen.

Wenn sie das doch auch schaffen würde.

Aber wie jetzt auch wieder mußte sie ihn ständig unter gesenkten Wimpern hervor betrachten, seine harten Züge, die Linie seines Kinns, die Kerbe im Kinn, diese intensiv blauen Augen.

Adam ist genauso attraktiv, sagte sie sich. Vielleicht sah er noch besser aus, weil er wenigstens noch ab und zu lächelte. Und doch war es Webb und nicht Adam, der ihr Herz schneller schlagen ließ, wenn er ins Zimmer kam.

Schlimmer noch, wann immer er sie berührt hatte, oder in der Kutsche gegen sie gestoßen war, hatte der kleinste Kontakt sofort Schauer leidenschaftlichen Verlangens durch ihren Körper gesandt.

Wie eben, als er sie von dem Sekretär weggezogen hatte. Ihr verräterisches Ich überlegte sogar, aufzustehen und die

Möbel umzudrehen, nur damit er sie wieder in die Arme nahm.

Lily stieß den Atem aus, ehe sie Webb wieder ansah. Sie versuchte, wieder den Haß zu erwecken, den sie empfunden hatte, als sie ihn mit Lady Marston gesehen hatte und er so abfällig über sie gesprochen hatte, aber es half nichts. Es kamen nur immer neue Fragen in ihr auf.

Hatte er eine neue Geliebte? Wer war sie? Vermißte er sie?

Lily wußte, daß er den Großteil seiner Zeit in Frankreich verbrachte, also war die Frau vielleicht hier in Paris in einem gemütlichen Liebesnest außerhalb der Stadt?

Himmel, sie machte sich noch verrückt mit all diesen wiederkehrenden Gefühlen aus ihrer Pubertät, wenn es um Webb Dryden ging.

Wenn es doch nur eine Kur gegen diese quälenden Gefühle für den falschen Mann gäbe.

»Was schlägst du vor, wann wir suchen sollen?« fragte sie Webb, als ihr das Schweigen zu lang wurde.

Webb schlug ärgerlich sein Buch zu. »Sobald wir uns etwas ausgedacht haben, um die Costards aus dem Haus zu bekommen. Zum Glück hat Henris Beruf verlangt, daß er nur wenig Personal hat, da dürfte es nicht allzu schwierig sein, genügend Aufträge zu erfinden, um das Paar eine Zeitlang aus dem Haus zu haben. Am wahrscheinlichsten liegen die Aufzeichnungen in Henris Arbeitszimmer hinter einem Wand- oder Bodenbrett, aber die Tür ist abgeschlossen.«

»Woher weißt du das?«

»Ich habe nachgesehen, als wir angekommen sind. Sein Zimmer ist die erste Tür links. Ich habe versucht, sie zu öffnen – deshalb müssen die Costards aus dem Haus, es wird eine Weile dauern, das Schloß zu knacken. Henri war sehr eigen mit seinem Arbeitszimmer, und ich bin sicher, daß er das beste Schloß eingebaut hat, das man mit Geld kaufen kann.«

Sie stand auf, trat zum Kaminsims, ignorierte sein ärgerliches Stirnrunzeln und gab vor, die Porzellanfiguren darauf zu betrachten. Tanzende Schäferinnen und musizierende Schäfer. Lily wandte den Blick von ihren verliebten Gesichtern ab. »Und was machen wir solange?«

»Du wirst das tun, was ein junges Mädchen tut, nachdem es jahrelang in einer Klosterschule gelebt hat. Flick deine Sachen.«

Lily rümpfte die Nase.

Webb lachte. »Leb dich einfach ein. Außerdem wird der Anwalt bald hiersein, und dann erfährst du, wie reich du wirst.«

»Wunderbar, ein Vermögen ganz zu meiner freien Verfügung, und alles, was ich tun darf, ist in diesem Zimmer zu sitzen.« Lily wanderte durch den Salon und betrachtete die Bilder, Möbel und Figuren. »Vielleicht sollte ich hochgehen und Celeste beim Auspacken helfen. Dann habe ich wenigstens etwas zu tun.« Sie ging auf die Tür zu, aber Webb stellte sich davor, bevor sie zwei Schritte zurückgelegt hatte. Er legte ihr die Hände auf die Schultern und sah sie an. »Was würde das für einen Eindruck machen? Eine Erbin, die ihre Sachen selber auspackt?«

Sie warf einen Blick auf seine Hand. Sein Daumen strich über die bloße Haut ihrer Schulter, wo das Kleid endete.

Unwillkürlich trat sie näher zu ihm. Wieder fragte sie sich, wie seine Geliebte wohl war. Geradeheraus? Prägsam? So gierig nach seiner Berührung wie sie?

Lily wollte es nicht wissen.

Sie wollte ihn nur wieder küssen, um zu sehen, ob ihre Erinnerungen sie nicht trogen. Noch einmal das verführerische Gift seiner Lippen schmecken, das sich in ihre Adern brannte und ihr die Sinne verwirrte.

»Göre«, flüsterte er, »mach es nicht noch schwieriger.« Er streichelte über ihren Arm, und warme Finger strichen über ihre bloße Haut.

»Du solltest mich nicht so nennen.« Unter gesenkten Wimpern sah sie zu ihm auf.

»Göre«, sagte er leise, als wenn er sie herausfordern wollte.

Sie trat noch näher, hob sich auf die Zehen, sah in diese blauen Augen und zog sich zurück, als sie die widerstreitenden Gefühle in seinem Blick las.

Denn in Webbs Augen sah sie das gleiche heiße Verlangen, das auch sie verzehrte.

Er wollte sie.

Es war ihr egal, wenn sie das später vielleicht einmal bereute oder daß ihre Augen nur sahen, was sie sehen wollten. Wenn sie ihn jetzt nicht küßte, würde sie nie eine Antwort auf die Frage finden, die sie Tag und Nacht quälte.

Sie hob den Mund zu seinem, um das Experiment durchzuführen.

Gewißheit zu bekommen.

Ihr Verlangen zu stillen.

Der Kuß begann sanft, als wären sie beide auf der Hut. Die beiden Küsse vorher waren aus Wut und Leidenschaft geboren, aber jetzt mischte sich etwas anderes hinein.

Sehnsucht.

Als sich ihr Mund öffnete, um ihn willkommen zu heißen, wußte sie, daß ihr Verlangen nach ihm nur immer noch wachsen würde.

Webbs Küsse waren jedes Risiko der Welt wert.

Seine Zunge tanzte um ihre und stachelte sie an, ihm zu folgen.

Lily seufzte leise und lehnte sich an ihn. Dann schlang sie die Arme um seinen Hals und vergrub die Finger in seinem Haar.

Er zog sie eng an sich, preßte die Hand in ihre Taille, streichelte sie und drückte sie an sich.

Webb fragte sich, ob er verrückt geworden war, als sein Kuß sich vertiefte. Er konnte immer noch nicht glauben, daß die verführerische Frau, die er da in den Armen hielt, dieselbe lästige Göre war, der er vor so vielen Jahren immer aus dem Weg gegangen war.

Wenn sie doch wieder diesen verdammten Bombasine trüge! In den gräßlichen Kleidern hatte er sie wenigstens ansehen können, ohne daß sein Herz jedesmal schneller schlug.

Seine Sinne gerieten in Aufruhr, als ihre Hände über seine Schultern strichen, ihn liebkosten, und ihre Hüften sich ihm einladend entgegendrängten.

Sein Körper reagierte sofort auf ihre Annäherung. Seine Finger spielten mit dem Ausschnitt ihres Kleides und schoben ihn spielerisch beiseite.

Einen Sekundenbruchteil zog Lily sich zurück, ihr Atem rasch und warm auf seiner Haut. »Webb, ich …«

Er wollte nichts hören, außer ihrer Zustimmung, und so bedeckte er ihren Mund erneut mit seinem, küßte sie, bis er nichts mehr hörte, außer ihrem leisen Stöhnen.

Ein höfliches Hüsteln an der Tür ließ sie auseinanderfahren.

Webb fuhr herum und sah Costard neben einem blinzelnden Mann in der Tür stehen.

Er war so versunken gewesen, daß er sie nicht hatte kommen hören.

Webb Dryden, der Stolz des Außenministeriums, überrumpelt, weil er zu sehr mit Küssen beschäftigt gewesen war.

Er meinte förmlich, das höhnische Lachen seiner Kollegen an der Themse zu hören.

»Ah, ja, junge Liebe«, sagte Costard und stieß dem

anderen Mann den Ellbogen in die Rippen. »Ist das nicht ein Anblick, der Sie sich wieder nach Ihrer Jugend sehnen läßt, Troussebois?«

»Nun, ich … ich …«, stammelte der Mann und wurde rot.

Aus den Geräuschen hinter sich schloß Webb, daß Lily eilig alles tat, um ihre Kleider wieder in Ordnung zu bringen, und als sie vortrat, verriet ihr ernstes Gesicht nichts von dem, was noch Sekunden vorher zwischen ihnen vorgegangen war. Was ihn anging, konnte er nur seine Jacke glätten und hoffen, daß er nicht so erhitzt aussah, wie er sich fühlte.

»Mistress«, sagte Costard und verbeugte sich leicht vor ihr. »Verzeihen Sie die Störung, aber das ist Monsieur Troussebois, der Anwalt Ihres Vaters.«

»Wie nett von Ihnen, so kurzfristig für mich Zeit zu haben«, erwiderte Lily, trat zu ihm und erlaubte dem Anwalt, ihre Hand zu küssen. Ihr strahlendes Lächeln schien den Mann noch mehr aus der Fassung zu bringen, denn er verstreute den Inhalt seiner Akte über den Teppich.

Der Mann errötete tief, kniete sich hastig hin und begann, alles wieder einzusammeln.

Nachdem er sich wieder gefaßt und seine Papiere eingesammelt hatte, die er recht formlos in die Mappe zurückstopfte, erhob er sich und sah sie an.

»Ich habe es Ihnen ja schon gesagt«, bemerkte Costard, »das Abbild ihrer Mutter, nicht wahr?«

Troussebois schluckte. »Sie vergessen, Costard, daß ich die Gräfin nie kennengelernt habe.«

In diesem Moment erschien Mme. Costard mit einem großen Tablett, auf dem schweres Silbergeschirr und Teller mit Kuchen und Schnittchen standen.

»Mann«, warf sie ein, »geh und hole das Porträt der verstorbenen Madame. Ich glaube, es ist auf dem Dachboden. Der Herr hat es nach dem Tod seiner Frau dorthin bringen lassen, weil es ihn zu sehr quälte, immer an seinen Verlust erinnert zu werden.« Mme. Costard lächelte Lily an, und ihr Doppelkinn wackelte, als sie erneute Tränen zurückdrängte. »Würde Ihnen das gefallen, Mistress, das Porträt Ihrer Mutter hier aufzuhängen?«

Lily neigte höflich den Kopf. »Das wäre sehr nett.«

Damit gingen die Costards wieder. Webb setzte sich auf Lilys kühle Aufforderung hin neben sie auf das Sofa, wo er sich bewußt so setzte, daß sie einander nicht berührten.

Er hatte sich nicht viele Gedanken zu dem Typ Mann gemacht, die Henri de Chevenoy beschäftigen würde – aber nachdem er die freundlichen Costards kennengelernt hatte, hätte er nie einen so nervösen Mann wie diesen Troussebois erwartet.

Bernard Troussebois war nicht viel größer als Lily, und als sie ihm Webb als ihren Verlobten vorstellte, zuckte seine Nase wie bei einem Kaninchen.

Troussebois setzte seine Brille auf und betrachtete Lily sorgfältig, als könnte er nicht glauben, daß sie jetzt seine neue Klientin war.

Auch Webb sah sie an und beobachtete ihre kühle Haltung. Es war, als wenn sie sich nie geküßt hätten, jede Spur von der feurigen Frau in seinen Armen war verschwunden. Sie war hinter einer professionellen Maske verschwunden.

Webb wußte nicht, ob er ihr Können bewundern sollte, oder ob er glauben mußte, daß die ganze Szene von dem Moment an, als sie ihm brennend vor Verlangen in die Arme gesunken war, nur Verstellung gewesen war.

Ihre Strafe dafür, daß er sie gezwungen hatte, mit nach Paris zu fahren.

Eine süße Folter, dachte er, als er sich die Zeit vorstellte, die noch vor ihnen lag, während sie nach den Aufzeichnungen von Henri de Chevenoy suchten.

Er wußte nicht, ob er den kleinen Anwalt sofort aus dem Haus werfen und die Bücher suchen wollte, oder ob er sich wünschte, daß ihr Aufenthalt hier Monate dauern sollte.

Neben ihm schenkte Lily Monsieur Troussebois Kaffee ein.

Webb holte tief Luft und versuchte, sich auf das Thema zu konzentrieren.

Lily hörte Webbs Seufzer, sah ihn an und fragte lächelnd: »Kaffee, mein Lieber?«

Er nickte nur.

Himmel, dachte sie, als sie Sahne und Zucker in seinen Kaffee tat, den er gerne so trank, hat der Mann denn kein Herz?

Statt ihr in irgendeiner Weise zu erkennen zu geben, daß ihr Kuß ihm etwas bedeutet hatte, saß er mit einem so ausdruckslosen Gesicht da, als wenn die ganze Angelegenheit ihm langweilig wäre.

Mittlerweile rückte Monsieur Troussebois unruhig hin und her, bis er eine bequeme Stellung gefunden zu haben schien. Er nahm einen Schluck Kaffee, stellte die Tasse ab und griff nach seiner Mappe, um in seinen Papieren zu kramen. Für Lily sah es ganz so aus, als hätte er sie vergessen.

Lily warf Webb einen Blick zu.

Der zuckte die Schultern, als könnte auch er den Anwalt de Chevenoys nicht richtig einordnen.

Lily, der das Schweigen mißfiel, sagte: »Möchten Sie ein Stück Kuchen zum Kaffee haben, Monsieur Troussebois?«

Der Mann fuhr auf und blinzelte sie aus rosa Augen an, als müßte er sich erst erinnern, wo er war. »Oh. Oh, ja. Gerne. Wenn es keine Umstände macht«, sagte er schnell.

Lily legte ihm ein paar lecker aussehende Stücke auf

einen Teller. »Ich nehme an, daß das für uns beide schwierig wird, aber ich hoffe, daß wir zu einer geschäftlichen Übereinstimmung kommen, so wie Sie sie mit meinem Vater hatten. Ich weiß, daß er Sie sehr geschätzt hat.« Sie lächelte höflich und fragte sich, was einen Mann wie Henri de Chevenoy wohl bewogen hatte, einen solchen Schwächling anzustellen.

»Ah, ja, Ihr Vater«, sagte er mit einem seltsamen Lächeln. »Ein guter Mann, der aber auch seine Eigenheiten hatte, möchte ich sagen. Warum hat er seine einzige Tochter beispielsweise so lange in Martinique gelassen? Oder aus Ihrer Existenz ein Geheimnis gemacht, auch vor mir, wie ich gestehen muß. Stellen Sie sich mein Erstaunen vor, als ich in seinem Testament las, daß er alles seiner Tochter hinterläßt, von deren Existenz ich gar nichts ahnte?«

Lily lächelte. Hier fühlte sie sich auf sicherem Boden, weil Webb die Antworten mit ihr geübt hatte. »Mein Vater hielt es für das beste, daß so wenige wie möglich von meiner Existenz wußten, um meine Sicherheit nicht zu gefährden«, erklärte sie leichthin, während sie gleichzeitig versuchte, wie ein Mädchen zu klingen, das die letzten acht Jahre in einem Kloster verbracht hatte und solche Gespräche nicht gewohnt war. »In Frankreich ist viel passiert, seit ich weg war. Aus den Briefen meines Vaters und dem, was die Schwestern erfuhren, habe ich einiges mitbekommen. Auch wenn meine Existenz ein Schock ist, ist es sicher nachvollziehbar, daß er diesen Schritt getan hat.«

Ihre glatten Worte schienen den Mann zu beruhigen. Er stellte ihr noch ein paar Fragen zu ihrem Leben in Martinique, zu ihren Erinnerungen an Paris und wie sie den Wandel fand, und dabei ließ seine Nervosität sichtlich nach. Als sie alle Fragen flüssig beantwortete, wirkte er sogar regelrecht erfreut.

M. Troussebois seufzte, als sie erzählte, daß sie nie gelernt hatte zu tanzen.

»Monsieur François ist über meine beiden linken Füße fast in Verzweiflung geraten.«

»Aber Mademoiselle de Chevenoy, ich kann nicht glauben, daß eine so entzückende junge Dame wie Sie anders als anmutig sein könnte«, erwiderte er. »Jetzt, wo wir uns miteinander bekannt gemacht haben, will ich zur ernsten Seite unseres Geschäfts kommen. Wie Sie wissen, hat Ihr Vater, der frühere Graf von Chevenoy, Ihnen ein recht hübsches Erbe hinterlassen. Nach ersten Schätzungen beläuft es sich auf …« Er schwieg, suchte in den Papieren und nannte dann eine Summe.

Obwohl Webb sich keinerlei Erstaunen über die astronomische Summe anmerken ließ, entging es Lily nicht, daß er kurz den Atem anhielt. Sie hatte alle Selbstbeherrschung gebraucht, um auf die riesige Summe, die ihr als Adelaide jetzt zur Verfügung stand, nicht mit Staunen zu reagieren. »Ich verstehe«, fuhr Troussebois fort, »daß Sie die Größe des Besitzes nicht richtig einzuschätzen wußten. Wie es aussieht, sind Sie eine der reichsten Frauen in Paris.«

Lily dachte bei sich, daß Henris Arbeit für die Regierung wohl gut bezahlt worden war, aber auch das erklärte nicht seinen immensen Reichtum.

Und wie er den während des Terrors hatte behalten können, ohne zuviel Aufmerksamkeit auf sich zu ziehen.

Kein Wunder, daß der kleine Anwalt so nervös war.

Sie fragte sich, wieviel er wohl von de Chevenoys Geschäften mit den Briten gewußt hatte und wie viele andere illegale Geschäfte er noch abgewickelt hatte. Lily wußte, daß Webb sie später schelten würde, weil sie vom geplanten Ablauf abwich, aber sie nahm das Risiko in Kauf, um zu sehen, ob sie die Wahrheit erfahren würde.

Lily wählte die Art, die sie sich bei dem fahrigen, nervösen Anwalt am erfolgversprechendsten vorstellte.

»Aber wie ist das möglich, Monsieur Troussebois?« fragte sie und versuchte, so unschuldig verwirrt wie möglich auszusehen. »Das muß ein Irrtum sein. Das Tribunal hat gleich nach meiner Abreise den Besitz meines Vaters eingezogen. Ich habe nicht gedacht, daß noch mehr da ist als dieses Haus und ein kleiner Betrag aus der Mitgift meiner Mutter. Ganz sicher kein so enormer Reichtum.«

Webb rückte näher, ergriff ihre Hand und drückte sie bedeutungsvoll. *Laß es, dränge ihn nicht.*

Sie ignorierte seine stumme Warnung und fragte weiter.

Troussebois lächelte, als hätte er sie nicht recht verstanden.

Lily hatte bisher das Gefühl gehabt, als habe der Anwalt sie ausgefragt, um sie zu testen, und nun war es an der Zeit zu sehen, wieviel er wußte.

»Wie kann es möglich sein, daß soviel Geld da ist?« wiederholte Lily ihre Frage, wobei sie die Stimme senkte, um einfach nur verwundert zu klingen. Sie schüttelte Webbs Hand ab, beugte sich vor und wartete, bis Troussebois ausgetrunken hatte. »Ich hoffe, es ist nichts Illegales dabei.«

Der Anwalt antwortete entrüstet. »Mademoiselle! Wie können Sie so etwas nur denken? Ihr Vater war ein vorbildlicher Bürger und ein echter Freund seines Vaterlandes.«

Lily nickte. »Sie haben mich mißverstanden. Ich bin nur überwältigt zu hören, daß ich eine so enorme Summe geerbt habe, und zugleich will ich vorsichtig sein. Ich mag zwar in Martinique gewesen sein, aber ich bin nicht so unschuldig zu meinen, diese Erbschaft würde nicht ein paar Fragen aufwerfen, wie mein Vater es in so schweren Zeiten geschafft hat, soviel Geld zusammenzubekommen. Ich habe nur Angst, was die Leute über mich oder Ihre Geschäfte mit meinem Vater sagen könnten.«

Da, jetzt hatte sie es gesagt, und wenn er mehr Hirn als Stroh zwischen den Ohren hatte, wie sie insgeheim vermutete, würde er auch wissen, was sie meinte.

Verrate mich, und ich verspreche dir, daß du mit mir untergehst.

Seine Nase zuckte. »Nun, ich kann Ihnen versichern, daß mit dem Geld alles in Ordnung ist. Ihr Vater hatte außerordentliches Glück bei seinen Investitionen. Die Ländereien sind zwar verfallen, aber der Comte konnte dieses Haus und das Haus Ihrer Mutter auf dem Lande halten.«

»Das erklärt noch immer nicht, wie mein Vater zu seinem Reichtum gekommen ist. Ich habe die Augen aufgehalten, als ich in Paris angekommen bin. Ich habe gesehen, in welchem Zustand die Straßen, Häuser und Geschäfte sind, nur dieses nicht. Das kommt mir seltsam vor.«

»Genießen Sie es einfach und machten Sie sich weiter keine Gedanken, meine Liebe. Das ist besser für alle Beteiligten.« Er kratzte sich am Kinn. »Ein Haus auf dem Lande kann im Sommer eine nette Zuflucht sein. Erinnern Sie sich daran? Es liegt etwa eine Stunde entfernt.«

»Ja, natürlich, bei *Chateau Malmaison*«, sagte Lily. »Ich erinnere mich gut daran.«

»Gut. Dann werden Sie auch verstehen, daß Ihr Reichtum Sie in eine beneidenswerte Situation bringt. Es gibt viele Emigranten, die zu sehr viel weniger nach Frankreich zurückkehren, wenn sie überhaupt noch etwas haben.«

Lily senkte den Blick. »Wie gut von Ihnen, mich an mein glückliches Los zu erinnern, Monsieur. Ich werde daran denken.«

»Ich habe mich bemüht, die Erbsumme geheimzuhalten. Soviel Geld lockt erfahrungsgemäß die übelsten Erbschleicher an, besonders dann, wenn die betreffende Dame so hübsch ist wie Sie.«

Lily reagierte auf das Kompliment, indem sie versuchte zu erröten.

»Wenigstens haben Sie den Schutz Ihres Verlobten, damit Sie nicht entführt oder übervorteilt werden«, fuhr Troussebois fort. Er wandte sich an Webb. »Ich kann doch auf Ihren Schutz zählen?«

»Dessen können Sie sicher sein, Sir.«

»Mr. Milne«, sagte Lily, »liegen meine Interessen am Herzen. Er war so nett, mir eines seiner Schiffe für die Überfahrt zur Verfügung zu stellen, damit ich ohne Verzögerung in Paris eintreffen konnte.« Sie schwieg und strahlte Webb dankbar an, wobei sie hoffte, daß sie so verliebt aussah, wie sie klang. »Ich bin mir sicher, daß mein Vater mit so einem Ehemann mehr als einverstanden gewesen wäre.«

»Ah, ja, diese Ehe«, sagte Troussebois und räusperte sich. »Das ist eine Schwierigkeit. Ich sehe, daß Sie gut gewählt haben, aber es lag nicht an Ihnen, das zu tun.«

Lily erfaßte eine dunkle Vorahnung. »Was meinen Sie? Ich bin volljährig, und ohne meinen Vater gibt es niemanden, der gegen die Ehe Einwände erheben könnte.«

»Das mag so gewesen sein, aber wegen der Höhe der Erbschaft wurde das Gericht angewiesen, einen Beschützer für Sie zu benennen. Er muß seine Zustimmung geben, ehe Sie heiraten können.«

»Mein Beschützer?« fragte Lily. »Und wer soll das sein?«

»Der Erste Konsul.« Wieder schluckte Troussebois. »General Bonaparte. Er nimmt großen Anteil an Ihrem Wohlergehen, wofür wir alle höchst dankbar sein sollten.«

Lily dachte bei sich, daß der Mann alles andere als dankbar klang.

Troussebois trank noch einen Schluck Kaffee, ehe er fortfuhr. »Tatsächlich liegt mir die Anforderung vor, daß

Sie beim ersten Empfang nach Ihrem Eintreffen an einem Vorstellungsabend in den Tuilerien zu erscheinen haben.« Er schwieg kurz. »Welcher, wie es der Zufall will, heute abend ist.«

9

»Wie konntest du dem Mann sagen, daß wir gerne heute abend erscheinen werden?« wollte Webb wissen, während er Troussebois nachsah, als er die Straße entlangeilte und sein dunkler Mantel sich hinter ihm blähte.

Er drehte sich um und sah Lily an, die geziert auf einem Sessel saß und sich gerade eine weitere Schnitte aussuchte. Ihre Wimpern flatterten unschuldig, als hätte sie keine Ahnung, wovon er eigentlich sprach.

Wie oft noch mußte er sie daran erinnern, daß sie die unerfahrene Agentin war, was hieß, daß sie seinen Anordnungen zu folgen hatte.

Offenbar noch einmal mehr.

»Das ist nicht deine Mission«, sagte er, »und von jetzt an wirst du tun, was ich sage, statt immer wieder vorzupreschen.«

Sie strich Butter auf ihr Brot und sagte, ehe sie abbiß: »Ich glaube, Monsieur Troussebois hegt den Verdacht, daß ich nicht Adelaide bin.«

Webb starrte sie an, und wußte nicht, was er davon halten sollte. »Und zu diesem Schluß bist du nach einer halben Stunde gelangt?«

Sie nickte, den Mund voller Brot und Krümel am Kinn.

Na, wunderbar, jetzt ließ sie sich auch noch allein von weiblicher Intuition lenken. An dem Tag, an dem er auf ihre Anweisungen hin agieren sollte, würde er seine Kündigung einreichen. Er verschränkte die Arme vor der Brust und fragte: »Und was läßt *dich* das denken?«

Aus dem Blitzen ihrer Augen und ihrem wütenden Gesicht schloß er, daß sie seinen Spott verstanden hatte.

Lily schluckte und stand auf. »Er hat mich geprüft. Du warst doch dabei. Findest du nicht, daß er mir ungewöhnlich viele Fragen zu meiner Familie gestellt hat? Warum sollte er das tun, es sei denn, er glaubt mir nicht, daß ich Adelaide bin. Vor Thomas' Tod habe ich nicht mit seinem Anwalt gesprochen, aber als er danach zu uns kam, hat er meine Identität kein einziges Mal in Frage gestellt. Er hat mir nur sein Beileid ausgesprochen und dann erklärt, wie seine Rechnung bezahlt werden soll.«

Webb wollte eine schneidende Bemerkung über ihre schnelle Anerkennung einwerfen, aber dann dachte er, daß sie vielleicht recht hatte.

»Wenn ich es nicht besser wüßte«, fuhr sie fort, »möchte ich meinen, daß der Anwalt sich Henris, sagen wir mal Doppelbödigkeit, sehr bewußt war und daß er testen wollte, wieviel ich von den Geschäften meines Vaters weiß.« Sie hob die Brauen, als wollte sie ihn herausfordern, eine bessere Erklärung zu finden.

Er war so damit beschäftigt gewesen, sie zu beobachten, damit sie nichts falsch machte, daß er gar nicht so sehr auf Troussebois' Geschwätz geachtet hatte.

Jetzt fiel es ihm schwer, zuzugeben, daß sie recht hatte. Troussebois hatte ihr viele Fragen gestellt, manche sogar zweimal. Er hatte das der Nervosität des Mannes zugeschrieben.

Aber tat das nicht ein guter Agent? Viele Fragen stellen – immer auf der Suche nach einem Versprecher, einer Unachtsamkeit? Welchen Grund sollte ein Mann wie Troussebois dafür haben, außer –

– außer er war abgrundtief schlecht und arbeitete als Agent für Napoleon oder, schlimmer noch, für seinen erbarmungslosen Polizeichef Joseph Fouché.

Möglichkeiten, die wahrscheinlicher waren, als ihm lieb war.

Insbesondere, wenn man den Batzen Geld bedachte, den Henri vererbt hatte – ein Vermögen an Gold, für das ein Mann wie Napoleon alles tun würde, um seine Hände darauf legen zu können. Entweder, indem er es sich sofort nahm, oder, indem er ihre Hochzeit beeinflußte.

Napoleon brauchte die Verbindungen der de Chevenoys für seine Kontakte, wenn er sie aber zu Verrätern erklärte und ihren Besitz einzog, wer wollte ihn daran hindern? Zweitausend waren unter seinem Befehl im Osten gestorben, was war da eine Erbin?

Er sah Lily an und staunte über ihre Ruhe angesichts einer Situation, die sehr wohl gefährlich werden konnte.

Sie kaute glücklich an einem Stück Kuchen.

War es Zufall, oder steckte mehr in ihr, als alle geglaubt hatten?

»Nicht schlecht für jemanden, der … ah, wie hast du gleich gesagt? … der so untrainiert ist wie ich.« Mit einem zufriedenen Lächeln sank sie in den Sessel.

»Verstehst du jetzt, warum ich für heute abend zugesagt habe? Andernfalls hätte es so ausgesehen, als hätte ich etwas zu verbergen. Welche Frau würde es auch ablehnen, den Helden von Italien zu sehen? Die Tuilerien von innen? Madame Bonaparte kennenzulernen?« Lily verdrehte die Augen. »Ich hatte keine Wahl, und ich werde hingehen, mit oder ohne dir.«

Webb wandte sich ab, damit sie nicht in seinen Augen las, daß sie die richtige Entscheidung getroffen hatte.

Was war nur los mit ihm? Er war seit zwölf Jahren im Geschäft. Er hätte Troussebois' viele Fragen und Nervosität als die Prüfung erkennen sollen, die es war.

Er wußte genau, was mit ihm los war, und da saß sie und grinste wie eine Katze über der Sahneschüssel. Mit ihrem Kuß hatte sie ihn in einen blutigen Anfänger verwandelt und ihn dann hinter sich gelassen.

Wenn er es nicht besser wüßte, würde man meinen, sie wäre die erfahrene Agentin, die ihn an seinen Platz verwiesen sollte.

Wieder sah er sie an und schüttelte den Kopf.

Krümelverschmiert, die Haare zerzaust, Marmelade auf der Wange. Eben war sie noch die Sirene seiner Träume gewesen, jetzt war sie wieder die vertraute, frustrierende Göre.

Professionelle Agentin? Wohl kaum. Eher von seinen Feinden geschickt, um ihn verrückt zu machen.

»Wirklich, Webb, es ist doch nur ein Abend.« Sie leckte sich die Marmelade von den Fingern. »Morgen finden wir die Tagebücher und verschwinden wieder. Was kann an einem Abend schon schiefgehen?«

Mit ihr an seiner Seite wollte er darüber erst gar nicht nachdenken. Aber wenn er aufhörte, sie zu küssen, und sich die Verführerin in ihr vom Leibe hielt, lebte er vielleicht lange genug, um nach England zurückzukehren.

Und zu kündigen.

Nicht lange, nachdem Troussebois gegangen war, verkündete Webb, daß auch er Geschäfte in der Stadt zu erledigen hatte, und ging ebenfalls. Erst war Lily froh, daß seine überwältigende Gegenwart verschwunden war, aber dann fühlte sie sich sehr allein im Haus, das ihr Elternhaus sein sollte.

Allein als Adelaide, und sie hatte keine Ahnung, was Adelaide jetzt tun würde. Mme. Costard löste ihr Dilemma, indem sie ihr einen Rundgang durch das Haus anbot, um sich ›mit allem wieder vertraut zu machen‹.

»Es muß seltsam sein, wieder hierzusein«, bemerkte die

Haushälterin, als sie die Treppe ins Obergeschoß hinaufstiegen. »Sie waren noch so klein, als Sie gegangen sind. Ich staune, daß Sie noch wissen, wo Ihr Zimmer ist.«

Lily nickte. Der Grundriß war dem vieler Pariser Stadthäusern und dem ihres eigenen Elternhauses ähnlich. Die zierlichen Möbel, die Brokatvorhänge, der Duft nach Bienenwachs.

Es erinnerte sie an zu Hause.

Ein Zuhause, das sie im selben Alter wie Adelaide hatte verlassen müssen.

Sie und de Chevenoys Tochter hatten mehr gemeinsam, als Lily zugeben wollte.

Eine strahlende Mme. Costard überwachte jeden ihrer Schritte und öffnete stolz die Türen zu den Zimmern. Lily überlegte bei jedem, wo Henri seine Tagebücher versteckt haben könnte.

Am meisten aber erstaunte sie, daß die Revolution das Haus offenbar unangetastet gelassen hatte.

Wie verzaubert hatte das kleine Haus den Sturm überstanden, ohne daß auch nur ein Bild von seinem Platz gerückt worden wäre.

Das, so wußte sie, war Henris Geschick mit dem Gold zu verdanken.

Wieviel es ihn wohl gekostet hatte, unverdächtig zu bleiben? Nicht nachts abgeholt zu werden?

Viel, vermutete Lily, als sie vom Dachboden wieder in die Halle stiegen. »Wir waren noch nicht in Vaters Arbeitszimmer«, sagte Lily, der einfiel, was Webb über das verschlossene Zimmer gesagt hatte. Sie legte die Hand auf die Klinke, aber es war noch abgeschlossen.

»Wo ist der Schlüssel?«

Madame ignorierte sie und polierte eine Walnußuhr in der Halle. »Oh, Ihr Vater hatte immer abgeschlossen, und ich habe die Gewohnheit einfach beibehalten.« Madame wandte sich um, als wollte sie zurück in die Küche. »Sie werden jetzt Durst haben. Wie wäre es mit einer schönen Tasse Tee?«

»Ich möchte die Besichtigung zu Ende bringen.« Lily behauptete ihre Stellung an der Tür. »Haben Sie den Schlüssel?«

Sie war nicht umsonst eine D'Artiers und benutzte denselben Ton, den sie von ihrer Mutter gehört hatte, wenn sie von den Dienern keinen Unsinn zu dulden bereit war.

Mme. Costard suchte widerstrebend in ihren Schürzentaschen nach dem Schlüssel und zog schließlich einen großen Schlüsselring hervor.

»Ihr Vater war oft hier drinnen«, sagte Mme. Costard, als sie aufschloß und die schwere Eichentür aufschob. »Es tut mir leid, Miß. Bitte geben Sie mir nicht die Schuld an dem Durcheinander. Ihr Vater hat verboten, daß ich je hier saubermache.«

Ein Geruch nach Staub und, ja, Rosen stieg Lily in die Nase.

Kein Wunder, daß Madame gezögert hat, dachte Lily. Wo der Rest des Hauses peinlich aufgeräumt war, herrschte hier das Chaos.

Mme. Costard räusperte sich mißbilligend, als sich Staub an Lilys Rock verfing. Sie krauste die Nase und folgte Lily hinein. Die Läden waren zugeklappt, und das schwache Licht zeigte jede Menge Staub zu ihren Füßen.

Die Haushälterin gab mißbilligende Laute von sich.

»Ich konnte ihn nie dazu überreden, mich hier saubermachen zu lassen. Und nach seinem Tod war es Troussebois, der wollte, daß erst die Papiere Ihres Vaters gesichtet werden, ehe sie verbrannt werden.«

Lily sah von dem Bücherregal auf, das sie gerade betrachtet hatte. »Verbrannt? Warum denn das?«

Sie wußte genau, warum Troussebois den Raum nicht

offen haben wollte, aber sie staunte, daß die beeindruckende Frau den Anordnungen des zierlichen Anwalts gefolgt war.

»Nun«, sagte Madame und wedelte mit ihrer Schürze über einen besonders häßlichen Stuhl, »Ihr Vater hatte Angst, andere würden herausfinden ..., nun, seine Arbeit.« Jetzt lächelte die Frau wieder. »Ja, mit all den Büchern. Er hat hier gearbeitet. Er liebte seine Bücher und hat viele Aufsätze dazu geschrieben. Er hat mit vielen bedeutenden Männern Briefwechsel gepflegt. Troussebois hat gesagt, Ihr Vater wollte alles unangetastet haben, bis jemand Vertrauenerweckendes seine Arbeit fortführen würde.«

»Warum macht sich Troussebois soviel Mühe?« fragte Lily und fuhr abwesend mit dem Finger durch den Staub auf dem Regal.

»Ach, Anwälte. Immer zu tun.«

Lily lächelte. »Zur Hölle mit ihnen«, flüsterte sie unhörbar. »Sie haben ihr Wort gehalten, aber was halten Sie davon, wenn wir beide heute nachmittag hier aufräumen?«

Mme. Costards Gesicht verzerrte sich vor Entsetzen, was bei ihrem runden Antlitz ein Erlebnis war. »Oh, nein, Mistress, das geht nicht.«

Lily lächelte nur und trat an einen kleinen Schreibtisch in der Ecke. Eine Kerze, Feder und Tinte standen darauf.

Lily überlegte, ob etwas auf dem Tisch ihr einen Hinweis darauf geben könnte, woran er gearbeitet hatte. Ihre Neugier war größer als ihre Vorsicht, und sie näherte sich dem Tisch.

Sofort stand Mme. Costard neben ihr. »Oh, Mistress, Sie wollen doch jetzt nicht hier herumschnuppern. Wie sehen Sie dann aus. Am Ende kommen Sie noch zu spät ins Schloß.« Mit festem Griff packte sie Lilys Ellbogen und machte klar, daß sie diesmal keinen Widerspruch duldete.

Lily fragte sich, wie viele Agenten es wohl bedurfte, um gegen jemanden wie Mme. Costard anzukommen.

Sie zog Lily aus dem Zimmer. »Eine Lady sollte am Nachmittag ausruhen und an den Abend denken. Das war das Geheimnis Ihrer Mutter.«

Verzweifelt versuchte Lily, sich den Raum einzuprägen und einen Hinweis darauf zu bekommen, wo Henri die Bücher hätte verbergen können, aber es lag zuviel herum. Bis etwas Glänzendes vor ihr funkelte.

In diesem Moment ließ Mme. Costard sie los, um wieder nach dem Schlüssel zu suchen.

Lily trat einen Schritt zurück und sah noch einmal hin.

Direkt neben dem Türrahmen hing ein kleiner bronzener Schlüssel.

Ein Ersatzschlüssel zur Bibliothek? Zu einer Schatulle? Zu einem Geheimversteck?

Lily hatte keine Zeit mehr zum Überlegen, sie schnappte sich nur einfach den Schlüssel und versteckte ihn in ihrer Faust.

Webb wird sicher stolz auf mich sein, dachte sie und schämte sich gleich darauf, weil es für sie so wichtig war, daß er sie als Agentin ernst nahm.

Als Partnerin.

Nein, sagte sie sich, als sie die Treppe zu Adelaides Zimmer hochstieg, um sich hinzulegen und auszuruhen, wie Madame es vorgeschlagen hatte. Es ist mir egal, was er von mir denkt.

Nein, ist es nicht, flüsterte ein Stimmchen in ihrem Hinterkopf, *das ist dir noch nie egal gewesen.*

Lily eilte in ihr Zimmer und schloß die Tür hinter sich.

»Doch«, murmelte sie trotzig und legte sich auf die rosa Decke mit der weißen Seidenkante.

Dann vergiß Webb. Vergiß seinen Kuß. Vergiß … sang die Stimme in ihrem Kopf.

Aber Webbs Kuß, seine erregende Berührung, die Spannung zwischen ihnen deutete auf mehr hin als auf bloße Leidenschaft.

Lily betrachtete den Schlüssel.

Wenn das ihre einzige Chance auf ein Abenteuer war, bevor sie auf die Copeland-Plantage zurückkehrte und wieder heiratete, wie ihre Nachbarn es von ihr erwarteten, wenn ihr Trauerjahr erst einmal um war, dann wollte sie wenigstens sichergehen, daß die geheime Geschichte dieser Mission, die sie für immer in ihrem Herzen behalten würde, sie in den vor ihr liegenden Jahren trösten würde.

Neben dem Frisiertisch hatte Celeste ihr Kleid für den Abend herausgelegt. Das weiße Seidenkleid gehörte zu den gewagteren Kreationen von Mme. Pontius.

Gewagt genug, um Webbs Aufmerksamkeit zu fesseln, dachte sie, als sie aufstand und wie Aschenputtel zum Leben aus der Asche erwachte.

An diesem Abend entdeckte Webb, daß es leichter gesagt als getan war, sich von Lilys sirenenhaftem Charme fernzuhalten.

Er hatte das Haus in schlechter Laune verlassen, weil sein Stolz doch einen schweren Schlag hatte hinnehmen müssen, als Lily sich ihm in der Einschätzung des Anwalts so überlegen gezeigt hatte.

Seine Nachforschungen hatten auch nicht mehr über den Mann ergeben, außer daß er Junggeselle war und eine Wohnung hinter seinem Büro hatte. Der obere Teil war untervermietet. Troussebois hatte keine Mätressen, keine Schulden und keine Geheimnisse, die Webb herausgefunden hätte, und, was das Wichtigste war, keine Verbindungen zu Napoleon.

Die meisten seiner Nachbarn hielten Troussebois für

einen traurigen kleinen Mann ohne große Zukunft. Einige rieten Webb sogar, sich woanders juristischen Rat zu holen.

Nun ging er in die Halle des De-Chevenoy-Hauses auf und ab und wartete, daß Lily für den Abend in den Tuilerien fertig wurde. Fast hätte Webb gegrinst.

Er war schon oft in den Tuilerien gewesen, aber nie als geladener Gast.

Er sah auf die Uhr und erkannte, daß sie zu spät kommen würden, wenn Lily sich jetzt nicht beeilte. Troussebois hatte ihnen freundlicherweise seine Kutsche für die kurze Fahrt zum Schloß zur Verfügung gestellt, und der Kutscher wartete.

Das hat keinen Sinn, dachte er. Er hatte sich einen Plan ausgedacht, dem Lily folgen sollte – sie würden mit der Menge hineinschlüpfen und so wenig wie möglich auffallen, sich vorstellen und dann schnell wieder gehen.

Er hatte noch immer seine Vorbehalte gegenüber dem Abend. Der Tag hatte bewiesen, daß er Lily und ihrem Mundwerk nicht trauen konnte. Sie war Troussebois gegenüber zwar gut aufgetreten, aber Napoleon war von einem anderen Kaliber, da hielten sie sich besser an Webbs Strategie.

Lily räusperte sich über ihm.

»Du bist spät«, knurrte er, ehe er den Blick hob. Sein Mund wurde trocken.

Umwerfend.

Ungebeten kam ihm das Wort in den Sinn. Selbst als er sie anzusehen versuchte, blendete ihn das Funkeln zahlreicher Diamanten.

Überall.

Um ihren Hals lag ein dickes Collier mit Steinen.

Webb hatte immer gedacht, Schmuck sei etwas für alte Frauen, die ihre Haut verbergen müßten, aber jetzt wurde er eines Besseren belehrt. Noch nie hatte Schmuck so lebendig ausgesehen.

Die geschliffenen Steine funkelten, als hätten sie Feuer in sich eingeschlossen.

Sie funkelte vor Diamanten, trug sie im Ohr, um die Gelenke und im Haar, wo die Steine in der Goldtiara eine Fortsetzung ihrer schimmernden Locken zu sein schienen.

Lily kam die Treppe hinunter und verdunkelte mit ihrer strahlenden Erscheinung förmlich das Licht.

Der Stoff schimmerte im Kerzenlicht. Ihr schlanker Körper bewegte sich darin, als wäre das Kleid eine zweite Haut. Das Kleid war tief ausgeschnitten, fiel elegant über ihren schlanken Körper und betonte die langen Beine. Beine, die ein Mann sich um sich geschlungen vorstellte, mit seinen vereint.

Jeder Mann, der sie heute so sieht, dachte er.

Sie kam mit der Grazie einer Frau, die an die Vergnügungen Versailles gewöhnt ist, die Treppe herunter. Mit einer eleganten Neigung des Kopfes begrüßte sie ihn.

In ihrem Haar funkelten Steine.

Dies ist Lily, sagte er sich. Die aufdringliche, rangenhafte Lily.

Seine kleine Lily.

Nicht zum erstenmal fragte er sich, wo das Mädchen hin war – und wer diese unglaubliche Erscheinung war, die an ihre Stelle getreten war.

»Glaubst du, es sind zu viele Diamanten?« fragte sie ihn und bewegte ihr Handgelenk, so daß es funkelte. »Mme. Costard hat darauf bestanden, daß ich die Juwelen meiner Mutter trage. Sie sind hübsch, und es ist ein Jammer, wenn sie in der Schatulle liegen, wo sie doch so gut zu dem Kleid passen. Ein großer Auftritt ist so wichtig für den ersten Eindruck. Ich finde, dieses Kleid wird Eindruck machen, meinst du nicht auch?« Sie lächelte und ging an ihm vorbei.

Ehe Webb sie unterbrechen und erklären konnte, daß die Steine nicht die ihrer Mutter waren und daß sie nirgendwo hinging, solange sie das halbe De-Chevenoy-Vermögen an sich trug, hatte sie sich schon einen Umhang genommen, und Costard und seine Frau kamen aus der Küche.

»Oh, wie wunder…« rief Mme. Costard aus, ehe sie in mütterliche Tränen des Stolzes ausbrach.

»Das Kleid ist sehr gewagt«, sagte ihr Mann. Er ergriff einen Schal und legte ihn Lily um die Schulter. »Haben Sie nicht etwas weniger, weniger …«

»Transparentes?« vervollständigte Webb für ihn. »Ich kann deine … deine …« Er verstummte, als sich Lilys Brauen schelmisch hoben.

»Dann, Sir, sollten Sie vielleicht nicht hinsehen.« Sie hob sich auf die Zehen und gab Mme. Costard einen Kuß. »Danke, Madame, für Ihre Hilfe.«

»So gekleidet gehst du nicht weg«, sagte Webb entschieden. Costard nickte und trat in männlichem Einvernehmen neben ihn. »So … so … erfrierst du ja.«

Hatte sie denn nicht gehört, daß sie sich unter die Menge mischen wollten? Unauffällig bleiben wollten? Mit diesen Diamanten würde sie für Furore sorgen.

Von ihrem skandalösen Kleid ganz zu schweigen.

»Ihr beiden klingt wie alte Narren«, schalt Mme. Costard und zog den Schal enger um Lilys Schultern.

»*Oui*, das Kleid ist eine Spur gewagt, aber das tragen jetzt alle, und ich werde nicht zulassen, daß eine Tochter der Comtesse de Chevenoy anders als nach der neuesten Mode gekleidet geht.«

Troussebois' Kutscher steckte den Kopf herein.

»Monsieur, wenn Sie rechtzeitig dasein wollen, müssen wir jetzt fahren.« Sein Blick streifte Lily, und Webb dachte, der Mann würde ersticken.

»Sehen Sie«, erklärte Mme. Costard, »unser Kind sieht großartig aus.« Und damit scheuchte sie sie aus dem Haus und die Treppe hinunter.

Eine von Napoleons Wachen pfiff leise.

Als Lily mit einem triumphierenden Lächeln an Webb vorbeirauschte, flüsterte er ihr ins Ohr: »Laß ja den Schal um.«

»Das ist doch nicht dein Ernst, Webb?« schnurrte sie.

Webb schloß die Augen und fragte sich, wo der kühle, beherrschte Agent geblieben war. War er so leicht zu durchschauen?

So transparent wie ihr Diamantenkleid, dachte er, als er ihr zur Kutsche folgte.

10

Auf der Fahrt zu den Tuilerien empfand Lily Webbs Schweigen als Erleichterung. Sie hatte erwartet, daß er ihr die gesamte Fahrt über eine Strafpredigt halten würde, weil sie bewußt von seinen Vorgaben abgewichen war.

Verschmelze mit der Menge. Sei unauffällig. Lily konnte sich nichts Dümmeres vorstellen. Wenn sie die Kontrolle über den De-Chevenoy-Haushalt haben und die Wachen loswerden wollte, mußte sie beweisen, daß sie alles unter Kontrolle hatte.

Und das bedeutete, daß sie Bonaparte bezaubern mußte.

Ihre Mutter hatte ihr und Sophia immer gesagt: Die beste Verteidigung in einer Männerwelt ist ein schneller und unauffälliger Angriff. Dieses Kleid mit den De-Chevenoy-Diamanten war die beste Voraussetzung dafür, die sie sich denken konnte.

Auch wenn es kalt war. Sie zog die Decke höher.

Außerdem war Webb nach Troussebois aus dem Haus gegangen. Sie konnte nicht anders, als sich zu fragen, ob sein Vorwand, sich um seine Geschäfte zu kümmern, keine Ausrede gewesen war, um von ihr wegzukommen.

Die Kutschfahrt zu den Tuilerien, wo Napoleon Bonaparte und seine Frau Josephine residierten, dauerte nicht sehr lange, aber es reichte, um Lily den Preis sehen zu lassen, den Paris in den letzten Jahren hatte zahlen müssen.

Die Kutsche kam an einem zerstörten Gebäude nach dem anderen vorbei, die einst die herrschaftlichsten Häuser von Paris gewesen waren. Jeder Block wies Schäden an Fenstern oder Mauerwerk auf. Zerrissene Vorhänge flatterten im Wind, Breschen im Mauerwerk zeigten an, wo Plünderer sich bedient hatten.

Nachdem die Besitzer geköpft worden waren.

Auch die Alleen, an die sie so oft gedacht hatte, waren verschwunden. Zwischen den Baumstümpfen lag Müll, und ein Geruch nach Verwesung füllte die Luft mit stechendem Parfum.

Als die Kutsche durch ein Schlagloch rollte, rief der Kutscher eine Entschuldigung.

Das herrliche Paris ihrer Kindheit war verschwunden. An seiner Stelle standen Ruinen.

»Sieht die ganze Stadt so aus?« fragte sie.

Webb nickte. »Wie da, wo wir hergekommen sind. Aber der Erste Konsul hat Veränderung versprochen.«

Lily schüttelte den Kopf und wandte sich vom Fenster ab. Ob Paris je wieder so werden würde, wie es gewesen war?

Vor diesem Hintergrund war das Rätsel um de Chevenoys Haus nur noch unglaublicher.

Wie hatte Henri es geschafft, sein Haus und seinen Kopf zu retten?

Langsam rollte die Kutsche durch die Stadt und hielt schließlich vor dem Tor zum Palast. Ein Diener öffnete den Schlag und half ihr heraus. Als Webb ausstieg, blieb er stehen und sah sich um.

»Stimmt etwas nicht?« flüsterte sie und erbebte in ihrem dünnen Kleid.

Er schüttelte den Kopf. »Es gibt einige Veränderungen, seit ich das letztemal da war.«

»Ist das lange her?«

Er klopfte auf seine verwundete Schulter. »Nicht sehr lange.«

Hier war Webb bei seinem letzten Einsatz angeschossen worden. Lily holte tief Luft, und ihr Selbstbewußtsein schwand.

Die Gefahr war plötzlich so real. Als sie Jeffersons Angebot angenommen hatte, für die Amerikaner zu spionieren, hatte man sie gewarnt, daß ihr Leben vorbei sein würde, wenn man sie fangen sollte. Sie hatte das nie ernst genommen, außer in dem Moment, als sie Lord Dryden in Giles' Arbeitszimmer entdeckt hatte. Jetzt sah sie die Wachen hier in einem ganz anderen Licht.

Wachen an der Tür. Wachen an der Ausfahrt. Wachen am Weg. Und alle trugen Gewehre mit schimmernden Bajonetten.

Ein Hinrichtungskommando, dachte sie.

Als sie sich unter den Gästen umsah, fiel ihr auf, daß die meisten Männer in Uniform erschienen waren.

Fast alle sahen sie an. Starrten sie an.

Oh, was hatte sie nur getan? Sie hatte sich zum Ziel für jeden Mann im Saal gemacht. In ihrer Naivität hatte sie Webbs guten Rat in den Wind geschlagen, weil sie gedacht hatte, es besser zu wissen.

Webb tätschelte ihren Rücken. »Verstehst du jetzt, was ich damit meine, dich anzupassen?«

Sie nickte.

»Lächle einfach«, riet er ihr, legte ihre Hand auf seinen Arm und führte sie hinein.

Breit lächelnd, als wäre die Panik in ihr gar nichts, ließ Lily sich von Webb führen. »Sprich mit mir«, stieß sie hervor. »Sag mir, was sich verändert hat.«

Sag mir, daß wir die Nacht überleben.

Webb deutete auf ein Stück Rasen vor dem Eingang. »Die ›Freiheits‹-Bäume, die dort vor der Revolution standen, sind verschwunden.« Er nickte zur Mauer. »Da standen Sprüche drauf, jahrelang.«

Die Wärme seiner Hand gab ihr wieder Mut, als sie langsam die Treppe hinaufstiegen.

»Während der Revolution war das Komitee zur öffentlichen Sicherheit im Palast untergebracht, die Männer, die für den schlimmsten Terror verantwortlich waren.«

»Robespierre.« Der Name verursachte Lily immer noch Alpträume. Er hatte einen Preis auf den Kopf ihrer Schwester ausgesetzt und fast ihre ganze Familie vernichtet.

»Ja, der gute Freund deiner Schwester. Anscheinend löscht Napoleon alle Erinnerungen an die vorherigen Bewohner aus, um sich von ihrer Rolle in Frankreichs Geschichte zu distanzieren.«

»Weg damit«, flüsterte Lily.

Webb hob die Brauen. »Das Gefühl haben viele, aber nur wenige sprechen es aus. Sprich nicht über die Vergangenheit, die Zukunft und das, was gegenwärtig vorgeht.«

»Was bleibt dann?« fragte sie.

»Das Wetter.«

Sie lachte. »Da kannst du ja gut mitreden, wenn ich an deine jüngste Erfahrung denke.«

Jetzt lachte auch er. »Du freche Range. Ich weiß nicht, wie du das geschafft hast, aber es wird dir nicht noch einmal gelingen.«

»Wenn, wird es schlimmer.«

Sie schritten durch die geschmückte Halle. Rot, Blau und Gold gaben dem Raum einen luftigen Charakter.

»Das ist alles neu«, bemerkte Webb und deutete mit dem Kopf auf Malereien und Möbel. »Hier war jemand sehr fleißig.«

Sie kamen an einer Gruppe von Männern vorbei, die teils in Uniform waren, teils die dandyhafte Mode der unglaublich engen Beinkleider und hohen Kragen mitmachten. Sobald sie sie sahen, verstummten sie und sahen sie an. Ihr ungläubiger Gesichtsausdruck bestätigte nur Lilys schlimmste Befürchtungen.

Lust sprach aus ihren Blicken, aber sie hätte nicht zu sagen vermocht, ob wegen ihres enthüllenden Kleides oder wegen des Reichtums an Juwelen.

Sie hatten sich jedenfalls schnell wieder gefaßt und reihten sich hinter Webb und ihr ein wie ein Rudel Hunde, das den Fuchs gewittert hat.

Auch Webb hatte die unwillkommene Aufmerksamkeit bemerkt, die sie erregt hatten, und machte eine große Vorführung daraus, Lilys Hand auf seinen Arm zu legen und gute Manieren zu zeigen.

Es war eine besitzergreifende Geste. Ausgelöst, wie er zugeben mußte, von dem Bedürfnis, jedem Mann in der Nähe zu zeigen, daß sie vergeben war.

Ob er das für ihre Mission oder um seinetwillen tat, wollte er gar nicht so genau wissen.

Lilys Griff um seinen Arm wurde fester, und er sah sie an. Am liebsten hätte er ihr gesagt, wie gut sie aussah, aber als er einen Blick über die Schulter warf und ihren wachsenden Schweif an Bewunderern sah, knurrte er nur: »Was hast du dir nur gedacht, daß du diese Diamanten angenommen hast?«

Sie schürzte die Lippen. »Sie haben meiner Mutter gehört.«

»Muß ich dich daran erinnern, daß die Comtesse de Chevenoy nicht deine Mutter war?« flüsterte er ihr ins Ohr – eine intime Geste, die wieder für die Männer hinter ihm gedacht war.

»Hältst du mich für so dumm?«

Er antwortete nicht.

Sie schwieg und lächelte die nächste Gruppe von Gästen an.

Die verbargen ihre Neugier nicht geschickter als die anderen.

»Madame Costard hat darauf bestanden«, flüsterte sie zurück. »Was sollte ich tun? Sollte ich sagen: Nein, Ma'am, ich kann die Juwelen nicht tragen, denn die Frau war nicht meine Mutter?«

»Mußtest du denn gleich alle anlegen?«

Sie murmelte etwas über Männer, das so wenig schmeichelhaft war, daß er vorzog, es zu ignorieren.

»Wirklich, Webb, welche Frau würde schon ablehnen …«

Er hob die Hand. »… ablehnen, die Juwelen ihrer Mutter zu tragen?«

»Genau«, lächelte sie.

Diesmal kamen sie an einer Gruppe Damen vorüber, die sofort im Schutz ihrer Fächer zu tuscheln begannen.

»Findest du diese Leute nicht auch extrem unhöflich?« war Lilys Kommentar. »Sie starren uns an, als hätten sie keine Manieren. Ich bin froh, wenn ich hier morgen wieder weg bin.«

»Sofern wir die Tagebücher heute nacht finden. Wir können Paris nicht ohne Henris Aufzeichnungen verlassen.«

»Wir suchen, sobald wir zurückkommen.«

»Das bezweifele ich«, sagte Webb. »Als ich auf dich gewartet habe, habe ich die Tür zum Arbeitszimmer noch einmal probiert, sie ist immer noch abgeschlossen. Ich habe versucht, das Schloß zu öffnen, es ist mir aber nicht gelungen. Es ist ein gutes Schloß.«

»Dann wäre der Schlüssel von Nutzen«, erwiderte Lily und schob ihren Handschuh zurück. Sie bog den Arm und zeigte ihm ein grünes Band am Handgelenk, an dem ein Bronzeschlüssel befestigt war.

»Woher hast du den?«

Lily lächelte und zog den Handschuh wieder hoch. »Aus Henris Arbeitszimmer, als ich heute nachmittag mit

Madame Costard darin war. Sie hat mich nicht aus den Augen gelassen, aber als wir gehen wollten, habe ich den kleinen Schlüssel neben dem Türrahmen hängen gesehen. Ich dachte, daß er vielleicht wichtig sein könnte, deshalb habe ich ihn mir ausgeborgt.« Ihre Augen glitzerten wie die Diamanten in ihrem Haar.

Es war reines Glück, daß sie den Schlüssel gefunden hat, sagte er sich. Reines Glück. Aber er wußte, daß es nicht nur das war.

Sie war im vollen Sinne des Wortes eine gleichwertige Partnerin für ihn, aber ehe er ihr das sagen konnte, gab es rechts von ihnen eine Bewegung.

»Lieber Himmel!« rief eine große Frau aus und trat auf sie zu. »Die De-Chevenoy-Diamanten! Ich würde sie überall erkennen.«

Die Stimme der Frau klang durch die Halle, und die Gespräche verstummen, als auch andere Gäste sich nach ihnen umwandten.

»Wenn das die Diamanten sind, dann mußt du meine liebe, lange entbehrte Adelaide sein.« Die Frau zog Lily in eine feste Umarmung, während sich ihre dunkelbraunen Augen mit Tränen füllten.

Nach einiger Zeit des Begrüßens und Umarmens hielt die Dame Lily eine Armlänge von sich weg. »Du bist das Abbild deiner Mutter, meine Liebe. So etwas von Ähnlichkeit! Mich hat fast der Schlag getroffen, als ich dich da eben langgehen sah, weil ich dachte, die liebe Comtesse de Chevenoy wäre von den Toten wieder auferstanden.«

Die Frau sah zu Webb hinüber, aber nur kurz, ehe sie ihre feuchten Augen wieder auf Lily richtete. »Du weißt nicht, wer ich bin? Du erinnerst dich nicht an mich?«

Lily schüttelte den Kopf. »Es tut mir leid, Madame. Ich war zu lange weg.«

»Oh, es war ein Verbrechen von deinem Vater, dich wegzuschicken. Ich hatte ihm angeboten, dich nach Maries Tod wie meine eigene Tochter aufzuziehen, aber er war ein Dickkopf und hat darauf bestanden, dich in dieses infernalische Kloster zu stecken. Aber jetzt bist du zurück, und ich kann sehen, wie du deinen rechtmäßigen Platz in der Gesellschaft einnimmst, wie deine Mutter es sich gewünscht hätte.«

»Und Sie sind?« fragte Lily.

»Nun, deine liebe Patentante, Rosalie-Jeanne Paville. Nun, nicht wirklich deine Patentante, aber das hätte deine Mutter sich gewünscht, wenn sie noch am Leben wäre. Dein Vater hat ihre Wünsche nie respektiert, aber das ist jetzt Vergangenheit. Nenn mich Tante Rosalie, wie du es als Kind getan hast.«

Lilys Vorstellung verwunderte sogar Webb.

Woher sie den Mut nahm, wußte er nicht, aber in der Göre steckte mehr, als er gedacht hatte.

Als die Frau sich vorstellte, blieb ihr der Mund offenstehen, und dann hob sie sehr rührend die Hand und berührte das Gesicht der älteren Dame. »Tante Rosalie? *Vraiment*?« Tränen stiegen ihr in die Augen. »*Ma chère* Tante Rosalie! Wie freundlich von dir, dich noch an mich zu erinnern.«

Webb sah, wie mehrere Damen unter den Zuschauern spitzenbesetzte Taschentücher hervorzogen, um sich die Tränen der Rührung abzuwischen. Die kleine Hexe betörte mit ihrer Vorstellung den ganzen Saal.

»Es ist allein meine Schuld«, sagte Rosalie, »daß du mich nicht mehr kennst. Aber dein Vater hat darauf bestanden, dich wegzuschicken, und dann waren da die vielen … Probleme in den letzten Jahren – ich war dir eine schlechte Patentante. Jetzt bist du eine junge Frau, und ich habe dich nicht aufwachsen sehen. Aber das ist jetzt vergessen, und ich will die verlorene Zeit wiedergutmachen.«

Damit legte Tante Rosalie den Arm um Lily und zog sie in Richtung Halle. Lily drehte sich nach Webb um.

Webb zuckte die Achseln – das Unerwartete gehörte zu ihrer Verstellung dazu.

Dann kam er ihnen nach und ging neben Lily her.

Die Frau wandte sich an ihn. »Und wer mögen Sie wohl sein?«

»Tante Rosalie«, sagte Lily, »das ist mein Verlobter, Mr. Milne.«

Rosalie schüttelte den Kopf. »Ein Verlobter? Oh, mein liebes Kind, was hast du getan?«

»Stimmt etwas nicht?« fragte Lily.

Die Frau winkte ab. »Nein, nichts. Heute abend will ich dich einfach jedem vorstellen und Paris zeigen, was dein Vater uns so lange vorenthalten hat.«

»Eine Vorstellung, Madame Paville«, rief einer der Männer von hinten, »von Ihrer Schwester, nicht wahr?«

Die anderen lachten, als Madame errötete und sich beeilte, Lily stolz als Mademoiselle Adelaide de Chevenoy vorzustellen, die erst kürzlich aus Martinique zurückgekehrt war.

Seit sie den Palast betreten hatten, waren sie von den Männern wie von kreisenden Wölfen belauert worden. Jetzt wurden die Männer mutig ... und hungrig, als sie vordrängten und Lily mit Angeboten überschütteten.

Webb merkte sehr wohl, daß Mme. Paville ihn ignorierte, und auch sonst schien es niemanden zu interessieren, wer der Mann an Adelaides Seite war.

»Mademoiselle, einen Tanz«, bat ein älterer Herr, der modisch gekleidet war und sich über Lilys Hand neigte.

Dieser Verehrer wurde hastig von einem jüngeren Mann verdrängt, dessen lächerlich hoher Kragen ihm fast bis zum Scheitel reichte. »Lassen Sie, Letourneau, sie ist zu jung für Sie«, bemerkte der junge Mann grinsend. »Ich biete Ihnen eine persönliche Führung durch Paris an, Mademoiselle. Sie brauchen nur zu fragen, und ich werde Ihr williger Diener sein.«

Die plötzliche Aufmerksamkeit brachte Lily ein wenig durcheinander, und sie klammerte sich fester an Webbs Arm, froh, ihn neben sich zu haben.

»Gentlemen!« sagte Webb, und seine feste Stimme sorgte sofort für Aufmerksamkeit. »Ich möchte Sie bitten, meiner Verlobten etwas Ruhe zu gönnen. Sie ist gerade erst in Paris eingetroffen und an soviel Aufmerksamkeit noch nicht gewöhnt. Sie soll doch nicht unpäßlich werden.«

Lily bewegte fahrig die Hand und unterstützte Webbs Geschichte mit einem kurzen Taumeln, als würde sie jeden Moment ohnmächtig.

Die Warnung tat ihre Wirkung, auch wenn Protestgemurmel zu hören war.

»Danke«, wisperte sie. »Was ist denn nur mit den Männern los?«

»Du bist los. Nach dem Eindruck, den du bereits gemacht hast, können wir von Glück sagen, wenn wir Paris lebend wieder verlassen.«

»Sehe ich denn nicht wie die De-Chevenoy-Erbin aus?«

»Viel zu sehr«, sagte er leise. »Das Kleid und die Juwelen allein sind schon Köder genug, um die schlimmsten Mitgiftjäger von Paris anzulocken. Wenn du wie eine Kuh aussähest, anstatt wie eine zu tanzen, könnten wir wenigstens alle bis auf die Skrupellosesten außer acht lassen. Aber so, wie es ist, Mademoiselle, bist du zu entzückend und eine zu große Versuchung.« Er hob ihre Hand zum Kuß an die Lippen, und das männliche Publikum grummelte unzufrieden.

Lily dachte erst, Webb wollte sie necken.

Entzückend? Eine Versuchung?

Dann brannte sich die Hitze seiner Lippen durch ihren

Handschuh, und sie sah Verlangen und Bewunderung in seinem verschleierten Blick.

Webb fand sie verführerisch! Benommen vor Glück hörte sie Tante Rosalie kaum, die wieder zu ihnen getreten war.

»Meine Liebe! Du bist bereits das Thema des Abends, dabei hast du die Räume noch gar nicht betreten. Wenn erst bekannt wird, daß du dieselbe Schule wie unsere Josephine besucht hast, kennen dich alle. Du hast dieselbe gute Haltung, wenn ich auch meine, daß das eher eine Frage der Herkunft ist und nicht die der Erziehung wie bei der Frau des Ersten Konsuls. Es fiel mir sofort an dir auf.« Sie fächelte sich Luft zu, das Gesicht begeistert. »Man wird dich nachahmen, noch bevor der Abend zu Ende ist.«

Lily mußte fast lächeln.

»Oh«, sagte Madame, »was das für meinen Erfolg bedeutet, daß du diese Verbindung mit Josephine hast. Meine Patentochter und die Frau des Ersten Konsuls praktisch Schulgefährten!«

Schulgefährten? Dieses Wort machte Lily wieder die Gefahren des Abends bewußt. Webbs Hand griff ihre fester, und sie spürte, daß er sie bat, vorsichtig zu sein. »Warum glaubst du das, Tante Rosalie? Ich habe die Frau des Ersten Konsuls nie kennengelernt.«

»Natürlich nicht«, sagte Rosalie. »Unsere Josephine ist in Martinique aufgewachsen und ein paar Jahre vor deiner Abreise nach Frankreich gekommen. Du hast doch sicher von ihrer Familie dort gehört? Wie sie hieß, ehe sie diesen Beauharnais-Schuft geheiratet hat?« Die Frau tippte sich mit dem Fächer an das Kinn. »Ach ja, jetzt weiß ich wieder. De Tascher de Pagerie. Ihre Familie hat sie Rose genannt.« Die Dame beugte sich vor. »Deshalb stehe ich der lieben Josephine auch so nahe. Wir tragen denselben Namen und haben die gleiche Zeit im Gefängnis der Karmeliter verbracht, ehe dieser verflixte Robbespierre seinen Kopf verloren hat. Ich muß sagen, daß ein Gefängnis die Leute wirklich verbindet.«

Lily wußte kaum, was sie sagen sollte, aber Rosalie schien das nicht aufzufallen, denn sie sprach unbekümmert weiter.

»Nun, ich wollte sagen, daß Josephine dieselbe Klosterschule in Fort Royal besucht hat wie du. *Les Dames du Providence.*« Sie lachte. »Oh, das ist wirklich amüsant. *Les Dames du Providence.* Und jetzt bringt euch die Vorsehung zusammen.«

Die Spannung, die Lily in Webbs Hand spürte, schoß durch ihren Körper.

Warum hatte ihr das niemand gesagt?

Der Umstand, daß sie und die Frau Napoleons dieselbe Schule besucht hatten, hatte doch sicher in Lord Drydens Papieren gestanden und war doch ganz sicher der Erwähnung wert?

Rosalie wandte sich dem Raum vor ihnen zu und verkündete: »Ich nehme an, ihr zwei habt viel zu besprechen.«

»O ja«, stimmte Lily zu und zwang sich zu einem Lächeln, als sie merkte, daß sie an der Reihe waren, vorgestellt zu werden. »Das wird sicher ein aufschlußreicher Abend.«

11

Rosalie Peville hatte ganz eindeutig vor, bei Lilys Vorstellung mit im Rampenlicht zu stehen. Dabei ging sie mit aller Entschlossenheit eines Feldmarschalls vor und nutzte die wachsende Neugier der Menge, um die Massen vor sich zu teilen.

Zu Lilys großer Erleichterung hinderte die Menge der Gäste sie daran, Josephines Bekanntschaft sofort zu machen – sie brauchten bis zu ihr eine gute Stunde.

Nicht, daß das Rosalie etwas ausgemacht hätte; sie nutzte die Verzögerung, um Lily von einer Gruppe zur nächsten zu schleppen und sie als die De-Chevenoy-Erbin vorzustellen, als wäre sie eine Königin.

Lily sah ein, daß es falsch gewesen war, soviel Schmuck anzulegen. Sie erinnerte sich daran, daß ihre Mutter bei Hofe immer viel mehr getragen hatte, aber nun erschien es ihr zuviel.

In Napoleons Freundes- und Bekanntenkreis war dieser offensichtliche Reichtum etwas, das bemerkt und kommentiert wurde, und Lily weckte Spekulationen und – schlimmer noch – Neid.

»Oh, das wird aber auch Zeit«, flötete Rosalie. »Endlich ist Josephine frei. Komm, meine Liebe, jetzt ist dein Moment des Triumphes.«

Oder meines Scheiterns, dachte Lily, als Rosalie sie beim Arm ergriff und mit sich zog.

Lily hatte im Verlauf des Abends dann und wann einen Blick auf die First Lady von Frankreich werfen können, und sie war von ihrer ätherischen Schönheit und dem ruhigen Auftreten begeistert. Und wie sie sich hielt – das sind Eigenschaften, die ihre Gäste durchaus kopieren sollten, dachte Lily.

Dann sah sie sich um, in der Hoffnung, Webb irgendwo in der Menge zu entdecken. Wenn sie und Webb als Verlobte auftreten sollten, konnte sie ihn auch an ihrer Seite haben.

»Madame Bonaparte«, begann Rosalie, »verzeihen Sie, daß ich Ihnen dieses Mädchen nicht eher vorgestellt habe, aber Sie waren den ganzen Abend so belagert, daß wir uns förmlich einen Weg freikämpfen mußten, um zu Ihnen zu gelangen. Ich hoffe, Sie sind von der jungen Dame genauso entzückt wie alle anderen, denn sie hat die Schönheit Ihres Herkunftslandes Martinique kennengelernt. Lassen Sie mich Ihnen …«

Lily warf noch einen Blick durch den Saal.

Es hatte keinen Sinn. Das hier mußte sie alleine durchstehen.

Während Rosalie mit ihrer umständlichen Einführung fortfuhr und über Adelaides Zeit in Westindien sprach, blickte Lily zu Boden und tat einen tiefen Atemzug zur Beruhigung nach dem nächsten.

Im angemessenen Moment sank sie in einen tiefen Knicks, den Sophia ihr beigebracht hatte, erhob sich wieder und ergriff die ausgestreckte Hand Josephine Bonapartes.

Einen Moment nur sah sie in die klaren Augen von Napoleons Frau, danach starrte sie den Mann an ihrer Seite an.

»*Enchanté,* Mademoiselle«, sagte Josephine. »Darf ich Ihnen Monsieur D'Artiers vorstellen, der gerade erst in Paris eingetroffen ist.«

Luciens verblüfftes Gesicht verriet Lily, daß ihr Bruder

Sophias Nachricht noch nicht erhalten hatte. Geistesgegenwärtig streckte sie ihm die Hand hin. »Wie nett, Sie kennenzulernen, Monsieur. Haben wir uns schon einmal gesehen? Ihr Gesicht kommt mir so vertraut vor.«

»Lily ...«, begann er.

»Lily?« wiederholte Rosalie und trat einen Schritt zurück. »Nun, Monsieur, wie können Sie Mademoiselle so einen Spitznamen geben?« Sie schlug ihm spielerisch mit dem zusammengeklappten Fächer auf die Schulter. »Nun, sie sieht in der Tat wie eine Feldlilie aus, und hören Sie gut zu, bald wird sie die schönste Lilie von Paris sein.«

Lily schüttelte ganz leicht den Kopf und hoffte, daß ihr Bruder den Hinweis trotz seiner Fassungslosigkeit verstehen würde.

Lucien, sag nichts mehr.

Lily versuchte, sich zu fangen. Was zum Teufel sollte sie tun?

»Ach du meine Güte«, sagte Josephine, die über ihre Schulter geschaut hatte, »es hat den Anschein, als wenn mein Mann noch mehr meiner Gäste beleidigen wollte, und nun ist er ohne Entschuldigung hinausgestürmt. Ich muß den Schaden rasch wiedergutmachen. Madame Paville, darf ich um Ihre Hilfe bitten? Ich bin sicher, Monsieur D'Artiers wird Ihrer reizenden Freundin solange Gesellschaft leisten.« Sie wandte sich an Lucien. »Sie haben doch nichts dagegen, Monsieur?«

»Ganz und gar nicht«, erwiderte er und ergriff Lily fest bei der Hand.

Sobald die beiden Damen gegangen waren, brachte Lucien Lily in eine ruhige Ecke, wo niemand sie hören konnte und sie nicht zuviel Aufmerksamkeit auf sich lenkten. Sie setzte sich auf den angebotenen Stuhl und spielte die Unschuldige, um die Fragen zu vermeiden, die ihr Bruder sicher gleich hervorsprudeln würde.

»Lily, was zum Teufel machst du hier?« fragte Lucien.

»Nenn mich nicht so«, flüsterte sie. »Ich bin hier als Adelaide de Chevenoy.«

»Adelaide de Chevenoy? Du mußt verrückt geworden sein!« Er ging ein paar Schritte auf und ab. »Ich bringe dich nach Hause und setze dem Unsinn auf der Stelle ein Ende.«

Joseph Fouché, Napoleons Polizeiminister, verließ sofort die Gesellschaft, als er die Nachricht erhielt, um in Napoleons Büro zu eilen.

»Haben Sie sie gesehen?« wollte der Erste Konsul wissen. »Haben Sie gesehen, wie viele Männer im Saal um ihre Aufmerksamkeit gebuhlt haben?«

Einen Moment lang wußte Fouché nicht, von welcher Frau Napoleon sprach – von seiner dummen, flirtenden Frau oder von der De-Chevenoy-Erbin. Statt einer Antwort nickte er nur bestätigend, wohl wissend, daß das Temperament des Mannes bald genug übersprudeln und ihm den Namen verraten würde.

»Ein Verlobter! Wer hat gesagt, daß sie sich verloben kann? Das werde ich nicht zulassen. De Chevenoy war ein wertvoller Diener Frankreichs, und ich werde nicht zulassen, daß jemand seine Tochter übervorteilt.« Bonaparte stand von seinem Schreibtisch auf und begann, vor dem Kamin auf und ab zu gehen.

Fouché nickte und bemühte sich um eine gelassene Miene, als ob er seinem Herrn zustimme.

De Chevenoy und ein wertvoller Diener Frankreichs! Bah! Fouché hatte so seine eigenen Ansichten zu dem Mann, aber keine, die er vor Napoleon Bonaparte aussprechen würde. Nicht ohne Beweise. Als sein Herr sich umdrehte und ihn fragend ansah, wußte er, daß eine Antwort erwartet wurde. »Es scheint unglücklich zu sein. Aber ich bin mir sicher, daß es bei ihrer Nähe zu Ihrer Majestät noch möglich sein wird, ihre Zukunft angenehmer zu gestalten.«

Die perfekte Antwort, dachte der Polizeiminister, gerade die richtige Menge an Hoffnung. Viele aus dem Kreis um Napoleon hatten begonnen, den Titel Eure Majestät zu benutzen, um ihm zu schmeicheln und ihn sich gewogen zu machen.

In diesem Fall wirkte die Schmeichelei.

»Hm, ich denke, Sie haben recht. Ohne Vater oder Ehemann, der auf sie aufpaßt, ist sie verloren. Eine Frau braucht den richtigen Mann, der ihre Zukunft lenkt, nicht irgendeinen Mitgiftjäger. Und dieser Kerl sieht mir ganz danach aus, nicht wahr?«

Wieder nickte Fouché.

Napoleon fuhr fort: »Die De-Chevenoy-Erbin kann nicht an einen Emporkömmling und Amerikaner verschwendet werden. Sie sollte einen französischen Ehemann haben. Einen loyalen.«

»Der auch ihren Reichtum verwalten kann.«

Napoleon kehrte an seinen Platz zurück, die blauen Augen zusammengekniffen.

»Das Vermögen, ja. Soviel Geld. Wie konnte Henri de Chevenoy soviel Geld ansammeln?«

Fouché mußte lächeln. Da war er in seinem Element. Er sprach erst leise und zwang Napoleon damit, sich vorzubeugen, während seine Gier mit jedem Wort Fouchés weiter wuchs. »Der Name de Chevenoy wurde solange ich denken kann in den falschen Kreisen beschworen. Und jetzt hat er plötzlich eine Tochter. Es stimmt, daß seine Frau ein Kind geboren hat – aber seit der Revolution gibt es keine Berichte über das Kind. Zumindest keine, die ich finden kann – bisher. Vielleicht kann seine Tochter uns etwas zu der Einkommensquelle ihres Vaters sagen. Und wo sie die letzten Jahre verbracht hat.«

»Halten Sie sie für eine Betrügerin?«

Fouché beobachtete, wie Napoleon innerlich den Wert Adelaides abschätzte und seine Augen vor Gier leuchteten. »Wenn sie es wäre, müßten wir den gesamten Besitz einziehen.«

Nur wenige in Paris wußten, daß Josephines Gläubiger wieder mal nach Zahlung verlangten. Dummerweise hatte Napoleon Josephine, die zwar einen großartigen Geschmack, jedoch keinerlei Geschäftssinn hatte, die Renovierung der Tuilerien überlassen.

Diese Idiotin war auch nicht klüger als die letzte First Lady hier – Marie Antoinette. Beides gierige Harpyien, dachte Fouché, aber das konnte er dem Ehemann schlecht sagen.

Nicht, wenn er am Leben bleiben wollte.

»Wir können ihren Besitz nicht einfach einziehen«, sagte Napoleon widerstrebend. »De Chevenoy hatte zu viele Freunde – von den Royalisten über die Jakobiner bis zu den heutigen Führern. Zu viele gute Beziehungen. Wenn wir sie verhaften und ihr Geld wegnehmen, verärgern wir die Falschen. Leute, auf deren Unterstützung wir angewiesen sind. Außerdem würde es viele Emigranten von der Rückkehr abhalten. Aber ich brauche deren Unterstützung.«

Fouché erkannte, daß Napoleon von ihm die Hoffnung darauf erwartete, daß das Mädchen eine Betrügerin war. Damit er legal an ihr Geld kam. Nun, er hatte ein paar Beweise, aber nichts, was er Bonaparte sagen konnte. Erst wollte er genug Material zusammenhaben, ehe er Napoleon so einen großen Preis voreilig vor die Füße legte.

»Darf ich«, begann Fouché, »eine Bürgeranhörung vorschlagen? Ein bißchen Druck? Das gäbe uns zumindest die

Gelegenheit, ein bißchen unschöne Recherchen anzustellen. Verstehen Sie, damit Sie uns erklären muß, wer sie ist.«

»Ja, ja, das ist eine ausgezeichnete Idee, Fouché. Veranlassen Sie alles Notwendige.«

Der Polizeiminister wußte, daß eine kleine Vorsichtsmaßnahme angebracht war, falls Adelaide ihre Ansprüche doch berechtigt erhob. »Und wenn sie doch die legitime Erbin von de Chevenoy ist? Ihr Verlobter wird alles Nötige unternehmen, damit sie das Geld, das ihr zusteht, auch erhält.«

»Welcher Verlobte?« fragte Napoleon ärgerlich. »Ich habe diese *mésalliance* nicht erlaubt. Ein amerikanischer Schiffseigner, bah!« er winkte ab. »Dieser Monsieur Milne gefällt mir nicht. Ein Opportunist, wie er im Buche steht.«

Es braucht einen, um einen zu erkennen ...

Fouché riß sich zusammen und hörte Napoleons Plänen für Henri de Chevenoys Tochter und ihren beeindruckenden Reichtum zu.

»Sie haben recht, mein Freund, wenn sie wirklich de Chevenoys legitime Tochter ist, müssen wir Pläne für ihre Zukunft und ihren Reichtum machen, wenn Sie verstehen, was ich meine.«

Fouché nickte und schmiedete bereits Pläne. »Wie unvorteilhaft für sie, wenn man sie und ihren Verlobten des Schmuggelns oder irgendwelcher Verbindungen zu den Royalisten überführen könnte. Hochverrat kann für junge Liebe verheerend sein.«

»Solange alles legal ist. Ich will nicht, daß jemand sagt, ich wäre ein ungerechter Herrscher.« Die beiden Männer lächelten einander in völliger Übereinstimmung an.

Wenn Adelaide de Chevenoy und ihr Verlobter sich als Hindernis erweisen würden, wollte Napoleon das Problem gelöst sehen.

Dauerhaft.

Webb setzte seine gelangweilteste Miene auf, als er sich wieder unter die Gäste mischte.

Niemand würde vermuten, daß er gerade Fouché und Napoleon belauscht hatte, wie sie den Mord der neuesten Favoritin der Pariser Gesellschaft, der De-Chevenoy-Erbin, besprochen hatten.

Als er Napoleon so abrupt hatte gehen sehen und mitgehört hatte, daß Fouché zu ihm gerufen wurde, hatte seine Neugier die Oberhand gewonnen.

Wenn es einen Ort gab, wo Webb sich auskannte, dann in den Tuilerien. Sein erster Besuch hatte vor acht Jahren stattgefunden, als ihn das Komitee für öffentliche Sicherheit gefangengenommen hatte. Damals war er in dem Zimmer verhört worden, das heute als Schlafzimmer für Mme. Bonaparte diente.

Seitdem war er auf Missionen seines Vaters immer wieder im Palast ein und aus gegangen, bis er die Flure und Zimmer besser kannte als die gegenwärtigen Bewohner.

Leise und aufmerksam hatte Webb es geschafft, sich ins Zimmer von Napoleons Sekretär zu schleichen. Er hatte ihn eben noch auf der Gesellschaft gesehen und konnte nur hoffen, daß das unscheinbare Mädchen, mit dem der Sekretär gesprochen hatte, seine Aufmerksamkeit noch ein wenig länger fesselte. Als Webb erst einmal im Zimmer war, fand er schnell, wonach er gesucht hatte – eine Treppe, die vom Raum im Erdgeschoß zu Napoleons Büro im ersten Stock führte.

Diese Treppe kannte er nur zu gut, denn er war sie hinuntergestiegen, nachdem das Komitee ihn zu einer Gefängnisstrafe verurteilt hatte.

Jetzt brauchte er sich nur hinter die Tür zu stellen und zuzuhören.

Was er gehört hatte, gefiel ihm gar nicht, aber wenn sie

Glück hatten, war der Schlüssel, den Lily gefunden hatte, der zu Henris Arbeitszimmer. Dann fanden sie vielleicht heute nacht die Tagebücher und konnten noch vor dem Morgengrauen abreisen.

Zurück nach England, zurück in Sicherheit, zurück in getrennte Leben.

Der Gedanke sollte ihn fröhlich stimmen, aber statt dessen warf er nur Fragen auf. Mit jedem Kuß fühlte er sich der kleinen Göre näher. Sie wob einen Zauber um sein Herz mit ihrer sirenenhaften Anziehungskraft.

Was sollte er tun? Sie zu seiner Mätresse machen?

Er wollte deshalb bestimmt nicht Giles oder einem ihrer Brüder im Morgengrauen beim Duell gegenüberstehen müssen, aber er würde sie ganz sicher nicht heiraten, nur um sein Begehren zu stillen.

Lily heiraten? Fast hätte er laut gelacht.

Er hatte sich immer vorgestellt, daß er sich auf einen Landsitz zurückziehen würde, seinen Platz in der Gesellschaft einnehmen, eine respektable Frau finden, heiraten und mit ihr Kinder aufziehen würde.

Die kleine Göre hatte zuviel Ramsey-Blut in den Adern, um respektabel genannt zu werden.

Er sah sich unauffällig nach ihr um. Keine Spur von Lily zu sehen.

Webb holte tief Luft und schob sich auf der Suche nach ihr durch die Menge.

Nicht, daß sie schwer zu finden wäre. Bei den vielen Diamanten funkelte sie wie ein Kronleuchter.

Also wo, zur Hölle, war sie hin?

Er verdrängte den Gedanken, daß er nicht die ganze Unterhaltung zwischen Napoleon und Fouché mitgehört hatte. Was, wenn sie schon etwas geplant hatten, ehe er dazugekommen war?

Webb ballte die Fäuste, und sein Herz begann heftiger

zu schlagen. Zum erstenmal im Leben mußte er gegen eine Welle der Panik ankämpfen.

So ist das also, wenn man gezwungen wird, mit einem Partner zu arbeiten, dachte er, als er sich am Rand der Tanzfläche entlangschob. Die meiste Zeit sorgst du dich um den Partner, statt um den Auftrag.

Er hätte sie nicht allein lassen dürfen.

Dann entdeckte er Rosalie neben Josephine und war erleichtert, bis er sah, daß Lily nicht mehr bei ihr war.

Wenn ihr etwas passierte, wie sollte er das ihrer Familie beibringen? Wie sollte er das verwinden? In dem Moment wußte Webb, daß er ihr Bild nie mehr vergessen könnte. Die schlaksige Halbwüchsige mochte verloren sein, aber die elegante, verführerische Frau hatte sein Herz gestohlen.

Vielleicht, überlegte er, ist eine respektable Braut ein übertriebener Wunsch.

»Monsieur«, rief Rosalie, eilte auf ihn zu und packte ihn am Arm. »Sie sehen drein, als hätten Sie etwas Wertvolles verloren.«

Er lächelte, so gut er es vermochte. »Das habe ich, Madame. Ich scheine meine Verlobte verlegt zu haben. Haben Sie Adelaide gesehen?«

Die Dame sah sich um. »Oh, eben war sie noch da. Madame Bonaparte und ich haben sie in der Obhut eines dieser Emigranten gelassen. Ich weiß nicht, ob es klug war, denn er wirkte wie ein Mitgiftjäger, aber die liebe Josephine hat darauf bestanden.«

Rosalie sah sich um und suchte den Saal ab, bis sie etwas entdeckte. Sie öffnete den Mund, als wollte sie etwas sagen, dann schloß sie ihn schnell wieder und wandte den Blick von einer entfernten Ecke ab.

»Hm, vielleicht sollten Sie in der Halle nach ihr suchen, Monsieur«, log Rosalie schwach. »Einige der jungen Leute tanzen dort.«

»Danke für Ihre Hilfe, Madame«, sagte er und folgte ihrem Blick zu dem verdammenden Beweis: Lily und ihre neue Bekanntschaft intim in einer Ecke, die Köpfe dicht beieinander.

Lilys Gesicht konnte er klar erkennen, aber von ihrem Begleiter sah er nur den breiten Rücken und das braune Haar.

Als er näher kam, entdeckte er, daß sie ihre Hand auf das Knie des Mannes gelegt hatte. Der Mann umfaßte zu seinem Schock Lilys Kinn in einer zärtlichen und vertrauten Geste.

Während er vor Sorgen fast verrückt geworden war, hatte sie sich in einer Ecke mit einem Galan vergnügt.

Eifersucht ergriff Webb.

Wer immer der Kerl ist, dachte er, er hat zwei Sekunden, um seine Finger von meiner Verlobten zu nehmen, ehe ich ihn aus dem nächsten Fenster werfe.

Meine Verlobte?

Er hielt sich nicht damit auf, sich zu korrigieren, das hatte Zeit, bis er wußte, ob er Lily oder ihren Liebhaber umbringen sollte.

»Wie kommt es, daß du in Paris bist und nicht in London?« wollte Lucien wissen. »Und dich als Adelaide de Chevenoy ausgibst?«

»Würdest du bitte leiser sprechen?« Lily lächelte ein Paar an, das vorbeikam. Sophias Nachricht hatte ihn eindeutig nicht erreicht. »Es ist schwer zu erklären.«

»Ich brauche keine Erklärung. Dahinter steckt doch Sophia!« Lucien lehnte sich zurück und verschränkte die Arme. »Wenn ich sie das nächstemal sehe, werde ich sie erwürgen, weil sie dich so in Gefahr bringt.«

»Ich bin vollkommen sicher. Das war nicht Sophias Idee, ich wollte freiwillig gehen«, log sie.

»Als wenn du das könntest.« Er schüttelte den Kopf. »Sophia traue ich solche Eskapaden zu, aber du, Lily, bringst nur dich und anderer Leben in Gefahr.«

Lily schwieg entrüstet über diesen Kommentar ihres Bruders. Sie hatten sich nie besonders nahe gestanden, weil der Altersunterschied zu groß war. Er war schon verheiratet, ehe sie aus dem Kinderzimmer gekommen war. Und die Jahre der Revolution hatten zu der Distanz nur beigetragen.

Und jetzt gab er vor, zu wissen, was das beste für sie war.

»Ich bin sehr gut in der Lage, meine eigenen Entscheidungen zu treffen, Lucien. Du mußt mir vertrauen und mich gewähren lassen.«

Lucien schnaubte. »Gewähren lassen! Das glaube ich kaum. Das letztemal, als ich das getan habe, bist du mit diesem Nichtsnutz von Copeland davongelaufen.« Er tätschelte ihr die Wange. »Versteh doch, ich will nur dein Bestes.«

Sie sah weg, nicht, um die Tränen in ihren Augen zu verbergen, sondern um ihre Zunge zu hüten und ihm nicht scharf zu antworten.

Dann war sie eben fortgelaufen und hatte den falschen Mann geheiratet.

Es war *ihr* Leben! Etwas, das niemand zu respektieren schien.

Weder Lucien noch ihre Eltern, noch Sophia, noch Webb.

»Du bist dumm und dickköpfig. Weder Ma noch Pa würden gutheißen, was du vorhast.« Er erhob sich, ergriff ihre Hand und zog sie mit sich hoch. »Du kommst jetzt mit mir, und morgen bringe ich dich persönlich zur Küste und setze dich in ein Schiff nach England.« Er schwieg kurz. »Nein, nach Virginia. Du gehst zurück zu Ma und Pa, wo du hingehörst. Ich werde nie verstehen, warum sie dich weiter auf der Copeland-Plantage haben bleiben lassen, nachdem der Schurke tot war. Da hättest du schon nach Hause gebracht werden müssen, wo du anständig leben kannst.«

Lily bemühte sich, Luciens pompöse Worte zu ignorieren. Mit ihm gehen?

Sie hatte andere Pläne für den Abend.

Dumm und dickköpfig vielleicht, aber es waren ihre Pläne, nicht die ihres Bruders. Aber sie hatte keine Chance mehr, das ihrem Bruder zu sagen.

Webb tat es sehr angemessen.

Erst sah sie ihn nicht, nur die Hand, die ihren Bruder an der Schulter packte. Plötzlich drehte er sich im Kreis.

»Finger weg von meiner Verlobten«, sagte Webb in leisem, drohendem Tonfall.

Eifersucht in seiner Stimme! Innerlich jubelte Lily.

Eifersüchtig? Ihretwegen? Wenn er jetzt nicht alles verderben könnte, hätte sie vor Glück getanzt.

»Hör auf, du Narr, ich bin ihr ...«, begann Lucien viel zu laut für Lilys Begriff.

»Mein neuer Beschützer«, vollendete sie hastig. »Oh, bitte, Mr. Milne, keine Gewalt, nicht schon wieder«, bat sie laut genug für die Gäste, die sich um sie geschart hatten, immer auf der Suche nach etwas Klatsch über die reiche Erbin. »Der letzte Mann, der es gewagt hat, mich anzusehen, erholt sich noch immer.«

Sie sah, wie einige der Damen erschauerten und Webb genauer in Augenschein nahmen.

»Hört beide auf«, zischte sie und drängte sich zwischen die Männer. Webb flüsterte sie zu: »Du Narr, du machst eine Szene um meinen Bruder.« Dann sah sie Lucien an. »Es steht zuviel auf dem Spiel, Lucien. Sieh den Mann an, erkennst du ihn nicht?« Sie ließ ihre Worte einwirken.

»Heute entscheiden wir nichts. Heute nicht, und durch dich nicht.«

Dann lachte sie und schlang die Arme um Webbs Hals wie eine abtrünnige Geliebte, die man erwischt hat. »Du dummer Mann, Monsieur D'Artiers ist ein Freund der Familie. Seine *chére* Mama und meine waren Freundinnen. Wir sind praktisch zusammen aufgewachsen, Lucien, nicht wahr?«

Ihr Bruder sah verwirrt aus. Seine geweiteten Augen verrieten, daß er Webb wiedererkannt hatte, und das Flackern darin zeigte Lily, daß er ihr Verhalten jetzt noch weniger gutheißen konnte. Zu Lilys Erleichterung wurde Lucien sich aber der fragenden Gesichter rundum bewußt. Langsam streckte er die Hand aus, um Webb zu begrüßen.

»Meine Entschuldigung«, sagte er mit einer Verbeugung. »Adelaide ist wie eine kleine Schwester für mich. Wenn ich zu familiär erschien, dann wegen der Verbindung zwischen unseren Familien, die mir so wichtig ist wie Blut.«

Webb senkte den Kopf leicht und akzeptierte Luciens versteckte Drohung.

»Erinnerst du dich noch an das Haus meines Vaters?« fragte Lily. Als Lucien bejahte, bat sie ihn vorbeizukommen. »Ich möchte alles über deine entzückende Familie hören.«

»Ich komme morgen«, sagte er kurz, ehe er sich abschiednehmend verbeugte. »Gleich früh.«

»Ich denke, wir folgen seinem Beispiel und verabschieden uns ebenfalls«, sagte Webb. »Vor uns liegt eine lange Nacht.«

Lily gab vor, von der Reise erschöpft zu sein, und verabschiedete sich von ihrer Gastgeberin und Rosalie, die versprach, am nächsten Tag vorbeizukommen.

Lily hoffte, daß Rosalie sie morgen nicht mehr antreffen würde.

Als sie den Flur entlangeilten, klammerte Lily sich fest an Webbs Arm. Sie dachte erst, er wäre wegen Lucien verstört, aber ihr wurde bald klar, daß noch etwas anderes dahinterstecken mußte.

Am Eingang blieb Webb stehen und winkte dem Kutscher, der vor dem Tor auf sie gewartet hatte.

»Das war knapp«, sagte sie und zitterte in der frischen Abendluft, die von der nahen Seine herüberwehte.

Der Kutscher schnalzte den Pferden zu und fuhr Troussebois' Kutsche vor. Atemwölkchen kamen aus den Nüstern der Pferde.

Lily sah Webb an. »Anscheinend hat Lucien Sophias Nachricht nicht bekommen.«

»Das ist ein schlechtes Zeichen.« Er half ihr in die dämmerige Kutsche.

Als er dem Kutscher Anweisungen gegeben hatte, hörte sie, wie er vor sich hin murmelte: »Wenn Lucien die Nachricht nicht bekommen hat, wer dann?«

12

Webb verriet Lily nichts von seinem Vorstoß in den Palast. Wenn sie die Tagebücher heute nacht fanden, gab es keinen Grund, sie wegen eines Schicksals zu ängstigen, das nie eintreten würde.

Denn morgen würde die De-Chevenoy-Erbin verschwunden sein und Napoleon reich und glücklich zurücklassen, während die Pariser Gesellschaft den Verlust einer solchen Perle beklagen würde.

Zu seiner Erleichterung fragte sie ihn nicht, wo er gewesen war. Es war, als hätte sie gar nicht bemerkt, daß er eine Stunde lang fort gewesen war. Statt dessen grübelte sie in ihre Ecke der Kutsche vor sich hin, die Stirn nachdenklich gerunzelt.

Sein Beschützerinstinkt wollte sie vor der Wahrheit schützen – daß sie, wenn sie Paris nicht so schnell wie möglich verließen, höchstwahrscheinlich ihr Leben verlieren würden.

Er war es gewesen, der sie mittels Erpressung gezwungen hatte, ihn auf diese Mission zu begleiten, und vielleicht führte er sie gerade in den Tod.

Sein Verstand sagte ihm, daß Lily sehr gut wußte, wie wichtig es war, die Tagebücher zu finden und Paris schnellstmöglich wieder zu verlassen, ohne daß er ihr einen Grund dafür geben mußte. Sie hatte nichts dagegen gehabt, die Tuilerien früh zu verlassen, allerdings hatte das Gespräch mit ihrem Bruder auch nicht den Eindruck gemacht, als wäre es gut gelaufen.

Und doch schien es nicht ganz richtig, ihr nichts zu sagen.

Wenn Lily eine typische englische Miss wäre, würde sie hysterisch werden. Und er hatte seine Mutter gebeten, für ihn nach der typischen englischen Miss auf dem Heiratsmarkt Ausschau zu halten. Die schwache Sorte, die, wenn sie aus ihrer Ohnmacht erwacht wäre, von ihm verlangen würde, sie sofort nach Hause zu bringen. Eine Frau, die es als Pflicht für das Vaterland ansähe, ihm ein gemütliches Heim zu bieten und die Kinder angemessen zu erziehen.

Das trifft auf Lily kaum zu, dachte er, als sie aus der Kutsche sprang, ohne auf den Kutscher zu warten, und zielstrebig die Treppe hochstieg, um die Tür mit dem Schlüssel zu öffnen, den die Costards ihr gegeben hatten.

Nein, trotz aller Beteuerungen, dafür ungeeignet zu sein, hielt sich Lily D'Artiers Copeland wie eine Meisterspionin.

Webb betrachtete das als eine ihrer anziehendsten Eigenschaften.

Der Gedanke, die Geheimnisse dieser Dame zu ergründen, gefiel ihm besser als die Vorstellung einer perfekten, tränenreichen Lady.

Lily war keine Frau, vor der man etwas verbarg. Er schuldete ihr die Wahrheit.

Die Costards hatten in der Halle ein Licht brennen lassen, Beweis dafür, daß das Paar schon lange ins Bett gegangen war.

»Sollen wir?« flüsterte Lily und hielt den Schlüssel hoch.

Er nickte.

Sie schob den Schlüssel ins Schloß und drehte. Es klackte so laut, daß es durch das ganze Haus zu dröhnen schien. Sie seufzte.

Ehe Webb etwas vorschlagen konnte, zog sie den Schal

von den Schultern und wickelte ihn um den Türknopf. Jetzt wurde der Lärm des Riegels vom Kaschmir gedämpft. Der Türknopf drehte sich, und Lily öffnete die Tür mit dem Gehabe einer geübten Einbrecherin.

Er wußte, daß er über das schnelle Reagieren, mit der sie sich jeder Situation gewachsen zeigte, froh hätte sein sollen, aber jedesmal stellte ihn das vor mehr Fragen über sie, als er Antworten bekam.

Nachdem sie ins Arbeitszimmer getreten waren, schloß Webb die Tür hinter ihnen. Er sah sich in dem vertrauten Raum um. Seit Henris Ableben hatte sich wenig geändert – die gleichen Bücherstapel, Papiere und dieselbe Unordnung.

Lily fuhr mit dem Finger durch den Staub auf dem Regal. »Als ich mit Mme. Costard hier war, hat sie sich für den Zustand des Raumes entschuldigt. Seit Henris Tod war wohl niemand mehr hier drin.«

»Davon zeugt der Staub«, kommentierte Webb. »Das bedeutet, daß der Raum unberührt ist und wir als erste hier suchen.«

Er zündete eine Kerze auf dem kleinen Tisch an, neben dem Henri immer gelesen hatte.

»Ich fange mit diesem Tisch an«, sagte er zu Lily. »Nimm du die Regale. Öffne jedes Buch und sieh nach, ob Inhalt und Titel übereinstimmen. Und achte auf verborgene Paneele oder ähnliches.«

Sie ließ ihren Schal auf einen Sessel neben dem Kamin fallen. »Weißt du, wie diese Bücher aussehen?« fragte sie, und ihr Blick schweifte über die Regale, die vom Boden bis zur Decke reichten.

Webb schüttelte den Kopf. »Ich wußte gar nichts von den Tagebüchern, bis mein Vater mir davon erzählt hat.«

Lily seufzte und machte sich an die Arbeit.

Eine Weile arbeiteten sie in einvernehmlichem Schweigen, bis Lily sagte: »Du glaubst nicht, was mein Bruder sich heute herausgenommen hat!«

Webb wartete, daß sie fortfuhr, aber dann merkte er, daß sie auf eine Frage von ihm wartete. »Was hat er gemacht?«

Sie klappte das Buch in ihrer Hand zu. »Er hat erwartet, daß ich mit ihm weggehe. Einfach so, damit er mich zurück zu meinen Eltern in Virginia schicken könnte. Er behandelt mich wie ... wie ...«

»Wie ältere Brüder ihre kleinen Schwestern behandeln.« Webb öffnete eine Schublade und durchsuchte die Papiere darin. »Meine Brüder haben es bei mir auch so gemacht. Als ich begonnen habe, für meinen Vater zu arbeiten, hielt er es für das beste, daß ich bei meinem ältesten Bruder lernte, James. Wenn James Gefahr ahnte, gab er mir einen unwichtigen Auftrag, um mich aus der Gefahrenzone zu bringen.«

»Und was hast du gemacht?« fragte sie.

»Ich habe ihn schließlich überlistet. Wir waren in Madrid, und ich wußte, daß wir Papiere beschaffen sollten, die auf einem Marineschiff gestohlen worden waren. Darin standen wichtige Dinge über die Schiffsbewegungen der Briten im Mittelmeer. Wir fanden heraus, daß sie im Haus eines Handlangers des Königs waren. Als ich hörte, wie James ablehnte, die Papiere zu holen, habe ich es gemacht. Das war doppelt so schnell und sparte viele Bestechungsgelder.«

Sie lachte. »Das mag für dich ja gut und schön sein, und du durftest wenigstens mitmachen. Meine Familie und ...« Sie unterbrach sich. »Und andere halten mich immer nur für die kleine Lily. Immer Ärger, immer dickköpfig, als wäre ich noch dreizehn.« Sie wandte sich ab.

Schuld packte ihn. Sie hatte ihn in die Gruppe eingeschlossen, und sie hatte recht. Aus genau den Gründen hatte er sie nicht mitnehmen wollen. In den Jahren der Trennung war ihm nie klargeworden, daß die kleine Lily zu einer Frau mit eigener Entscheidungskraft werden würde.

Eine, die nicht nur seine Sinne, sondern auch sein Herz erobert hatte.

Kaum die kleine Lily, dachte er und betrachtete ihre schlanken Schultern, die schimmernde glatte Haut, die weiblichen Linien ihres Körpers und die sanft gerundeten Hüften.

Er sollte es ihr sagen.

Sag es ihr jetzt, ehe du abgelenkt wirst. Beinahe hätte Webb gelacht. Nichts wirkte so wie eine Unterhaltung über den drohenden Tod, um amouröse Gedanken im Keim zu ersticken.

Aber wenn er es ihr erzählte, bedeutete das, daß er ihr traute.

Lily trauen? Wie sie ihm traute?

Sie hatte ihm nie den Grund für ihre Weigerung, nach Paris zu gehen, gesagt. Oder für ihre angebliche Verlobung mit Adam.

Wirklich, was konnte ausgerechnet Lily schon zu verbergen haben?

Aber er erkannte, daß sie nichts finden würden und er es ihr sagen mußte. Nachdem Webb jedes Blatt Papier gemustert hatte und den Schreibtisch so gut wie auseinandergenommen hatte, hatte es nicht mehr viel Sinn.

»Ist etwas in den Regalen?« fragte er.

Sie schüttelte den Kopf. »Im Schreibtisch?«

Er wies hin.

Sie sah hinein und grinste über die Sammlung alter Stifte und seltsamer Münzen. »Da hast du aber einen Schatz gefunden. Ich bleibe lieber bei den De-Chevenoy-Diamanten.« Sie tätschelte die Tiara, die leicht schief auf ihrem Kopf saß, aber immer noch glitzerte wie das Krönchen einer Königin.

Lilys einst weißes Kleid war jetzt grau vom Staub der Bücher. Ihre Frisur war dahin und lockte sich wild in ihrem Nacken.

Dennoch arbeitete sie unermüdlich und klaglos weiter. Er sah, daß sie gründlich war und jedes Buch sorgsam überprüfte.

Webb wandte sich den anderen Möbeln zu und tastete in den Polstern und Kissen nach etwas Außergewöhnlichem.

Lily stellte das letzte Buch zurück. »Noch andere Ideen?«

Webb stand mitten im Zimmer und forschte nach geheimen Wandpaneelen. »Laß uns die Bilder abnehmen.«

Sorgsam nahmen sie jeden Rahmen ab, fanden aber nichts. Er dachte, daß sie nun alles getan hatten, außer den Putz von den Wänden zu kratzen, und doch waren die Tagebücher nicht da.

Lily sah ihn beunruhigt an. »Und jetzt?«

»Was hältst du davon, den Rest der Nacht in Henris Schlafzimmer zu verbringen?«

Sie neigte den Kopf und sah ihn scheu an. »Ich dachte schon, du würdest nie fragen.«

Costard stand oben auf der Treppe und sah hinunter zur geschlossenen Tür zum Schlafzimmer seines verstorbenen Herrn.

»Was haben sie vor?« fragte seine Frau und erschreckte ihn mit ihrem plötzlichen Auftreten an seiner Seite.

»Schleich dich nicht so an, Frau.« Er nickte in Richtung des verräterischen Lichtstreifens, der unter der Tür durchdrang. »Erst haben sie das Arbeitszimmer durchsucht, und nun sind sie im Schlafzimmer des Herrn.«

Mme. Costard schüttelte den Kopf. »Sie werden sich

schmutzig machen und wahrscheinlich erwarten, daß ich ihre Sachen säubere.«

Costard seufzte. »Das sollte uns keine Sorgen machen.«

Madame nickte zustimmend. »Vielleicht. Dennoch hoffe ich, daß sie vorher das schöne Kleid ausgezogen hat. Es wäre ein Jammer, wenn es ruiniert würde.«

Er sah seine Frau an.

»Nun«, sagte sie, »ich finde, sie sah sehr hübsch darin aus, und es wäre ein Jammer, wenn sie es nicht wieder anziehen könnte.«

»Vergiß nicht, daß dies da drinnen nicht unsere Adelaide ist.«

Sie nickte. »Ich weiß, aber es ist nett, wieder jemanden im Haus zu haben. Und sie ist ein hübsches Ding, ganz wie unser Kind. Und ihr junger Mann, sie sind so verliebt. Würde mich nicht wundern, wenn sie noch vor Weihnachten hier heiraten würden.«

»Bist du verrückt geworden?« Costard starrte sie ungläubig an. »Verliebt und verheiratet? Dieses Pärchen? Das sind Agenten, die eine Rolle spielen, um unser Haus zu infiltrieren. Sie sind genausowenig verliebt, wie sie verlobt sind. Du mußt verrückt sein.«

Seine Frau verdrehte die Augen. »Ich habe gesehen, wie sie ihn ansieht, wenn sie sich unbeobachtet wähnt. Und hast du sein Gesicht gesehen, als sie heute abend die Treppe herunterkam?«

»Es gab viel zu sehen, da stimme ich dir zu«, grummelte er. »Wenn sie wirklich unsere Adelaide gewesen wäre, hätte sie nicht in so unanständiger Aufmachung aus dem Haus gehen dürfen. Bah, was sich heutzutage so Mode nennt. Denk an mich, wenn heute etwas in den Augen des Mannes stand, dann bestimmt nicht Liebe.«

»Selber bah, du alter Narr«, entgegnete sie und sah auf das flackernde Licht. »Der Junge liebt sie. Er weiß es nur noch nicht.« Dann lächelte sie und umfaßte mit ihrer fleischigen Hand den Arm ihres Mannes. »Genauso, wie du es nicht gewußt hast, bis ich dir eins auf den Kopf gegeben habe und es dir gesagt habe, als du wieder zu dir kamst.«

Costard ließ sich nicht überzeugen, auch wenn die Erfahrung ihn gelehrt hatte, daß seine Frau meistens recht behielt.

Hatte sie nicht auch mit dem Fleischer und der Witwe Henriot recht gehabt? Dabei hatte die Witwe sieben Kinder, die gefüttert werden mußten! Und doch, wie von seiner Frau vorausgesagt, hatte der alte Junggeselle sich mit der verarmten Witwe eingelassen.

»Vielleicht wäre es gar nicht so schlecht«, gestand er schließlich zu, »daß wir den zweien dienen, solange sie bleiben.« Er ignorierte das wissende Grinsen seiner Frau. »Ich habe nie bestritten, daß sie nett und höflich ist, und er scheint ein kluger Kerl zu sein. Er wird nicht zulassen, daß der Korse uns den Nacken rasiert, falls es Ärger gibt.«

»Nun, sie werden dort nichts finden. Fast möchte ich ihnen sagen, daß der Herr den Raum nach dem Tod der Herrin gar nicht mehr benutzt hat. Wo sie sich soviel Arbeit machen«, fügte sie hinzu und wickelte ihren dicken Wollschal enger um sich. »Na, dann kommen sie vielleicht zu Verstand. Komm zurück ins Bett, Mann, damit wir sie nicht stören. Laß sie ihre Arbeit tun, dann können wir morgen unsere erledigen.«

»Als du mich hierher eingeladen hast, habe ich gedacht, daß du etwas Interessanteres im Hinterkopf hattest als das hier«, sagte Lily und stand vom Fußboden auf, nachdem sie unter Henris Bett gespäht hatte. »Was machen wir jetzt, Webb? Hier sind die Tagebücher auch nicht.« Sie gähnte und streckte sich, ehe sie sich auf das Bett fallen ließ. Ihre Suche hatte auch hier nichts ergeben. Lily mußte kämpfen, um die Augen aufzubehalten, so behaglich fühlte sich das Bett unter ihr an. »In ein paar Stunden ist es Morgen«, sagte sie. »Wollen wir die Suche dann fortsetzen?«

Webb schüttelte den Kopf. »Das können wir nicht. Wir müssen sie heute nacht noch finden.« Er durchmaß den Raum und blickte sich suchend um, als hätten sie etwas ausgelassen.

Dann schüttelte er sie. »Lily, du darfst jetzt nicht einschlafen. Als du das Haus besichtigt hast, hast du einen Ort gesehen, der ein mögliches Versteck wäre? Irgendeinen?«

Sie stützte sich auf einen Ellbogen. »Was verschweigst du mir, Webb Dryden? Ich will nicht vor der Wahrheit beschützt werden. Das macht schon meine Familie dauernd.« Sie rollte herum, bis sie neben ihm saß.

»Das hätte ich mir denken können.« Er lachte hohl. »Du bist eine starke Partnerin, Lily, das meine ich ernst. Deine Schwester hätte es nicht besser machen können, gerade das mit dem Kloster und der Begegnung mit Lucien.« Er legte seine Hand auf ihre, und einen Moment lang sahen sie einander nur an. »Du hast dich verhalten wie eine erfahrene Agentin.«

Sie betrachtete ihn mißtrauisch. Einerseits war sie froh, die Worte zu hören, andererseits vermutete sie, daß da noch etwas war. Etwas, das er ihr verschwieg.

Er streichelte über ihre Hand. Sie erbebte, als sie die Wärme seiner Finger spürte. Im Zimmer war es kalt, und er glaubte, sie frösteln zu sehen. Wortlos zog er seine Jacke aus und legte sie ihr um die Schultern.

Wieder senkte sich Schweigen auf sie herab, gespannt wie das Knistern vor einem Gewitter.

Lily sah weg, weil sie nicht in Webbs dunkelblaue Augen sehen konnte, ohne daran zu denken, wie er sie im Salon angesehen hatte, als sie sich geküßt hatten.

Wie sehr sie sich wünschte, er würde sie jetzt wieder küssen!

Irgendwo im Haus wurde eine Tür geschlossen.

Webb beugte sich vor und löschte die Kerze, so daß sie im Dunkeln saßen. Auf der Straße brannte eine Laterne und warf blasses Licht in den Raum.

»Pst«, wisperte er dicht an ihren Lippen und zog sie an seine Brust. »Sei ganz still.«

Eine Weile saßen sie so eng aneinandergeschmiegt da und lauschten auf das Schweigen um sich herum.

»Glaubst du, sie haben uns gehört?« flüsterte Lily schließlich.

»Nein«, sagte er. »Wenn, hätten sie nachgesehen.«

Er streichelte über ihren bloßen Arm.

»Du kannst mich nicht vom Thema ablenken«, beharrte sie. »Was hältst du vor mir zurück? Das Rendezvous mit unserem Schiff ist erst in vierzehn Tagen, also warum müssen wir die Tagebücher unbedingt heute finden und dann gehen?«

Ihre Hüften stießen an seine Schenkel, ihre Oberschenkel schmiegten sich dicht an ihn. Das Seidenkleid wirkte auf einmal zu dünn. Es ließ zu, daß die Hitze seines Körpers ihre Sinne entflammte, fast so, als wäre sie nackt unter seiner Berührung.

Fast. Nicht wirklich.

Der Gedanke an ihren Körper ohne das Seidenkleid, wie er sich gegen ihn preßte, ihre Haut seine Haut berührte, ließ sie schneller atmen.

Plötzlich überkam sie eine so gewaltige Sehnsucht, daß sie nicht mehr wußte, wie sie sie noch kontrollieren sollte oder ob sie das überhaupt wollte.

Genau das hatte sie geplant, als sie sich für dieses Kleid entschieden und die Diamanten gewählt hatte.

Sie hatte ein Feuer entzünden wollen, und nun drohte es, ihre Sinne zu überwältigen.

Und sie von dem Geheimnis abzulenken, das Webb offensichtlich vor ihr hatte.

»Wovor willst du mich beschützen, Webb?«

Er wandte den Kopf vor ihrem anklagenden Blick ab.

»Also werde ich beschützt?« Sie strich mit dem Finger über den weißen Ärmel seines Hemdes. »Wer beschützt dich, Webb? Wer beschützt dich vor mir?«

Seine Augen wurden dunkel vor Ärger und dann vor Begehren. Er stand abrupt auf. »Das ist kein Spiel, Lily. Unser Leben ist in Gefahr.«

»Soviel habe ich gemerkt.« Seufzend strich sie sich eine Locke aus der Stirn. »Wann hattest du vor, mir diese doch recht interessante Information zu geben? Vor der Verhaftung oder auf dem Weg zur Guillotine?«

Zu ihrer Überraschung begann Webb zu lachen. »Ich denke, du würdest merken, daß es ernst ist, wenn Fouché und seine Knechte an die Tür klopfen.«

Nicht in der Stimmung für Witze, drängte sie: »Sag es mir, Webb. Ich muß wissen, was vorgeht, damit ich nichts falsch mache.«

Was dich töten könnte, dachte sie, als sie an die Worte ihres Bruders dachte.

Du bist nur der Grund, daß du und andere getötet werden.

Webb wandte ihr den Rücken zu, und sie spürte, wie das Gewicht seiner Sorgen sich ihr aufs Herz legte. Sie stand auf, ging zu ihm und blieb dicht hinter ihm stehen. Dann legte sie ihm die Hand auf die Schulter.

Er zuckte zusammen, als verbrenne ihre Hand ihm die Haut.

»Sag es mir bitte«, bat sie.

Als sie es schon aufgegeben hatte, darauf zu hoffen, daß er sie in seine Sorgen einbeziehen würde, sprach er endlich.

»Napoleon hat Fouché beauftragt, alles über Adelaide de Chevenoy herauszufinden und dich dann öffentlich bloßzustellen. Kaum eine Überraschung, aber es sieht ganz so aus, als wollte unser korsischer Freund seine Hände auf das De-Chevenoy-Vermögen legen. Fouché dagegen ist der wirklich tödliche Gegner. Er will die Geheimnisse. Unsere Geheimnisse.« Er drehte sich zu ihr um. »Beide Männer sind es gewohnt, zu bekommen, was sie haben wollen. Keiner schreckt davor zurück, zu töten, wer sich ihnen in den Weg stellt. Wir haben keine Zeit mehr, Lily. Wenn Sophias Nachricht in die falschen Hände geraten ist oder du recht hast mit Troussebois, dann ist es eine Frage von Stunden oder, wenn wir Glück haben, Tagen, bis sie dich holen kommen.«

Sie schluckte. »Und was ist mit dir? Wenn du soviel gehört hast, müssen sie Adelaides Verlobten auch erwähnt haben.«

»Ich muß so schnell wie möglich aus dem Weg geräumt werden.«

Lily brauchte nicht nach ihrem Auftrag zu fragen. Wenn die Tagebücher nicht im Schlafzimmer und nicht im Arbeitszimmer waren, würden sie scheitern. Es gab tausend Orte, wo die Bücher sein könnten.

Ihre einzige Chance war, die Tagebücher zu finden, bevor sie gefaßt wurden.

»Wenn wir nur noch diese Nacht haben, Webb, sollten wir sie weise nutzen.«

Sie trat zurück und schob erst seine Jacke und dann die dünnen Träger ihres Kleides über ihre Schultern. Raschelnd fiel die Seide zu Boden.

13

Lily stand nackt vor ihm. Nicht Lily, sondern eine Göttin. *Seine* Göttin. Selbst im schwachen Licht der Straßenlaterne war der Anblick ihrer festen Brüste, langen Beine und schmalen Taille atemberaubend.

Überwältigt von dem Anblick streckte Webb die Hand aus und berührte ihre Wange.

Er schloß die Augen, als Lily die Hand unter sein Hemd schob und ihm über die Brust streichelte. Es war Wirklichkeit, das merkte er an der feurigen Spur, die ihre Finger hinterließen.

Seine Gedanken rasten, als sie ihm das Hemd über den Kopf schob. Es landete neben ihrem Kleid.

Das ist nicht richtig, wollte sein Verstand ihn warnen.

Nimm sie! schrie sein Körper. *Nimm, was sie dir anbietet, du Narr!*

Sie hob den Kopf und sah ihn an. Ihre grünen Augen waren voller Verlangen, und ihr Blick traf ihn bis in die Seele. »Ich war immer bei dir, du warst immer in meinem Herzen.«

Er bückte sich, um seine Jacke aufzuheben und sie damit zu bedecken, aber sie stellte den Fuß darauf. »Lily, das ist Unsinn, ich kann nicht …«

»… ein Versprechen machen? Dein Herz anbieten?« Sie nahm die Tiara aus dem Haar, und die Diamanten funkelten. Sie warf ihr Erbe aufs Bett. Dann schüttelte sie den Kopf und ließ ihre Haare in einer wilden Mähne über ihre Schultern fallen. Lächelnd rückte sie näher und flüsterte ihm ins Ohr: »Ich will sie gar nicht haben. Ich will nur dich. Jetzt und heute nacht.«

Der Zauber dieses sinnlichen Versprechens erregte ihn.

Sie standen nur Millimeter voneinander entfernt. Lily fuhr fort, ihn zärtlich zu berühren. Ihre Hände glitten über seine muskulösen Schultern, zeichneten seine Narben nach – Erinnerungen an einen Pistolenschuß, als er von der Abtei gerettet worden war, an einen Messerkampf in einer Allee in Wien und an seine jüngste Verwundung, als er aus den Tuilerien geflohen war.

Ihre Finger glitten tiefer über seine behaarte Brust bis zum Bund seiner Hose.

Dann legte sie ihm die Arme um den Hals und drückte sich an ihn. Seidene Brüste schmiegten sich an seine bloße Brust. Ihre Hüften kamen ihm entgegen und weckten Begierde in ihm, die er kaum zügeln konnte.

Sie liebkoste seinen Hals mit den Lippen. »Küß mich, Webb.«

Er strich ihr übers Haar, atmete ihren Duft nach Lavendel ein, und dann nahm er sie in die Arme und küßte sie.

Lily schmolz dahin. Sie hatte gespürt, daß er unentschieden war und sich gegen das wehrte, was sie zu bieten bereit war, und fast hätte sie vor Triumph aufgeschrien, als sie die Veränderung in ihm bemerkte.

Er küßte sie spielerisch, reizte sie und erregte sie, bis sie sich ihm öffnete. Dann änderte er seine Taktik, sein Kuß wurde fordernd, und seine Zunge suchte ihre zu einem herausfordernden Tanz. Er küßte sie voller Leidenschaft.

Wie als Antwort auf ihr sinnliches Verlangen weckten jetzt Webbs Hände das Feuer in ihr. Er umfaßte eine ihrer Brüste und streichelte sie sanft und erregend, bis ihre Brustspitze hart hervorstand.

Sie bog sich seinen Fingern entgegen, um nicht die kleinste Berührung zu versäumen.

Dabei küßte er sie immer weiter, bis sie kaum noch atmen konnte. Als sie nach Luft schnappen mußte, zog er sich zurück.

Seine blauen Augen wurden dunkel, als er sie ansah.

»Ist es das, was du willst, Lily? Willst du mich wirklich haben?«

Sie konnte nur nicken.

»Und Schluß mit dem Unsinn, daß du diesen Narren Saint-Jean heiraten willst. Keine Verlobten und keine Lügen mehr zwischen uns.«

Sie hielt inne. Wenn alles nach Plan verlief, würde es keine Lügen mehr zwischen ihnen geben. Zumindest hoffte sie, daß sie dann unnötig würden.

Wieder nickte sie.

»Sag es«, bat er, die Hände auf ihren Schultern. »Ich will dein Gelübde hören.«

Ein Gelübde. Das Wort traf sie. Eine Mätresse legte kein Gelübde ab, soweit sie wußte. Wenn sie aber nicht seine Mätresse war, was verlangte er dann von ihr? Bedeutete sie mehr für Webb als eine Nacht voller Leidenschaft?

Vielleicht lebte sie nicht lange genug, um die Antwort herauszufinden, aber sie wußte, daß sie zumindest die Dämmerung sehen würde – aus Webbs Armen heraus. Dafür würde sie alles versprechen.

»Ich verspreche es«, sagte sie und suchte nach der Hitze seines Mundes.

»Was versprichst du?« wollte er wissen und hielt sie von sich weg.

Ich hoffe, daß ich dich nie wieder anlügen muß, dachte sie. Dann sah sie ihm in die tiefblauen Augen, sah ihm bis auf den Grund der Seele und gelobte: »Keine Lügen mehr.« Sie hoffte nur, daß sie ihr Versprechen auch halten konnte.

Als er nickte und den Kopf senkte, um ihr Abkommen

mit einem Kuß zu besiegeln, hatte sie das Gefühl, als hätte sie gerade ihre Seele verkauft.

Was, wenn sie ihr Wort nicht halten konnte? Wegen heute nacht machte sie sich keine Sorgen, aber was war mit morgen und übermorgen und der Zeit, wenn sie wieder in England waren?

Denn als er sie küßte, war es, als würde er sie nie wieder verlassen wollen.

Aber das würde er tun, wenn er die Wahrheit herausfand. Herausfand, daß sie alles verraten hatte, was er war und wofür er arbeitete. Seinen König, sein Land und ihn.

»Webb, ich ...« Sie wollte ihm die Wahrheit sagen, aber das Geständnis des Verrats blieb ihr in der Kehle stecken, als ob ihr eine Schlinge um den Hals läge.

Er mißverstand sie vollkommen.

»Ich weiß, Göre. Mir geht es genauso«, murmelte er in ihr Ohr. »Und jetzt ist es an mir, einen Befehl zu geben. Sei still und laß alles mit dir geschehen.«

Dann küßte er sie wieder und erstickte ihren Protest.

Webb versuchte sich zurückzuhalten. Aber mit dieser Frau in seinen Armen würden seine Sinne ihm ebensowenig gehorchen wie die Gezeiten des Ozeans.

Das ist Lily, sagte er sich. Erinnerst du dich an die lästige, aufdringliche Lily?

Eher eine entzückende, leidenschaftliche, verführerische Lily, dachte er, als ihre Hüften sich hoben und gegen seine Männlichkeit drückten.

Sie schien genau zu wissen, wo sie ihn berühren mußte, wo sie sich an ihn schmiegen und ihn reizen mußte.

Lily war kein Kind mehr. Sie war eine vollerblühte, sinnliche Frau.

Eine Frau, die mit ihrem Auftreten einer Kurtisane und ihrer erregenden Sinnlichkeit seine Illusionen zerstörte und all seine Phantasien wahr werden ließ.

»Berühr mich noch einmal, Webb«, flüsterte sie ihm ins Ohr. »Bitte.«

Er kam ihrer Bitte nur zu gerne nach. Dem konnte kein Mann widerstehen.

Diesmal jedoch führte er seine Lippen dorthin, wo vorher nur seine Finger gewesen waren. Webb senkte den Kopf und begann, an ihren Brustspitzen zu saugen.

Sie bog sich ihm entgegen und stöhnte leise vor Lust auf.

Er legte einen Arm enger um ihre Taille, während er mit der anderen Hand ihren Leib streichelte und dann tiefer glitt, um ihre heiße Haut zu berühren, wo ihre Schenkel sich trafen.

»Oh«, keuchte sie, »das fühlt sich so gut an.«

»Ich glaube, es wäre noch besser, wenn wir uns hinlegen.« Webb konnte keinen Moment länger warten, bei ihr zu sein, deshalb nahm er sie auf die Arme und trug sie hinüber zum Bett. Dort legte er sie auf die Überdecke aus rotem Samt. Lily streckte die Arme nach ihm aus, aber er trat zurück, ragte über ihr auf und wollte sie erst einmal nur betrachten.

Himmel, war sie schön! Seine Augen tranken den Anblick förmlich in sich hinein.

Die goldenen Locken ringelten sich über ihre Schultern und schimmerten im blassen Licht. Sie regte sich, hob die Arme über den Kopf und ließ ihn ihren gesamten Körper bewundern.

Ihre Brüste hoben und senkten sich, und dann ihre Hüften, als wollte sie seine sinnlichen Berührungen herausfordern.

»Worauf wartest du?«

Webb brauchte keine weitere Ermutigung. Er schlüpfte aus den Stiefeln und legte seine Hose zu den Kleidungsstücken am Boden. Die kalte Luft ließ ihn schaudern, aber das Feuer in ihm brannte unvermindert weiter.

Lily sah zu, wie Webb zum Bett geschritten kam, nackt und schön in seiner Männlichkeit. Sie hatte schon einen unbekleideten Mann gesehen, aber als sie jetzt Webb sah, wurde ihr bewußt, wie wenig sie wußte.

Thomas war zwar ein attraktiver und gutgebauter Mann gewesen, aber sie hatte nicht gewußt, daß ein Mann so ... umwerfend sein konnte. Webbs Leben in Disziplin und Training zeigte sich in seinem Körper.

Großartig, dachte sie, als er auf sie zukam und seine Muskeln unter der Haut spielten.

Wie sehr sie sich wünschte, ihn zu berühren, sein Fleisch mit Händen und Körper zu erforschen.

Lily wußte, daß sie bis an ihr Lebensende den Ausdruck in Webbs Augen nicht vergessen würde, als er zu ihr aufs Bett kam. Seine unverhüllte Lust nahm alle ihre Sinne gefangen.

Er begehrte sie genauso wie sie ihn. Als ob er genauso lange gewartet hätte wie sie.

Einen Moment lang war er über ihr und sah ihr tief in die Augen. Mit einer Hand zeichnete er die Konturen ihres Gesichts nach und strich zärtlich über ihre Wangen, ihre Lippen, ihre Brauen.

Als seine Hand federleicht über ihre Schulter zu ihren Brüsten glitt, erschauerte sie vor Lust.

Es reichte ihr plötzlich nicht mehr, berührt zu werden, sie wollte auch ihn anfassen, ihn ganz und gar spüren.

Lily strich ihm mit den Händen über die Schultern und bewunderte die harten Muskeln.

Dann legte sich sein Mund auf ihren zu einem weiteren dieser atemberaubenden Küsse, und sie wußte, daß sie nie genug davon bekommen konnte. Sie wollte mehr und immer mehr davon.

Instinktiv wanderte ihre Hand nach unten und legte sich um seine Männlichkeit. Seine Härte und Größe ließen sie erbeben. Webb stöhnte auf, kehlig und sinnlich, als er ihre Finger spürte. Sein Körper bog sich ihr entgegen, und sie fuhr fort, ihn zu streicheln und zu liebkosen.

Webbs Hände glitten von ihren Hüften zu der heißen, sehnsüchtigen Stelle zwischen ihren Schenkeln. Sanft schob er sie auseinander und begann, sie erregend zu streicheln.

Noch nie hatte Lily so etwas empfunden wie die Spannung, die sich unter Webbs erfahrenen Liebkosungen langsam in ihrem Körper aufbaute. Sie wünschte sich, daß er nie mehr damit aufhören würde, und gleichzeitig wußte sie, daß da noch mehr war. Sie sehnte sich danach, ihn in sich zu spüren.

Das hatte ihr gefehlt – diese Vorfreude, dieses Verlangen nach mehr.

»Ich kann … kann nicht mehr warten«, keuchte sie.

»Ich auch nicht.«

»Bitte, Webb, ich will dich so sehr.«

Ohne noch länger zu warten, senkte er sich auf sie und schob ihre Beine auseinander.

Seine Lust war so groß, daß er am liebsten einfach in sie hineingestoßen hätte, aber sie hatte ihn soweit gebracht, und wollte er, daß auch sie in Ekstase geriet.

Langsam schob er sich in sie, spielerisch, um sich gleich darauf wieder aus ihr zurückzuziehen. Lily wand sich unter ihm und reckte sich ihm entgegen, voller Verlangen, ihn tief in sich hineinzuziehen.

»Bitte, Webb, quälte mich nicht länger.«

Er ignorierte ihre Bitten und glitt weiter sacht in ihr auf und ab, drang jedesmal eine Spur tiefer in sie ein, um sich dann fast ganz wieder aus ihr zurückzuziehen.

Er hörte ihr Keuchen, ihr Seufzen. Sofort nahmen ihre Hüften seinen Rhythmus auf und schwangen ihm entgegen, bis er endlich ganz in ihr war.

Webb küßte sie tief und fuhr fort, sich in ihr zu bewegen, und sie schrie leise auf und bewegte sich mit ihm.

Lily wußte, daß ihr vorher etwas gefehlt hatte, sie hatte nicht gewußt, daß die Liebe so sein konnte. Webbs Härte legte ihr mit ihren langsamen Stößen eine süße Folter auf. Sie konnte nicht genug bekommen, wollte mehr, schneller und jeden Zentimeter von ihm in sich spüren.

Lily spürte, wie sie herumgedreht wurde, und nun ritt sie ihn, heftiger und heftiger und nur von dem Drang besessen, die höchste Erfüllung zu finden.

Und dann geschah es – ein heller, feuriger Ausbruch, der sie ganz plötzlich erschütterte. Webbs tiefe, harte Stöße erfüllten alles Verlangen. Sie öffnete die Augen und sah den Triumph in seinem Blick und dann die Erlösung, als auch er seine Befriedigung bekam.

Lily klammerte sich an ihn und ließ Welle auf Welle schieren Glücks über sich hinwegrollen, bis sie atemlos und mit heftig pochendem Herzen dalag.

Die Nacht war still, nur unterbrochen von Lilys zufriedenen Seufzern und gelegentlichen Küssen.

»Webb, ich …«, begann sie schläfrig.

»Pst, Mädchen, schlaf jetzt.«

»Aber ich muß dir sagen …«

Er küßte sie, um sie zum Schweigen zu bringen. Als er sich dann zurückzog, sagte er: »Wir reden morgen. Dann kannst du mir alles sagen. Und jetzt schlaf, Lily.« Webb zog sie in seine Arme, drückte sie an sich und küßte sie auf die Stirn.

Er wollte nicht reden, weil seine Gefühle ihn erschreckten. Er zog sie noch enger an sich.

Sie hatte sein Herz gestohlen, und es würde ein Leben lang dauern, es sich wiederzuholen.

Sie mußten diese verdammten Tagebücher finden, davon würde ihn jetzt nichts mehr abhalten.

Lily murmelte etwas, aber er konnte die Worte nicht verstehen. Ihre Lider flatterten, als wenn sie wach bleiben wollte, aber schon bald war sie eingeschlafen.

Webb betrachtete die Frau in seinen Armen. Es sah Lily ähnlich, gegen den Schlaf anzukämpfen, selbst wenn sie ihn so dringend brauchte. Er strich ihr eine Locke aus der Stirn und wunderte sich über das Gefühl der Sicherheit, das er empfand, wo es doch um ihrer beider Leben ging.

Was hatte er sich nur dabei gedacht, mit Lily zu schlafen? Das war unmöglich, und doch war es so, als könnte es gar nicht anders sein.

Vor dem Fenster tauchte die Morgensonne den Himmel in erstes Rot. Webb seufzte und sah, daß ihre Nacht zu Ende war.

Ihre Nacht. Die erste eines ganzen Lebens.

Der Gedanke schockierte ihn. Das ganze Leben mit Lily? Erst mußte er ihr Leben retten, ehe er so dumme, wundervolle Ideen haben konnte.

Langsam, um sie nicht zu stören, erhob er sich vom Bett und zog sich an.

Dann sah er sie an. Ihr Haar ergoß sich in einer goldenen Flut über ihre Brüste. Sie hatte sich zusammengerollt und die langen Beine angewinkelt. Er wollte sie, wollte sie so sehr, daß er einen verrückten Moment lang daran dachte, sie von Paris wegzubringen und seine Pflicht hintanzustellen, damit sie zusammensein konnten.

Für immer.

Er schüttelte den Kopf über sich. Diese starke Abhängigkeit war nicht das, was er wollte. Er wollte eine guterzogene englische Dame. Eine, die ihm den Haushalt führen und in ihrer Respektabilität über alles erhaben sein würde.

Gut erzogen und respektabel sind kaum Vokabeln, die Lily treffend beschreiben, dachte er, als er seine Stiefel anzog.

Eher aufdringlich, unberechenbar und unkontrollierbar. Und wild und leidenschaftlich und außergewöhnlich.

Nun, dachte er, als er sie noch einmal in die Arme nahm, ein Mann kann kaum von Leidenschaft leben.

Warum nicht?

Ihm fiel keine Antwort ein.

Sie regte sich. »Wo gehen wir hin?«

»Du gehst ins Bett«, sagte er und trug sie durch den Flur zu Adelaides Zimmer.

»Mit dir?« Ein langsames, katzengleiches Lächeln spielte um ihre Mundwinkel. Sie schlang ihm die Arme um den Hals und knabberte an seinem Ohr.

Er zog den Kopf zurück. »Nein.«

»Warum nicht?«

»Weil ich mein eigenes Bett habe. Ich glaube nicht, daß es Madame Costard gefallen würde, mich in deinem Bett zu finden. Ich möchte meine Glieder an meinem Körper behalten.«

»Ich auch. Ich mag deine Glieder genau so, wie sie sind.« Lily lachte leise, ehe ihr die Augen zufielen.

Webb stieß die Tür zu Adelaides Zimmer auf und trat an das pink-weiße Bett. Dann legte er sie hinein und deckte sie zu.

Sie gab ein paar zufriedene Laute von sich, wälzte sich auf die Seite und schlief ein.

Webb küßte sie. »Schlaf gut, Mädchen.«

Als er sich umdrehte, um zu gehen, entdeckte er Celeste im Flur. Sie trug einen roten Morgenrock und hatte ihr Haar in einem bunten Tuch hochgebunden. Aus ihrer gerunzelten Stirn schloß Webb, daß sie genug gesehen hatte, um zu wissen, was geschehen war.

Webb, der an das diskrete Schweigen englischer Diener gewöhnt war, wurde von Celestes direkter Frage völlig überrascht.

»Wo hat das Kind die Kleider?«

Webb fühlte sich wie ein Fünfzehnjähriger, der im Heu ertappt worden war. »In Henris Schlafzimmer.«

Celeste verschränkte die Arme vor der Brust. »Holen Sie sie oder erwarten Sie, daß ich das tue?«

»Ich kann es«, gab er zurück, nur zu froh, aus dem Zimmer zu kommen.

Sie schnaubte. »Machen Sie sich nicht die Mühe, wahrscheinlich lassen Sie sowieso etwas liegen.« Sie ging an ihm vorbei und verschwand im Flur. »Sieht so aus, als hätten Sie Ihre Sache gut gemacht.«

In dem Moment traf der erste Sonnenstrahl Webbs Augen. Er hätte anderenfalls geschworen, daß die sonst so schweigsame Celeste wissend lächelte.

14

»Wach auf, Herrin«, sagte Celeste und rüttelte Lily wach.

Lily achtete nicht auf sie und rollte sich auf die andere Seite. Das Zimmer war zu kalt, um das Bett zu verlassen, und als sie über die Decke lugte und die Eisblumen am Fenster sah, kroch sie wieder tief unter die Bettdecke.

»Dein Bruder ist da.«

»Ich habe keinen Bruder«, entgegnete Lily, »ich bin ein Einzelkind.«

»Dann eben der Bruder deiner Freundin Lily, und er will dich sofort sehen.«

Lily zog das Kissen über den Kopf und stöhnte. Verdammter Lucien!

»Mister Webb ist bei ihm«, fuhr Celeste fort, und ein Lachen schwang in ihrer Stimme mit.

»Webb?« Lily schoß hoch. »O nein.« Luciens steinernes Gesicht, als er ihren Reisegefährten erkannt hatte, war ihr nicht entgangen. Es hatte ihm nie gefallen, daß Sophia für das Außenministerium arbeitete, und Lilys neuer Beruf würde ihm ganz sicher auch nicht zusagen.

Lucien war trotz aller Unruhen in seinem Herzen immer ein treuer Franzose geblieben.

Lily schlüpfte in das Kleid, das Celeste für sie bereithielt, und steckte, so gut es ging, ihr Haar hoch. Einen Moment lang stand sie vor dem Spiegel.

Ob sie anders aussah? Sie fühlte sich anders.

Webb. Sie seufzte und empfand sowohl die Gefühle der schwärmerisch verliebten Fünfzehnjährigen als auch die tiefe Liebe der erwachsenen Frau, die ihre wahre Erfüllung gefunden hatte.

Sie würden die Tagebücher finden, und dann ... und dann was?

Die Erkenntnis traf sie wie ein Schlag. Was hatten sie denn für eine gemeinsame Zukunft? Sie hatte das Ganze für etwas Vorübergehendes gehalten, nicht mit dem festen Band gerechnet, das sie jetzt an ihn fesselte.

»Was ist los?« fragte Celeste, beugte sich über ihre Schulter und sah sie im Spiegel fragend an.

»Ich liebe ihn, Celeste.«

»Ja, natürlich. So soll es ja auch sein.«

Lily schüttelte den Kopf. »Nein, es ist falsch. Was soll ich tun? Wie kann ich ihm sagen ... nun, du weißt schon.«

»Wenn die Zeit reif ist, wird er es schon verstehen. Von allen Männern in der Welt ist Mister Webb derjenige, der es verstehen wird.«

Es schien einleuchtend, daß ein Mann von Webbs Erfahrung ihre Wahl, ihrem neuen Heimatland zu helfen, verstehen würde. Oder nicht?

Lily ging in den Frühstückssalon hinunter, auf kühle Stimmung gefaßt, aber dort frühstückten Webb und Lucien einträchtig miteinander. »Was für eine nette Überraschung«, bemerkte sie, als sie am Kopfende des Tisches Platz nahm. Sie warf Webb einen Blick zu, aber er unterhielt sich angeregt mit ihrem Bruder, und sein Gesicht verriet nichts von dem, was erst vor wenigen Stunden zwischen ihnen geschehen war.

»Ich habe Lucien auf der Treppe getroffen«, erklärte Webb. »Wir haben gedacht, ein Ausritt könnte dir die Gelegenheit geben, auszuschlafen.«

Costard trat mit einem Teller voller Speisen für Lily ein.

»Verzeihen Sie den unangekündigten Gast«, sagte Lily. »Ist Madame sehr wütend?«

»Sie genießt es, daß sie sich um so viele Leute kümmern kann«, erwiderte Costard. Dann wandte er sich an Lucien. »Unsere verstorbene Herrin, die Mutter der jungen Dame, sprach immer freundlich von Ihrer lieben Mutter. Ich hoffe, es geht ihr gut?«

»Ja, Costard«, erwiderte Lucien. »Meinen Eltern geht es sehr gut.«

»Und was halten Sie von unserem Mädchen?« fragte Costard stolz.

»Sie ist eine Ausnahme von jeder Regel«, erwiderte ihr Bruder. »Wußten Sie, daß meine kleine Schwester Lily und Adelaide gemeinsam die Klosterschule besucht haben? Lilys wegen bin ich hier.«

»Wie nett von Ihnen«, sagte Costard, ehe er ging.

Nachdem sich die Tür hinter ihm geschlossen hatte, beugte Lucien sich vor und sagte leise: »Hör gut zu, Lily. Ich habe Webbs Versprechen, daß dir nichts zustößt. Ich verstehe, warum du hier mitspielst, und wenn es nur geschieht, um den Schaden wiedergutzumachen, den Sophia angerichtet hat, indem sie sich auf die Seite der Engländer gestellt hat.« Er schwieg und wandte sich dann an Webb. »Ohne Ihnen zu nahe treten zu wollen, Sir.«

Webb lächelte.

»Er hat sein Ehrenwort als Gentleman gegeben, daß er dich bis zum Ende der Woche nach England zurückbringt. Egal, was für eine Mission es ist oder was es für unsere Familie bedeutet. Ich will dich keinen Tag länger in Paris haben. Habe ich mich klar ausgedrückt?«

Lily tupfte sich die Lippen ab. »Vollkommen. Aber ich habe nicht vor, etwas zu befolgen, was du befiehlst. Hör gut zu, Lucien. Ich habe mich entschieden, herzukommen, und ich treffe auch die Entscheidung, wann ich wieder gehe. Wenn dir das nicht gefällt, schlage ich vor, du gehst.«

Luciens Gesicht lief rot an. «Du dickköpfige kleine Närrin, du! Ich könnte ... ich könnte ...«

»Du könntest was? Mich verraten? Mich auf die Guillotine schicken? Siehst du nicht ein, daß ich das für unsere Familie tue, für Ma und Pa und deine Frau und deine Söhne? Damit sie zurückkehren können nach Frankreich und du das bekommst, was dir von Rechts wegen zusteht?« Sie beugte sich über den Tisch und ergriff seine Hand. »Dein Leben ist hier, Lucien, aber meines nicht. Mein Heim ist woanders und wird es auch immer sein. Ich habe nie hierhergehört und werde es auch nie tun. Da bin ich wie Sophia. Kannst du also nicht bitte für das Leben, das ich führen möchte, genauso kämpfen wie ich für das, das du führen willst?«

Lucien drückte ihre Hand. Sie wußte, daß er es nie aussprechen würde, aber sie wußte, was er dachte.

»Ich nehme an, es ist an der Zeit, mich zu verabschieden«, sagte er.

Sie erhoben sich, Lucien gab Webb die Hand und wandte sich dann an Lily.

Sie sah es nicht kommen, aber plötzlich umarmte er sie fest. »Wann bist du bloß so weise geworden?«

»Als du angefangen hast, mir zuzuhören«, erwiderte sie und sah ihn durch Tränen hindurch an.

Lily brachte Lucien zur Tür. Plötzlich hätte sie ihn gerne noch dabehalten, zumal es ihr nicht gefiel, jetzt mit Webb alleine zu sein. Fast war sie erleichtert, als Troussebois die Treppe hinaufkam.

Seine besorgte Miene verriet ihr, daß er keine guten Nachrichten brachte.

»Äh«, begann er, »es ist gut, daß Sie so früh auf sind, wir haben viel zu besprechen.«

Lily stöhnte innerlich, bat ihn jedoch freundlich herein. Sie bat Costard, noch ein Frühstücksgedeck zu bringen, und folgte ihm dann ins Eßzimmer. Webb nickte dem Mann zu, ohne sie anzusehen.

Langsam begann sie zu glauben, daß sie die letzte Nacht nur geträumt hatte.

Nachdem Troussebois Kaffee und Brötchen verzehrt hatte, räusperte er sich und begann. »Heute morgen hatte ich Besuch von einem Sekretär des Justizministeriums. Der Erste Konsul wünscht, daß Ihre Erbschaft so zügig wie möglich abgewickelt wird, deshalb hat er für morgen eine Bürgeranhörung anberaumt.«

»Eine Bürgeranhörung? Wofür denn?« fragte Lily und spürte Napoleons schnelle Hand auf sie niederfahren.

»Kein Grund zur Besorgnis, eine reine Formalität. Es kehren so viele Emigranten mit Ansprüchen nach Paris zurück, und diese Anhörungen sollen helfen, daß nur die echten Söhne und Töchter Frankreichs erben.«

Das hörte Lily nicht gerne. »Aber warum schon morgen?« fragte sie.

»Das ist in der Tat ungewöhnlich«, gab er zu. »Aber betrachten Sie sich als glücklich, daß der Erste Konsul so ein Interesse an Ihrem Fall hat. Wenn das erst einmal entschieden ist, können Sie das Haus Ihres Vaters bei Malmaison besuchen. Anderenfalls wäre der Besitz noch wochenlang gesperrt gewesen, und dann hätten Sie nur wenig Rücklagen für Ihr Leben in Paris gehabt.«

»Das Landhaus ist versiegelt?« fragte sie und versuchte, sowohl verwirrt als auch unschuldig zu klingen. »Warum das?«

Troussebois bewegte sich unruhig auf seinem Stuhl. »Es sollte nichts angerührt werden, weil er dort ...«

»Was?« beharrte Lily. Wenn die Tagebücher nicht hier waren, mußten sie sie im Landhaus suchen.

»Weil Ihr Vater dort gestorben ist.«

Sie schüttelte den Kopf. »Nein, Monsieur, Sie müssen

sich irren. Ich erinnere mich genau daran, daß Sie in Ihrem Brief an die Mutter Oberin geschrieben haben, er sei in Paris gestorben.«

Troussebois schüttelte den Kopf. »Nein, Ihr Vater ist im Landhaus gestorben. Es heißt, daß Steuern fällig werden, was bei großen Erbschaften durchaus üblich ist. Am Ende werden Sie dieses Haus veräußern müssen, um den Besitz Ihres Vaters halten zu können.« Er zuckte mit den Achseln. »Ich werde mein Bestes tun, aber das ist der Gang der Dinge.«

Die Tür schwang auf, und Rosalie Paville kam herein. »Oh, *chérie*, du bist schon auf, wie wundervoll. Deine Mutter war auch eine Frühaufsteherin, daher wußte ich, daß du es auch bist.« Rosalie warf Webb einen zweifelnden Blick zu, bevor sie ganz kurz nur Troussebois streifte. »Ich habe dein Mädchen in der Halle getroffen. Sie ist ein Juwel, ein seltenes Juwel. Ich rate dir, sie vor Josephine zu verstecken, weil sie eine Schwäche für Sklaven aus Westindien hat und sie dir sonst wegnimmt. Außerdem muß sie mir beibringen, wie man diese wundervollen Tücher knotet. Ich habe gesehen, daß Josephine das trägt, und möchte es auch können. Sie sind die letzte Mode, aber ich kenne den Kniff nicht, wie man das richtig hinbekommt.«

Während Rosalie weiterschwatzte, warf Lily einen Blick zu Webb hinüber, um zu sehen, ob auch er zu dem Schluß gelangt war, den sie aus Troussebois' Erzählung gezogen hatte.

Wenn Henri auf dem Land gestorben war, mußten die Tagebücher dort sein.

Sie mußten in das Landhaus.

»Tante Rosalie«, unterbrach sie die schwatzhafte Dame. »Monsieur Troussebois ist mein Anwalt, und wir sind gerade dabei, ein paar geschäftliche Dinge zu besprechen.«

»Oh, ich kann warten«, verkündete die Dame, beugte sich über das Tablett und wählte ein Gebäckstück.

Als Lily erkannte, daß Rosalie bleiben wollte, wußte sie, daß sie die Unterhaltung mit Troussebois dann in andere Bahnen lenken mußte. »Vielleicht kann Celeste dir solange zeigen, wie sie ihre Tücher bindet«, schlug Lily vor. »Hier ist es für dich sonst zu langweilig.«

»Oh, wie freundlich du bist, mein liebes Mädchen, genau wie deine Mutter. So rücksichtsvoll.«

Lily klingelte nach Costard und bat ihn, Celeste zu holen. Rosalie blieb sitzen, während sie auf die Dienerin warteten, und Lily dachte plötzlich, daß die Dame von Nutzen sein könnte.

»Monsieur«, wandte sie sich an Troussebois. »Mein Vater ist nicht an einer ansteckenden Krankheit gestorben, sondern an Herzversagen. Warum ist sein Haus dann versiegelt und warum darf ich als seine Tochter es nicht besuchen, um zu sehen, wo mein lieber Vater seine letzten Stunden verbracht hat?« Sie beendete den Satz mit ein paar unterdrückten Schluchzern und tupfte sich mit einem Taschentuch über die Augen. Sie hoffte nur, daß sie um der Wirkung willen auch ein paar Tränen zustande brachte.

Webb eilte zu ihr und reichte ihr sein Taschentuch. »Vorsichtig«, flüsterte er dabei.

Lily antwortete mit einem ohrenbetäubenden Schluchzen. »Ich will nur bei meinem lieben Papa sein.« Sie wandte sich an Rosalie, die sich jetzt auch die Augen mit einem Stück Seide abtupfte.

»Oh, und das sollst du auch, Adelaide«, sagte sie und eilte Lily zu Hilfe, genau wie sie es erwartet hatte.

»Monsieur Troussebois, sagen Sie diesem unglücklichen Kind, daß es sein Landhaus haben darf.«

»Als ihr Anwalt werde ich nichts Derartiges tun«, wehrte er ab. »Das Haus ist auf Anordnung des Ersten

Konsuls versiegelt. Niemand darf hinein, bis die Erbfrage abgewickelt ist.«

Das war genug, um Rosalie zum Schweigen zu bringen. Zu Lilys Glück kam jetzt Celeste und nahm die aufdringliche Frau mit, um sie in die Mode Westindiens einzuführen.

Lily fuhr fort zu schluchzen, wenn auch weniger laut als vorher. »Es ist rücksichtsvoll vom Ersten Konsul, daß er solche Umstände um meinen Besitz macht. Aber warum gibt er sich mit dem Landsitz so viel Mühe, und nicht mit diesem Haus hier?«

Trousseboіs blätterte umständlich seine Papiere durch und ignorierte ihre Frage.

»Monsieur«, beharrte sie, »warum ist der Erste Konsul so um meinen Vater besorgt und sorgt so schnell dafür, daß ich vorgeführt werde?«

»Ich weiß es nicht«, sagte der kleine Mann. Für einen Moment war seine Nervosität verschwunden. Er sah ihr direkt in die Augen. »Wissen Sie es?«

Lily spürte, wie ihr Spielerblut aufwallte, und ignorierte Webbs festen Griff um ihr Handgelenk.

»Vielleicht hat es mit der Arbeit meines Vaters zu tun.«

Trousseboіs zuckte nicht mit der Wimper. »Und welche Arbeit sollte das sein?«

»Sie kennen die Arbeit meines Vaters nicht? Ich denke, Sie sind sein Anwalt, da müssen Sie doch über seine Arbeit Bescheid wissen?«

Webbs Griff wurde schmerzhaft.

Der kleine Mann schüttelte den Kopf. »Ich habe so viele Klienten, da kann ich mich nicht an die einzelnen Berufe erinnern. Ihr Vater hatte viele Begabungen. Welche meinen Sie?«

Lily hörte die Lüge und hatte ihre Antwort. Viele Klienten, von wegen! Wenn man nach dem billigen Schnitt seiner Jacke, der schäbigen kleinen Kutsche und der Art ging, wie er jedes Essen, das hier auf den Tisch kam, hinunterschlang, dann hatte Troussebois vielleicht eine Handvoll Klienten, wenn überhaupt. Und deren Geheimnisse kannte er wahrscheinlich besser als sie selber.

Wenn Troussebois jetzt also Katz und Maus mit ihr spielte, mußte er die Wahrheit über Henri de Chevenoy wissen.

Aber auf welcher Seite lagen die Loyalitäten des Anwalts? Auf der seines Klienten oder der seines Landes? Und wußte er, daß die Adelaide de Chevenoy vor ihm eine Betrügerin war?

Lily hatte nicht vor, so lange in Paris zu bleiben, um das herauszufinden.

»Na, seine wissenschaftlichen Studien natürlich«, erklärte sie. »Was sonst sollte es sein?«

Troussebois nickte und lächelte, wobei er äußerst erleichtert aussah.

Webb ließ ihre schmerzenden Finger los. »Ich habe gehört, daß der Erste Konsul ein belesener Mann ist, der sich ernsthaft für Kunst interessiert. Vielleicht will er die Arbeit deines Vaters vor denen schützen, die deine Trauer ausnutzen könnten.«

»Ja, ich bin sicher, daß es das ist«, stimmte der Anwalt zu. »Lassen Sie mich jetzt die Einzelheiten Ihrer Anhörung mit Ihnen durchgehen, damit Sie vorbereitet sind.«

Aber Lily war noch nicht bereit, Troussebois vom Haken zu lassen. »Ja, lassen Sie uns das hinter uns bringen, damit ich mich an meine Arbeit machen kann.«

Der Anwalt lächelte nachsichtig. »Und das wäre?«

»Ich will die Tagebücher meines Vaters veröffentlichen.«

Webb verschluckte sich an seinem Kaffee.

»O ja, das ist eine Überraschung für meinen Verlobten«,

erklärte sie Troussebois, während sie Webb auf den Rücken klopfte und ihm eine Serviette reichte. »Ich will, daß die Arbeit meines Vaters anerkannt wird, wie sie es verdient, und das geht nur, wenn seine Aufzeichnungen veröffentlicht werden. Wissen Sie, wo er sie aufgehoben hat, Monsieur Troussebois?«

Der Mann wurde dunkelrot. »Nun, dafür ist später noch Zeit genug, lassen Sie uns erst über die Anhörung sprechen.«

»Ach, zum Teufel mit der Anhörung«, sagte Rosalie, die mit einem von Celestes farbenfrohen Tüchern auf dem Kopf wieder hereinkam. Sie strahlte und trat aufgeregt von einem Fuß auf den anderen, während sie sich das Kleid glattstrich. »Monsieur Troussebois, ich bezweifle, daß die Anhörung so wichtig ist wie der Umstand, daß mein Patenkind den ihr zustehenden Platz in der Gesellschaft einnehmen muß.« Wenn die ältere Dame erst einmal zu reden beginnt, dachte Lily, kann auch der Erste Konsul sie nicht mehr stoppen.

»Meine Liebe, oh, meine Liebe«, rief Rosalie aus. »Du hast für Aufruhr gesorgt. Ja, wirklich, für Aufruhr. Praktisch seit Sonnenaufgang bekomme ich Briefchen und Besuche deinetwegen. Es gibt noch soviel zu tun vor deiner Feier heute abend.«

»Meine Feier?« fragte Lily.

»Nun, natürlich«, bekräftigte Rosalie, als stünde das außer Frage. »Eine Feier dir zu Ehren. Madame Benoit hat darauf bestanden, daß sie die erste Willkommensfeier für dich geben darf. Wie passend, daß sie ohnehin seit drei Wochen eine Weihnachtsfeier geplant hat, seit der Erste Konsul erlaubt hat, daß dieses Jahr wieder gefeiert wird. Nun kann sie dich als Ehrengast auf die Einladungsliste setzen, und die Feier wird mit Sicherheit ein großer Erfolg werden. Oh, ich mußte mir heute morgen eine Stunde lang ihr Gejammer anhören, weil sie deine Rückkehr gestern verpaßt hat.« Ein triumphierender Ausdruck glitt über Rosalies Gesicht, als sie verschwörerisch flüsterte: »Madame Benoit muß erst noch in die Tuilerien eingeladen werden, deshalb ist sie grün vor Neid, daß sie alles verpaßt hat. Grün vor Neid. Auch wenn sie behauptet, daß sie fast ein Jahr in der Abtei gesessen hat, so bezweifele ich doch sehr, daß sie wirklich die Ehre hatte, dort gefangen gewesen zu sein. Also wirklich! Die Abtei! Kaum in Mode, diese alte Ruine. Niemand von Bedeutung war da gefangen. Die wirklich Bekannten wie Josephine und ich haben bei den Karmelitern gesessen.«

Lily versuchte, den unglaublichen Snobismus der Frau zu überhören, die sogar für die Gefangenschaft eine Rangordnung aufstellen wollte. »Ja, nachdem mein Anwalt mit mir die Einzelheiten der Anhörung durchgegangen ist, können wir diskutieren, ob ich eine Feier zu meinen Ehren haben will.«

»Oh, für diesen gesetzlichen Unsinn ist jetzt keine Zeit«, wandte Rosalie fröhlich ein. »Du hast in einer halben Stunde einen Termin bei der Modistin. Wirklich, meine Liebe, du mußt ein paar weniger auffällige Kleider haben. Der Erste Konsul hat bestimmt, daß die Mode von heute an schlicht zu sein hat. Und dann habe ich Madame Benoit versprochen, daß wir nach der Schneiderin kurz bei ihr hereinsehen.«

Lily hob die Hand, um die Dame zum Schweigen zu bringen. »Madame, das klingt alles sehr schön, aber Monsieur Milne und ich haben bereits andere Pläne für den Nachmittag gemacht.« Sie sah zu Webb hinüber, lächelte ihn an und hoffte, daß er ihr zu Hilfe kommen würde.

Aber Webb schüttelte nur den Kopf. »Nein, meine Liebe, ich glaube, du irrst dich. Wir haben für morgen nachmittag Pläne, nicht für heute.« Er lächelte die entzückt strahlende Rosalie an. »Das klingt nach einem sehr schönen Tag für dich, vor allem, wenn du dich auf eine Feier vorbereiten mußt. Ich bin sicher, daß Monsieur Troussebois dich rasch vorbereiten kann, und ich höre meine Kutsche vorfahren.«

Lily ballte die Fäuste. Warum überließ er sie den Fängen dieser Frau, wenn sie nur so wenig Zeit hatten?

Doch Lily blieb keine Zeit, das herauszufinden, denn Webb verbeugte sich vor Rosalie und nickte Troussebois zu, ehe er zur Tür eilte. Sie folgte ihm und flüsterte: »Wo gehst du hin?«

»Aufs Land. Du bleibst hier in der Stadt, und ich komme später zu dir. Mach nur weiter so, du hältst dich gut«, sagte er, und seine Augen glitzerten vor Vergnügen, als er über ihre Schulter auf Rosalie schaute. Laut sagte er: »Ein Tag mit Madame Paville wird eine nette Abwechslung für dich sein. Ich wüßte nicht, was dir nach der harten Arbeit heute morgen besser täte.«

Damit verabschiedete er sich und ging zur Tür. Lily eilte ihm nach und packte ihn am Ellbogen. »Du hattest das die ganze Zeit geplant! Mich hierzulassen, während du zum Landhaus fährst!«

Sein sorgloses Grinsen gefiel ihr nicht. Er konnte verletzt, oder schlimmer noch, getötet werden. Und was sollte sie dann tun?

Er küßte sie schnell auf die Stirn, nahm sich seinen Mantel von der Garderobe und eilte die Stufen zu der wartenden Kutsche hinunter. Sie war unauffällig, aber in gutem Zustand, was in Paris derzeit eine Seltenheit war.

Als er einstieg, blieb Lily der Mund offenstehen.

Es war bereits jemand in der Kutsche. Eine Frau.

Rosalie trat zu ihr.

Verzweifelt versuchte Lily, einen Blick zu erhaschen, aber Rosalie ergriff sie am Arm. »*Chérie*, nicht so offensichtlich. Du mußt dich bei deinem Verlobten etwas zurückhalten. Auch wenn er Amerikaner ist, wird er Sinn für das Subtile haben.«

Damit legte Rosalie ihre Hand um Lilys Handgelenk. Sie konnte die ältere Frau keine Minute abschütteln, und selbst wenn es Lily gelungen wäre, hätte sie kaum die Treppe hinunterrennen und von Webb eine Erklärung verlangen können.

Sollte sie ihn etwa fragen, ob ihm ihre gemeinsame Nacht etwas bedeutet hatte?

Sollte sie darauf bestehen, daß er sie in Henri de Chevenoys Landhaus mitnahm?

Aber, dachte sie, wir sind doch Partner. Er braucht doch meine Hilfe.

Als der Kutscher mit den Zügeln knallte und losfuhr, hatte sie das Gefühl, ihr Herz würde unter den rollenden Rädern zermalmt.

Wer war diese mysteriöse Frau? Webbs Mätresse?

Wie konnte er mit ihr schlafen und dann seine Mätresse mit auf den gefährlichsten Teil ihrer Mission nehmen?

Vielleicht ist es besser so, dachte Lily, als sie der Kutsche nachsah und dann von Rosalie ins Haus gezogen wurde.

»Sieh nicht so verloren drein«, sagte Rosalie und tätschelte Lilys Schulter. »Du wirst deinen jungen Mann heute abend wiedersehen. Ich weiß, was es heißt, jung und verliebt zu sein.«

»Verliebt?« fragte sie schwach.

»Natürlich, meine Liebe, es steht dir ja übers ganze Gesicht geschrieben.«

Lily sah aus dem Fenster und hoffte, Rosalie konnte sie nicht noch mehr durchschauen.

Vielleicht, dachte sie, bin ich doch keine so gute Spionin. Ich kann ja nicht mal meine eigenen Geheimnisse wahren.

16

Joseph Fouché folgte Napoleons Mamelucken-Leibwächter Roustam in das Privatbüro. Napoleon hatte den gefangenen Soldaten aus Ägypten mitgebracht, weil er wußte, daß die Soldaten des Sultans für ihre unbedingte Loyalität bekannt waren.

Eine Loyalität, die nun Bonaparte galt.

»Der Polizeiminister«, kündigte Roustam an.

Bonaparte sah nicht auf, sondern bedeutete Fouché nur mit einer Handbewegung, sich zu setzen, während er weiter Papiere durchging, vor sich hin murmelte und den Mann vollkommen vergaß in seinem Begehren, ganz Frankreich zu regieren.

Schließlich hüstelte Fouché, um den Konsul an seine Gegenwart zu erinnern.

Bonaparte, der sich nie lange mit Förmlichkeiten aufhielt, schoß sofort eine Serie von Fragen ab. »Ah, ja, Fouché. Was haben Sie in der Angelegenheit de Chevenoy herausgefunden? Können Sie den Anspruch der Erbin auf das Geld ihres Vaters widerlegen? Haben Sie etwas über diesen seltsamen Amerikaner herausbekommen? Sprechen Sie, Mann!«

Joseph wußte, daß hinter jeder Frage nur die eine stand, die Napoleon nicht stellen konnte – wann er das Geld bekam.

»Ich habe jeden verfügbaren Mann auf die Sache angesetzt«, begann Fouché.

»Und?«

»Ich habe ein paar interessante Neuigkeiten zu berichten.« Er schwieg, um die Spannung zu steigern.

Bonaparte zog die dunklen Brauen hoch. »Joseph, Sie sind ein exzellenter Minister, aber Sie stellen meine Geduld auf die Probe. Die Anhörung der Erbin ist morgen. Sie haben mir versprochen, genug belastendes Material zu finden, damit ich bekomme, was ich will. Sagen Sie mir, was Sie herausgefunden haben.«

Joseph wußte, daß außer einer Bande korsischer Verwandter und dieser Schlampe von Frau mit ihren Bastard-Kindern nur wenige wagten, den Konsul bis an diesen Punkt zu bringen.

Aber Joseph wagte es. Nur, um den Mann daran zu erinnern, wer er war. Der Polizeiminister, dessen Beziehungen in jede Ecke von Frankreich reichten. Er war Augen und Ohren Bonapartes, und er wollte nicht, daß der Mann das je vergaß.

»Ich habe einen Zeugen, der ein interessantes Licht auf die ganze Angelegenheit werfen könnte.«

Bonapartes gierige Augen wurden schmal. »Ein Zeuge? Ein guter?«

Joseph nickte.

Bonaparte beugte sich über den Tisch und konnte seine Erregung kaum verbergen. »Was ist es?«

»Es schmerzt mich, das sagen zu müssen, aber unsere kleine Erbin ist eine Betrügerin. Adelaide de Chevenoy ist vor acht Jahren gestorben.«

Lily folgte Rosalie widerstrebend ins *Frascati,* die große Halle, wo die tonangebende Pariser Welt sich zum Tanz traf.

Ihr Besuch im Geschäft von M. Leroy in der *Rue de Richelieu* hatte länger gedauert, als Rosalie geplant hatte, deshalb mußte Lily ihre Gastgeberin erst noch kennenlernen. Rosalie hatte darauf bestanden, daß Lily Dutzende von notwendigen Kleinigkeiten erstand, aber sie hatte die Dame schließlich davon überzeugen können, daß sie kein Äffchen brauchte, auch wenn sie die neueste Mode waren.

Als sie stehenblieben, um eine Gruppe junger Männer passieren zu lassen, fragte Lily sich, wie viele Leute wohl noch hier reinkamen, und sie holte tief Luft, um die rüde Gruppe vorbeizulassen, die sich durch die Menge drängte. Langsam begann sie daran zu zweifeln, daß hier wirklich ein Tisch für sie reserviert war.

Lilys Füße schmerzten nach den vielen Einkäufen, da brauchte sie nicht auch noch zu tanzen.

»Warum gibt Madame Benoit ihre Feier hier?« fragte sie und betrachtete die Menge, die aus allen Schichten der französischen Gesellschaft zu stammen schien. Grellgeschminkte Halbweltdamen, die Haare kurzgeschnitten, was man scherzhaft *à la guillotine* nannte und wozu ein dünnes rotes Band um den Hals getragen wurde, standen neben üppigen Matronen mit ihren Schoßhündchen auf dem Arm und Juwelen an Hals und Armen. Und überall sah man Uniformen, goldene Epauletten und glänzende Orden.

»Weil jeder hier feiert«, antwortete Rosalie. Sie senkte den Kopf. »Das wird nie jemand zugeben, aber kaum jemand in Frankreich hat noch Möbel übrig, geschweige denn ein Haus, um so eine Feier geben zu können. Die schönsten Häuser sind heute Ruinen.« Sie schüttelte die schockierende Wahrheit mit einem Achselzucken ab. »Diese öffentlichen Räume sind sehr in Mode, um zu feiern, ohne die peinliche Armut zu enthüllen. Da dieses Jahr alle Weihnachten feiern, will auch jeder hier sei. Außerdem ist der Tanz hier besser, weil mehr Platz ist. Du liebst das Tanzen, nicht wahr?« Rosalie hielt kaum inne, um Atem zu schöpfen, als sie sich durch den Saal schoben.

Eine untersetzte Frau, die so viel Rouge im Gesicht hatte, daß Lily dachte, sie hätte Fieber, kam auf sie zu. Das, konnte Lily nur vermuten, war Mme. Benoit.

»Oh, meine liebe Adelaide. Ich darf Sie doch Adelaide nennen, nicht wahr?« rief sie, hakte sich bei Lily ein und zog sie mit sich. Ihr überwältigender Parfumgeruch ließ Lilys Augen tränen.

»Ihre Mutter war so eine entzückende Person«, fuhr Mme. Benoit fort. »Ich hatte zwar nie das Glück, sie kennenzulernen, aber ich bin mir sicher, wir wären die besten Freundinnen geworden.«

Lily sah zu Rosalie hinüber, die mit schmerzhaft verzogenem Gesicht die Augen verdrehte. Lily meinte fast schon die Gefühle ausgedrückt zu hören, die sich auf dem Gesicht der älteren Dame malten.

Vraiment. Mit welchen Leuten man sich heutzutage abgeben muß.

»Oh, ich muß Sie Adelaide nennen, aber nur, wenn Sie mich auch Therese nennen.«

»Unbedingt«, sagte Lily zu der Dame, die sich ihre Stellung durch wechselnde Affären mit wechselnd wichtigen Männern beschafft hatte, wie sie von Rosalie wußte, und die jetzt bei Napoleons Generälen angelangt war.

Das Gerücht besagte, daß sie vor der Revolution ein Milchmädchen gewesen war. Dem rauhen Wort und lauten Lachen nach zu schließen, mit dem Mme. Benoit das Zwischen eines Vorübergehenden in ihr großzügiges Hinterteil beurteilte, war das Wort *Mädchen* wohl nicht ganz zutreffend.

»Wo ist dieser hübsche Amerikaner, von dem alles spricht?« fragte Mme. Benoit und sah über ihre Schulter zur Tür hin, durch die noch immer Neuankömmlinge strömten.

»Mein Verlobter?« fragte Lily. »Ich habe keine Ahnung.«

Er kann zur Abwechslung mal einen Abend verbringen, bei dem er sich fragt, wo ich bin, dachte sie, obwohl sie ernstlich besorgt war. Als Rosalie sie vorhin am Haus der de Chevenoys abgesetzt hatte, hatte Costard ihr gesagt, daß er M. Milne den ganzen Tag nicht zu Gesicht bekommen habe. Celeste hatte nur ungeduldig mit der Zunge geschnalzt, als Lily ihr erzählt hatte, sie hätte Webb mit einer anderen Frau gesehen, und ihr gesagt, sie müsse sich geirrt haben.

»Du bist an diesen Mann gebunden«, hatte sie gesagt, »und er an dich. Er ist mit keiner anderen Frau zusammen. Dieser Unsinn bringt dich nur in Schwierigkeiten.«

Celestes überzeugte Rede hatte Lilys Bedenken jedoch nicht zerstreuen können. Wo war er? Was, wenn ihm etwas passiert war? Sie konnte im Moment nur weiterhin Adelaide spielen und auf seine Rückkehr warten.

»Dann ist er heute nicht hier? Oh, das ist perfekt«, erklärte ihre Gastgeberin Rosalie. »Ich habe schon befürchtet, es könnte zu einer Szene kommen.«

»Zu einer Szene?« Rosalies blaue Augen begannen entzückt zu leuchten. »Warum sollte es wegen unserer Adelaide zu einer Szene kommen?«

Die Frau legte einen Finger auf ihre dick geschminkten Lippen. »Oh, ich sollte nichts davon sagen, und nun habe ich alles verdorben.«

Lily, die sich bereits herzlich langweilte, sah sich suchend in der Menge um, während Rosalie versuchte, ihrer nicht allzu widerstrebenden Gastgeberin ihr Geheimnis zu entlocken. Lily erkannte, daß sie nach Webb suchte, und sie verfluchte sich selbst, weil sie nur daran dachte.

Wenn er kam, was sollte sie ihm sagen?

Sie hatte noch nie zuvor einen Liebhaber gehabt, also was sagte eine Frau in so einem Fall? Wenn sie nicht die Rolle der unschuldigen Adelaide hätte spielen müssen, hätte sie von Mme. Benoit sicher so manchen wertvollen Rat zu dem Thema einholen können.

Um sich herum hörte sie plötzlich aufgeregtes Gemurmel, das Fächeln von Fächern und eine wachsende Spannung. Als sie aufsah, erkannte sie, was das alles ausgelöst hatte.

Sie hatte noch nie in ihrem Leben einen so gutaussehenden Mann gesehen. Er schien der Menge im *Frascati* kein Unbekannter zu sein, und seine Größe und das offene Lächeln garantierten ihm die Aufmerksamkeit jeder Frau im Saal.

Er muß mindestens einen halben Kopf größer als Webb sein, dachte sie. Seine Kleidung war höchst modisch und brachte die breiten Schultern und seine muskulöse Gestalt höchst vorteilhaft zur Geltung. Das rabenschwarze Haar fiel ihm in einer kleidsamen Windstoßfrisur ins Gesicht. Sein Gesicht wirkte von der Kerbe im Kinn über die markanten Kiefer bis zu der Habichtnase wie aus Stein gemeißelt. Seine Augen waren von magnetischem Blau und ganz allein auf sie gerichtet, als wenn es im ganzen Saal keine andere Frau gäbe.

Lily hatte das Gefühl, plötzlich in einen der romantischen Liebesromane versetzt worden zu sein, die sie und ihre Schwester als junge Mädchen so gerne gelesen hatten. Das einzige, was fehlte, waren der weiße Hengst unter dem Mann und das glitzernde Schwert an seiner Seite.

Um sie herum wurde es still, bis man nur noch die Schritte des Unbekannten hallen hörte, der unbekümmert durch die Menge auf Lily zukam.

Direkt vor ihr blieb er stehen und zeigte perfekte weiße Zähne, als er sie strahlend anlächelte. »Adelaide de Chevenoy?« fragte er.

Sie konnte nur nicken und ihm die Hand hinstrecken.

Er ergriff mit warmer Hand ihre Finger und führte sie sanft an seine weichen Lippen.

»Es ist mir ein Vergnügen, Mademoiselle, Sie endlich kennenzulernen.«

Lily schaffte es, wenn auch widerstrebend, ihre Hand aus dem allzu vertraulichen Griff des Fremden zurückzuziehen. »Und wer sind Sie?«

»Armand Latour, Ihr rechtmäßiger Verlobter.«

Webb betrat das *Frascati* in der Stimmung, Lily zu erwürgen. Als er beim De-Chevenoy-Haus eingetroffen war, hatte er erfahren, daß Lily mit Rosalie in diese öffentliche Halle gegangen war. Einkaufen war eine Sache, öffentliche Zurschaustellung war etwas ganz anderes.

Er konnte sich nur zu gut vorstellen, welche tausendundeine Probleme sie unter Dieben und Betrügern bekommen würde.

Als Webb sich durch die Menge drängte, fiel ihm auf, wie viele ihn anstarrten. Gruppen brachen ihre Unterhaltung ab, als er vorbeikam und begannen dann hinter seinem Rücken zu tuscheln.

Hier und da konnte er ein paar Brocken auffangen.

»Wen wird die Erbin wählen?«

»Dieser Armand ist ein attraktiver Teufel. Kannst du ihn dir in deinem Bett vorstellen?«

»Bah, der Amerikaner, der sieht aus wie ein Mann, der eine Frau glücklich machen kann.«

Wählen? Armand? Webb wich den neugierigen Blicken so gut wie möglich aus und durchsuchte den Saal nach seiner abtrünnigen Verlobten.

Was hatte Lily jetzt schon wieder angestellt?

Als er an der Tanzfläche vorbeikam, warf er keinen Blick darauf – wenn Lily darauf gewesen wäre, hätte sich der gesamte Besucherhaufen Richtung Tür davongemacht, um nicht von ihren ›Tanzkünsten‹ in Mitleidenschaft gezogen zu werden. Doch dann sah er die ehrfürchtigen Gesichter der Frauen um sich herum, und die neidischen, verstohlenen Blicke, die sich auf die Tanzfläche richteten.

Und dann sah er sie. Lily. Sie tanzte wie ein Engel, schien über der Tanzfläche zu schweben, als hätte sie Flügel und wöge kaum mehr als eine Feder.

Ihr blaßgoldenes Haar funkelte im Kerzenlicht, und ihre Augen leuchteten vor Begeisterung. Ihre graziöse Anmut und die anmutigen Schritte ließen selbst die Pariser bewundernd innehalten.

»Entzückend«, bemerkte eine alte Frau neben ihm und stieß ihm ihren spitzen Ellbogen in die Rippen. »So etwas habe ich noch nie gesehen, Sie etwa?«

»Nein, noch nie«, erwiderte Webb wahrheitsgemäß. Einen Moment lang konnte er seine Blicke nicht von ihr losreißen, hin und her gerissen zwischen Bewunderung für ihre graziöse Anmut und Wut darüber, daß sie ihn hatte glauben lasen, sie könne nicht tanzen.

Was hatte sie noch vor ihm geheimgehalten?

Als Webb noch einmal hinsah, diesmal genauer, erblickte er ihren Partner. Aus dem ohnmachtsnahen Gehabe der Weiblichkeit um ihn herum mußte er schließen, daß der Fremde, der Lily so eng hielt, wohl der Armand sein mußte, dessen Name hier in aller Munde war.

Webb konnte nicht verstehen, warum der Mann so ein Aufsehen erregte, der riesige Kerl sah in seinen hochmodischen Sachen doch aus wie ein dressierter Affe mit wilder Haarmähne. Er überragte Lily, die selber nicht klein war, noch und bildete einen krassen Gegensatz zu ihrer goldenen Blondheit.

»Ah«, seufzte die alte Frau erneut, »dieser Armand Latour ist schon ein Teufelskerl. Wenn ich nur zehn Jahre jünger wäre, würde ich ihn der jungen Erbin ausspannen, ja, das würde ich.«

Webb warf einen Blick auf ihr faltiges Gesicht und dachte bei sich, daß die Frau statt zehn lieber vierzig Jahre wegwünschen sollte. Nun, über Geschmack läßt sich nicht streiten, dachte er, als Lily und Armand eng umschlungen vorbeitanzten und ein kollektives, weibliches Aufseufzen auslösten.

Die Musik schwoll romantisch an, und Webb sah zu, wie Armand sich drehte und Lily noch enger an sich zog.

Als Webb dachte, er habe genug davon gesehen, beugte Armand sich herunter und flüsterte Lily etwas ins Ohr.

Ihr Lachen hallte süß und klar durch den Raum, ihre Wimpern flatterten, und eine schmeichelhafte Röte stieg ihr in die Wangen.

Webb hatte genug. Erst hielt dieser Armand Lily, seine Lily, zu eng. Und jetzt flirtete sie auch noch mit diesem walzertanzenden Affen!

Er widerstand dem Impuls, auf die Tanzfläche zu marschieren und Lilys affigem Märchenprinzen eins auf den modischen Hintern zu geben, ehe er Lily mit sich schleppte, um ihr zu erklären, was eine Verlobte durfte und was nicht.

Nur, daß sie nicht seine Verlobte war. Nicht wirklich. Eine Situation, die er vielleicht überdenken sollte.

Lily heiraten? Er hielt inne. Aber das war lächerlich! Sie war alles das, was er sich bei einer Frau nicht wünschte.

Aber wenn er sie so mit einem anderen Mann sah, viel zu glücklich, wie er fand, wo sie gerade, gerade … zu einem Einvernehmen gekommen waren …

Er seufzte. Er hatte ihr doch sehr beredt klargemacht, was er empfand, oder nicht? Anscheinend nicht klar genug.

Sie sollte mir vertrauen, dachte er. Sie müßte wissen, was ich empfinde.

Gewissensbisse quälten ihn.

Woher? Woher sollte sie es wissen, wenn er ihr sein Leben lang immer nur aus dem Weg gegangen war?

Endlich war die Musik zu Ende, und die Zuschauer spendeten spontan Beifall für Armand, der sich elegant zu seiner Partnerin herabbeugte und ihre Hand zu einem langen Kuß an seine Lippen führte. Als er strahlend in die Menge lächelte, steigerte sich der Beifall noch.

Webb wußte nicht, was ihn mehr beunruhigte – die Tatsache, daß Lily so aussah, als hätte sie die Aufmerksamkeiten ihres Schönlings auch noch genossen, oder der Umstand, daß sie tatsächlich tanzen konnte.

Wie auch immer, sie hatte ihn einmal mehr ausmanövriert, und er hatte nicht die Absicht, weder jetzt noch in Zukunft, sie noch einmal damit davonkommen zu lassen.

Wenn Lily Armand Latour auf den ersten Blick atemberaubend gefunden hatte, dann zerstoben ihre romantischen Phantasien bei näherer Bekanntschaft auf der Stelle.

Armand, so erwies sich bald, war ein pompöser Langweiler.

Arme Adelaide, dachte sie. Ein Tod auf hoher See schien neben einem Leben mit diesem grinsenden Idioten noch das kleinere Übel zu sein.

»Wenn wir erst verheiratet sind, werden wir jeden Abend tanzen«, versprach er ihr. »Wir sind so ein schönes Paar, wir werden die Mode bestimmen.«

Sie lächelte nur. Seine Unterhaltungskunst schien zwei Themen zu umfassen, sein gutes Aussehen und seine soziale Stellung. Lily fragte sich, ob es wirklich ein Heiratsversprechen zwischen Henri de Chevenoy und Armand Latours Vater gegeben hatte, wie er behauptete.

Nicht einmal Henri de Chevenoy wäre so grausam gewesen, seine Tochter an diesen Hohlkopf zu verheiraten.

Zu seinen Gunsten mußte allerdings gesagt werden, daß er eine sehr gute Eigenschaft hatte – er konnte tanzen, und weil er es so gut konnte, erweckte er den Eindruck, als könnte sie es auch.

Dennoch, er hatte sie viel zu eng an sich gepreßt, um es noch schicklich nennen zu können, und seine ständigen Komplimente drohten sie zu ersticken. Etwa in der Mitte des Tanzes wollte sie sich entschuldigen, als sie plötzlich Webb in der Menge entdeckte.

Es bedurfte keiner Meisterspionin, um seine Gedanken zu erraten, denn seine sonst so ausdruckslosen Züge waren finster.

Wenn sie es nicht besser gewußt hätte, hätte sie gedacht, er wäre eifersüchtig.

Dann entdeckt er also endlich die andere Seite der Liebe, dachte sie belustigt.

Dann begriff sie. Warum sollte er eifersüchtig sein, wenn sie ihm doch gar nichts bedeutete? Wenn Webb darauf eifersüchtig war, daß sie mit Armand zusammen war, hatte er dann gar keine Mätresse?

Wenn sie ihm etwas bedeutete, hatte er doch sicher keine Affäre mit einer anderen Frau?

Oder doch?

Sie konnte sich da nicht sicher sein, aber eines wußte sie ganz genau. Wenn Webb die Anwesenheit Armands in ihrem Leben nicht gefiel, dann würde Armand Lilys bester Freund werden.

Sie legte ihre Hand auf Armands fleischigen Arm und lächelte zu ihm auf, als wäre er der einzige Mann im Saal. So ging sie neben ihm her, bis sie fast mit Webb zusammenstieß.

»Himmel!« Sie klammerte sich haltsuchend an Armand. »Monsieur Milne, was tun Sie hier?«

»Ich habe dich gesucht.«

»Und gefunden«, erwiderte sie. Sie sah ihm in die Augen und hoffte, dort die Bestätigung ihrer Hoffnung zu sehen, daß Webb eifersüchtig war, aber sie sah nur die professionelle Maske der Gleichgültigkeit, die ihr so vertraut war.

Armand hüstelte. »Chérie, wer ist das?«

»Das wollte ich auch gerade fragen«, sagte Webb, straffte die Schultern und betrachtete Armand leidenschaftslos.

»Das ist höchst beschämend«, begann Lily. »Monsieur Milne, darf ich Ihnen Monsieur Armand Latour vorstellen. Es hat den Anschein, als wären er und ich im Kindesalter einander versprochen worden. Armand hat diese Vereinbarung zwischen unseren Eltern erst letzten Sommer nach dem Tod seines Vaters entdeckt. Als er nach Paris kam, um die Sache mit meinem Vater zu besprechen.« Sie schniefte und wandte den Kopf ab, als ob sie die Tränen verbergen wollte, die in einem solchen Moment zu fließen hatten. »Wir wissen alle, welch tragisches Los ihn in Paris ereilt hat.« Sie hielt inne, als wollte sie eine Gedenkminute einlegen. »Oh, was für ein Wirrwarr, in dem ich mich da befinde. Zwei Verlobte, und kein Vater, der mich leitet.«

Neugierige sammelten sich um sie und beugten sich vor, um sich kein Wort entgehen zu lassen. Lily hatte vor, eine Vorstellung hinzulegen, die morgen das Stadtgespräch sein würde.

»Oh, ma petite chérie«, sagte Latour und tätschelte ihr mit echter Anteilnahme die Hand, »dein Anwalt wird dir bestätigen, daß unsere Verlobung rechtens ist. Dieser andere ...«, er wedelte mit der Hand, als dächte er, Webb würde dadurch verschwinden, »... Anwärter ist be-

dauerlich, aber, *oui*, als ein Mann von Ehre wird M. Milne sicherlich verstehen, daß ihm nur eine Wal bleibt: beiseite zu treten und dich zu verlassen, damit wir das Leben führen können, das unsere Familien für uns geplant haben.«

Lily betrachtete Webb unter gesenkten Wimpern hervor und sah zu ihrem Entzücken endlich, wie seine Selbstbeherrschung schwand.

»Du kommst mit mir!« Er ergriff ihren Arm und zog sie von Armand weg.

Lily quietschte einen Protest, aber Webb warf ihr einen solchen Blick zu, daß sie den Mund schloß und nichts mehr zu sagen wagte.

Außerdem gefiel es ihr, wie Webb um ihre Aufmerksamkeit kämpfte.

»Lassen Sie sie los«, forderte Armand, und sein voller Bariton hallte durch den Saal. »Die Frau gehört mir!«

»Den Teufel tut sie«, erwiderte Webb, schob Lily hinter sich und wandte sich seinem Gegner zu.

Armand war fünf Zentimeter größer und gut sechs Kilo schwerer. Das letzte, was Lily sich wünschte, war, daß die Dumpfbacke Webb zu Boden schlug.

Sie mußte einen Weg finden, Webb von Armands Herausforderung abzulenken, und zwar schnell.

Lily sah sich um und sah nur Sensationsgier in den Augen der Zuschauer. Sie wünschten sich den Kampf mehr als die beiden konkurrierenden Männer.

Lily hob die Hand an die Stirn. »Oh, mir wird so schwach.« Sie streckte die Hand nach Webb aus, der sie ansah, als wollte er sie auffangen.

Doch Lily hatte die Entfernung zwischen ihnen und Webbs Tempo unterschätzt. Das einzige, was sie auffing, war der Boden, als sie hart stürzte und mit dem Kopf auf die Holzdielen schlug.

Sterne tanzten vor ihren Augen, sie versuchte aufzustehen, und dann wurde alles um sie herum schwarz.

Das letzte, was Lily bewußt wahrnahm, war Webbs erschrockenes Gesicht und daß er sich Armand zuwandte, der den Vorteil aus der Situation zog und Webb mit einem Faustschlag ins Gesicht zu Boden streckte.

Als Webb neben ihr landete, lächelte sie.

Zumindest würde sie nicht alleine in die Hölle kommen.

»Was zum Teufel hast du dir nur gedacht?« fragte Webb und nahm sich den Eisbeutel vom Kinn. Er lag in de Chevenoys Salon auf dem Sofa, die Füße auf der einen Seite in der Luft, den Kopf auf der anderen Seite auf einem gewaltigen Kissenberg. Vorsichtig schob er seinen Kiefer hin und her, bevor er die Kompresse erneut anlegte. »Dein Verlobter hat mich fast erschlagen.«

»Ich wollte dich retten«, protestierte sie.

Webb stöhnte laut auf. »Mich retten? Ich hätte die Situation im Griff gehabt, wenn du mich mit deiner falschen Ohnmacht nicht aus dem Konzept gebracht hättest.«

Webb und sie waren in Rosalies Kutsche zurück in das De-Chevenoy-Haus gebracht worden, einen zufriedenen Armand im Schlepptau. Lily hatte man auf das rosenfarbige Sofa gelegt, aber es hatte den Anschein, daß die Costards und Celeste seine Verwundung ernster nahmen als ihre. Sie waren an Webbs Seite geeilt und hatten sein blaues Auge und die geschwollene Lippe verarztet, als wären die Verletzungen lebensgefährlich.

Als Rosalie erkannte, daß es an diesem Abend keine weiteren Aufregungen geben würde, legte sie ihren Arm in den Armands und erklärte, daß sie den armen, verstörten Jungen nach Hause bringen würde. Kaum hatte sich die

Salontür geschlossen und sie waren allein, verlor Webb keine Zeit, seinen Ärger an ihr auszulassen.

»Ich bin ohnmächtig geworden«, beteuerte sie. *Nachdem ich mit dem Kopf auf den Boden geschlagen bin.*

»Nun, verschone mich vor weiteren Rettungsaktionen vor Männern wie Armand. Ich kann sehr gut selber auf mich aufpassen.« Er drehte ihr den Rücken zu.

»Ich wollte nicht, daß er dich schlägt«, erklärte Lily. *Ich wollte nur, daß du mich beachtest.*

»Hmmpf«, kam es gedämpft zurück. Nach einigen Minuten spannungsgeladenen Schweigens sagte Webb: »Was hattest du nur vor, daß du dich so an den grinsenden Affen geklammert hast? Dem sieht man die Blödheit doch von weitem an.«

»Armand?« Lily war der Ärger in Webbs Stimme nicht entgangen. »Ich fand ihn recht charmant. Wenn ich die echte Adelaide wäre, hätte ich mich bestimmt in ihn verliebt.«

»Verliebt?« Webb rollte sich herum und setzte sich auf. »In diesen mitgiftjagenden Scharlatan?«

Lily lehnte sich auf dem Sofa zurück und sah träumerisch an die Decke. »Mir kam es ernst vor. Du glaubst nicht, welche wunderbaren Komplimente er mir gemacht hat. Über meine Haare, meine Augen, mein Kleid.«

»Ich glaube, all diese Verlobten sind dir zu Kopf gestiegen.«

Lily ignorierte das lieber. »Wenigstens hat Armand keine Mätresse.«

»Mätresse? Was hat das denn damit zu tun?« fragte Webb und schob das Tuch auf seinem Auge bequemer hin.

Lily setzte sich auf, ohne auf den Schmerz in ihrem Hinterkopf zu achten. »Ich habe dich heute morgen gesehen. Als du weggefahren bist.«

»Und ich habe dich gesehen«, kam die trockene Antwort.

»Ich habe dich mit ihr wegfahren sehen.«

Webb nahm das Tuch ab und sah sie an, das eine Auge weit geöffnet, das andere so zugeschwollen, daß er unmöglich etwas sehen konnte. Mit einem Kopfschütteln ließ er das Tuch fallen und sagte: »Du mußt dich verguckt haben.«

»Webb Dryden, ich habe dich mit einer anderen Frau gesehen. Wer ist sie? Deine Mätresse?«

»Lily, kannst du bitte leise sprechen? Mein Kopf schmerzt schon genug ohne den schrillen Ton. Ein für allemal, ich habe keine Mätresse.«

Lily kam sich sehr dumm vor, aber trotzdem mußte sie fragen. »Wirklich?«

»Ja, wirklich. In meinem Leben gibt es niemanden.«

Sie wartete auf das ›außer dir‹, und als es nicht kam, überlegte sie, ob sie ihm das andere Auge auch noch blau schlagen sollte.

»Und nun, warum fragst du nicht, was ich heute gefunden habe, außer dem Schläger an deiner Seite?«

Sie rollte zurück auf das Sofa und ignorierte ihn.

»Wenn du es unbedingt wissen willst«, sagte er trotzdem, »ich bin nicht in das Landhaus hineingekommen. Wir müssen die Anhörung morgen durchziehen, damit das Haus freigegeben wird. In dem Moment, in dem das Gericht dich zur Erbin erklärt, können wir das Haus auseinandernehmen, bis wir die Tagebücher finden.«

Sie drehte sich zu ihm um und starrte ihn an. »Du willst, daß ich zu der Anhörung gehe? Aber das ist eine Falle, mit Sicherheit.«

»Wahrscheinlich«, bestätigte er. »Aber keine Sorge, ich denke, du wirst freudig überrascht sein, wenn du siehst, was ich für das Gericht in petto habe.«

»Würde es dir etwas ausmachen, mir jetzt schon die Überraschung zu verraten?« fragte sie.

Er schüttelte den Kopf. »Betrachte das als gerechte Strafe für die Zeit mit dem tanzenden Affen.«

Lily schniefte. »Zumindest hat Armand keine Angst, mir seine Gefühle zu schildern. Er hat sogar gesagt ...«

»Oh, laß mich raten, Adelaide, *ma petite*«, sagte Webb und imitierte Armands tiefe Stimme und seinen übertriebenen gallischen Charme. »Ich liebe deinen Tanz, deine Juwelen, deine große ...«, er legte eine Pause ein, hob die Brauen, »... Mitgift.«

Lily konnte nicht anders, sie mußte kichern. »Er ist harmlos, Webb. Außerdem werde ich sicher nicht mit ihm durchbrennen und ihn heiraten. Er ist nicht mein Typ.«

»Und ich soll glauben, daß Adam das ist?«

»Du weißt, daß ich Adam nicht heiraten werden.« Lily nahm Webbs Kompresse und drückte sie an die wachsende Beule an ihrem Hinterkopf.

»Dann bleibe ja nur ich in deiner Schlange von Verlobten.«

Lily schwieg. Was wollte Webb damit sagen – daß er sie heiraten wollte? Sosehr sie von dieser Möglichkeit auch träumte und so sehr Celeste es ihr auch prophezeite, Lily wußte, daß das nicht sein konnte. Nicht, wenn sie wieder in London sein würden.

Wenn Webb die Wahrheit hinter ihrem Betrug kannte, würde er ihr nie verzeihen. Sein Zorn würde grenzenlos sein.

Er hatte sie als Kind zutiefst verletzt, aber das wäre gar nichts im Vergleich zu dem Kummer, den sie hätte, wenn sie seinen Zorn zu spüren bekäme.

Denn hassen würde er sie – das war unvermeidlich.

»Du willst mich nicht«, sagte sie gewollt leicht. »Erinnere dich, daß du unbedingt eine Frau haben willst, die tanzen kann. Und meine Tanzkünste hast du gesehen.«

Webb grinste. »Das habe ich gesagt, aber was ich heute

gesehen habe, sah verdächtig nach tanzen aus. Auch wenn ich die Wahl deines Partners nicht gutheißen kann, sahest du doch aus wie eine Expertin. Du hast mir gesagt, du könntest nicht tanzen – oder war das nur eine weitere von deinen Halbwahrheiten?«

»Ich kann es nicht«, seufzte sie. »Aber mit Armand war es ganz leicht. Er hat mich praktisch durch die Schritte getragen. Ich habe mich leichter gefühlt als Luft, ich …«

Webb hob die Hand. »Genug. Ich glaube, mehr Armand Latour hält mein Magen nicht aus. In dem Moment, in dem das Gericht dich zur De-Chevenoy-Erbin erklärt, fahren wir zum Landhaus, suchen die Tagebücher und verschwinden, bevor dich jemand vermißt. Dann kannst du vergessen, daß du den Namen Armand Latour je gehört hast, und wiedersehen kannst du ihn schon gar nicht.« Webb sank zurück in die Kissen und schloß die Augen.

»Was ist, wenn dein Plan fehlschlägt und ich im Gefängnis ende?«

»Das wird nicht geschehen«, antwortete er, ohne auch nur die Augen zu öffnen. »Aber für den unwahrscheinlichen Fall, daß du doch eingesperrt werden wirst, bin ich sicher, daß dein geliebter Armand dich regelmäßig besuchen kommt.«

16

Lily öffnete die Türen des kleinen Ankleideraums an Adelaides Schlafzimmer. Dort holte sie die kleinste Tasche hervor, warf sie hinter sich auf den Boden und begann, ihre Kleider durchzusehen.

Sie warf nur das Nötigste auf einen Haufen neben die Tasche auf den Fußboden, frische Wäsche, Strümpfe, feste Schuhe, ein dickes Kleid und einen Mantel.

»Was geht hier vor?«

Lily fuhr herum und sah Celeste auf der Schwelle stehen, die Hände auf die Hüften gestemmt.

»Bei allen Heiligen, Celeste, du hast mir einen Riesenschreck eingejagt«, keuchte Lily. Dann wandte sie sich wieder dem Regal zu und zog eine zweite Tasche herunter. »Hier, nimm die. Pack ein, was du brauchst – aber nur soviel, wie du auch tragen kannst.«

Celeste starrte die Tasche in Lilys Händen an. »Und wozu soll das gut sein?«

»Wir reisen ab.« Lily warf die Tasche neben ihre und schob sich an Celeste vorbei ins Schlafzimmer.

»Hat Mr. Webb denn gesagt, daß wir abreisen?«

Lily warf einen Blick zur Tür, um sicherzugehen, daß sie geschlossen war. »Mister Webb hat gar nichts gesagt, außer ›mach dir keine Sorgen‹. Das hier ist meine Entscheidung.«

Webb hatte gestern abend versprochen, daß er gleich morgen früh alles erklären würde, aber es war bereits ein Uhr mittags, und er war nirgends zu sehen.

Die Anhörung war um zwei.

Keine Sorgen machen! Ihre Phantasie zeigte ihr immer neue, schreckliche Szenen, was ihm alles zugestoßen sein könnte.

Verhaftung. Folter. Vielleicht sogar Tod.

Jetzt war die Reihe an ihr, und alles, was der Meisterspion ihr für ihren bevorstehenden Tod geraten hatte, war ›mach dir keine Sorgen‹.

Keine Sorgen machen! Lily würde sich bestimmt keine Sorgen machen, weil sie gar nicht zu der Anhörung hingehen würde.

»Ich werde mich nicht da hinsetzen und warten, daß sie mich ins Gefängnis schleppen. Ich sterbe nicht, nur weil er gesagt hat … nun, Paris ist eben nichts geworden.« Lily achtete nicht auf Celestes stechenden Blick und konzentrierte sich ganz darauf, ihre Sachen in die Tasche zu packen.

»Hmmm.« Celeste ging an dem Kleiderhaufen vorbei und stellte sich vor die Tür, als wollte sie ihr den Weg blockieren.

»Celeste, fang an zu packen. Troussebois kann jede Minute hiesein, um mich zu der Anhörung zu bringen, und ich habe nicht die Absicht, dann noch innerhalb der Stadttore zu sein.« Sie schob Celeste die zweite Tasche vor die Füße.

Celeste trat die Tasche sofort zu ihr zurück. »Du gehst nirgendwohin, solange Mister Webb es nicht angeordnet hat. Er weiß, was am besten ist, und wenn er sagt, daß du dir keine Sorgen zu machen brauchst, dann mußt du auch auf ihn hören.«

»Falls es dir entgangen sein sollte, unser vertrauenswürdiger Anführer ist nirgends zu finden. Ich warte seit dem Morgengrauen auf ihn. Ich habe ihm sogar eine Nachricht in seine Unterkunft geschickt, aber er hat nicht geantwortet. Er wird nicht kommen.«

Ehe Lily es verhindern konnte, kam Celeste zu ihr, nahm ihr die Tasche aus der Hand und schüttete den Inhalt auf den Boden.

»Was glaubst du, was du da machst? Hast du nicht gehört, was ich eben gesagt habe?« Lily kroch über den Boden und sammelte ihre Sachen ein.

»Oh, ich habe es gehört«, sagte Celeste. »Ich habe die Beschwerden eines egoistischen Mädchens gehört, das zu stolz ist, um zuzugeben, daß der Mann, den es liebt, seine Gefühle vielleicht nicht erwidert.«

Das ließ Lily innehalten. »Ich habe keine Ahnung, wovon du eigentlich sprichst.« Sie zupfte an einem losen Faden an ihrem Mantel. »Ich empfinde gar nichts für den Mann.«

»Nein, Herrin«, antwortete ihre Freundin und Dienerin, »du empfindest alles für ihn, deshalb bist du so verletzt.«

Lily sah weg, damit Celeste die Tränen in ihren Augen nicht sah. Die Tränen, die sie schon so lange zurückhielt. Aber sie fielen trotzdem, rollten ihr über die Wangen und näßten ihr Kleid.

Ehe sie denken konnte, hatte Lily ihre Ladung Kleidung auf den Boden fallen lassen und warf sich daneben. Celeste setzte sich neben sie, während Lily herzzerreißend schluchzte.

»Ich habe gedacht, daß ... nun ... nach der vergangenen Nacht, habe ich gedacht ...«, sagte sie, beschämt, ihr freizügiges Verhalten zuzugeben, selbst vor Celeste.

»Daß alles anders wäre, nachdem du mit dem Mann geschlafen hast?«

Lily schluckte und sah auf. »Du weißt?«

Die Stimme der Dienerin zitterte vor Lachen. »Ihr wart nicht gerade leise. Ich glaube, der halbe Block weiß es.«

Lilys Mund öffnete sich zu einem großen O.

Wieder lachte Celeste. »Ich necke dich nur. Außer mir weiß es niemand.«

»Wie hast du es herausgefunden?«

»Ich habe gesehen, wie Mister Webb dich in dein Zimmer gebracht hat, und ich habe dafür gesorgt, daß alle deine Kleider hinterher wieder am richtigen Ort waren.«

»Oh«, war alles, was Lily sagen konnte.

»Ich habe auch gesehen, wie er dich geküßt hat, ehe er gegangen ist, und das war nicht der Kuß eines Mannes, der gerne gegangen ist. Wenn Mr. Webb nichts sagt, hat er einen guten Grund dafür.«

Lily spürte ein Aufflackern von Hoffnung. »Glaubst du wirklich?«

»O ja, das glaube ich.« Celeste nickte heftig. »Zeig mir deine Hand, und ich sage dir noch einmal, daß dieser Mann dein Schicksal ist.«

Lily ballte die Hände zu Fäusten. »Nein, danke. Du weißt, daß ich daran nicht glaube.«

»Was ist daran zu glauben?« Celeste zuckte die Achseln. »Ich sehe in deine Hand und lese darin die Zukunft. Jeder Narr kann sie da sehen.«

Lily schüttelte den Kopf. »Ich will es lieber nicht wissen.«

Ich will es nicht wissen, wenn Webb mich nicht liebt, dachte sie.

Es klingelte an der Haustür.

»Troussebois!« Lily sprang auf und begann, ihre Sachen und die Tasche einzusammeln. »Wir müssen uns beeilen, Celeste. Wir nehmen die Hintertreppe und verstecken uns im Keller, bis die Luft rein ist.«

»Ich werde nicht in diesen Keller gehen. Er ist mir zu eng und zu dunkel.« Sie blieb regungslos auf dem Bett sitzen. »Ich denke immer noch, du solltest auf Mister Webb warten.«

In dem Moment steckte Mme. Costard den Kopf ins Zimmer.

Sie streifte die verstreute Kleidung nur mit einem Blick und sah Lily dann drohend an. »Adelaide«, schalt sie, »Sie sind nicht angekleidet! Dabei ist Ihr junger Mann unten und will Sie zu der Anhörung bringen.«

Lily seufzte erleichtert auf, hielt bei den nächsten Worten aber inne.

»Er ist mit Monsieur Troussebois gekommen. Alle sind bereit und warten, nur Sie nicht. Was hat Sie denn aufgehalten?«

Lily antwortete nicht und fragte statt dessen: »Alle? Wer geht denn noch zu der Anhörung?« Wenn sie Troussebois gestern richtig verstanden hatte, sollte es nur eine Formalität sein, eine kurze Bestätigung ihrer Identität als Adelaide de Chevenoy.

Er hatte ihre Geburts- und Taufurkunde, zu denen sie die gefälschten Schulzeugnisse hinzugefügt hatte, die Lord Dryden ihr gegeben hatte.

»Ja, mein fauler Ehemann und ich sollen für Sie aussagen. Die meisten Emigranten müssen sogar dreißig Zeugen beibringen, aber Sie haben mit Ihrer traurigen Heimkehr das Herz des Konsuls gerührt, deshalb macht er eine Ausnahme.«

Lily ging im Geiste die möglichen Zeugen durch. Die Costards, Monsieur Troussebois und sie selbst. »Wer ist sonst noch da?«

»Diese schreckliche Madame Paville. Ihre Mutter, gesegnet sei Ihr Andenken, hat die Frau verabscheut, aber sie war nicht jemand, der die Leute vor den Kopf stößt, egal, wie vulgär ihr Auftreten auch sein mochte.«

Lily mußte Mme. Costard bei der Beschreibung Madame Pavilles recht geben. Sie war vollkommen abstoßend mit ihrer gierigen Art und dem Hang zum Klatsch, und es war kein Wunder, daß Madame de Chevenoy die Frau nicht gemocht hatte. Wenn sie aber bereit war, zu ihren Gunsten auszusagen und ihr und Webb damit die Türen zu Henri de Chevenoys Landsitz zu öffnen, dann konnte sie die Frau auch noch einen weiteren Nachmittag lang ertragen.

Aber wie sollte sie bei so vielen Leuten auch nur ein privates Wort mit Webb wechseln?

Vielleicht spielt es ja keine Rolle, dachte sie und klammerte sich an Celestes Versicherung, daß Webb ihre Gefühle erwiderte. Was er jetzt von ihr brauchte, war die Vorstellung ihres Lebens.

Ihr Leben hing davon ab.

»Nun machen Sie schon, *ma petite poulet*«, ermahnte Mme. Costard. »Ziehen Sie sich an und machen Sie sich fertig, sonst schicke ich Madame Rosalie zu Ihnen, damit sie Ihnen hilft, ein Kleid auszuwählen.«

Mehr bedurfte es nicht, um Lily auf die Beine und in den Ankleideraum zu bringen, wo sie ein einfaches, schlichtes Kleid auswählte.

Webb hatte den Verdacht, daß die Anhörung heute nachmittag eine Falle war.

Es mußte eine sein.

Er wußte genau, daß Fouchés Männer Überstunden gemacht hatten, um seine Identität zu überprüfen, und soweit er bisher wußte, hatten sie nur die Bestätigung dafür gefunden, daß er der war, der er zu sein vorgab – Henry Milne, ein Schiffseigner aus Amerika.

Als sie nun vor dem ehemaligen Hotel vorfuhren, das jetzt als Amtsgebäude diente, spürte er förmlich forschende Blicke auf sich ruhen, die jede seiner Bewegungen verfolgten.

Lily drückte seinen Arm. »Sind wir in Sicherheit?«

Wie konnte er ihr sagen, daß er das nicht wußte? Er wollte sie nicht in Panik versetzen. »Ja, sicher«, log er.

Es reichte schon, daß sie die Tagebücher immer noch nicht gefunden hatten, aber er fragte sich auch, wie die Informationen seines Vaters so schlecht sein konnten. Henri war auf dem Land gestorben, nicht in Paris. Hatte einer ihrer Kontakte ihnen absichtlich falsche Informationen zugespielt, um sie auf eine falsche Fährte zu locken?

Kein Wunder, daß sie im Pariser Haus nichts gefunden hatten. Es war mehr als wahrscheinlich, daß Henri seine Tagebücher bei sich gehabt hatte, als er gestorben war, also mußten sie irgendwo in seinem weitläufigen Landsitz sein.

Das alles stand zwischen ihnen, und nun kam es auch noch zu dieser Anhörung.

Als sie die Treppe hochstiegen, sah Webb sich um und suchte die Umgebung nach geeigneten Fluchtwegen ab.

Wenn es nur um ihn ginge, wäre er nicht so nervös, aber er mußte an Lily denken.

Lily.

Seit sie miteinander geschlafen hatten, hatte er sie gemieden, weil er gehofft hatte, daß seine verwirrten Gefühle sich wieder ordnen würden.

Es hatte nicht geklappt.

Mit dem nagenden Gefühl, daß ihn jemand beobachtete, hielt Webb es für das beste, seine Blicke von Lily abzuwenden. Er ging auf Distanz, damit sie sicher war.

Das sagte er sich zumindest. Damit sie sicher war, ha, dachte er, eher, damit sein Herz sicher war.

Statt seine Zeit mit Lily zu verbringen, hatte Webb den Großteil seiner Zeit gestern damit verbracht, zu versuchen, in das Landhaus einzubrechen. Doch das weitläufige Haus erwies sich als ebenso verwirrend wie Lily. Wachen umrundeten den Besitz in unregelmäßigen Abständen. So professionell, wie sie auftraten, vermutete Webb, daß es Männer Fouchés waren.

Selbst als es ihm gelungen war, zwischen den Patrouillen hindurchzuschlüpfen, hatten sich die Fenster und Türen als so verrammelt erwiesen, daß das halbe Dorf angerannt gekommen wäre, wenn er versucht hätte, sie mit Gewalt aufzubrechen.

Nein, dachte er, diese Anhörung ist unumgänglich. Wenn das Gericht Lily zur rechtmäßigen Erbin erklärt hatte, gehörte das Haus ihr, und sie konnten es durchsuchen.

Wenn Fouché ihnen nicht schon zuvorgekommen war.

Auf dem ganzen Weg zum Gerichtssaal beobachtete Webb die Flure, die Wachen, die Türen und wog ab, in welche Richtung sie am besten flüchten sollten.

Seit seinem ersten Auftrag war er nicht mehr so nervös gewesen.

Troussebois kam auf Lily zu. »Meine Liebe, das ist wirklich nur eine Formalität, nichts, weswegen Sie sich Gedanken machen müßten.«

Warum, wollte Webb den nervösen Anwalt fragen, *sehen Sie dann aus wie ein Kaninchen, hinter dem die Hunde her sind?*

Lily nickte. Sie wirkte kühl und gefaßt, als wäre sie wirklich die Tochter von Henri de Chevenoy und die Anhörung nur ein lästiger Termin, der sie vom Einkaufen und den Nachmittagsbesuchen abhielt.

Doch eines mußte er ihr noch sagen, ehe die Anhörung begann. Etwas, das ihr Sicherheit geben sollte, solange sie mitspielte. Er brauchte nur ein paar Sekunden, um es Lily zu erklären.

Troussebois flatterte um sie herum, Papiere unter dem

Arm und die schwarzen Ecken seiner Robe in Bewegung wie bei einer nervösen Amsel. »Der Richter wünscht, daß alle ihre Plätze einnehmen«, verkündete er und führte die Costards und Madame Paville in die erste Reihe. »Mr. Milne, das Gericht hat angeordnet, daß es eine nicht öffentliche Anhörung ist. Da Sie kein französischer Bürger sind, dürfen Sie leider nicht anwesend sein.«

Die stählernen Zähne der Falle schnappten hörbar um sie zu. Webb nickte Lily ermutigend zu, obwohl er sah, daß sich die zahl der Wachen im Flur verdoppelt hatte.

Ehe Troussebois Lily wegführen konnte, zog Webb sie zu sich heran.

»Deine Haube sitzt schief, Liebes«, sagte er und rückte sie gerade. Er beugte sich vor. »Mach bei allem mit, was da drinnen passiert, ich bin hier draußen. Falls es Ärger gibt und du nicht zu mir kommen kannst, mach, daß du wegkommst und komm in die Tivoli-Gärten. Wir treffen uns am Eiswagen in der Nähe des Eingangs. Warte dort auf mich. Wenn ich nach zwei Stunden noch nicht da bin, hol Celeste und verlasse Paris.«

Lily lächelte ihn an, äußerlich eine junge Frau, die verliebt ist, aber Webb las die Sorge in ihrem Blick.

»Nicht ohne dich.«

Ehe er protestieren konnte, wandte sie sich um und betrat den Saal. Die Wache knallte die Tür vor Webbs Nase zu, und Webb merkte, daß er keine andere Wahl hatte, als zu warten.

Während der Anhörung saß Lily angespannt auf ihrem Platz und wartete darauf, daß der Staatsanwalt aufsprang und sie als Betrügerin entlarvte.

Aber alles lief so, wie Troussebois es angekündigt hatte, auch wenn er nicht erwähnt hatte, wie umständlich er sein konnte. Das einzige, was Lily wach hielt, war Webbs ernste Warnung gewesen.

Vom Zeugenstand lächelte Mme. Costard auf sie hinunter.

»Euer Ehren, unser liebes Mädchen wieder im Haus zu haben, ist für meinen Mann und mich ein Grund zu leben, denn sie ist für uns wie eine Tochter.« Die dicke Frau schniefte und rieb sich die nassen Wangen mit einem Taschentuch ab.

»Das mag ja so sein, Bürgerin Costard«, sagte der Staatsanwalt, der immer noch die Anrede der Revolutionszeit benutzte, um Napoleon seine Ergebenheit zu zeigen. »Aber ist diese Frau die rechtmäßige und legale Tochter des Bürgers de Chevenoy, vorher Comte de Chevenoy?«

Mme. Costard sah empört aus und wurde rot. »Wollen Sie damit sagen, meine süße Adelaide sei nicht legitim? Wie können Sie es wagen! Ich war dabei, als meine Herrin, die Comtesse de Chevenoy, das Kind zur Welt gebracht hat. Meine Herrin war höchst ehrenhaft, sie hätte niemals ...«

Der Staatsanwalt hob die Hand. »Bürgerin Costard, ich wollte nicht den Ruf Ihrer früheren Herrin beschmutzen. Ich will, daß Sie beschwören, daß diese Frau im Gerichtssaal Adelaide de Chevenoy ist.«

»Warum haben Sie das nicht gleich gesagt?« Mme. Costard hustete und zeigte mit ihrem dicken Finger auf Lily. »Das entzückende Kind dort ist die Tochter von Henri de Chevenoy, das schwöre ich bei meinem Leben.«

Der Staatsanwalt dankte Mme. Costard und entließ sie aus dem Zeugenstand, während Lily beobachtete, wie die Frau ihren Mann ansah.

Das Paar wechselte einen Blick, der voller Bedeutung war.

Sie hatte denselben Blick in den Gesichtern derjenigen gesehen, die über ihre Verhältnisse wetteten – die schicksalhafte Ergebenheit, daß die nächste Runde Tod oder Leben bedeutet.

Warum sollte es für die Costards um Leben und Tod gehen, wenn nicht …

Der Staatsanwalt rief Madame de Paville in den Zeugenstand.

Getreu Mme. Costards Vorbild, war Rosalie bereits in Tränen aufgelöst, ehe sie überhaupt den Zeugenstuhl erreichte.

Das schwöre ich bei meinem Leben. Lily konnte die leidenschaftliche Aussage nicht vergessen.

Hatte Mme. Costard genau das getan? Mit ihrer Aussage ihrer aller Leben aufs Spiel gesetzt?

Die Antwort traf sie wie ein Schlag:

Die Costards wissen, daß ich nicht Adelaide bin!

Es war kein besonderer Hinweis dafür nötig, es war die Summe aus Einzelbeobachtungen.

Lily hatte den Verdacht, daß sie es vom ersten Tag an gewußt hatten. Aber warum hatten sie sie dann mit offenen Armen willkommen geheißen und gerade ausgesagt, daß sie Adelaide de Chevenoy sei?

Dann sah Lily, wie Troussebois den Costards einen Blick zuwarf, während alle durch Rosalies tränenreiche Erzählung abgelenkt waren, wie sie ihre beste Freundin Comtesse de Chevenoy verloren hatte.

»Ich wollte Adelaide als meine Tochter aufziehen«, jammerte die Frau. »Aber der grausame Comte hat sie weggeschickt. Ich vermute, weil sei eine ständige Erinnerung an seine Frau gewesen wäre. Sehen Sie sie doch an. Es ist, als wäre ich mit meiner lieben Marie wiedervereint.«

Während Lily dem Richter höflich zunickte, nachdem Rosalie nun aller Aufmerksamkeit auf sie gelenkt hatte, beobachtete sie den kurzen Austausch zwischen Troussebois und den Costards.

Sie steckten alle unter einer Decke. Aber warum?

Troussebois erhob sich und begann mit einer weiteren Zusammenfassung. Dabei beantwortete er Lilys Frage.

»Euer Ehren, ich verstehe, daß diese Fragen notwendig sind, um die große Summe zu sichern, die Mademoiselle de Chevenoy erben wird, aber …«

Mehr brauchte Lily nicht zu hören.

… die große Summe …

Die drei arbeiteten zusammen, um zu verhindern, daß Napoleon und seine geldgierigen Minister sich das Geld aneigneten.

Aber warum? Sie sah auf die geschlossene Tür hinter sich und fragte sich, wie sie zu Webb gelangen konnte, um ihm ihre Überlegungen mitzuteilen.

Damit er ihrer Intuition hier glaubte.

Als sie zur Tür sah, sprang diese gerade auf. Ein Offizier eilte herein und trat zum Staatsanwalt. Der sah zur Tür und dann zu Lily.

»Was hat diese Unterbrechung zu bedeuten, Bürger?« fragte der Richter den Staatsanwalt.

Lilys Herz klopfte schneller, als der Staatsanwalt dem Richter etwas zuflüsterte.

»Das ist höchst ungewöhnlich«, murmelte der Richter.

»Bürger Troussebois, kommt her. Es ist ein neuer Zeuge aufgetaucht, der behauptet, wichtige Informationen zu Ihrer Klientin zu haben.«

Lily schätzte verzweifelt den Abstand zur nächsten Tür, zum nächsten Fenster, zur Tür neben der Richterbank ab. Sie war nicht die einzige, die einen Schreck bekommen hatte, auch die Costards sahen entsetzt aus.

Allerdings nicht so wie Lily, die Troussebois mit aschfahlem Gesicht zu seinem Platz zurückkehren sah.

»Wer ist es?« fragte sie.

Troussebois öffnete den Mund, brachte jedoch kein Wort über die Lippen.

Der Staatsanwalt antwortete an seiner Stelle.

»Die Republik Frankreich ruft einen Zeugen auf«, verkündete er. »Marie-Theresa Jeanne Pontavice von der Insel Martinique, die Äbtissin der Klosterschule *Les Dames du Providence.*«

17

Lilys Blick ging zwischen dem Staatsanwalt und der Tür hin und her, aber alles, was sie sehen konnte, war ein großer Wachsoldat mit grobem Gesicht, der die neue Zeugin hereinführte.

Die Mutter Oberin von Adelaides Klosterschule? Lily sah ihre Zukunft deutlich vor sich – die Anhörung würde mit ihrer Verhaftung und Hinrichtung am nächsten Morgen enden. Vielleicht war die Nonne so gut, noch ein Vaterunser für ihr Seelenheil zu beten.

Als die Dame sich dem Zeugenstand näherte, konnte Lily nur wenig von ihrem Gesicht erkennen, denn es wurde von Schleier und weißem Habit verborgen.

Die Dame hob die Hand und nannte mit ruhiger Stimme ihren Namen und Wohnort. Dann bat der Richter sie, Platz zu nehmen.

Lily hatte Angst, der Zeugin ins Gesicht zu sehen, und schaute zurück zur Tür, wo Mutter Marie-Theresas Begleitung wartete, die Gesichter ausdruckslos.

Kein Entkommen auf dieser Seite.

»Bürgerin«, begann der Richter, der sich von der Anrede nicht trennen mochte. »Sie behaupten, etwas über diesen Fall zu wissen.«

»Ja, das tue ich, mein Sohn.«

Lily faßte den Mut, der Dame voll ins Gesicht zu sehen, wohl wissend, daß sie auf der Stelle des Betrugs überführt werden konnte, aber etwas in ihrer Stimme hatte Lilys Aufmerksamkeit geweckt.

Die Neugier gewann die Oberhand über Lilys Furcht, und sie sah genauer hin.

Zu ihrem Erstaunen vergaß sie sofort alle Angst vor einer drohenden Haft. Statt dessen empfand sie die weißglühende Wut der Betrogenen.

Jetzt wußte sie, warum Webb gestern nicht zu ihr gekommen war und bei wem er statt dessen gewesen war.

Bei seiner früheren Mätresse.

Denn unter dem Schleier sahen unverwechselbar die blauen Augen von Lady Marston hervor.

Nachdem der Informant seine Neuigkeiten dem unauffälligen Spaziergänger vor dem Gericht zugeflüstert hatte, gab der Insasse der Kutsche ein Zeichen, und sie setzte sich in Bewegung.

»Sagen Sie mir noch einmal, warum ich es zulasse, daß diese Betrügerin das De-Chevenoy-Erbe stiehlt?« fragte Napoleon, lehnte sich zurück und verschränkte mit finsterer Miene die Arme vor der Brust.

Joseph Fouché lächelte seinen Auftraggeber an. »Weil sie uns zu Henri de Chevenoys Verrat führen wird.«

»Wie können Sie sich dessen so sicher sein?«

»Ich habe schon lange den Verdacht gehabt, daß Henri de Chevenoy als Agent für ein anderes Land gearbeitet hat, auch wenn ich noch nicht weiß, für welches. Aber jetzt werde ich es erfahren.« Er klopfte auf eine Nachricht, die einer seiner Männer von einem britischen Agenten erhalten hatte.

»Sie sagen das, aber mir mißfällt der Gedanke, daß ein Hochstapler soviel Geld bekommt.«

»Und ich sage, daß sie an dem Geld gar nicht interessiert ist. Sie ist hinter irgendwelchen Geheimnissen her, die der Bastard de Chevenoy nicht mitgenommen hat. Bis heute abend kenne ich alle Informationen und ihre Komplizen. Dann werden alle Besitztümer de Chevenoys wegen Hochverrats an Sie fallen, das ist gar keine Frage. Außerdem haben wir alle Komplizen ans Licht gelockt und können sie verhaften. Es wird noch legaler dadurch, daß alle Jurymitglieder und Zeugen aus dieser Anhörung verworfen werden müssen.«

Napoleon machte ein finsteres Gesicht. »Und was ist, wenn Sie sich täuschen?«

Fouché schaffte es zu lächeln, obwohl er innerlich kochte. Es wurde immer schwieriger, mit Napoleon umzugehen. Er spürte, daß Napoleons Vertrauen in ihn nachließ, und er brauchte diesen Coup, um seine Stellung in Frankreich auszubauen.

»Wenn sie sich weigert, mit uns zusammenzuarbeiten«, sagte er, »dann wird unsere Erbin leider einen schrecklichen Unfall erleiden, und ihr Besitz fällt unter Ihre Rechtsprechung, ohne daß jemand dem widersprechen wird.«

»Sie haben alles schon geplant.« Napoleon nickte. Dann schob er den Vorhang vor dem Fenster beiseite und sah hinaus. »Es klappt besser, Fouché. Ich will das Geld einem guten Zweck zugeführt sehen.«

Einem guten Zweck zugeführt. Fouché hätte am liebsten gelacht. Der Reichtum würde von einem leichtsinnigen Weib und einer Bande geldgieriger Verwandter schnell genug aufgebraucht werden.

Auch wenn Napoleons Mißtrauen schmerzte, sagte Fouché nichts. Er hatte überlebt, genau wie sein langjähriger Gegner Henri de Chevenoy, weil er wußte, wann er mit wem zusammenarbeiten mußte.

Dennoch, dachte Fouché boshaft, würde er Napoleon nicht so lange dienen, wie der rüde kleine Korse dachte. Wenn es zu einer Fehleinschätzung der Sache heute käme, wäre das unglücklich, aber nicht für Fouché. Und wenn

Bonaparte erst einmal weg war, würde Fouché dem nächsten Herrn dienen oder selber in die frei werdende Stelle treten.

In ein paar Stunden würde er de Chevenoys Goldmünzen nehmen und eine gute Flasche Wein kaufen, um auf die Zukunft Frankreichs anzustoßen – vielleicht eine ohne Napoleon Bonaparte.

Lilys Wut auf Webb wuchs mit jedem Moment.

Nach der bestätigenden Aussage der ›Äbtissin‹ zu ihrer früheren Schülerin hatte das Gericht keine andere Wahl, als Adelaide de Chevenoy als wahre Erbin ihres Vaters zu bestätigen.

Ein triumphierender Troussebois, dessen Farbe nach Amelias Aussage in sein Gesicht zurückgekehrt war, erklärte sich selbst zu einem brillanten Anwalt.

Lily bemühte sich, das Theater weiter mitzuspielen. Da der Richter sie beobachtete, brachte sie es sogar über sich, die ›Mutter Oberin‹ zu umarmen und sie in Frankreich willkommen zu heißen, das Gesicht voller Freudentränen.

Die Tränen waren echt genug – Amelias Auftauchen bedeutete, daß Webb sie belogen hatte, als er es verneint hatte, eine Mätresse zu haben.

Er hatte sie belogen.

Als sie in den Flur traten, beobachtete Lily unter ihrer Haube hervor, wie Webb seine Mätresse mit perfekter Zurückhaltung begrüßte, ihre Hand ergriff und ihr für ihren Einsatz für eine ehemalige Schülerin dankte.

Lily entging weder das Funkeln in Amelias Augen noch der wissende Blick in Webbs.

Wie hatte sie nur so dumm sein können, sich ein zweites Mal in ihn zu verlieben?

Die Entscheidung des Gerichts gab ihnen das Recht,

jetzt das Landhaus zu durchsuchen, und Lily blieb als einzige Freude, daß sie die Tagebücher finden und nach England zurückkehren konnten.

Dann würde Webb Dryden aus ihrem Leben verschwinden. Endgültig. Und sie würde ihre Arbeit in England erledigen und dann nach Virginia zurückkehren.

Lily war so tief in ihre Gedanken versunken, daß ihr der Austausch zwischen Webb und Amelia fast entgangen wäre.

»Sind Sie wohl so freundlich, Monsieur, mich zu meiner Unterkunft zu begleiten?« bat Amelia.

Lily wartete nicht auf Webbs Antwort, machte auf dem Absatz kehrt und stürme den Flur hinunter. Sie brauchte jetzt frische Luft und soviel Abstand von ihnen, wie sie bekommen konnte.

»Adelaide«, rief Rosalie ihr nach. »Oh, warte doch, *ma chérie*. Wir müssen noch den Verlauf des Abends besprechen.«

Lily blieb erst stehen, als sie die Straße erreicht hatte. Webb erreichte sie als erster und packte sie am Ellbogen, damit sie nicht vor eine Kutsche rannte.

»Was ist los mit dir?« fragte er und riß sie herum.

Sie riß sich los. »Wage es ja nicht, mich anzufassen. Nie mehr, hörst du?«

Ehe er noch nachfragen konnte, war Rosalie bei ihnen. »Oh, meine Liebe«, sagte sie und sah zwischen ihr und Webb hin und her. »Was für ein anstrengender Nachmittag für dich, Adelaide. Und das, wo wir heute zu einer Weihnachtsfeier eingeladen sind und in die Oper. Wie gedankenlos, daß wir nicht daran gedacht haben, wie erschöpft du sein mußt. Vielleicht möchtest du nach Hause gehen und dich einfach ein paar Stunden hinlegen, ehe ich komme und dich zum Opernbesuch abhole?«

Lily wollte nur weit weg von Webb sein, von Paris, deshalb stimmte sie Rosalies Vorschlag bereitwillig zu. »Das wäre sehr nett, Rosalie.«

Webb trat vor sie und verhinderte damit Lilys Versuch, Rosalie zu deren Kutsche zu folgen. Zumindest war er aber so klug, sie nicht anzurühren.

»Wo willst du hin?«

»Nach Hause.«

Er nickte. »Gut. Ich werde Mutter Marie-Theresa nach Hause begleiten und bin dann in einer Stunde bei dir.« Er beugte sich vor und flüsterte ihr zu: »Laß Celeste alles Nötige packen und halte dich bereit, daß wir verschwinden können.« Er lächelte sie an, was gewöhnlich ihr Herz zum Schmelzen brachte, sie aber diesmal nur mit einem Gefühl des Verlustes erfüllte. »Du warst ganz großartig da drinnen. Amelia sagt, du hast nicht mal mit der Wimper gezuckt, als du sie gesehen hast. Ich bin so stolz auf dich.«

»Danke«, brachte sie schließlich hervor.

Er trat näher. »Mach dir keine Sorgen, Mädchen. Wenn wir es soweit geschafft haben, habe ich Zweifel, ob Fouché uns noch erwischt. Du warst so überzeugend, daß niemand glauben würde, daß du nicht die De-Chevenoy-Erbin bist. Jetzt haben wir genug Zeit, die Mission zu beenden.«

Er küßte sie leicht auf die Stirn und wandte sich zum Gehen.

Erst als er neben Amelia verschwand, fiel Lily wieder ihre Erkenntnis aus dem Gerichtssaal ein.

Fast hätte sie ihn zurückgerufen und ihm gesagt, daß er sich täuschte, daß sie niemanden überzeugt hatte.

Am wenigsten sich selbst. Denn sie hatte Webb zwar im Moment die Wahrheit vorenthalten, aber ihre Tränen, die ihr über die Wangen liefen, verrieten ihr, daß sie den Kampf verloren hatte.

»Deine Verlobte wirkte aber gar nicht glücklich, mich zu

sehen«, sagte Amelia, als sie ihre Verkleidung zusammenpackte und sie ihrer Dienerin reichte. Sie nickte dem Mädchen zu, das den Kopf senkte und das Zimmer verließ.

»Warum sollte es Lily etwas ausmachen, wenn du zu ihren Gunsten aussagst?« wollte Webb wissen.

»Oh, ich weiß nicht«, sagte Amelia lächelnd, die sehr wohl die mörderische Absicht hinter Lilys Maske erkannt hatte. »Vielleicht hat der Schleier auch meine Wahrnehmung gestört.« Amelia mußte dem Mädchen zugestehen, daß sie die Situation für das erste Mal wie eine erfahrene Agentin gehandhabt hatte. »Ich meine mich zu erinnern, daß du sie mit einem wilden Äffchen verglichen hast – siehst du die Ähnlichkeit immer noch?«

»Amelia, nicht schon wieder.«

»Was meinst du nur?« sagte sie leichthin und lief durch das Zimmer, um Rosenkranz, Schleier und andere Utensilien ihrer Verkleidung einzusammeln. Dann setzte sie sich auf das Sofa und ließ einen Platz für Webb frei. Sie lächelte ihn strahlend an und klopfte einladend auf das Kissen.

»Du versuchst, mich mit dem Mädchen zu verkuppeln«, antwortete Webb. »Das, oder du willst mich in eine kompromittierende Situation bringen. Wenn du auf deinen Liebhaber wütend bist, benutze nicht mich, um ihm eins auszuwischen. Ich will alle meine Körperteile behalten.«

Sie lachte. Samir hatte die dumme Angewohnheit, seine Feinde zu entmannen.

Webb goß sich einen Whisky und für Amelia einen Madeira ein. Sie nickte zum Dank und akzeptierte ein Glas. »Er nimmt es mir doch nicht übel, daß ich dich aus dem Ruhestand geholt habe?«

»Samir?« Sie schüttelte den Kopf. »Als ich ihm erzählt habe, daß ich sofort nach Paris reisen muß, um einem Freund zu helfen, war ich, nun, höchst überzeugend und er sehr entgegenkommend.«

»Das sieht dir ähnlich«, sagte Webb und trank ihr zu. »Du siehst glücklich aus, Amelia, glücklicher, als ich dich je gesehen habe. Er scheint dich gut zu behandeln.«

Amelia wußte, daß nur die wenigsten ihrer englischen Freunde und Verwandten ihre Entscheidung verstanden hatten, nach Kairo und in die Arme ihres Liebhabers, eines ottomanischen Paschas, zurückzukehren. Nachdem sie ein Jahr lang nach einem neuen Ehemann gesucht hatte, hatte es sie in die Arme des Mannes zurückgezogen, der es geschafft hatte, ihr Herz zu erobern.

Sie wußte, daß er sie niemals heiraten würde, zumindest nicht im englischen Sinne des Wortes, zumal er schon drei Frauen und einen Haufen Kinder hatte, aber sie wußte, daß sie in seinem Herzen die erste Stelle einnahm, und er in ihrem.

Es war eine Beziehung, die sich nur wenige vorstellen konnten.

Doch Webb verstand sie, zumindest hatte sie den Eindruck. Denn in seiner Stimme klang mehr Sorge um ihr Glück als Zensur ihres Verhaltens mit.

»Ich habe mir Sorgen um dich gemacht, als ich von Napoleons Landung in Ägypten gehört habe. Ich habe gehofft, du bist in Sicherheit.«

»Ich?« Sie lachte und winkte ab. »Mir geht es gut, zumal Samir seinen Hof jetzt nach Europa verlegt hat. Der Sultan«, fuhr sie fort und spielte auf den Befehlsgeber ihres Liebhabers an, »war so großzügig, Samir den Posten als sein europäischer Diplomat zu geben. Nach den schrecklichen Verlusten in Alexandria und Kairo hatte ich erwartet, daß wir alle ins Feuer oder in die See geworfen würden. Statt dessen hat Samir ihn überzeugt, daß er hier von größerem Nutzen sein kann. Ich glaube, der Sultan versteht, daß sie den Mann beobachten müssen, der so mächtig geworden ist.«

Webb nickte und lächelte sie an.

»Daß wir jetzt in Europa sind, erlaubt mir, alle Paläste und Höfe wiederzusehen, die ich so mag, und meine Beziehungen helfen Samirs Interessen ...« Sie hielt einen Moment inne und nahm einen Schluck aus ihrem Glas. »Und wenn es sich ergibt, auch Englands.«

Sie hoben die Gläser in einem stummen Salut auf ihre Heimat und den König und tranken dann schweigend, jeder in Gedanken an die Heimat.

»Du hast meine Frage nicht beantwortet«, sagte sie schließlich. »Was hältst du von deiner Partnerin, jetzt wo sie aus ihren Unbeholfenheiten herausgewachsen ist?«

»Du hast auch nie ein Thema ruhen lassen«, gab Webb zurück. »Was, wenn ich dir sage, daß mir das noch gar nicht aufgefallen ist?«

»Dann würde ich sagen, daß du entweder lügst oder blind oder verrückt bist.« Sie sah ihn einen Moment lang an. »Vielleicht etwas von allem.«

»Bei letzterem stimme ich dir zu. Ich muß verrückt gewesen sein, dieser Mission zugestimmt zu haben. So, wie es mein Vater dargestellt hat, sollten wir ankommen und durch die Hintertür mit Henris Tagebücher wieder verschwinden.«

Amelia mußte lächeln. »Dein Vater hatte schon immer die Fähigkeit, seine Aufträge wie einen Abend im Kasino klingen zu lassen. Alles ganz einfach, nicht einmal ein Hinweis auf eine Intrige und vor Mitternacht wieder zu Hause.«

»Wenn es nur so einfach wäre – mir sitzt nicht nur Fouché im Nacken, sondern jetzt hat Lily sich auch noch in den Kopf gesetzt, die Erbin zu spielen. Hast du ihr Theater vor dem Gericht mitbekommen? Was hat sie sich nur gedacht?«

Amelia hütete ihre Zunge, aber sie dachte sich, daß Lily

wohl einen Zusammenhang zwischen ihrer eigenen Anwesenheit und Webbs längerem Verschwinden gezogen hatte und sich ihren Teil dazu gedacht hatte.

Das arme Ding, offenbar liebte es Webb immer noch.

»Ich werde ihr heute abend den Kopf zurechtrücken«, verkündete Webb. »Wir müssen unseren Auftrag erledigt bekommen und nach Hause reisen. Erst wollte sie gar nicht mitkommen, und jetzt tut sie so, als hätten wir alle Zeit der Welt für Paris.«

»Kannst du ihr einen Vorwurf daraus machen? Paris in den Ferien. Und sie feiern das erstemal seit der Revolution«, sagte sie und trank ihr Glas leer. »Jetzt, wo Tanzen wieder modern ist, ist die Stadt viel erträglicher.«

»Dann hast du Lily noch nicht tanzen sehen.« Webb lehnte sich zurück und verschränkte die Hände im Nacken. »Sie versetzt die Gesellschaft um fünfhundert Jahre zurück, so stampft sie herum.«

»Wirklich?«

»Sie kann einen ganzen Ballsaal dazu bringen, in Deckung zu gehen. Wenn du je einen Saal räumen willst, schick Lily auf die Tanzfläche.«

»Wenn das so schlimm ist«, sagte Amelia, »kann ich kaum glauben, wie du nur einen Moment ihre Gesellschaft ertragen kannst.« Sie ließ diese Bemerkung einsinken und sah Webb dann forschend an.

Er wußte genau, was sie sagen wollte. »Bin ich so leicht zu durchschauen?«

»Ja. Du hast dich in das Mädchen verliebt, nicht wahr?«

Webb schaute zur Seite und sah sie dann wieder an. »Ich nehme es an, ja.«

»Gut. Endlich eine ehrliche Antwort auf meine Frage.« Amelia erhob sich und holte die Karaffe mit Madeira zum Sofa. Sie goß ihnen beiden ein und hob dann das Glas. »Ich bin froh, daß ich sagen kann, daß der unmögliche, unbesiegbare Webb Dryden gezwungen ist, seine Worte zurückzunehmen, und daß er von der einzigen Frau besiegt worden ist, von der er gesagt hat, man müßte sie wegschließen.«

Webb lachte auf. »Bei letzterem bin ich mir immer noch nicht ganz klar. Sie war nach der Anhörung wütend, und ich weiß gar nicht, warum.«

Amelia sagte nichts. Webb Dryden hatte mittels ein paar netter Worte und reichlich Charme immer bekommen, was er wollte. Er wüßte Lily viel besser zu schätzen, wenn er sie sich erarbeiten mußte.

»Und wenn du sie gewinnen kannst, was dann?«

Webb trank aus und stellte sein Glas auf den Tisch neben sich. »Wenn? Warum sollte ich nicht?«

Ihr entging seine Unruhe nicht. Zwischen dem Paar ging mehr vor, als Webb zeigen wollte.

Webb beugte sich vor. »Was würdest du sagen, wenn ich dir gestehe, daß ich leidenschaftlich in die Frau verliebt bin, sie mit zurück nach England nehme, sie heirate und ein halbwegs respektables Leben mit der anstrengenden kleinen Göre führe? Würde dich das glücklich machen?«

Amelia lächelte. »Ich würde sagen, daß wir der Wahrheit immer näherkommen. Das heißt, wenn sie dir verzeiht, daß du sie mit mir betrogen hast.«

18

»Monsieur und Madame Costard«, begann Lily, als sie nach der Anhörung nach Hause zurückkehrten, »kann ich Sie beide in den Salon bitten?«

Lily wußte, daß sie ein Risiko einging, aber sie hatte nicht vor, auch nur einen Tag länger in Paris zu bleiben.

Nicht, wenn das bedeutete, daß sie in derselben Stadt sein sollte wie Webb und seine Mätresse.

Die Tagebücher waren sicher nicht innerhalb der vier Wände des kleinen Hauses in der *Rue de Renard*, und sie wollte die Suche in Henris Landhaus nicht länger aufschieben, also hielt sie es für das vernünftigste, die Costards zu fragen, ob sie wußten, wo die Tagebücher waren.

Außerdem hatten sie gerade bekräftigt, daß sie tatsächlich die Tochter und legitime Erbin Henri de Chevenoys war. Damit hatten sie sich zu Napoleons Gegner gemacht. Wenn die Wahrheit ans Licht kam, was bestimmt geschehen würde, stand nichts mehr zwischen den freundlichen Costards und Napoleons Zorn.

Es wurde Zeit, daß sie ehrlich miteinander umgingen.

Das Paar stand neben dem Sofa und sah alles andere als behaglich aus.

»Setzen Sie sich bitte«, sagte Lily.

Beide betrachteten das Sofa und sahen dann sie wieder an. »Auf das gute Sofa?« fragte Costard.

»Ja.«

Sie setzten sich, und Lily holte tief Luft. Entweder war sie jetzt auf dem Weg nach Hause oder ins Gefängnis.

Ohne Webb in ihrem Leben war das wie dasselbe, aber wenigstens das Leben der Costards konnte sie retten.

»Als wir heute vor Gericht waren, habe ich etwas bemerkt«, eröffnete sie das Gespräch. »Sie wissen beide, daß ich nicht die echte Adelaide bin.«

Die Costrads tauschten einen bedeutungsvollen Blick, und dann nickte Costard.

Lily ging ein paar Schritte auf und ab, ehe sie fortfuhr. »Seit wann wissen Sie es?«

Mme. Costard lächelte. »Seit dem Moment, als Sie durch die Tür kamen. Wir wußten, daß Adelaide auf der Reise nach Martinique gestorben ist, auch wenn der Herr nichts davon hören wollte. Er weigerte sich zu akzeptieren, daß er sein kleines Mädchen in den Tod geschickt hatte.« Sie faltete die Hände im Schoß. »Aber Sie werden ihr gerecht, und dafür sind wir dankbar.«

»Dankbar?«

Mme. Costard sah ihren Mann an und zuckte dann mit den Schultern. »Es hat unsere Aufgabe, die Welt davon zu überzeugen, daß Sie Adelaide sind, so viel einfacher gemacht.«

Lily traute ihren Ohren nicht. »Sie haben sich eine Betrügerin gewünscht?«

Costard tätschelte seiner Frau die Hand. »Ja. Solange de Chevenoys in diesem Haus wohnen, haben wir ein Dach über dem Kopf, das uns schon vierzig Jahre schützt, selbst wenn der de Chevenoy ein Betrüger ist.«

Überwältigt von diesem Geständnis ließ sich Lily in einen Sessel sinken.

»Ich fürchte, Sie haben Ihr Vertrauen in die falsche Frau gesetzt«, sagte sie dann. »Ich wurde nur aus einem einzigen Grund hergeschickt.« Sie unterbrach sich, unwillig, ihre vertraulichen Informationen preiszugeben, aber es ging nicht anders – entweder, sie fragte die Corstards, oder ihr Leben war keinen Pfifferling mehr wert. »Ich wurde hergeschickt, um die Tagebücher Ihres Herrn zu holen.«

Die Costards sahen einander verwirrt an. Dann erhellte sich Costards Miene.

Er lächelte und begann zu lachen. »Die Engländer haben Sie geschickt, nicht wahr?«

»Nun, ja«, gab Lily zu.

»Siehst du, Madame«, wandte Costard sich an seine Frau. »Du schuldest mir ein gegrilltes Hähnchen und meinen Lieblingswein.«

»Bah, ich hätte es mir denken können, daß die Briten so gründlich sind«, rief Mme. Costard aus. »Die Holländer hätten sich nie soviel Zeit genommen, Sie so gut vorzubereiten.« Sie seufzte. »Aber du mußt zugeben, daß sie amerikanische Fähigkeiten hat.«

Lily sah von einem zum anderen. »Warum sollten die Holländer oder die Amerikaner Interesse an Henris Tagebücher haben?«

»Das hätten sie gar nicht, weil Henri ihnen die Geschichte nie erzählt hat. Er hatte andere Mittel, um seine Auftraggeber zahlen zu lassen.«

»Auftraggeber?« Lily war sich nicht sicher, ob sie richtig gehört hatte. »Henri war nicht nur für die Briten ein Agent?«

Costard war verlegen. »Unser Herr hat für alle spioniert, die Gold hatten.«

Lily war froh, daß sie schon saß. »Wie lange?«

Costard zuckte die Achseln. »Mal mehr, mal weniger, seit ich in seinen Diensten stehe. Das sind jetzt vierzig Jahre.«

»Oh, Himmel«, murmelte sie.

Mme. Costard beugte sich vor. »Es hat unser Leben interessant gemacht, vor allem in den letzten Jahren, ich weiß noch ...«

Costard stieß seine Frau an und ließ sie verstummen. »Wir haben gedacht oder vielmehr gehofft, daß Sie und Monsieur Milne nachrücken und die Arbeit des Herrn fortsetzen würden. Wir dachten, wir lassen Sie mal anfangen, sehen, wie Sie sich machen und für wen Sie arbeiten, ehe wir Ihnen weitere Informationen geben. Eine Probezeit, sozusagen.«

Lily schüttelte den Kopf. »Habe ich bestanden?«

»O ja«, bekräftigten beide.

Lily ließ sich wieder in ihren Sessel sinken. Was war nur in so wenigen Monaten aus ihrem Leben geworden? Sie war von einer einfachen Witwe zu einer internationalen Spionin geworden.

»Mademoiselle, es gibt keinen Grund zur Sorge«, beteuerte Costard hastig. »Gegen unseren Herrn kommt keiner an, ein rechter Fuchs war das, und er hat seine Geschäfte hübsch verborgen gehalten – wo sie niemand finden konnte. Denn sie sind wirklich mit ihm gestorben. Er hatte alle seine Geheimnisse in seinem Kopf.«

»Aber das stimmt nicht«, wandte Lily ein. »Er hat Tagebuch geführt. Ausführliche Tagebücher über seine Aktivitäten.«

Wieder lachte Costard. »Unser Herr war viel zu klug, um etwas so Bloßstellendes zu tun. Tagebücher? Sie wären sein Tod gewesen, und unserer dazu, wenn man so etwas je in diesem Haus gefunden hätte. Nein, der Herr hat nie Tagebücher geführt. Das hat er nur den Briten erzählt, weil sie immer so langsam gezahlt haben. Eine Erinnerung daran, und *voilà*, das Gold traf ein. Die Holländer waren nie so schwierig. Die haben immer prompt gezahlt.«

Lily konnte es kaum glauben. Keine Tagebücher? Und doch ergab es einen Sinn. Warum sollte jemand von Henris offensichtlicher Intelligenz etwas so Dummes tun wie Tagebücher führen?

»Falls Sie einen Beweis wollen, ich habe noch einen Brief, den ich an die Briten schicken sollte. Er hat ihn geschrieben, falls man ihn fassen sollte oder im Falle seines Todes. Er wollte nicht, daß jemand kommt und auch gefangen wird, aber ich habe den Brief nie abgeschickt.«

Costard stand auf, ging zu dem neu aufgehängten Porträt der Comtesse de Chevenoy und hängte es ab. Dann zog er hinter der Rückseite einen Brief hervor und gab ihn Lily. Sie sah auf das dicke Siegel der de Chevenoy herab.

»Ich habe gehofft«, sagte er und lächelte seine Frau an, »nein, *wir* haben gehofft, daß jemand kommen und Adelaides Platz hier einnehmen würde. Hier leben würde, damit auch wir hierbleiben könnten.«

Lily lächelte das freundliche Paar an.

Ermutigt fuhr Costard fort. »Wir könnten Ihnen helfen, seine Arbeit fortzuführen, und dann könnte alles so weitergehen wie bisher.«

»Ich bin nicht hergeschickt worden, um für immer die Rolle Adelaides zu übernehmen. Ich bin nicht einmal eine richtige Agentin.«

Costard sah enttäuscht aus. »Wer sind Sie dann?«

Die beiden waren so ehrlich mit ihr gewesen, daß sie ihnen auch die Wahrheit schuldete. »Ich heiße Lily. Meine Mutter ist Engländerin wie die Comtesse und war mit ihr befreundet. Weil ich Adelaide ähnlich sehe, haben die Briten mich ausgewählt.«

Sie sah Mme. Costard an. »Ich habe fast acht Jahre in Amerika gelebt, deshalb denke ich, daß Sie ihm nicht den Wein schulden, nur das gegrillte Hühnchen.«

Sie lachten und schwiegen dann verunsichert.

Lily wußte nicht, was sie sagen sollte. Die ganze Mission hatte sich als eine genauso traurige Erfindung erwiesen wie die Tagebücher.

Und ihr blieb nun die traurige Pflicht, diesem älteren

Paar zu sagen, daß alle Geschichten, die sie um Henri gesponnen hatten, zu Ende waren.

Wie der Zufall es wollte, mußte sie ihnen das nicht sofort sagen, denn die Salontür ging auf. Lily erwartete, Celestes dort stehen zu sehen oder Webb, aber es war ein grinsender Armand Latour.

Als wenn das nicht genug wäre, hielt er auch noch eine große Pistole in der Hand.

»Macht es Ihnen etwas aus, wenn ich Sie weiterhin Adelaide nenne, *ma cherie?* Ich denke, eine Frau mit zwei Namen zu haben, wäre sehr verwirrend.« Mit raschem Griff entwand er ihr den kostbaren Brief.

Webb verließ Amelia mit dem festen Vorsatz, sofort zum Haus der de Chevenoys zu eilen, um seine Partnerin aus ihrem Irrtum herauszuholen. Wenn Amelia recht hatte und Lily glaubte, sie beide hätten ihre Affäre fortgesetzt, dann wäre sie nicht nur wütend, sondern auch eine Gefahr für die Mission.

Keiner konnte voraussagen, wozu sie in der Lage war, wenn sie wirklich so wütend war, wie Amelia gedacht hatte.

Doch auf halbem Wege traf er einen alten Freund, Dr. Alexander McTaggert. Seine Eltern waren nach dem Jakobineraufstand nach Frankreich geflohen, aber der Mann sah aus, als wäre er in Edinburgh und nicht in der *Rue Saint Honoré*.

»Mein Freund«, rief McTaggert, stellte seinen Arztkoffer ab und schlug Webb erfreut auf den Rücken. »Ich wußte gar nicht, daß du in Paris bist. Wie geht es dir?« Er ergriff Webbs Hand und schüttelte sie begeistert.

»Bestens, bevor ich dich getroffen habe«, erwiderte Webb und schüttelte seine schmerzenden Finger.

McTaggert ergriff Webb am Kinn und drehte seinen Kopf von einer Seite zur anderen. »Das ist ein nettes blaues Auge. Wie sieht der andere aus?«

»Leider unversehrt.«

Der Schotte lachte. »Du mußt mir alles erzählen. Ich bin auf dem Weg zu einer Weihnachtsfeier mit Freunden, aber ehe ich die Gans esse, möchte ich mit dir etwas trinken. Ich kenne eine Bar, wo es einen guten Hochland-Whisky gibt, der dir schmecken wird. Es ist nicht weit.«

Webb verstand, daß McTaggert in Ruhe mit ihm reden wollte, nicht auf dieser belebten Straße.

Der Mann hatte sein ganzes Leben in Paris verbracht, aber er war durch und durch ein Schotte. Er hatte Webb und vielen anderen Briten schon oft geholfen, ihre Wunden verarztet oder sie versteckt, bis sie ein Schiff fanden, das sie wieder über den Kanal und in Sicherheit brachte.

Webb wußte, daß der Arzt das nicht nur aus Gutwilligkeit tat, sondern auch, damit der Name McTaggert reingewaschen wurde und er die Familienländereien übernehmen konnte.

Sein Vater hatte Bonnie Prince Charlie unterstützt und die Familie zu Ausgestoßenen gemacht, die man enteignet hatte.

»Ich würde gerne, Alex, aber ich habe keine Zeit. Ich muß mich mit einer Dame treffen«, sagte er augenzwinkernd.

»Könnte die Dame eine gewisse Erbin sein, von der zur Zeit ganz Paris spricht?«

Webb betrachtete seinen Freund. »Du hast von ihr gehört?«

»Ay, und wenn du sie triffst, bin ich sicher, daß du vorher Zeit hast, dir anzuhören, was ich weiß. Das heißt, wenn du dich im Griff hast.«

Webb nickte, und sie schlenderten zu einem Café, wo Alexander den Besitzer mit Namen begrüßte. Der Mann wischte sich die Hände sauber und führte die Freunde in ein ruhiges Hinterzimmer.

Kaum saßen sie in tiefen Ledersesseln, eine Flasche mit Whisky zwischen sich, sah McTaggert Webb scharf an. »Sind deine Schulter und das Bein verheilt? Mir fällt auf, daß du immer noch ein bißchen humpelst.«

»Vielleicht täte ich das nicht, wenn ich zu einem richtigen Arzt gegangen wäre.«

McTaggert lachte. »Ich werde an deine Bemerkung denken, wenn ich dich das nächstemal zusammenflicke.«

Webb lehnte einen Whisky ab.

Der andere zuckte die Achseln und goß sich ein.

»Also, was hast du über die Erbin gehört?« fragte Webb.

»Wir sprechen doch über Adelaide de Chevenoy, nicht wahr?« vergewisserte sich McTaggert. Als Webb nickte, fuhr fort. »Das dachte ich mir. Da ich weiß, daß Henri dein Freund war, nehme ich an, daß du der Dame dein Beileid ausdrücken willst.«

Webb sagte nichts und überließ McTaggert seinen eigenen Schlüssen.

»Wie ich es mir dachte«, sagte McTaggert. »Nun, bleib von ihr weg. Ich kann gebrochene Knochen heilen, aber nicht einen abgetrennten Kopf, wenn dieser Korse ihn dir abschlagen läßt.«

»Warum sollte es jemanden kümmern, wenn ich ihr kondoliere?«

»Sie steht unter Verdacht wegen Hochverrats.«

»Ich weiß«, sagte Webb, »ich habe sie hergebracht.«

McTaggerts Brauen ruckten hoch. »Deshalb hat sie soviel Ärger.«

Webb grinste.

»Ich habe gehört, daß sie zwei Verlobte hat«, fuhr der

Schotte fort und betrachtete die bernsteinfarbene Flüssigkeit in seinem Glas. »Du bist nicht zufällig einer der Glücklichen?«

»Leider ja. Nach dem Tag heute wollte ich sie dem anderen Schönling überlassen – sie gibt einem alle Hände voll zu tun und wird Armand Latour sicher in ein frühes Grab schicken.«

McTaggerts Augen wurden schmal. »Sagtest du Latour?«

»Ja. Armand Latour.«

Der Mann kratzte sich am Kinn. »Verwandter von Comte Latour?«

»Ja, sein Sohn. Warum fragst du?«

»Weil ich ihn einmal behandelt habe. Ich kann dir das sagen, ohne meine Schweigepflicht zu verletzen, weil er zwei Monate danach unter der Guillotine starb.«

Guillotine? Dann bedeutet das, daß Armand ... ein Betrüger war und möglicherweise ein Agent Fouchés.

Es wäre witzig, sich vorzustellen, daß eine falsche Erbin mit einem falschen Verlobten zusammen war, wenn es für Lily nicht Gefahr bedeutet hätte.

Webb erhob sich abrupt. Solange Lily Armand als harmlos betrachtete, hatte Fouchés Agent ungehindert Zutritt bei ihr. Und da das Gericht Lily die Kontrolle über das DeChevenoy-Vermögen zugesprochen hatte, würde Armand nur um so mehr auf einen Weg bedacht sein, sich das Geld unter den Nagel zu reißen.

»Ich muß gehen, Sir«, kündigte Webb an. »Das sind ernste Nachrichten.«

Er wandte sich zum Gehen, aber McTaggert hielt ihn am Arm fest. »Du kannst deine Erbin leicht verlieren, ist dir das klar?«

Webb schüttelte den Kopf. »Nicht, wenn ich in der Angelegenheit ein Wörtchen mitzureden habe.«

»Dann hör dir besser auch noch den Rest von dem an, was ich dir zu sagen habe.«

Webb holte tief Luft und nickte dann.

»Ich habe heute morgen einen Patienten besucht, einen recht bedeutenden Patienten, der behauptet hat, er würde bald im De-Chevenoy-Haus wohnen. Es sei ihm versprochen worden, weil die kleine Erbin kein Haus mehr brauchen würde.«

»Hat er auch gesagt, wann er dort einzieht?«

Wieder maß McTaggerts kühler Blick ihn von oben bis unten. »Ist die kleine Erbin dir wichtig?«

»Sie ist mein Leben.«

»Dann würde ich sie in Sicherheit bringen, mein Freund. Mein Patient hat gefragt, ob ich gute Leute weiß, die ihm beim Packen und Umziehen helfen würden. Wenn es nach ihm ginge und keine Weihnachtsferien wären, würde er morgen dort einziehen.«

Amelia wußte, daß es unhöflich von ihr gewesen war, Webb nicht ihre Kutsche anzubieten, um ihn zurück in die *Rue de Renard* zu bringen, aber sie wollte ihm auf dem Rückweg Zeit geben, damit er über das nachdenken konnte, was sie ihm gesagte hatte.

Daß er Lily die Wahrheit über seine Gefühle sagen sollte.

Außerdem gab ihr das Zeit, vor ihm dort anzukommen und zu erledigen, weshalb sie nach Paris gekommen war.

Amelia lehnte sich in ihrer Kutsche zurück und überlegte, wie sie das Gespräch einleiten sollte. Sie wußte, daß Webb gegen eine Einmischung in seine Beziehung zu Lily war, aber diesmal mußte es sein.

Vor der Anhörung heute hatte sie Lily D'Artiers das letztemal vor fünf Jahren auf Byrnewood Manor gesehen.

Damals waren Webb und sie gerade zu einem Auftrag aufgebrochen, und sie hatte sich beim Abschied noch einmal zu den efeuberankten Mauern des Hauses umgedreht.

Das war an sich schon seltsam, denn Amelia war stolz darauf, daß sie nie zurückblickte, weder wegen des Blicks noch aus Bedauern.

Das Leben, dachte sie, mußte man immer vorwärts gerichtet angehen.

Aber damals hatte sie einmal zurückgeschaut und es seitdem bereut – denn am Fenster im zweiten Stock hatte eine magere, verlorene Gestalt gestanden.

Lily.

Amelia hatte gewußt, daß das Mädchen weinte, denn es hatte sich das Gesicht mit dem Ärmel abgewischt. Und sie wußte, daß das Mädchen weinte, weil sein Herz gebrochen war.

Hatte sie das nicht auch getan, als ihr eigener Vater ihr von ihrer bevorstehenden Hochzeit mit Lord Marston erzählt hatte?

Lily hatte sie an dem Tag zu sehr an ihren eigenen Schmerz erinnert, deshalb hatte sie den Blick abgewandt und geschworen, das Bild der Verlorenheit aus ihrem Kopf zu verbannen.

Aber so einfach war es nicht gewesen. Sie war schließlich der Grund für Lilys Liebeskummer. Sie hatte Webb ja ermutigt, Lily so schrecklich zu behandeln. Ganz bewußt hatte sie ihre Affäre vor dem verliebten Teenager zur Schau gestellt. Und sie hatte das Schlimmste überhaupt getan.

Als sie Lily da oben am Fenster hatte stehen sehen, hatte sie gelacht, schallend gelacht, als wenn sie Lily auslachte.

Es war nichts, worauf sie besonders stolz war, aber jetzt war die Gelegenheit, sich Vergebung zu holen und Lily vielleicht sogar das zu geben, was sie sich offenbar immer noch wünschte: Webb Dryden.

Die Kutsche bog von der Hauptstraße in die *Rue de Renard* ein. Amelia holte tief Luft, als die Kutsche vor der Haustür von Nummer 8 stehenblieb.

»Warte auf mich, Hamid«, befahl sie dem Mamelucken-Kutscher. »Ich weiß nicht, wie lange es dauern wird.« Wenn Lily D'Artiers ihr die Tür vor der Nase zuschlug, konnte Amelia ihr keinen Vorwurf daraus machen. Aber vielleicht halfen ihr ja besondere Überredungskünste, wie Webb es zu nennen pflegte, zumindest über die Schwelle zu kommen.

»Sie wirken überrascht, mich zu sehen, *ma chérie*«, sagte Armand zu Lily. »Haben Sie nicht bedacht, daß nach Ihrem triumphierenden Sieg heute vor Gericht Ihr Verlobter an Ihrer Seite sein will, um mit Ihnen zu feiern?«

Lily wußte nicht, wieviel Armand mitgehört hatte, wettete aber, daß es genug gewesen war, denn er hielt immer noch die Pistole in der Hand, also entschied sie, sich der Situation zu stellen.

»Natürlich sind Sie hier willkommen, Armand«, entgegnete sie und erhob sich. »Aber was soll die Pistole? Sie machen meinen Bediensteten angst.«

»Wirklich, Adelaide, oder soll ich Lily sagen, für wie dumm halten Sie mich eigentlich?«

Lily starrte in die Mündung der Pistole und entschied sich, Armand nicht die Wahrheit zu sagen. »Ich habe keinen blassen Schimmer, wovon Sie überhaupt reden«, sagte sie statt dessen.

Armand richtete die Pistole auf die Costards, die sich ebenfalls erhoben hatten. »Bleibt sitzen«, befahl er, »beide.«

Beide sanken rasch wieder zurück, und die Couch ächzte unter ihnen.

Er wandte sich an Lily. »So, was machen wir nur mit Ihrem netten kleinen Verlobten? Ich sollte Sie sofort als die Verräterin töten, die Sie sind, aber es wäre doch ein Jammer, wenn all das schöne De-Chevenoy-Geld an die Republik ginge, nicht wahr?«

Lily sah sich nach etwas um, womit sie Armand ablenken und entwaffnen konnte, aber sie entdeckte nichts. Also entschloß sie sich, ihn aus seiner aggressiven Haltung herauszulocken. »Bitte, Armand, stecken Sie die Waffe weg. Wir zwei haben keinen Grund, uns als Gegner gegenüberzustehen. Wir verfolgen beide dasselbe Ziel – das Geld. Und davon ist mehr als genug für uns beide da.«

»Genug Geld? Das bezweifele ich. Ich habe mein ganzes Leben in schlimmster Armut verbracht, und ich habe nicht vor, jemals wieder so tief zu sinken.«

Armut? Das machte keinen Sinn. Die Latours waren einst eine der reichsten Familien Frankreichs gewesen. Aber Lily hatte jetzt keine Zeit, sich um sein Gerede zu kümmern, sie wollte nur einen Weg finden, um ihn zu entwaffnen.

Dann erblickte sie aus den Augenwinkeln jemanden – Lady Marston. Lily hätte nie gedacht, daß sie sich jemals über das Auftauchen der Frau freuen würde. Sie mochte sie zwar immer noch nicht, wußte den Mut der Dame aber durchaus zu schätzen. Denn die elegante Lady Marston stand hinter Armand und schwang den hölzernen Stock, den Monsieur Costard an der Garderobe in der Halle aufbewahrte.

Und aus der Art, wie die Dame den Stock hielt, schloß Lily, daß sie damit genausoviel Erfahrung hatte wie mit der Verführung von Männern.

19

»Was schlagen Sie vor?« fragte Lily und trat ein wenig zur Seite, damit Armands Blick ihr folgte und er Lady Marston hinter sich nicht bemerkte.

Gesegnet seien die Costards, dachte sie, denn die beiden hatten nicht mal mit der Wimper gezuckt, als sie die Ankunft ihrer möglichen Retterin bemerkt hatten.

»Ich schlage gar nichts vor«, sagte Armand. »Ich sage Ihnen, was Sie tun sollen. Ihr Anwalt ist mit Fouché auf dem Weg hierher. Jawohl, Ihr vertrauenswürdiger kleiner Anwalt Troussebois. Er mag gegenüber seinem guten Klienten de Chevenoy loyal gewesen sein, aber wie es aussieht, hat er nach einem besseren Geschäft Ausschau gehalten, und wir haben ihm offenbar mehr geboten als Sie. Wir haben ihm angeboten, daß er seinen Kopf behalten darf.« Armand holte tief Luft.

Lily konnte sich die Reaktion des kaninchenhaften Troussebois sehr gut vorstellen – der nervöse kleine Mann war zum nächsten Versteck geeilt.

»Es gibt ein neues Testament für den De-Chevenoy-Besitz, in dem Sie Ihren gesamten Besitz Ihrem rechtmäßigen Ehemann vermachen. Sie werden das Testament unterzeichnen, und dann heiraten wir.«

Lily schüttelte den Kopf. »Sie heirate ich nicht, weder jetzt noch sonstwann.«

»Keine Sorge, *ma chérie,* unsere Ehe wird Sie nicht allzu lange belästigen. Ich fürchte, Sie werden nicht lange genug leben, um die Flitterwochen zu erleben.«

Während er so sprach, verdrehte Lady Marston die Augen, als könnte sie das Gerede keinen Moment länger mehr mit anhören. Sie warf noch einen Blick auf Lily und schlich sich dann hinter Armand.

Als er zu einer neuen Ankündigung ausholte, hob Lady Marston den Stock und schlug Armand damit auf den Kopf.

Er brach zusammen und sank zu Boden.

»Was für ein vulgärer Mann«, kommentierte Lady Marston und reichte Costard, der an ihre Seite geeilt war, den Stock. Sie lächelte ihn an und sagte: »Holen Sie doch bitte meinen Kutscher und meinen Diener herein, ich denke, wir brauchen ihre Hilfe.«

Ihr Verhalten appellierte offenbar an Costards Dienerherz, denn er stob förmlich aus dem Raum, um ihren Auftrag auszuführen.

Amelia trat über den ohnmächtigen Armand hinweg, als wäre er das vergessene Spielzeug eines Kindes, und setzte sich neben die staunende Mme. Costard aufs Sofa. »Ich habe auf ein privates Gespräch mit Ihnen gehofft, meine Liebe«, sagte sie zu Lily und warf der Haushälterin einen bedeutsamen Blick zu, »aber wenn die Zeit Ihnen gerade nicht paßt, kann ich auch wieder gehen.« Sie glättete ihre Röcke und traf keine Anstalten, wieder zu gehen.

Lily bedeutete Mme. Costard, daß sie bleiben solle, und tippte Armand mit der Schuhspitze an. »Ist er tot?«

»Man kann es nur hoffen«, erwiderte Lady Marston.

»Ich wollte nicht, daß Sie ihn töten.« Lily bückte sich und fühlte nach seinem Puls. Sie spürte ihn klopfen und sah, daß seine Brust sich hob und senkte. »Oh, Gott sei Dank, er lebt noch.«

Lady Marston spitzte die Lippen, als fände sie nichts daran dankenswert.

»Was machen Sie hier?« fragte Lily. Dann erkannte sie, wie unhöflich sie klang, und setzte hinzu: »Ich meine, Ihre Ankunft hat sich als sehr glücklich für uns erwiesen. Danke, daß Sie uns gerettet haben.«

»Oh, nicht der Rede wert«, erwiderte die Lady und steckte sich eine Haarsträhne zurück unter die Haube.

Lily sah auf Armand hinunter und entdeckte eine Ecke des Briefes, den er immer noch festhielt. Sie kniete sich neben ihn und entzog ihm den Brief, der an Lord Dryden adressiert war. »Was mache ich nun mit ihm?« murmelte sie vor sich hin.

»Ich würde vorschlagen, ihn wegzubringen«, sagte Lady Marston mit einer Kopfbewegung zu Armand hin. »Vor allem, da er angekündigt hat, daß gleich dieser schlechterzogene Fouché hier eintrifft.«

»Ich denke, ja«, sagte Lily und stand auf, immer noch etwas aus der Fassung. Sie sah auf Armand hinunter. »Wir könnten ihn in den Weinkeller sperren.«

Lady Marston runzelte die Stirn. »Dann trinkt er wahrscheinlich jede gute Flasche aus, die er finden kann.« Sie beugte sie vor und betrachtete den Rücken des Mannes. »Ist er wirklich so hübsch wie man sagt?«

Lily bückte sich erneut und drehte Armand mit Hilfe der immer noch sprachlosen Mme. Costard auf den Rücken. »Sehen Sie selbst. Wenn Sie dunkle Farbe und gemeißelte Züge mögen, mag er ganz hübsch sein.«

Lady Marston erhob sich vom Sofa und sah mit professionellem Blick auf Armand. »Welche Farbe haben seine Augen?«

»Blau«, antwortete Lily, »ein sehr intensives Blau.«

»Hmmmm«, überlegte Lady Marston, als betrachtete sie ein Kunstwerk. »Doch, ich denke, Sie haben recht. Er sieht ganz gut aus. Tatsächlich ist er großartig.« Die Lady klopfte sich mit dem Finger ans Kinn und schnippte dann mit der Hand. »Ich hab's. Ich weiß eine perfekte Lösung, wie wir den hübschen Kerl permanent loswerden.«

Lily sah Lady Marston an und entdeckte ein Funkeln der Belustigung in ihren Augen. »Ich will nicht, daß er getötet wird.« Sosehr Lily den Mann und seinen Verrat auch verabscheute, so wollte sie ihn doch nicht tot sehen. Er war auch nur ein Bauer in Fouchés Spiel.

»Und so eine schöne Kreatur vergeuden? Niemals.« Die Dame wandte sich zur Tür und sagte: »Hamid und Alim, könntet Ihr bitte so nett sein, den Mann zu fesseln und in meine Kutsche zu bringen?«

Lady Marstons Kutscher und Diener kamen herein, und Lily trat unwillkürlich einen Schritt zurück. Die beiden Männer sahen so wild aus, daß es Lily nicht verwundert hätte, zu hören, daß Lady Marston sie dreimal täglich mit Frauen und kleinen Kindern fütterte. Sie zuckten bei der Forderung ihrer Herrin nicht mal mit der Wimper, als wenn sie solche Art Aufträge jeden Tag für Lady Marston zu erledigen hätten.

»Mamelucken«, erklärte Lady Marston. »Die besten Leibwächter der Welt und höchst loyal. Sie sind ein Geschenk meines lieben Samir und begleiten mich überall hin. Ohne sie wäre ich verloren.«

Lily nahm all ihren Mut zusammen und trat vor die beiden wandelnden Berge. »Ich kann nicht erlauben, daß Sie Armand mitnehmen, solange ich nicht weiß, was Sie mit ihm vorhaben.«

»Oh, da haben Sie recht.« Lady Marston stützte eine Hand in die Hüfte. »Nun, wenn Sie es unbedingt wissen wollen, ich habe vor, ihn dem Sultan zum Geschenk zu machen. Der Sultan liebt es, schöne Männer als …« Sie sah Hamid und Salim an und dann wieder Lily. »Als Diener zu haben, sage ich mal. Zieht man Armands …« Ihr Blick schweifte zu der deutlichen Beule in seiner engen Hose,

»... Vorzüge in Betracht, wird er den Rest seines Lebens in relativem Komfort verbringen. So ist es sicher am besten. Er wird Paris noch heute verlassen und nie enthüllen können, was er gehört hat.« Als Lady Marston Lilys Zögern bemerkte, fügte sie hinzu: »So ist es für alle das beste. Niemand, der mit Henri de Chevenoy in Verbindung gebracht wird, muß sich Sorgen machen, daß dieser Mann nach Paris zurückkehrt und sie verrät.«

Lily traute Lady Marstons Ankündigung von Armands süßem Leben nicht ganz, zumal sie den Blick sah, den ihre Diener bei der Ankündigung wechselten. Lily hatte den Verdacht, daß die Dame etwas sehr Wichtiges ausließ, aber wenn es stimmte, daß der Sultan hübsche Diener mochte und die Costards dadurch sicher waren, dann erwartete Armand im Orient ein besseres Los, als wenn er hier getötet werden würde.

Lily trat beiseite und erlaubte Lady Marstons Diener, ihre Arbeit zu tun. Sehr schnell hatten sie Armand gründlich geknebelt und gefesselt.

Costard kam zurück und betrachtete ihr Werk. Er nickte zustimmend, als der fleischige Hamid Armand auf die Schulter nahm, als wäre der ein kleines Kind.

»Hey da«, sprach Costard den bulligen Diener an, »du kannst ihn nicht vorne rausbringen, da sehen ihn die Nachbarn.« Er seufzte und murmelte: »Ausländer!« Dann streckte er seine Brust raus und schob sich zwischen die beiden Mamelucken. »Bringt ihn zur Küchentür raus und legt ihn zum Müll«, wies er Hamid an. Dann zeigte er mit dem Daumen zur Tür und sprach Alim an. »Und du fährst die hübsche Kutsche nach hinten – so nahe du kannst an die Hintertür. Dort können wir ihn unbemerkt einladen.«

Ehe Lily sich umdrehte, wurde Armand schon zu seinem neuen Leben in Konstantinopel weggebracht.

Costard kehrte zurück. »Noch etwas, Herrin?«

»Ja, Costard«, sagte Lily. »Bitte Celeste, unsere Sachen zu packen. Und Sie und Mme. Costard müssen ebenfalls packen.«

Costard runzelte die Stirn. »Das wird Madame nicht gefallen.«

»Wir haben keine andere Wahl«, erklärte Lily. »Wenn es stimmt, daß Fouché auf dem Weg hierher ist, sind alle hier verdächtig, wenn sie nicht sofort verhaftet werden. Ich denke, es ist das beste für Sie, auf den Landsitz zu gehen, bis ich Webb benachrichtigen kann. Gibt es einen Ort, wo wir uns verstecken können?«

»Ja, eine Jagdhütte am Rand des Besitzes. Sie wird seit Jahren nicht mehr benutzt.«

»Gut.« Lily nickte. »Dort treffen wir uns. Rufen Sie sich eine Droschke und folgen Sie Lady Marstons Kutsche aus Paris heraus. Das ist unverdächtig, weil man dann glaubt, daß sie Paris mit ihren Bediensteten verläßt. Wenn ich die Nachricht für Webb fertig habe, komme ich nach, und dann verlassen wir Frankreich, ehe Fouché eine Gelegenheit hat, uns zu erwischen.«

Henris Butler sah sich im Raum um. Seine Miene war plötzlich besorgt. »Wenn es sein muß. England, nicht wahr? Was sollen Madame und ich dort machen?«

»Wenn Sie wollen, können Sie weiter für mich arbeiten. Oder ich besorge Ihnen eine Stellung im Haus meiner Schwester.« Lily trat zu ihm und tätschelte seinen Arm. »Es ist die einzige Möglichkeit.«

Costard nickte. »Ich werde es meiner Frau sagen. Wir beeilen uns.« Dann verneigte er sich und ging an seine Pflichten.

Lily wandte sich an Lady Marston. »Wie Sie sehen, Lady Marston, habe ich nicht mehr viel Zeit, und ich denke, es wäre das beste, wenn Sie jetzt gehen.« Dann setzte sie hinzu: »Für Ihre eigene Sicherheit.«

»Meine Sicherheit? Sie sind witzig«, erwiderte Lady Marston und setzte sich bequemer hin, als wäre sie bei einem Nachmittagsbesuch. »Wo war ich stehengeblieben, ehe diese Sache dazwischenkam?«

Lily setzte sich auf einen Stuhl. »Ich weiß nicht.«

»Ah, ja, Webb. Ich will über Webb sprechen.«

Lily schüttelte den Kopf. So froh sie über das rechtzeitige Eintreffen der Dame war, so wenig war Webb ein Thema, über das sie mit ihr sprechen wollte.

»Ehe Sie mich verabschieden«, sagte Lady Marston, »hören Sie mir zu. Ich bin gekommen, damit Sie nicht denselben Fehler machen, den ich fast begangen hätte. Ich will, daß Sie den Rest Ihres Lebens mit dem Mann verbringen, den Sie lieben.«

»Wie nett von Ihnen«, erwiderte Lily und stand auf, in der Hoffnung, daß Lady Marston verstehen und sich verabschieden würde. »Aber jetzt ist nicht die beste Zeit, um darüber zu sprechen.«

»Nein?« Lady Marston sah aus, als sähe sie das anders, erhob sich aber. »Lily, ich habe keinen Zweifel daran, daß Sie denken, Webb und ich hätten unsere Affäre wiederaufleben lassen. Aber ich versichere Ihnen, nichts wäre weiter von der Wahrheit entfernt.«

Lily drehte der Frau den Rücken zu, um ihre Lügen nicht anhören zu müssen.

Aber bei der nächsten Bemerkung fuhr sie herum und hörte zu.

»Ich liebe jemand anderen«, erklärte Amelia mit so viel Gefühl, daß Lily sie ansah. »Ja, ich sehe die Skepsis in Ihren Augen, aber es stimmt. Webb ist entzückend, aber nicht der Mann für mich. Er war es nie. Ebensowenig war ich die Frau für ihn.«

»Wer ist der andere Mann?« fragte Lily, die Gewißheit brauchte.

»Er heißt Samir. Bis vor einem Jahr war er Pascha, und wir haben in Kairo gelebt. Ich habe das Außenministerium verlassen, um mit ihm zusammenzuleben, und ich werde immer bei ihm bleiben.«

»Warum sind Sie denn hier?«

»Ich weiß, das sieht alles sehr verdächtig aus, aber ich bin hier, weil Lord Dryden mich angefordert hat. Samir und ich leben seit einem Jahr in Wien.« Sie sah Lily an. »In Wirklichkeit bin ich gekommen, um Ihnen zu helfen. Ich schulde Ihnen das.«

»Warum sollten Sie mir etwas schulden? Es sei denn, weil …« Lily suchte nach Worten, um ihre bitteren Gefühle zu beschreiben, aber sie konnte sich der Frau nicht anvertrauen, die zum Teil für ihren Kummer verantwortlich war.

Aber das brauchte sie auch nicht. Amelia gestand ihre Schuld bereitwillig ein. »Nachdem ich Sie so behandelt habe, ist das eine gute Frage.« Tränen standen in ihren Augen. »Ich habe Ihnen die Hilfe geschuldet, um eine alte Schuld zu begleichen.«

»Die ist beglichen, indem sie heute für mich ausgesagt und uns vor Armand gerettet haben. Betrachten Sie sich als freigesprochen«, versicherte Lily ihr.

»Nein, das war nicht einmal der Anfang. Nachdem ich damals Byrnewood verlassen hatte, habe ich gemerkt, wie leer mein Leben war. Sie hatten so eine große Leidenschaft für Webb und das Leben, und ich hatte nur meine Arbeit. Sie haben mir das Gefühl gegeben, leer und hohl zu sein, so wie Sie sich sicherlich gefühlt haben, als Sie Webb und mir damals nachgesehen haben.«

Lily preßte die Lippen zusammen. Sie schloß die Augen, um den Schmerz von damals zu vertreiben.

Amelia trat näher und legte ihr eine Hand auf die Schulter.

»Ich habe Sie damals gesehen«, gestand sie. »Sie dachten, niemand sähe Sie, aber ich habe es getan. Ich konnte das Bild einfach nicht vergessen. Sie haben mir einen Spiegel vorgehalten, wie schrecklich ich war. Danach habe ich nie mehr mit Webb geschlafen.«

Lily riß die Augen auf.

»Das stimmt«, sagte Amelia. »Ich konnte es nicht. Stattdessen bin ich auf die Suche nach meiner großen Leidenschaft gegangen, und so ist es Ihnen zu verdanken, daß ich sie gefunden habe.«

»Und deshalb sind Sie hergekommen?«

»Ja, um mich zu bedanken, daß Sie mir geholfen haben, mein Herz wiederzufinden. Und um Ihrem Ruhe zu geben. Ich weiß, wie es ist, verbittert zu sein. Als ich fünfzehn war, hat mein Vater mich an Lord Marston verheiratet. Oder besser gesagt verkauft.« Die Frau lachte bitter auf. »Ich war in einen anderen verliebt und mußte einen alten Lüstling heiraten, was mir damals das schlimmste Schicksal überhaupt erschien. Als Marston dann starb, hatte meine wahre Liebe eine andere geheiratet. Eine glückliche Ehe, wie sich dann zeigte. Für mich war kein Platz in seinem Leben, also bin ich Agentin geworden.«

»Und so haben Sie Webb kennengelernt.«

»Genau.« Sie seufzte. »Als ich heute Ihr Gesicht sah, habe ich gemerkt, daß Sie falsche Schlüsse über uns gezogen haben.«

»Also haben Webb und Sie nicht …«

Amelia schüttelte den Kopf. »Nein. Selbst wenn er Sie nicht liebte, würde er das Risiko nicht eingehen. Samir würde ihn kastrieren lassen.«

Selbst wenn er Sie nicht liebte.

Lily klammerte sich an diese Worte. »Er liebt mich?«

»Ja. Das ist die Wahrheit. Sie werden Webb Dryden eine ganze Zeit lang nicht loswerden.«

Lily stiegen die Tränen in die Augen. »Oh, das ist schrecklich. Was soll ich nur tun?« Die Tränen rollten ihr über die Wangen. »Webb darf mich nicht lieben.«

Lady Amelia reichte Lily ein Taschentuch und führte sie zu einem Sessel. »Warum ist das so eine große Tragödie?«

»Ich war weniger als ehrlich Webb gegenüber.«

Amelia lachte. »Das sind wir bei Männern doch alle nicht. Obgleich ich das Gefühl habe, daß es hier um mehr als die Rechnung für Ihr neues Kleid geht.«

Lily nickte. »Wenn es doch nur so einfach wäre.«

In diesem Moment kam Costard herein. »Die fremden Teufel sind soweit und warten auf die Anordnungen von Mylady.«

»Ich bin gleich da, Costard«, erwiderte Lady Marston.

Lily streckte ihr die Hand hin. »Danke, Mylady, für Ihre Hilfe.«

»Lily, was immer Sie denken, womit Sie Webb betrogen haben könnten, es kann nicht so schlimm sein. Sie müssen ihm vertrauen.« Amelia stand auf, ignorierte die Hand und umarmte Lily statt dessen herzlich. Dann ließ sie sie los und sagte: »Versprechen Sie mir, daß Sie sich ihm anvertrauen. Vertrauen Sie darauf, daß seine Liebe zu Ihnen schon einen Ausweg findet.« Lady Marston lächelte und ging.

In der Halle warteten Celeste und die Costards schon mit dem Gepäck. Lily wies sie an, in die Droschke zu steigen, die bereits angekommen war. Lady Marston hatte Lily gesagt, daß Webb auf dem Weg zu ihr sei, so daß die beiden den anderen bald folgen würden. Costard bot an, solange bei Lily zu bleiben, aber sie lehnte ab.

Als die Dienstboten losgefahren waren, ging Lily noch einmal durch das Haus. In der Halle ließ sie ihre Finger über ein altes Ahnenbild gleiten.

Es schmerzte zu wissen, daß alle die schönen Dinge Fouché und Napoleon in die Hände fallen sollten, aber da es keine echten Erben gab, gab es keine andere Lösung.

Dann hörte sie eine Kutsche vorfahren, dachte, daß Webb endlich da wäre, ergriff ihre Haube und die Tasche und öffnete die Tür.

Als sie die Treppe halb herunter war, sah sie die Passagiere an, die aus der Kutsche stiegen, und ihr stockte der Atem.

Denn Fouché und ein zufrieden aussehender Troussebois kamen ihr entgegen.

»Mademoiselle«, fragte Fouché, »wo mögen Sie wohl hinwollen?«

»Letzte Weihnachtseinkäufe machen«, gab sie lässig zurück, als wären die beiden unerwartete Gäste.

»Jetzt noch? Die meisten Läden sind geschlossen.« Fouché maß sie von oben bis unten. »Ich glaube, Sie haben vergessen, Ihre Haustür zu schließen.«

Einen Moment lang spielte Lily mit dem Gedanken an Flucht, aber die großen Diener hinten auf der Kutsche schienen nur darauf zu warten. Doch sie hatte nichts zu verlieren.

»Wenn Sie mich entschuldigen«, sagte sie, »ich muß mich auf den Weg machen.« Lily wollte sich an Fouché vorbeischieben, doch er packte sie hart am Ellbogen.

»Nicht so schnell, meine Liebe«, wandte er ein und nickte seinen grinsenden Gefolgsleuten zu, die herbeikamen und sie jeder bei einem Arm ergriffen. »Wir haben ein paar geschäftliche Dinge zu besprechen.«

Die Männer trugen sie die Treppe hoch ins Haus.

Viel zu schnell fand Lily sich in Henris Arbeitszimmer wieder.

»Her mit den Dokumenten!« wandte sich Fouché an Troussebois.

»Sagen Sie, Mademoiselle, haben Sie Ihren Verlobten heute nachmittag schon gesehen?«

Während Trousseboís in seiner Ledertasche nach den Papieren kramte, kratzte Lily sich an der Stirn.

»Welchen?«

Fouché nickte einem der Männer zu, und er ergriff ihre Hand und drückte eisenhart zu, ehe er ihr den Arm auf den Rücken drehte.

Lily schrie vor Schmerz auf.

Fouché beugte sich vor. »Sagen Sie mir, wo Armand ist.«

»Ich … ich … weiß es nicht«, stammelte sie und schrie erstickt auf, als weißglühender Schmerz ihren Arm durchfuhr.

Fouché nickte wieder, und der Mann riß ihren Arm noch höher.

»Er war hier«, rief sie. Der Griff lockerte sich leicht. »Aber jetzt ist er weg. Er ist gegangen, bevor Sie gekommen sind.«

»Das klingt höchst unwahrscheinlich«, erwiderte Fouché, wo der Mann doch heute seine Belohnung erwartet.« Dann zeigte er auf einen seiner Leute. »Du durchsuchst das Haus nach dem billigen Schauspieler. Er wollte uns hier treffen, und seiner teuren Kleidung nach zu schließen, wird er nicht weit sein. Sieh im Keller und auf dem Dachboden nach, falls er sich verplappert hat und weggeschafft wurde.«

Armand ein Schauspieler? Dann machte sein Gerede über die Armut Sinn.

»Hier ist alles«, mischte sich Troussebois nervös stotternd ein.

»Gut«, erwiderte Fouché. »Und nun, Mademoiselle, zu Ihnen. Ich hatte gehofft, Sie und Ihre Komplizen zu fassen, aber wie es aussieht, sind die anderen schon ausgeflogen. Sie sind schnell. Aber die anderen können noch nicht weit sein. Mittlerweile schlage ich vor, daß Sie heiraten und Ihr Vermögen jemandem vererben, der mehr damit anfangen kann.«

»Ich werde weder Armand noch sonst jemanden heiraten, um Ihnen zu helfen«, beschied ihn Lily.

»Oh, doch, das werden Sie. Ich habe alles vorbereitet. Die Hochzeitsurkunde und das neue Testament. Sie werden diese Dokumente unterschreiben, und zwar jetzt. Sobald wir Ihren lieben Verlobten gefunden haben, werden Sie heiraten. Hat Troussebois heute nicht Glück? Er hat Ihnen das Vermögen gesichert und darf auch noch eine Ehe vornehmen. Und danach werde ich den Besitz verwalten.«

Lily wußte, daß man sie ohnehin zwingen würden, die Dokumente zu unterschreiben, und da ihr Arm immer noch schmerzte, war sie nicht in der Stimmung für falsches Heldentum.

Sie ergriff die Feder und unterschrieb die Dokumente.

Fouché unterschrieb als Zeuge, seine Männer setzten ein X darunter.

»Wie wollen Sie es kontrollieren, wenn ich verheiratet bin?« fragte Lily. »Sie können Armand doch nicht trauen, daß er Ihnen gibt, was Sie wollen.«

Fouché sah von den Papieren auf, die Troussebois sorgfältig mit Sand bestreute und siegelte.

»Ich habe keinen Zweifel an seiner Bereitschaft zu Mitarbeit. Leider wird er wie Sie mausetot sein, und dann kontrolliere ich das Vermögen, damit unser Anführer es nicht verschleudert.«

»Fällt es denn nicht auf, wenn Sie die De-Chevenoy-Erbin umbringen und dann ihr Geld nehmen? Die de Chevenoys werden hoch geachtet. Es wird eine Untersuchung geben.«

»O ja, die wird es geben, und es wird dabei herauskommen, daß Royalisten Sie und den Ersten Konsul getötet haben.«

»Bonaparte töten?« flüsterte Lily.

»Genau. Genial, nicht wahr? Ich werde ein Held sein, wenn ich Frankreichs Feinde überführe.«

Lily sah aus den Augenwinkeln, wie einer der Männer ausholte. Ehe sie zurückweichen konnte, schlug er ihr auf den Kopf. Lily sah Sterne und dann nur noch Dunkelheit.

20

Verdammte Mission, daran ist nur mein Vater schuld, und verdammte Tagebücher, dachte Webb, als er durch die regennassen Straßen von Paris eilte, um die *Rue de Renard* zu erreichen.

Wenn es nach ihm ging, würde Lily noch in dieser Stunde abreisen. Trotz ihrer Triumphe war sie eine unerfahrene Agentin, für die jetzt einiges auf dem Spiel stand.

Er würde auf keine Einwände eingehen. Als er um die Ecke bog, sah er eine schwarze Kutsche vor Nummer 8 abfahren.

Als er die Straße überqueren wollte, fiel ihm auf, daß die Haustür weit geöffnet war. In Henris Arbeitszimmer brannte eine Kerze im Fenster.

Wo war Costard? Wo waren die anderen Lichter?

Webb holte tief Luft und sah die Straße entlang, aber die Kutsche war verschwunden. Er blickte wieder auf die offene Tür.

Sollte er ins Haus gehen oder der Kutsche folgen?

Er befürchtete, die Spur zu verlieren, aber er ging dennoch weiter auf das Haus zu und verbarg sich davor in einer dunklen Seitenstraße.

Auch die Hintertür war geöffnet und die Küche dunkel.

Webb zog die kleine Pistole, die er immer bei sich trug, und betrat vorsichtig das Haus.

Lily, hätte er am liebsten laut gerufen. *Lily, wo bist du?*

Aber er schwieg und bewegte sich lautlos durch den

stillen Raum. Schubladen und Schranktüren waren geöffnet, der Inhalt auf der Spüle verstreut. Tiefer im Haus sah es aus, als hätte eine Durchsuchung stattgefunden, denn alles war durcheinander, während Mme. Costard immer peinlich auf Ordnung achtete.

Als Webb die Halle betrat, warf die einzelne Kerze immer noch ihr blasses Licht aus Henris Arbeitszimmer. Aus dem Zimmer erklangen das Rascheln von Papier, ein Murmeln und das Öffnen und Schließen von Schubladen – die einzigen Geräusche in dem ansonsten stillen Haus.

Webb schlich sich zur Tür und erblickte verdutzt Troussebois, der Henris Papiere durchsah.

»Troussebois«, sprach Webb ihn an.

Der Mann zuckte so sehr zusammen, daß er fast die Kerze umgeworfen hätte. »*Sacré!* Sie haben mich erschreckt. Monsieur. Ich habe Sie nicht kommen hören.« Der Anwalt blinzelte heftig.

»Verzeihung«, erwiderte Webb. »Das war nicht meine Absicht.«

Vorsicht. Hier stimmt etwas nicht, sagte er sich. *Aber man fängt einen Hasen, indem man ihn langsam an sich gewöhnt.*

»Ich habe ein- oder zweimal gerufen, aber es hat niemand geantwortet«, erklärte Webb. Schritt für Schritt trat er weiter in den Raum und sah sich dabei vorsichtig um. Er wußte immer noch nicht, ob Troussebois allein im Zimmer war, deshalb wollte er wissen, was hinter seinen Rücken war. »So in die Arbeit versunken, daß Sie mich nicht gehört haben, was?«

»Ja, so etwa«, stotterte Troussebois und befingerte den Aufschlag seiner Jacke.

»Sie arbeiten Heiligabend noch so spät? Sie müssen Ihren Beruf ja sehr lieben, Monsieur Troussebois. Ich ziehe meinen Hut vor Ihrer Ergebenheit Ihrem Auftraggeber gegenüber.«

Der Mann schluckte. »Ja. Gut. Ich nehme an, es ist für mich an der Zeit, zu gehen.« Er sammelte ein paar Papiere ein, drückte sie an seine magere Brust und versuchte, sich an Webb vorbeizuzwängen.

Webb hielt ihn am Arm fest, und die Papiere segelten durch das Zimmer.

»Lassen Sie mich los«, quiekte Troussebois.

Kaninchen quieken immer, wenn man sie fängt, dachte Webb. Er schleppte den Anwalt zu Henris Ledersessel und stieß ihn hinein.

Als der Mann einen halbherzigen Versuch unternahm, sich zu erheben, drückte Webb ihm die Pistole an die Nase. »Eine Bewegung, und ich schicke Sie mit dem Rest Ihrer Bande zur Hölle.«

Als Webb sicher war, daß der Mann nichts unternehmen würde, drehte er sich um, nahm die Kerze und beleuchtete die verschiedenen Papiere, die der Mann hatte mitnehmen wollen.

»Was mag das sein?« überlegte Webb laut. Er hob ein Blatt auf. Es war nicht die Überschrift, die sein Herz schneller schlagen ließ. *Der Letzte Wille und Testament von Adelaide de Chevenoy* wurde erst dann für ihn interessant, als er die Unterschriften darauf las. Erkennbar waren Bernard Troussebois und Joseph Fouché.

»Bezeugt der Polizeiminister öfter die Dokumente Ihrer Klienten?« fragte Webb und hielt Troussebois das verräterische Schreiben vor die Nase.

Die Lippen des Mannes bewegten sich, als wollte er antworten, aber kein Laut kam heraus.

Webb verfluchte sich, daß er nicht der Kutsche gefolgt war, denn jetzt war er sich sicher, daß Lily darin gewesen war. Seine Wut richtete sich auf den Mann, der seine Fragen beantworten konnte.

Als er zwischen dem Dokument in seiner Hand und

dem Anwalt hin und her sah, weckte etwas anderes seine Aufmerksamkeit.

Ein Schreiben vom örtlichen Präfekten der Stadt Paris. Erst dachte er, das rote Siegel darauf hätte ihn darauf aufmerksam gemacht, aber als er genauer hinsah, war es die Überschrift, die sein Blut gefrieren ließ.

Ein *Trauschein* mit dem Datum von heute.

Als Name der Braut war Adelaide de Chevenoy eingetragen, und unten hatte sie unterschrieben.

Der Name des Bräutigams fehlte.

Ein Trauschein und ein Testament.

Fouchés Plan war klar.

»Wo hat er sie hingebracht?« rief Webb und packte Troussebois an seiner dünnen Krawatte, um ihn daran auf die Füße zu ziehen. »Sagen Sie es mir, oder Sie sind es, der ein Testament braucht.« Er hob die Pistole und entsicherte sie.

»In die Tuilerien«, flüsterte Troussebois. »Er hat sie in den Palast gebracht.«

»Die Tuilerien?« Wieder stieß Webb mit der Pistole zu. »Halten Sie mich für einen Narren? Er will sie töten. Und jetzt sagen Sie mir, wo sie hingefahren sind.«

Troussebois begann zu weinen. »Bitte erschießen Sie mich nicht, ich sage die Wahrheit.«

»Wo ist sie?«

»In einer Kutsche. Vor den Tuilerien. Für heute abend ist ein Attentat auf Napoleon geplant. Eine Bombe. Sie wird die Erbin töten.«

Verdammt und zugenäht, warum hatte er sich nicht für die Kutsche entschieden, statt für das Haus?

Webb schleppte Troussebois aus dem Zimmer in die Küche.

»Bitte, töten Sie mich nicht«, flehte er. »Meine Klienten wären ohne mich verloren.«

»Ihre Sorge scheint mir etwas spät zu kommen, Troussebois.« Webb öffnete die Tür zum Weinkeller. »Wo ist die Bombe?«

Der Anwalt schüttelte in einem Versuch ungeahnter Tapferkeit den Kopf.

Webb wiederholte die Frage mit der Pistole an Troussebois Stirn.

Der Mann schluckte. »Ich sage es Ihnen, wenn Sie versprechen, mich nicht zu töten.«

Webb holte tief Luft und nickte.

Troussebois schien bei der Wahl zwischen sofortigem Tod und dem Leben als Verräter zu schwanken und öffnete dann den Mund. »Die *Rue Saint-Nicaise*. Die Bombe ist in einem umgekehrten Kutschwagen verborgen, nahe der Ecke *Rue Saint-Honoré*.«

Webb stieß den Mann in den Weinkeller und knallte die Tür zu.

Er hörte die scharrenden Füße und Protestschreie des Anwalts.

»Monsieur, Sie haben es versprochen! Sie haben versprochen, mich am Leben zu lassen.«

»Und das habe ich auch«, gab Webb zurück.

»Aber Sie müssen mich herauslassen. Sie haben versprochen, mich nicht zu töten. Fouché wird nicht so großzügig sein, wenn er mich findet.«

»Und da, Troussebois, haben Sie sich geirrt. Ich habe versprochen, Sie nicht zu töten, ich habe nicht versprochen, Sie laufenzulassen. Ich werde Sie heute nacht nicht töten. Aber für Ihren guten Freund Fouché habe ich gar nichts versprochen. Ich befürchte, mit dem müssen Sie selber verhandeln.«

Webb verließ die Küche und rannte zur Tür, wobei seine

Schritte laut in dem leeren Haus hallten, begleitet von lautem Pochen an die Kellertür.

Beim Arbeitszimmer hielt Webb inne. Es gab immer noch die Chance, Fouché auszutricksen, sofern Lily noch am Leben war. Rasch steckte er das Testament und den Trauschein ein.

Wenn er Lily fand, würde er sie nicht mehr aus den Augen lassen. Und sie nie mehr in solche Gefahr bringen.

Webb rannte die Treppe hinunter und sah sich um.

Die *Rue Saint Nicaise* war zu weit, um sie zu Fuß zu erreichen und Fouchés Bombe aufzuhalten. Er hörte Hufgeklapper, und sein Kopf ruckte herum. Ein Mann ritt vorbei.

Webb grinste. Erstes Problem gelöst.

Im Schatten der Bäume rannte er so leise wie möglich die Straße entlang.

Als er den Mann erreichte, erkannte er, daß es kein normaler Bürger war, sondern ein Offizier der Husaren Napoleons.

Er hatte gehofft, einem Landjunker für ein paar Münzen das Pferd abkaufen zu können. Doch Webb hatte trotzdem Glück. Als er näher kam, hörte er die verwischten Zeilen eines Weihnachtsliedes von seinem Opfer.

»Fröhliche Weihnacht überall …«, sang der Mann.

Wie konnte er das vergessen? Es war Weihnachten.

Webb wünschte sich etwas, still in der Heiligen Nacht.

Der Mann schwankte im Sattel und begann die nächste Strophe. »Fröhliche Weih-«

»*Excusez-moi,* Monsieur«, rief Webb. »Ich habe mich verlaufen. Können Sie mir den Weg zur *Rue Saint-Nicaise* zeigen?«

Als der Mann sich umdrehte, packte Webb ihn am Kragen seines schönen Uniformrocks und riß ihn zu Boden. Der Mann fiel auf die Straße.

»Ich habe zuviel getrunken«, erklärte der Soldat und

sah Webb trübe an. »Seien Sie so nett und verraten Sie mir die nächste Zeile.« Er kratzte sich am Kopf und sang: »Fröhliche Weihnacht, überall ...«

Webb haßte das, was er jetzt tun mußte, aber es ging nicht anders. Er schlug dem Betrunkenen die Faust ans Kinn, so daß er ohnmächtig zu Boden sank. Dann ergriff er die Zügel des nervösen Pferdes und redete ihm sanft zu.

»Ruhig, mein Freund, ganz ruhig.«

Das Pferd tänzelte unruhig und sah auf den Fremden, der seine Zügel hielt.

Webb stieg mit einer flüssigen Bewegung auf und beruhigte das Pferd. Er warf noch einen Blick auf den Offizier und spürte Schuld in sich aufwallen.

Einem Mann am Heiligabend das Pferd zu stehlen, er sollte sich schämen. Schnell warf er dem Mann seine Tasche zu, damit er wenigstens seine Sachen behielt. Dann warf er ihm noch seine Geldbörse hin.

Genug für ein neues Pferd und eine Runde mit seinen Freunden. Dann zog er das Pferd um die Hand und trieb es mit den Hacken an, so daß sie durch die Straßen galoppierten, an feiernden Bürgern vorbei, die ihm trunken Glückwünsche zuriefen.

Zum ersten Mal seit Jahren durften die Pariser wieder öffentlich Weihnachten feiern, und sie machten das Beste daraus – tranken in den Bars und besuchten Freunde und Verwandte.

Während Webb durch die Straßen ritt, betete er erneut. *Bitte, laß Lily leben.*

Aber als er in die *Rue Saint-Nicaise* einbog, sah er die Kutsche des Ersten Konsuls auf sich zukommen. Der Kutscher trieb die Pferde an, und als Webb sein Pferd parierte, sah er, daß die Kutsche und die der Begleitung an einem umgestürzten Kutschwagen vorbeirasten.

Der umgestürzte Wagen. Die Bombe.

Webb freute sich einen Moment lang, daß er früh genug gekommen war, um Fouché aufzuhalten.

In diesem Moment bog ein zweite Kutsche, schwarz diesmal, aus der Allee und kam rasend schnell auf ihn zugefahren.

Webb sah entsetzt zu, wie der Kutscher absprang und sich in Sicherheit rollte.

Die Pferde zogen die Kutsche weiterhin auf den Wagen zu.

»Lily!« schrie Webb auf und trieb sein Pferd hinter der Kutsche her.

In diesem Moment explodierte der Wagen und ließ Glut und Trümmer durch die Straßen wirbeln – Trümmer von einer schwarzen Kutsche, die jetzt zertrümmert und rauchend auf der Straße lag.

21

Die erste Explosion warf Webb vom Pferd, die zweite bedeckte ihn mit Trümmern.

Als er sich unter zerfetzten Holzstücken der Kutsche und Glassplittern von den Schaufenstern der Geschäfte hervorkämpfte, versuchte er verzweifelt, durch den Qualm und die Flammen etwas zu erkennen.

Die Szene war fürchterlich. Verdrehte Körper, der Geruch nach Blut, das Prasseln der Flammen und der Gestank versenkten Fleisches. Die Schreie der Verwundeten und Verzweifelten, die Angehörige suchten, die eben noch neben ihnen gegangen waren, hallten ihm in den Ohren.

Webb kam taumelnd auf die Füße, sein Kopf schmerzte, und sein Blick verschwamm bei der schnellen Bewegung. Er betastete seine schmerzende Stirn und sah Blut an seinen Fingern.

»Lily«, rief er laut. »Lily, wo bist du?«

Das Pferd hatte irgendwie überlebt und stand nun verwirrt ein paar Schritte entfernt. Webb ergriff die Zügel und band das Tier an eine Laterne.

Dann lief Webb taumelnd zwischen den Verwundeten hindurch auf die Kutsche zu. Einmal stolperte er, und als er nach unten blickte, sah er einen Gefolgsmann Fouchés, den Kutscher, der sich durch einen Sprung hatte retten wollen.

Die Explosion hatte ein Stück Metall in seine Brust getrieben, und seine Augen starrten leblos in den Nachthimmel.

Webb zog ein zerbrochenes Rad beiseite, die Federn des Sitzes. Er bewegte sich wie ein Verrückter, und sein Blut nahm ihm die Sicht, aber ein Gedanke trieb ihn weiter:

Lily.

Er war daran schuld. Er hatte sie gegen ihren Willen hierhergebracht. Sie erpreßt. Ihre Geheimnisse zählten jetzt nicht.

Wenn sie nur lebte, damit er ihr sagen konnte, daß er sie liebte!

Die Fahrerkabine der Kutsche lag auf dem Dach. Das eine Pferd hatte sich im Zügel verfangen und kämpfte, um freizukommen. Das andere lag reglos mit abgewinkelten Beinen da.

Webb zerrte an der Kutsche und versuchte weiterzukommen.

Denn Lily mußte irgendwo darunter sein.

Ein Mann kam wie aus dem Nichts zu ihm.

»Sie sind verletzt, Monsieur, Sie brauchen Hilfe«, sagte der freundliche Fremde und zog sanft an Webbs Ärmel.

»Nein!« brüllte Webb. »Lassen Sie mich los! Ich verlasse sie nicht!«

Die Augen des Mannes wurden groß vor Furcht, aber er wich nicht zurück.

Webb kämpfte um Fassung und griff nach dem Mann.

»Helfen Sie mir bitte. Ich muß sie finden!«

»Natürlich, mein Sohn. Ich bin Vater Michel.« Der Mann verneigte sich leicht und rief dann einen anderen herbei, der neben der Leiche des Kutschers kniete. »Vater Joseph, wir brauchen Ihre Hilfe und Ihren guten Rücken.«

Zu dritt schafften sie es, die Reste der Kutsche aufzurichten.

Webb rat zurück und sah entsetzt ein Paar weißer Arme aus dem Wrack ragen, an den Handgelenken gefesselt. An einem Finger glitzerte der seltsame kleine Hummelring, den Lily immer trug.

»Nein«, schluchzte er und fiel auf die Knie, zerrte am Holz und versuchte verzweifelt, sie zu befreien. Sie war in eine dicke Pferdedecke gewickelt, die Vater Joseph rasch mit seinem Taschenmesser aufschnitt. Dann wickelten sie sie aus.

»Ich glaube, wir haben einen Engel entdeckt«, sagte Vater Joseph und schlug das Kreuz über Lilys Stirn.

Webb griff nach ihr und streichelte ihre warme Haut. *Wenn sie nur lebt.*

Er sah auf und entdeckte einen einzelnen Stern am Himmel. Er blinkte wie zur Antwort.

Und dann spürte er es.

Lilys Puls, fest und regelmäßig.

Er sah auf und entdeckte, daß die ersten Offiziellen eingetroffen waren. Fouché hatte Lily nicht getötet, zumindest noch nicht, und Webb war fest entschlossen, ihm keine zweite Chance zu geben.

Vater Josephs Blick war seinem gefolgt. »Ich habe den Verdacht, daß Sie hier wegmüssen.«

Webb nickte, hob Lily hoch und taumelte. Ihr Gewicht und sein Blutverlust hatten ihn geschwächt, und er wäre gefallen, wenn Vater Michel ihn nicht rasch gestützt hätte.

»Sie brauchen einen Arzt, mein Sohn. Sie beide.« Sein Griff war fest.

Vater Joseph stützte Webb auf der anderen Seite. »Wir sind gerade erst angekommen. Ich befürchte, wir wissen nicht, an wen Sie sich wenden können.«

Sie führten Webb in eine Nebenstraße.

»Hier ist ein Arzt in der Nähe«, brachte Webb hervor. »Dr. McTaggert. Er wird uns helfen.« Er nickte in Richtung des Pferdes. »Ich kann reiten.«

Vater Joseph lachte. »Sie können kaum laufen, mein

Sohn, geschweige denn reiten, noch dazu mit einer bewußtlosen Frau.« Er band das Pferd los und führte es herbei.

»Wo ist dieser Arzt?« fragte Vater Michel.

Webbs Kopfschmerz nahm zu, und er wußte, daß die Priester recht hatten. Er würde es nie alleine schaffen.

»Er wohnt am Flaming Thistle, einer schottischen Taverne. Kennen Sie sie?«

Vater Joseph lachte. »Ich bin in Dublin geboren, mein Sohn. Ich weiß, wo es in dieser gottverlassenen Stadt den nächstbesten nach irischem Whisky gibt. Das Flaming Thistle kenne ich nur zu gut.«

Webb spürte noch, wie er auf das Pferd gehoben und Lily über seinen Schoß gelegt wurde. Vater Michel und Vater Joseph gingen nebenher und stützten ihn und seine wertvolle Last.

So sehr er auch gegen die Bewußtlosigkeit ankämpfte, auch er brach schließlich ohnmächtig zusammen.

»Was glauben Sie, wen wir hier haben, Vater Michel?« fragte Vater Joseph und hielt das Paar im Sattel fester, damit sie nicht auf die Straße stürzten.

»Ich bin mir nicht sicher, Vater Joseph.« Der ältere Mann führte das Pferd über die alte Brücke. »In Paris ist es besser, nicht zu fragen und darauf zu vertrauen, daß wir nicht vom Weg abgeführt werden.«

Alex McTaggert hatte es sich gerade zu seiner eigenen Weihnachtsfeier bequem gemacht. Erst hatte er mit ein paar anderen schottischen Auswanderern zu Abend gegessen und dann entdeckt, daß ihm seine neue Mätresse ein unerwartetes Weihnachtsgeschenk überbracht hatte – sich selbst, in ein hauchzartes Negligé gehüllt, für das er ein Vermögen ausgegeben hatte.

Aber wie auch immer, die Kleine ließ ihn seit einem

Monat warten, und nun war es Zeit für die wohlverdiente Eroberung.

»Ah, meine liebe Giselle, was tust du hier?«

Sie kicherte. »Eine Untersuchung, Herr Doktor. Ich habe hier große Schmerzen.« Sie legte die Hand auf ihre rechte Brust.

Er trat näher. Sanft ergriff er ihre Hand und legte sie auf ihre linke Brust. »Ich glaube, du meinst hier, über deinem Herzen, du kleine Blume.«

Giselle kicherte erneut, und ihre festen Brüste fielen fast aus dem geschnürten Negligé. »Oh, ja, mein Herz, es quält mich so.«

Du kleines Biest, ich bezweifele, daß du eines hast, dachte er und zog sie an sich, um seine Untersuchung damit zu beginnen, daß er sie gründlich küßte.

Die Patientenglocke läutete laut.

Er ließ es klingeln und setzte seine Untersuchung fort, indem er ihre Pobacken umfaßte und sie an sich zog.

Die Glocke klingelte wieder, diesmal dringlicher.

»Verdammt«, fluchte er und löste sich widerwillig von seinem Weihnachtsgeschenk.

»Kannst du ihnen nicht sagen, daß sie gehen sollen?« schmollte Giselle.

»Wenn es keine Sache auf Leben und Tod ist, sind sie weg, noch ehe du dir eine Erkältung holen kannst, Mädchen«, versprach er, trat ans Fenster und sah hinaus.

Zwei Gestalten standen neben einem Pferd, auf dem ein Mann mit einer Frau saß.

»Monsieur, dieser Mann hat uns gebeten, ihn hierherzubringen«, sagte einer der Männer und streifte seine Haube zurück.

McTaggert sah den Kragen des Klerikers und fluchte.

Er war nicht besonders religiös, aber er besaß einen gebührenden Respekt vor Priestern. Wie konnte er dem

Priester erklären, daß er keine Zeit hatte, weil er gerade genug Sünden begehen wollte, um für einen Monat zur Beichte gehen zu können?

Mc Taggert sah Giselle an. Das Mädchen saß mit gespreizten Schenkeln auf der Lehne des Sofas, die Hände einladend gekrümmt.

Wenn er doch das Sofa wäre.

»Können Sie uns aufmachen, Monsieur?« rief der Priester. »Ehe der Mann ohnmächtig wurde, hat er gestanden, in Ärger verwickelt zu sein.«

Ärger? Dr. McTaggert nickte dem Priester zu. »Bringt ihn unter die Laterne und laßt mich einen Blick auf ihn werfen.«

Der Priester seufzte laut, als bäte er um Geduld von oben, und führte das Pferd dann langsam unter die Laterne. Dort hob er den Kopf des Patienten an, so daß Alex ihn sehen konnte.

»Verdammt«, fluchte er, als er das blutige Gesicht seines närrischen Freundes sah. Die Frau, vermutete er, war dann die De-Chevenoy-Erbin.

Ärger war nicht ganz das richtige Wort.

»Ich komme sofort.« Er knallte das Fenster zu und wandte sich an Giselle. »Tut mir leid, Süße, aber ich habe Patienten.«

Sie zog einen Schmollmund. »Ich könnte dir helfen«, schlug sie vor und spielte an ihrem Mieder.

»Nur, wenn du viel Blut sehen kannst.«

Sie erschauerte, verließ das Schlafzimmer und knallte die Tür zu.

Alex eilte die Treppe hinunter und öffnete die Riegel an der Tür. Einer der Priester hatte die Frau auf dem Arm, der andere zog vorsichtig Webb vom Pferd.

»Mir geht es gut«, murmelte Webb zu Alex' Erleichterung.

»Du lebst also«, sagte er, ergriff Webbs Arm und legte ihn sich um die Schulter. »Ich hatte schon Angst um mein Honorar. Tote Patienten sind immer so säumige Schuldner.«

»Du bist ein wahrer Schotte, Alex. Mehr Sorge ums Geld als um die Patienten«, sagte Webb.

Alex wandte sich an den Priester mit dem Pferd. »Bringen Sie es besser nach hinten und wecken Sie den Stallburschen. Sagen Sie, McTaggert will, daß es gut versorgt wird. Dann nehmen Sie den Sattel und werfen ihn in den Fluß.«

Er sah, wie die beiden Priester einen Blick wechselten, als wenn sie sagen wollten, sie hätten gleich geahnt, daß da etwas nicht stimmte.

»Ich danke Ihnen für Ihre Hilfe, und wenn Sie mir Ihre Adresse geben, will ich dafür sorgen, daß Ihr Sprengel eine großzügige Spende erhält«, sagte Alex zu dem Priester, der die Frau die Treppe hochtrug.

Der Priester keuchte und schwankte nach oben, wo er seine Last auf ein Sofa legte.

»Ich habe Erfahrung in der Krankenpflege, ich könnte Ihnen helfen«, bot er dann an. Er begann bereits, Mantel und Robe abzulegen.

Widersprich nie einem Priester, dachte Alex. Außerdem konnte er die Hilfe gebrauchen. Er öffnete seinen Medizinschrank und holte Verbände für Webbs Kopfwunde heraus, füllte eine Schale mit Wasser und kniete sich neben Webb, um ihm das Blut abzuwaschen und die Quelle des Blutes zu sehen.

Webb schüttelte ihn ab. »Mir geht es gut, du Pferdedoktor. kümmere dich erst um Lily.« Er deutet auf die Frau.

Alex reichte dem Priester das blutige Tuch. »Falls Sie helfen wollen, können Sie sein Gesicht säubern, damit ich seinen Anblick ertragen kann.«

Der Priester grinste. »Schotten. Ich werde mich nie an ihre schlechten Manieren gewöhnen.«

Alex betrachtete den Mann. »Höre ich da einen Akzent, Vater? Einen Irischen, wenn ich mich nicht irre?« Als der andere nickte, entspannte er sich.

»Vater Joseph O'Brien, frisch aus Dublin und auf der Durchreise auf der Reise nach Rom.«

Wenn er kein Franzose ist dann ist seine Loyalität nicht anzuzweifeln, dachte Alex. Und wenn er wirklich auf der Durchreise ist, hält er sich nicht lange genug in der Stadt auf, um jemandem zu erzählen, was er gesehen hat. »Nun, machen Sie Ihre Sache gut, Vater Joseph, dann grabe ich eine Flasche von meinem alten Highland-Whisky aus. Guter Whisky, nicht das wässerige Zeug, das ihr in Irland trinkt.«

»Es klingt so, als hättest du die Flasche schon geöffnet«, mischte sich Webb ein.

»Hüte deine Zunge, Freund«, ermahnte ihn Alex.

Webb brauchte jeden Rest Geduld, um stillzuhalten, während Vater Joseph ihm die Kopfwunde säuberte.

Er starrte ins Zimmer, erfüllt von Schuldgefühlen und Angst.

Wenn er nicht für einen Drink mit Alex gegangen wäre … wenn er nicht darauf bestanden hätte, daß sie mitsollte …

Wenn … wenn … wenn … sein Kopf schmerzte vor Beschuldigungen.

Webb beobachtete jede Bewegung von Alex und hoffte, daß seine Patientin endlich die Augen aufschlagen und ihm eine Strafpredigt halten würde, weil er nicht eher in das De-Chevenoy-Haus zurückgekommen war.

»Webb?« flüsterte sie mit brüchiger Stimme. »Wo bist du?«

»Lily? Ich bin hier.« Mit zwei Schritten war er neben dem Sofa und sank davor auf die Knie. Trotz seines Schwindels versuchte er, sie klar in den Blick zu bekommen.

Ihr Bild verschwamm vor seinen Augen, und er ergriff ihre Hand, diejenige, die nicht verletzt war. Die andere Hand wies kleinere Verbrennungen auf, und der Arzt hatte sie gesäubert, mit einer stinkenden Salbe bestrichen und verbunden.

Anscheinend hatte die dicke Pferdedecke, in die sie gewickelt worden war, sie vor dem Schlimmsten geschützt.

Webb sah Alex an, um die Antwort auf die Frage zu bekommen, die zu stellen er zu feige war.

Wie geht es ihr?

Alex zuckte die Achseln. »Ich weiß es nicht. Aber das kommt bei Kopfverletzungen vor. Sie hat eine riesige Beule hier –«, er deutete auf ihre Schläfe, »– und auch sonst genug Schrammen, vielleicht sogar innere Verletzungen, aber das kann ich jetzt noch nicht sagen. Es wäre besser, wenn sie zu sich käme. Ich will dich nicht anlügen, Junge. Je länger sie ohnmächtig ist, desto schlimmer ist es.«

»Webb?« Lilys Finger schlossen sich um seine Hand.

»Lily, es wird alles gut, aber du mußt aufwachen.«

Sie warf sich herum und schob seine Hand weg. Als sie sich bewegte, verzog sie das Gesicht vor Schmerz.

Webb beugte sich vor. »Wach auf, kleine Lily, wach auf. ich verlasse Paris nicht ohne dich, ich werde dich nie mehr verlassen. Für gar nichts. Wach nur auf und lebe dein Leben mit mir.«

Ihr Atem ging heftig, als wäre sie gerannt. »Geh«, bat sie, »bitte geh.« Einen Moment lang flatterten ihre Lider, als wollte sie sie öffnen, aber dann entspannte sich ihr Körper, und ihr Atem wurde regelmäßig.

Die Uhr schlug elf, als Alex Webb die Hand auf die Schulter legte. »Du solltest schlafen. Ich bleibe bei ihr.«

»Nein, ich gehe nicht weg.« Webb warf einen ärgerlichen Blick über die Schulter. Dann wandte er sich wieder Lily zu und ergriff ihre Hand. »Hörst du, Mädchen? Ich gehe nicht weg.«

Lily schlug die Augen auf und fand sich in einem schattigen Zimmer. Sie hörte das Ticken einer Uhr und das Prasseln von Feuer. Ein seltsamer Geruch hing im Raum. Lily blinzelte und versuchte zu erkennen, wo sie war, aber nichts war ihr vertraut.

Außer dem Mann an ihrer Seite.

Webbs Kopf lag an ihrem, seine Hand hielt ihre. Sie seufzte.

Webb war in Sicherheit.

Aber dann sah sie noch einmal hin und entdeckte den Verband um seinen Kopf, das getrocknete Blut.

Als sie nach ihm greifen wollte, um ihn zu trösten, schoß ein scharfer Schmerz durch ihren Arm bis in die Fingerspitzen. Sie betrachtete ihre Hand, die ebenfalls verbunden war.

»Sie haben sich also entschlossen, sich wieder zu uns zu gesellen, Mylady«, sagte eine Stimme, die sie nicht kannte. »Das wird unseren Freund hier sehr glücklich machen.«

Lily wandte den Kopf und sah einen Mann in einer dicken Wolldecke in einem Ledersessel sitzen. Seine schwarzen Haare waren bereits mit Grau durchsetzt, aber sein Gesicht war glatt und verriet kein Alter. Er konnte dreißig sein, aber auch sechzig. »Kenne ich Sie?« fragte sie.

Der Mann grinste. »Ich bin Ihr Arzt.«

Sie schloß die Augen. »Warum geht es mir dann so schlecht?«

Der Arzt lachte, ein warmes, freundliches Lachen. »Oh, ich hätte für mich selber nicht besser wählen können.«

»Was wählen?«

»Eine Frau für den dickköpfigen Narren an Ihrer Seite.«

Sie versuchte sich aufzusetzen. »Ich bin nicht seine Frau.«

Bei der abrupten Bewegung wachte Webb auf. Erst sah er verwirrt aus, dann wurden seine Augen groß, und er lächelte schief.

»Mädchen! Du bist zurück!« Er beugte sich vor und küßte sie auf den Mund, liebkoste ihre Lippen zärtlich, auch wenn er voller Verlangen war.

Sie ließ sich einmal, na gut, zweimal küssen und wich dann zurück. »Du sollst mich doch nicht so nennen!« Dann runzelte sie die Stirn. »Es gab eine Explosion. Wie hast du mich gefunden? Wie bin ich entkommen? Bist du schwer verletzt? Du siehst furchtbar aus. Wo sind wir?«

Webb sah den fremden Mann an. »Völlig erholt, Alex. So ist sie immer.«

Der Arzt hustete höflich und hob die Brauen. »Laß mich das beurteilen.« Alex kniete sich neben sie und legte ihr die Hand auf die Stirn.

»Wie geht es ihm?« fragte sie und sah von Webb zum Arzt.

»Er wird sich wieder völlig erholen, wie Sie, wenn Sie mich meine Arbeit tun lassen. Wenn wir die laienhafte Meinung unseres Freundes mal beiseite lassen, wie geht es Ihnen?«

Webb würde sich erholen. Sie konnte sich keine bessere Diagnose denken.

Was sie anging, hatte sie das Gefühl, als hätte sie eine Handvoll Wolle geschluckt. Schwindlig und schwach. Lily schloß die Augen und zählte im Geiste die Stellen, die ihr weh taten. Sie überlegte, was passiert sein mochte, und einen Moment lang sah sie nur Flammen, aber dann kamen Worte und Bilder.

Eine Explosion.

Fouchés Drohung. Das Treffen in Henris Arbeitszimmer.

Der Schlag von Fouchés Gefolgsmann.

Die Kutsche, in der man ihr etwas zu trinken gegeben hatte.

Und dann nichts außer Lärm und Flammen.

»Mein Kopf schmerzt, aber das kann von dem sein, was man mir zu trinken gegeben hat.«

Der Arzt neigte den Kopf. »Wissen Sie, was das war?«

Sie schüttelte den Kopf. »Nein. Ich sollte davon einschlafen, um nicht die Aufmerksamkeit auf die Kutsche zu lenken. Es schmeckte süß.«

»Vielleicht Laudanum. Kein Wunder, daß Sie Kopfschmerzen haben und so lange ohnmächtig waren.« Er betrachtete sie. »Sonst noch etwas?«

»Nur meine Hand«, sagte sie und hob sie hoch.

Der Mann lächelte Webb an. »Klingt so, als würde deine zukünftige Braut lange genug leben, um ihr Jawort zu geben. Ich werde meine Rechnung mit einem kleinen Hochzeitsgeschenk zusammen schicken.« Er verschränkte die Arme vor der Brust. »Sieht so aus, als wäre ich mal wieder brillant gewesen.«

In dem Moment sah Lily, wie sich zwei dunkle Gestalten von zwei Klappbetten am Feuer erhoben.

»Kommt sie zu sich?« fragte eine freundliche Stimme.

»Ja, Vater«, antwortete Alex. »Es sieht so aus, als hätten Sie und Vater Michel ihr Leben gerettet, als Sie sie so schnell von der Explosion weggebracht haben.«

»Ein Priester?« fragte Lily. »Hast du gedacht, daß ich sterbe?«

Webb grinste. »Nein. Sie haben mir geholfen, dich aus

der Kutsche zu ziehen. Ohne sie hätten wir es nie zu Alex und in Sicherheit geschafft.«

Sicherheit. Sie wußte, was das bedeutete. Alex kannte Webbs Pflichten und hatte ihm offenbar schon öfter geholfen, so locker, wie sie miteinander umgingen.

»Alex war so nett, ihnen für die Nacht einen Platz am Feuer anzubieten«, fuhr Webb fort. »Außerdem wollte ich sie hier haben, wenn du aufwachst.«

Sie sah ihn mißtrauisch an. »Wofür denn?«

»Na, damit wir heiraten können, Mädchen. Ehe die Sonne aufgeht, will ich dich zu meiner Frau machen.«

22

»Dich heiraten?« Lily setzte sich auf. »Ich kann nicht. Ich will nicht.«

Webb lächelte nachsichtig. »Lily, mach dich nicht lächerlich. Natürlich werden wir heiraten.« Er ergriff ihre Hand. »Ich liebe dich. Ich weiß nicht, wann es passiert ist oder warum, aber es ist so. Du bedeutest mir mehr als alles andere. Ich glaube, ich habe dich immer geliebt, Mädchen. Zählt das nicht?«

Es zählte mehr, als sie zuzugeben wagte. Wann war nur alles so schiefgegangen? Webb liebte sie. Sie sollte in seinen Armen tanzen. Aber sie fühlte sich, als wenn sie sich in der Gosse verkriechen wollte.

Webb liebte sie. Lily kämpfte gegen die Tränen.

»Nein, Webb, ich kann dich nicht heiraten. Nie.« Sie sah zu Boden. »Müssen wir das jetzt besprechen?« flüsterte sie und bemerkte die verlegenen Gesichter ihrer Zuhörer.

Webb wandte sich um. »Können Sie uns einen Moment allein lassen?«

Die drei verschwanden in ein Zimmer, das wohl das Büro des Arztes war. Sobald sie allein waren, sah Webb Lily fest an. »Du hast recht, daß wir das nicht vor Fremden besprechen sollten. Dennoch, wir müssen heiraten.« Er zog einige Papiere aus seiner Jacke und gab sie ihr.

Sie sah auf die bekannten Dokumente. »Woher hast du die?«

»Aus dem Arbeitszimmer. Ich kam an, als du gerade weg warst, und fand Troussebois vor.«

Lily holte tief Luft. »Troussebois hat uns betrogen. Du hättest getötet werden können.«

»Ja, das dachte ich mir bei den Unterschriften. Ich habe ihn blökend im Weinkeller zurückgelassen.«

»Er kann nicht klagen«, sagte sie, ehe sie sich zurückhalten konnte, »er hätte Armands Schicksal haben können.«

Webb neigte den Kopf. »Armand?«

Lily sah weg.

»Was hast du getan?« Seine Stimme klang erschrocken.

»Ich habe ihn nicht getötet, wenn du das denkst. Es geht ihm gut, soweit ich weiß. Außerdem war es nicht meine Idee. Amelia hat geholfen, sie hat versprochen, daß es ihm gutgehen wird.«

»Amelia? Was hat sie damit zu tun?«

»Sie kam rechtzeitig, um Armand daran zu hindern, das weiterzugeben, was er mitgehört hatte.«

»Und das war?«

»Er hat gehört, daß ich den Costards gesagt habe, daß ich nicht Adelaide bin«, erwiderte sie ruhig.

»Was?« Webb riß sogar sein zugeschwollenes Auge auf. »Ich bin auf den Kopf gefallen, aber ich glaube, du hast gesagt, du hast den Costards verraten, daß du nicht Adelaide bist.«

Sie zuckte zusammen und nickte.

Webb setzte sich zurück, und sein Kiefer sank herab.

»Ich wollte nicht länger in Paris bleiben und dachte ...« Fast hätte sie die Wahrheit gesagt.

Ich dachte, du und Amelia hättet eine Affäre.

»Ich wollte einfach die Tagebücher finden und die Sache hinter mich bringen. Aber dann hat Armand gesagt, er würde mich töten, und die Costards vielleicht auch, und da habe ich Amelia recht gegeben, daß er nicht in Paris bleiben kann.«

Webb verschränkte die Arme vor der Brust. »Und was

habt Amelia und du entschieden, was mit Armand geschieht?«

»Amelia schlug vor, ihn dem ottomanischen Sultan zum Geschenk zu machen«, erzählte sie.

Webb sah sie an, als wäre sie verrückt geworden.

»Wirklich. Es war Amelias Idee, nachdem sie ihm auf den Kopf geschlagen hatte. Amelia hat gesagt, der Sultan mag gutaussehende Männer. Sie hat versprochen, daß er dort sogar verwöhnt wird.«

Sein Mund formte ein O und schloß sich wieder.

»Ich fand es eher ungewöhnlich, aber Amelia fand es wohl witzig.«

»Darauf wette ich.« Webb lachte.

»Dann bist du nicht böse?« fragte Lily. Webb würde sie noch früh genug verachten. Sie wollte noch ein wenig länger seine Liebe genießen.

»Nicht so sehr, wie ich sein sollte. Ich würde dir alles verzeihen, Mädchen, das solltest du wissen.« Er nahm die Dokumente. »Sieh mal, Troussebois hat den Namen des Ehemannes freigelassen, weil Armand nicht da war. Ich habe einfach meinen Namen hineingesetzt. Ich dachte mir, daß du lieber den Segen hättest, deshalb habe ich Vater Joseph gebeten, das zu segnen, was das Gesetz schon als bindend ansieht.«

»Wie kann die Ehe echt sein? Ich habe doch als Adelaide unterschrieben.«

»Ist das deine Unterschrift?«

»Aber ich …«

»Ist sie es?«

Sie runzelte die Stirn. »Ja, aber …«

»Und das ist der Trauschein?«

»Wir sind nicht verheiratet. Ich sehe das nicht als legal oder bindend.«

»Aber ich, Lily. Die Namen sind egal, das französische

Gesetz betrachtet uns als verheiratet, also sind wir verheiratet. Außerdem wird Adelaide jetzt, wo wir verheiratet sind, alle Besitztümer ihrem rechtmäßigen Ehemann überschreiben. Da Troussebois auch das leer gelassen hat, habe ich meinen Namen hineingeschrieben. Jetzt sind die DeChevenoy-Güter sicher, bis ich zurückkehre und sie einfordern kann.«

»Das läßt Fouché dir nie durchgehen.«

»Was soll er dagegen tun? Er hat ja selber unterschrieben. Warte nur, dieses Wiesel wird sich schon wieder in Napoleons Gunst bringen.«

»Da ist nur ein Problem – ich lebe noch.«

Webb grinste. »Nicht mehr lange.«

»Das klingt nicht gut.«

»Unglücklicherweise starb laut Dr. Alex McTaggert Adelaide an den Folgen des Anschlags in Paris. Lily D'Artiers Copeland Dryden ist auf dem Wege der Besserung.«

»Arme Adelaide«, sagte Lily. »Aber woher nimmst du die Leiche?«

»Wir brauchen keine. Alex hat deinen Totenschein ausgestellt, die Priester haben als Zeugen unterschrieben, und der Sarg ist schon versiegelt. Adelaide ist beerdigt, ehe Fouché Zeit hat zu erfahren, was wir getan haben.«

»Nun, das ist eine Erleichterung. Ich dachte schon, du wolltest mich auch zum Sultan schicken.«

Webb schüttelte den Kopf und sah in Lilys unschuldige Augen. »Ich bezweifele, daß du sein Typ bist.« Er wollte ihr nicht sagen, welchem Schicksal sie Armand zugeführt hatte, damit sie die gutgemeinte Tat nicht bereute und ihn bat, Armand zurückzuholen.

Amelia wußte schon, wie man einen Mann wie Armand von seinem Sockel holte. Aber Webb dachte bei sich, daß Armand den Hof wahrscheinlich sogar wirklich im Sturm erobern und sich dort wohl fühlen würde.

Er lächelte sie an. »Jetzt, wo Adelaide tot ist, kannst du hier nicht länger bleiben, deshalb bringe ich dich nach London. Da wir die Tagebücher nicht gefunden haben, vertraue ich darauf, daß Fouché sie auch nicht findet, es sei denn, er würde das Haus Stein für Stein abreißen. Aber bei dem guten Zustand des Hauses könnte nicht einmal er das rechtfertigen. In ein paar Monaten kann ich zurückkommen und noch einmal in Ruhe nach den Aufzeichnungen suchen.«

Lily schüttelte den Kopf. »Du brauchst nicht zurückzukommen.«

Lily machte sich Sorgen um ihn. Das, so dachte er, war ein gutes Zeichen. Was immer sie gegen die Ehe mit ihm hatte, er würde sie schon überzeugen. »Ich weiß, daß du dir Sorgen machst, aber ich passe auf, und in London bist du bei mir sicher.«

Lily schloß die Augen und kniff die Lippen zusammen. »Laß mich ausreden.« Sie öffnete die Augen und seufzte. »Du brauchst nicht zurück nach Paris zu gehen. Es gibt keine Tagebücher. Die Costards haben mir das erzählt.«

»Die Costards?«

»Ja, als ich sie danach gefragt habe, hat Costard mir gesagt, daß Henri nie Tagebuch geführt hat.«

»Du hast was gemacht?« fragte er ungläubig. Sein Kopf schmerzte noch mehr.

»Das habe ich dir doch schon erzählt, als wir über Armand gesprochen haben. Er war da, als ich Costard erzählt habe, wer ich bin. Aber ich glaube, das mit den Tagebüchern hat er nicht gehört.«

»Warum hast du das gemacht?«

»Im Gericht wurde mir klar, daß sowohl die Costards als auch Troussebois wußten, daß ich nicht Adelaide bin, also war unsere Zeit hier begrenzt. Mein Gefühl hat mir gesagt, daß die Costards einen anderen Grund für ihr Schweigen hatten als Troussebois.« Sie imitierte das nervöse Zucken des Mannes. »Ich habe ihm nie vertraut, aber den Costards. Also habe ich sie gefragt.«

Erst ein paar Tage dabei, und schon war sie Expertin bei Gefühlen. »Warum warst du dumm, idiotisch und anfängerhaft ...«

Lily unterbrach ihn. »Ja, mach schon, sag nur, daß ich die schlechteste Agentin der Welt bin.«

Er tat es nicht. Statt dessen fragte er: »Woher weißt du, daß die Costards die Wahrheit sagen?«

Sie wandte sich von ihm ab und zog einen kleinen Brief aus ihrem Mieder, den sie ihm gab. »Ich habe ihn nicht geöffnet, aber Costard hat mir gesagt, daß er von Henri de Chevenoy ist. Er sollte im Falle von Henris Tod deinem Vater übergeben werden.« Sie zuckte die Achseln. »Ich nehme an, das erklärt alles. Man könnte sagen, daß Henri ein letztes Mal auf Kosten deines Vaters gelacht hat.«

Webb betrachtete den Brief. Es war Henris Schrift und Siegel. Er öffnete den Brief.

Ohne auf Lilys Protest zu achten, daß der Brief für seinen Vater war, las Webb, was darin stand. Lily hatte in der Tat die Wahrheit entdeckt.

Es gab keine Tagebücher. Henri gestand, sie als Drohung erfunden zu haben, damit die Regierung ihn bezahlte. Er entschuldigte sich und drängte Dryden, niemanden nach Frankreich zu schicken, der ihn ersetzen könnte, sich aber um die Costards zu kümmern.

Webb stand auf und warf den letzten Beweis für die Spionage der de Chevenoys ins Feuer. Dann fragte er: »Warum hast du mir nicht gesagt, daß du vorhattest, die Costards zu fragen?«

»Du hattest anderes zu tun.«

Amelia. Webb trat zu Lily. »Wenn du denkst, daß Amelia und ich ...«

Sie legte ihm den Finger auf die Lippen. »Ich weiß, daß es nicht so war. Sie hat es mir erzählt.«

Webb konnte sich die Unterhaltung lebhaft vorstellen. Er ergriff ihre Hand und küßte den Finger, der eben noch seine Lippen berührt hatte. »Warum hast du mir aber nichts von deinen Überlegungen gesagt?«

»Weil du mir alles verboten hättest.«

Da hatte sie recht. Aber es den Costards zu sagen? Das war ein immenses Risiko, selbst nach seinen kühnen Maßstäben.

»Webb, dir mögen meine Mittel nicht gefallen, aber ich habe die Wahrheit recht schnell ans Licht gebracht. Laut Costard war Henri nicht so dumm, etwas aufzuschreiben, tatsächlich war er …« Sie brach ab.

»Ja? Was?«

»Er … er war … sehr gut darin, sich alles zu merken«, sagte sie stotternd. »Und er soll nie belastendes Material behalten haben.«

Webb hatte den Verdacht, daß Lily ihm etwas verschwieg, aber jetzt war nicht die Zeit, das herauszufinden. Wenn stimmte, was sie sagte, war ihr Auftrag erledigt.

»Ich sehe die Enttäuschung in deinen Augen«, sagte Lily weich. »Wir sind umsonst hergekommen.«

Umsonst? Das würde er nicht sagen. Die britischen Agenten konnten sich jetzt entspannen, da sie nicht mehr davon ausgehen mußten, daß ein Bericht mit ihren Namen an Bonaparte gegeben werden würde. Henris Besitz war dem Zugriff des Emporkömmlings entzogen, und die Costards waren versorgt.

Darüber hinaus hatte er etwas viel Wertvolleres gefunden.

Er hatte den Sinn seines Lebens gefunden.

Er hatte Lily gefunden.

Jetzt mußte er sie nur noch davon überzeugen, ihn zu

heiraten. Allerdings waren noch ein paar Fragen offen. Zum Beispiel, wo die Costards jetzt waren. Und wo war Celeste?

Während Lily ihm den Rest des Abends erzählte, spürte er wachsenden Stolz darauf, wie sie die Situation gemeistert hatte.

Jetzt brauchten sie nur noch die Costards und Celeste einzusammeln und schnell an die Küste zu reisen, um ein Schiff nach England zu bekommen.

»Dann bleibt nur noch eine Frage, Lily«, sagte Webb und kniete sich vor sie. »Warum willst du mich heute nicht heiraten?«

Sie sah ihn mit klaren grünen Augen an. Er glaubte Tränen darin glänzen zu sehen, aber es war nur das Licht.

»Webb, es war falsch, miteinander zu schlafen, falsch, hierherzukommen. Und eine Ehe wäre ein noch viel größerer Fehler.« Sie holte tief Luft. »Mein Leben liegt in Virginia, nicht in der Arbeit für deinen Vater. Dafür bin ich nicht geeignet, wie du ja wohl bestätigen kannst. Vergiß alles, was hier geschehen ist, es war ein Fehler.«

Webb ergriff ihre Schulter. »Ich glaube das nicht, und du tust es auch nicht. Sag mir, Lily, warum willst du mich nicht heiraten?«

Sie sah ihn entschlossen an. »Weil ich dich nicht liebe. Ich wollte dir nur heimzahlen, wie du mich damals behandelt hast, und jetzt sind wir quitt.«

23

England, Neujahr 1800

Als sie zurück in England waren, ließen Lilys Worte, daß sie ihn nicht liebte, Webb nicht zur Ruhe kommen. Er warf einen raschen Blick auf ihr stilles Gesicht.

Hatte sie ihm wirklich nur etwas vorgemacht? Sein Stolz war zu sehr verletzt, um sie weiter auszufragen.

Ehe sie Paris verlassen hatten, hatte Lily ihn gebeten, eine Nachricht an Lucien zu schicken. Sie hoffte, daß ihr Bruder auf ihren Rat hören und sofort nach Virginia zurückkehren würde.

In Paris war keiner von ihnen mehr sicher.

Nachdem Lucien gewarnt war, verließen sie Alex und eilten auf Henris Landsitz, wo sie sich an Fouchés Wachen vorbei in die abgelegene Jagdhütte schlichen, um Celeste und die Costards abzuholen. Dann waren sie ohne weitere Verzögerungen an die Küste gereist und hatten nur angehalten, um die Pferde zu wechseln und etwas zu essen. In der vollen Kutsche war wenig Gelegenheit für ein privates Gespräch gewesen, und wenn sie anhielten, war Lily ihm immer aus dem Wege gegangen und bei Celeste geblieben.

Als sie dann kurz nach Mitternacht in London eintrafen, war die Explosion in der *Rue du Nicaise* bereits sechs Tage her.

Webb hatte Lily am Haus ihrer Tante abgesetzt und ihr gesagt, daß er sie am nächsten Morgen abholen werde, damit sie seinem Vater im Außenministerium Bericht erstatten konnten. Anschließend hatte Webb den schriftlichen Bericht, den er auf der Rückreise geschrieben hatte, auf den Schreibtisch seines Vaters gelegt, damit er ihn schon morgens vorfand.

Schließlich ging auch er ins Bett, wo er sehr unruhig schlief.

Zu seiner Überraschung wartete Lily schon auf ihn, als er am nächsten Morgen kurz nach neun bei Lady Dearleys Haus vorfuhr. Fast hatte er erwartet, daß sie die Stadt heimlich verlassen hätte.

Und ihn.

Jetzt saßen sie zusammen in der Kutsche, und noch immer wich Lily seinem Blick aus und antwortete auf seine Fragen nur einsilbig.

»Gleich sind wir da«, sagte er schließlich in der Hoffnung, eine Antwort zu bekommen.

Sie nickte nur.

Die Kutsche verlangsamte ihre Fahrt vor dem imposanten Gebäude an der Themse, und der Gestank des Flusses drang herein. Als sie anhielten, stieg Webb zuerst aus und half Celeste und Lily heraus.

Lily hatte darauf bestanden, daß Celeste sie begleitete. Als Anstandsdame, hatte sie erklärt. Aber er hatte das Gefühl, daß sie nur nicht mit ihm allein sein wollte.

»Ich weiß nicht, wie es dir geht, aber ich finde den Gestank eine Zumutung«, kommentierte Webb. »Ich kann es kaum erwarten, bis wir meinem Vater Bericht erstattet haben und auf Hochzeitsreise gehen können.«

»Wir sind nicht verheiratet, Webb.«

Er sah ihr in die grünen Augen. Wenn sie Gefühle hatte, verbarg sie sie gut. »Vielleicht nicht. Ich glaube, ich sollte dir danken, weil du diese Ehe nicht anerkennst. So kann ich mir eine bereitwilligere Frau suchen.«

Celeste stieß einen tadelnden Laut aus, und Lily sah sie ärgerlich an.

Webb blieb keine Zeit mehr, noch mehr zu sagen, denn Cecil, der Sekretär seines Vaters, erwartete sie bereits am Fuße der Treppe.

Gut, daß er Lily verkappt eine Lügnerin genannt hatte, denn ihr Gesicht leuchtete jetzt rosa.

Celeste setzte sich auf eine Bank vor dem geräumigen Büro ihres Vaters, und Webb und Lily gingen hinein.

»Ich habe gerade deinen Bericht gelesen, Webb«, sagte Lord Dryden, erhob sich und neigte den Kopf vor Lily. Er bot ihr einen Stuhl an.

Als sie saß, setzten sich auch die beiden Männer. Webbs Vater stürzte sich ohne große Vorrede in eine Reihe von Fragen zu ihrer Arbeit und ihren Beobachtungen. Die meisten Fragen beantwortete Webb, aber gelegentlich fragte sein Vater Lily direkt, und sie gab ihm klare Antworten.

Endlich neigte sich ihre Befragung dem Ende. Lord Dryden setzte sich zurück, nahm die Brille ab und rieb sich die Nasenwurzel.

Zum erstenmal dachte Webb, daß sein Vater alt wurde. Die Linien um seine Augen traten stärker hervor, und er wirkte müde, was für ihn höchst untypisch war.

»Ich muß mich entschuldigen, Lily«, sagte Lord Dryden, »weil ich dich auf so eine Reise geschickt habe. Ich kann dir nur versichern, daß es notwendig war, die Nichtexistenz der Tagebücher zu bestätigen.« Er blickte auf den Bericht. »Wenn Namen zu den Holländern, Franzosen oder dem ungehobelten Pack auf der anderen Seite des Atlantiks gedrungen wäre – entschuldige, Lily –, wagte ich nicht zu denken, wie lange die Schadensbegrenzung dauern würde.«

Lily saß geziert auf ihrem Stuhl, die Hände im Schoß

gefaltet. »Ich freue mich, daß ich Ihnen von Nutzen sein konnte. Sie haben sich meiner Familie gegenüber sehr großzügig gezeigt, und ich freue mich, daß ich auf diese Weise ein bißchen der Schuld zurückzahlen konnte.«

»Unsinn, meine Liebe«, sagte Lord Dryden. »Der Dienst Ihrer Familie ist ein enormer Beitrag für die Sicherheit unseres Landes. Ich bin es, der Ihnen auch im Namen des Königs danken muß.«

»Ist das alles?« fragte Lily und erhob sich. »Dann würde ich gerne in das Haus meiner Tante zurückkehren, um mich für die Abreise zu Sophia fertig zu machen. Ich will bei der Geburt des Kindes dasein.«

Lord dryden nickte. »Ja, ja. Ich verstehe Ihre Eile, aber wenn Sie noch einen Moment Platz nehmen könnten, Sie möchten vielleicht gerne die Neuigkeit hören, die ich meinem Sohn mitzuteilen habe.«

Lily sank auf die Kante ihres Stuhls, als wollte sie jederzeit aus dem Raum laufen können.

»Mein lieber Junge«, begann Lord Dryden, »ich bin sehr stolz, dir diese frohe Nachricht überbringen zu können. Angesichts deiner langen Dienste für König und Vaterland hat der König entschieden, dich mit dem Titel Viscount Weston zu ehren, zusammen mit dem Haus und den Ländereien, die zu dem Titel gehören.«

»Aber Weston Hall ist …«

»Gleich neben Dryden Manor, ich weiß. Der alte Viscount ist letztes Jahr ohne Erben gestorben, so daß der Besitz zurück an die Krone gefallen ist. Da James meinen Titel erben wird, hat der König entschieden, daß du den Besitz übernimmst.«

»Und das steht schon fest?« Webb war sich gar nicht sicher, ob er diese Ehre wollte. Er hatte vorgehabt, sich als Mr. Dryden unauffällig aus der Gesellschaft zurückzuziehen.

»Ja, es wurde gleich nach deiner Abreise entschieden. Du bist jetzt Lord Weston. Meinen Glückwunsch.« Er schüttelte Webb die Hand. »Jetzt brauchst du nur noch eine Lady Weston, um die Kinderzimmer zu füllen.« Sein Vater lachte und sah Lily bedeutungsvoll an.

Webb ignorierte ihn.

»Was sagen Sie dazu, Lily? Mein Junge ist ein Viscount mit einem großen Besitz. Sie müssen ihn sich ansehen.«

Sie lächelte schmal. »Ich bezweifele, daß das möglich sein wird.« Sie wandte sich an Webb. »Herzlichen Glückwunsch, Mylord. Ich bin mir sicher, daß du dem Titel Ehre machen wirst.« Dann erhob sie sich wieder. »Ich muß gehen. Ich habe meiner Tante versprochen, mit ihr zu frühstücken, und muß zurück.«

»Nicht so schnell, Lily«, sagte Lord Dryden. »Ich habe noch eine Neuigkeit, zu der ich Ihre Meinung hören will.«

Webb sah, wie sie stehenblieb und tief Luft holte.

»Es geht um Mr. Saint-Jean.« Lord Dryden suchte in den Papieren, bis er eines mit einem schwarzen Band darum fand.

»Adam?« fragte sie. »Ich wollte ihn und seine Mutter heute besuchen, ehe ich nach Bath reise. Soll ich ihm etwas ausrichten?«

»Ich hasse es, Ihnen das sagen zu müssen, meine Liebe«, begann Lord Dryden und verschränkte die Hände. »Zumal Sie eine Neigung zu ihm gefaßt haben. Aber ich bezweifele, daß Sie ihn heute oder an einem anderen Tag besuchen können.«

Das erstemal seit Tagen zeigte Lily wieder eine Reaktion. Sie erblaßte, bewahrte aber Haltung.

Webb spürte einen Stich von Eifersucht. Sie hatte doch gesagt, daß die Verlobung mit Adam nur vorgetäuscht war, oder war das wieder eine Lüge gewesen?

»Ist Mr. Saint-Jean krank?« fragte sie.

»Ich denke, ich sage Ihnen am besten die Wahrheit«, erwiderte Lord Dryden. »Mr. Saint-Jean wurde als Spion verhaftet. Ihr Freund und früherer Verlobter ist ein amerikanischer Agent. Er scheint der Kopf eines Spionageringes zu sein, der in Reedereien operiert. Es soll sogar in der Admiralität einen Spion geben.« Lord Dryden schüttelte den Kopf.

»Das muß ein Irrtum sein«, flüsterte Lily.

»Es tut mir wirklich leid, Lily, aber Mr. Saint-Jean war vor Gericht und ist verurteilt worden. Er wird morgen hingerichtet.«

Lily saß bewegungslos da.

Adam verhaftet? Wegen Hochverrats hingerichtet? Sie überlegte, wie sie darauf reagieren sollte.

»Ich finde es erstaunlich, wie überzeugend Mr. Saint-Jean seine Rolle gespielt hat. Er hat uns alle zum Narren gehalten, seine Mutter mit eingeschlossen«, sagte Lord Dryden.

»Mrs. Saint-Jean?«

»Ja«. Lord Dryden schauderte. »Auch wenn ich Ihre Loyalität für die Saint-Jeans zu schätzen weiß, ist diese Frau eine schreckliche Harpyie. Wir haben sie zu ihrem eigenen Nutzen unter Hausarrest stellen müssen.«

»Sie wird nicht hingerichtet werden?« Lily merkte, daß sie die Bänder ihres Retiküls verknotet hatte. Sie glättete sie und versuchte, ihre Nerven zu beruhigen.

»Himmel, nein«, wehrte Lord Dryden ab, »es war von Anfang an klar, daß wir mit Mr. Saint-Jean unseren Mann hatten. Seine Mutter wird nur in die Kolonien zurückgeschickt werden.«

Sie konnte Lord Dryden kaum sagen, daß er den Falschen hatte. Daß der Mann, den sie suchten, in Wirklichkeit eine Frau war.

Die Frau, die vor ihm saß.

Sie konnte sich getrost auf Adam verlassen, ihre Arbeit zu Ende zu bringen. Er war immer galant und versuchte, sie vor der Welt zu beschützen.

Lily zog ihr Taschentuch hervor und betupfte ihre tränenlosen Augen.

Sie mußte sich etwas ausdenken. »Darf ich ihn sehen? Das ist doch sicher ein Mißverständnis. Wenn ich mit ihm rede …«

Lord Dryden schüttelte den Kopf. »Sie können an diesem Punkt nichts mehr ausrichten, meine Liebe.«

Himmel, wie hatte das nur geschehen können? Nun, dachte sie, bei Adam ist alles möglich.

»Hast du etwas darüber gewußt, Lily?« fragte Webb.

Sie hatte fast vergessen, daß er da war – fast. Das Mißtrauen in seinem Ton steigerte ihre eigene Anspannung noch.

Sie konnte nur den Kopf schütteln. Er war der Wahrheit so nahe, so nahe davor zu entdecken, wer sie wirklich war.

Verstehst du jetzt, warum ich dich nicht heiraten kann? wollte sie rufen. *Ich bin eine amerikanische Spionin, eine Verräterin deines Landes.*

Deines Herzens. Und meines.

Webb stellte ihr noch eine Frage, aber sie war in Gedanken versunken und fragte: »Was hast du gesagt?«

Webb beugte sich vor. »Bist du dir sicher, daß du nichts von Adam Saint-Jeans Beziehung zur amerikanischen Regierung gewußt hast?«

Sie schüttelte den Kopf. »Adam ist nicht der Kopf eines

Spionagerings«, versicherte sie wahrheitsgemäß. »Das muß ein Irrtum sein.«

Warum hatte sie zugelassen, daß Adam sie überredet hatte, ihn mitzunehmen? Sie hatte zwar einen Mann gebraucht, der die Transaktion mit dem Gold in London ausführte, weil diese Geschäfte für eine Frau verboten waren, aber dafür hätte sie auch einen der erfahrenen Agenten in London benutzen können.

Und jetzt hatte sie zugelassen, daß er ein Datum beim Henker hatte.

»Bist du sicher, daß dir nie etwas Ungewöhnliches an Mr. Saint-Jeans Geschäften aufgefallen ist oder an den Leuten, mit denen er sich getroffen hat?«

Nur an mir, dachte sie. Sein kritischer Blick lastete auf ihr, und sie produzierte ein paar Tränen, indem sie sich die Fingernägel in die Handfläche grub.

Leise begann sie zu schluchzen.

»Das ist alles so traurig«, erklärte sie und biß sich auf die Unterlippe.

»Ja, nun, das ist es. Das gehört nicht vor zarte Ohren. Verzeihung, daß ich es angesprochen habe«, sagte Lord Dryden. »Aber wenn ich deine Beziehung zu dem Mann bedenke, solltest du es sofort wissen.«

»Danke, Mylord«, erwiderte Lily. »Ich fürchte, diese Nachricht hat mich recht aufgewühlt.«

»Ja, es muß ein Schock für dich gewesen sein«, bestätigte Webb. »Vater, wenn es sonst nichts zu besprechen gibt, sollte ich Lily zum Haus ihrer Tante zurückbegleiten. Sie scheint doch sehr betrübt zu sein.«

Webb ergriff ihren Arm nicht mit der tröstenden Geste eines Freundes, sondern mit dem festen Griff eines wütenden Mannes.

Lilys Gedanken jagten sich, als sie nach möglichen Erklärungen suchte.

»Wozu die Eile?« wollte Celeste wissen, als sie durch den Flur hasteten.

»Adam ist …«, begann Lily, aber Webb schüttelte sie heftig.

»Wir werden nicht hier darüber sprechen.«

Lily sah Celeste an, deren Augen weit aufgerissen waren vor Schreck.

Er weiß es? hieß das.

Lily schüttelte den Kopf. Noch nicht.

Sie hörte, wie Celeste aufseufzte und hoffte, daß die Frau ihr einmal nicht ihre Zukunft prophezeien würde.

Lily sah ihre Zukunft sehr deutlich in Webbs wütendem Gesicht.

Und die sah nicht sehr vielversprechend aus.

Sie flogen förmlich die Stufen zu Webbs Kutsche hinunter. Er warf sie fast hinein, aber bei Celeste war er etwas sanfter.

Sie hörte, wie er dem Fahrer Anweisungen gab, sie zu Lady Dearsleys Stadthaus zu bringen, und ehe sie entkommen konnte, stieg Webb zu ihnen. Die Tür knallte zu, und die Kutsche fuhr los.

»Was geht hier vor?« wollte Celeste wissen und verschränkte die Arme. »Was ist passiert?«

»Adam ist …«, begann Lily erneut, aber Webb schnitt ihr das Wort ab.

»Deine Herrin hat mich an der Nase herumgeführt.«

»Ach das«, sagte Celeste, die die Theatralik sofort langweilte.

»Das, wie du so schön sagst, ist Hochverrat«, schäumte Webb.

»Webb, ich habe deinem Vater schon gesagt, daß Adam kein Agent ist. Sie haben den falschen Mann verhaftet.«

Celeste lachte. »Mr. Saint-Jean? Sie denken, der Mann wäre ein Spion? Dann sind Sie ein noch größerer Narr.«

Lily warf Celeste einen warnenden Blick zu.

Die Frau zuckte die Achseln und fuhr fort: »Er ist kein Spion, Mr. Webb, der nicht. Ich habe seine Handfläche gesehen und kann Ihnen versichern, daß Adam Saint-Jean kein Spion ist.«

»Ich fürchte, Celeste, daß das britische Gericht Handlesen nicht anerkennt.«

»Dann sitzen da auch Narren«, erklärte Celeste verärgert. »Jeder, der Mr. Saint-Jean sieht, weiß, daß er kein Spion ist.«

»Da stimme ich dir zu, Celeste, ich glaube es auch nicht. Aber ich frage mich, wer ihn gelenkt hat.«

Zu Lilys Erleichterung hatte Celeste genug Verstand, um nicht mehr zu sagen.

Webb sah von Celeste zu Lily. »Was? Keine Spekulationen? Keine Vorhersagen von euch?«

»Bitte, Webb, du mußt etwas tun«, bat Lily. »Adam ist kein Spion. Die Anklage ist falsch. Du mußt ihn retten.«

Er lehnte sich zurück. »Ich bin mir sicher, wenn ich den Auftraggeber wüßte, der hinter dem Spionagering steht, dann würde mein Vater über die Hinrichtung noch einmal nachdenken. Aber ich weiß nicht, wo ich anfangen soll, den Kerl zu suchen. Weißt du es?«

»Woher soll ich das wissen?« schnappte Lily. »Das ist doch alles ein Fehler.«

»Du weißt es verdammt gut, und ich werde dich nicht eher gehenlassen, bis du mir alles erzählst.« Webb starrte sie so intensiv an, daß Lily den Blick abwenden mußte.

Diesmal mußte Lily sich nicht um Tränen bemühen, sie kamen von selbst, als ihre aufgestauten Gefühle sich Bahn brachen. Aber auch das hielt sie nicht davon ab, ihn erneut anzulügen.

»Ich weiß es nicht.« Sie verbarg ihr tränenüberströmtes Gesicht an Celestes Schulter. »Oh, was für ein Alptraum, der arme Adam«, schluchzte sie, und Celeste spielte mit und zog sie in eine mütterliche Umarmung. Lily fuhr fort. »Es ist alles meine Schuld.«

»Wieso?« fragte Webb und beugte sich vor.

»Weil ich nicht wollte, daß die Geschäfte der Copelands schiefgehen. Ich hätte ihn nie dazu überreden sollen, mit nach England zu kommen. Er ist so naiv und dumm. Er ist doch eindeutig reingelegt worden, siehst du das nicht?«

Lily musterte unter tränennassen Wimpern hervor die Wirkung ihres Auftritts.

Die Tränen wirkten zu einem gewissen Grad, denn Webbs Ausdruck war jetzt eine Mischung aus Mitleid und Mißtrauen.

Sie arbeitete an dem Mitleid weiter. »Wie soll ein Mann wie Adam im Gefängnis überleben? Wo sie ihn wohl hingebracht haben? Wenn er in einer dunklen Zelle sitzt, ertrage ich das nicht.«

Webb schüttelte den Kopf. »Wahrscheinlich sitzt er im Keller des Außenministeriums. Da ist es feucht, aber besser als Newgate.«

Lily konnte ihr Glück kaum fassen. Da konnte man gewiß besser einbrechen als in ein normales Gefängnis.

Lily schniefte noch ein paarmal. »Es klingt schrecklich. Das ist alles meine Schuld.«

»Das kannst du wohl sagen«, murmelte Celeste.

»Und du hast wirklich nichts davon gewußt, Lily? Gar nichts?«

Lily setzte sich auf, wischte sich die Tränen ab und sah Webb in die Augen. »Ich kann wahrheitsgemäß sagen, daß ich nichts wußte, was darauf hinwies, daß Adam der Kopf eines Spionagerings wäre. Es ist unvorstellbar und ein Schock für mich, es ist …«

Celeste stieß sie mit dem Ellbogen an, als ob sie sagen wollte, es reicht.

Lily schwieg und tupfte sich über die Augen.

Wenn Webb nur überzeugter dreingesehen hätte.

Lily wußte, daß sie sein Mißtrauen vollkommen zerstreuen mußte, damit er tat, was getan werden mußte.

Damit er einen Weg fand, Adam zu befreien und ihn und seine Mutter aus England herauszubringen.

Sie konnte Webb nicht bitten, ihr zu helfen und ihr zu vertrauen, dafür standen zu viele Lügen zwischen ihnen. Alles ihre.

»Webb, du glaubst mir doch? Ich weiß, daß Adam unschuldig ist. Er hat nichts damit zu tun. Das weiß ich genau.«

Webb sah sie an, und dann entspannten sich seine Züge – sehr zu ihrer Erleichterung.

»Ja, Lily, ich glaube dir.«

In diesem Moment waren sie an Lady Dearleys Stadthaus angelangt. Ohne zu warten oder auch nur einen Blick zurückzuwerfen, stürzte Lily aus der Kutsche, aber dann blieb sie stehen und drehte sich um.

»Webb, es tut mir leid, wie sich alles entwickelt hat, mit der Mission. Und uns.« Aus Angst, zuviel zu sagen, drehte sie sich um und lief die Treppe hoch.

Celeste sah ihrer Herrin nach und wandte ihren klugen Blick dann Webb zu. Der Mann beobachtete angestrengt die leere Stelle, wo Lily gewesen war. Celeste schickte sich an auszusteigen, wandte sich aber noch einmal an Webb.

Sie ergriff seine Hand und studierte die starken Linien seiner Zukunft.

Und Lilys.

Sie sah, daß sie zusammenkommen würden, aber sie konnte sich nicht zurückhalten, das dickköpfige Pärchen anzuschubsen.

»Was siehst du?« fragte Webb amüsiert.

»Hm«, machte Celeste und ließ seine Hand los. »Ich sehe einen dummen Mann.«

Seine Brauen hoben sich zu einem spöttischen Bogen. »Wie das?«

»Weil Sie sich entschieden haben, ihre Lügen zu glauben.«

24

Webb traf nach Sonnenuntergang am Haus der Dearleys ein und nickte einem der Männer zu, die das Haus in seinem Auftrag beobachtet hatten. Er bezweifelte, daß Lily ihren Plan vor dem Schutz der Dunkelheit ausführen würde. In der Zwischenzeit hatte er die Berichte der Detektive gehört, die er angeheuert hatte, damit sie ihn über die Bewegungen Lilys auf dem laufenden hielten.

Wenn sie einen Versuch unternahm, Adam zu retten, würde er schon auf sie warten.

Webb sah zu, wie die Diener die Lichter im Haus anzündeten, und Celestes Worte fielen ihm ein, die ihn tief getroffen hatten.

Zu denken, daß er Lily geglaubt hatte.

Er hatte sich zwar schon gedacht, daß sie mit der Sache zu tun hatte, aber er hatte sie des Verbrechens selber für unschuldig gehalten. Er hatte einfach weiterleben und das Mädchen vergessen wollen, das ihm sein Herz gestohlen hatte.

Als seine Kutsche davongerollt war, fort von Lily, hatte er sein Leben vor sich liegen sehen, leer und langweilig ohne Lily.

Viscount Weston. Der Heiratsmarkt. Eine respektable englische Braut. Winter in London, Sommer und Herbst auf Weston Hall. Vielleicht ein Haufen guterzogener Kinder.

Genau das, was er immer geplant hatte.

Aber jetzt würde diesem Leben etwas fehlen, das er nie

eingeplant hatte – Lily. Ein Leben ohne ihre verrückten Pläne. Ohne die langen, leidenschaftlichen Nächte.

Webb stellte den Kragen seines Mantels auf und erschauerte in der Kälte.

Er dachte darüber nach, was ihm für Möglichkeiten blieben, wenn er sie der verräterischen Pläne überführt hatte, die sie mit Sicherheit vorhatte.

Seinem Vater ausliefern.

Sie nach Weston Hall schleppen und in den Keller sperren, bis die Adam-Geschichte vorbei war.

Oder ihr helfen.

Wenn er ihr half, drehte er allem, wofür er bisher gearbeitet hatte, den Rücken zu. König, Heimat, Vater. Wenn er Lily half, mußte er das alles aufgeben.

Wahrlich keine einfache Entscheidung. Er würde noch quälende Stunden darüber nachzudenken haben.

Webb sah in seine Handfläche und fragte sich zum hundertstenmal, was Celeste dort gesehen hatte.

Zum erstenmal hatte die Frau ihn mit ihrem westindischen Hokuspokus aus der Fassung gebracht. Er hatte das Gefühl, als hätte sie seine Seele berührt und in die Tiefen seines Herzens gespäht, die nicht einmal er zu ergründen wagte.

Denn als sie ihm nichts über die Zukunft gesagt hatte, hatte sie ihm genau gesagt, was er tun sollte.

Lily schlüpfte in die Seitenstraße am Haus ihrer Tante und hielt sich im Schatten. Sie blies in ihre Hände, die vom Eiswind schnell taub wurden, und hoffte, daß sie nicht zu lange auf ihren Kontakt warten mußte. In dunklen Hosen und der Jacke, die Celeste ihr aus dem Dienerzimmer beschafft hatte, war sie kaum zu sehen. Sie würde hier warten, bis die Kutsche sie abholte.

Tante Dearsley hatte viel Aufhebens um ihre unerwartete Ankunft gemacht, und es hatte Lily einige Mühe gekostet, die ältere Dame davon zu überzeugen, daß sie den Abend lieber im Haus verbringen wollte.

Ihre Tante hatte daraufhin so erleichtert ausgesehen, daß Lily ungern weggegangen war.

Aber wenn eines Tante Dearsley schadete, dann zu Hause zu bleiben.

Lilys Tante hatte den Nachmittag über Besuche gemacht, während Lily ihrerseits Besuche empfangen hatte – Kontaktmänner, die wußten, wo Adam gefangengehalten wurde und wie sie ihren Freund am besten aus der Zelle herausholen konnte.

Lily hatte keine andere Wahl, als Adam selber herauszuholen – denn sie durfte nicht zulassen, daß jemand anderer sein Leben für etwas riskierte, wofür sie verantwortlich war. Keiner der anderen Agenten hatte sie überzeugen können, und sie hatte erklärt, daß sie nur eine Droschke brauchte, die sie zum Außenministerium brachte, dann zum Haus von Mrs. Saint-Jean und danach zum Hafen, wo sie die Saint-Jeans persönlich auf das erste Schiff nach Amerika setzen würde.

Zu ihrer Erleichterung war das Schiff die *Charity*, auf der ihr jüngster Bruder Julien als Maat diente.

Julien D'Artiers machte sich, anders als sein Bruder Lucien, wenig aus Titeln und dem verlorenem französischen Erbe. Statt dessen war er seiner Neigung gefolgt und mit zwölf zur See gegangen, nachdem sie aus Frankreich hatten entkommen können.

Da Julien immer schon Pirat hatte werden wollen, half er Lily nur zu gerne bei etwas Unerlaubtem und versicherte ihr, daß sein Kapitän nichts gegen zwei zusätzliche Passagiere einzuwenden haben würde.

Schon gar nicht, wenn man den Briten damit eins auswischen konnte, denn die hatten auf der letzten Reise acht

Männer der *Charity* abgeholt und behauptet, sie seien Deserteure der Britischen Marine.

Dabei waren die Männer in Boston aufgewachsen und hatten noch nie einen Fuß auf englischen Boden gesetzt. Saint-Jean vor dem englischen Henker zu retten, war in Juliens Augen ein fairer Ausgleich. Deshalb hatte er versprochen, im Hafen mit einem Ruderboot und ein paar Männern auf sie und die beiden Passagiere zu warten.

Erfreut, daß das geklärt war, hatte Lily sich dem schwierigsten Teil ihres Plans zugewandt.

Es war fast leicht, Adam aus dem Auswärtigen Amt zu holen, aber wie sollte sie es schaffen, Mrs. Saint-Jean aus der Stadt zu bringen, ohne daß sie alle mit ihrem Gezeter weckte?

Lily klopfte auf ihre Tasche, in der sie alles Nötige hatte, um die Dame zur Räson zu bringen.

Eine Droschke bog um die Ecke und fuhr auf sie zu.

Als sie vortreten und rufen wollte, legte sich eine Hand über ihren Mund, und sie wurde zurück in den Schatten gerissen.

Lily kämpfte und schlug um sich, um sich von ihrem Angreifer zu befreien, aber er hielt ihr die Arme am Leib fest, so daß sie in der Falle saß.

Lily hob den Fuß, um zuzutreten, aber eine kalte, harte Stimme ließ sie innehalten.

»Hast du noch etwas vor, Mädchen?«

Lily trat zu und traf sein Schienbein.

Er fluchte überrascht und ließ sie los, und Lily rannte zu der Droschke, die jetzt vor ihr war. Sie ergriff die Klinke und rief dem Kutscher zu: »Schnell, Diebe sind hinter mir her.«

Der junge Mann auf dem Bock ergriff die Zügel und knallte so heftig mit der Peitsche, daß die Pferde losgaloppierten.

Lily verlor den Halt und landete auf dem Sitz, den Mantel über dem Gesicht. Als sie ihn wegschob, sah sie einen wütenden und atemlosen Webb Dryden hereinklettern.

»Raus«, befahl sie und zeigte zur Tür. »Du hast kein Recht …«

Ehe sie weiterschimpfen konnte, packte Webb sie am Handgelenk. Mit einem Ruck riß er sie auf seinen Schoß.

Sie öffnete überrascht den Mund, und prompt preßte er den Mund auf ihren.

Was immer sie an Protest hatte vorbringen wollen, die Worte waren schnell vergessen.

Sie lag wieder in Webbs Armen, sein Kuß nahm ihr den Atem und weckte alle ihre Sinne, und Lily hörte auf zu denken. Wie lange war es her, daß sie sich zuletzt geküßt hatten? Sich geliebt hatten?

Es kam Lily vor wie eine Ewigkeit. Und sie wollte, daß dieser Moment jetzt genauso lange dauerte.

Webb umfaßte ihr Gesicht und weckte erneut ihr Verlangen mit einem tiefen Kuß.

»So soll es sein«, flüsterte er ihr ins Ohr, als sie Atem schöpften. »Wir sind füreinander bestimmt. So soll es sein.«

Bestimmt. Es war so vollkommen.

Vollkommen unmöglich, erkannte sie, als ein Schlagloch sie auseinandertaumeln ließ.

Webb fing sie auf und zog sie erneut an sich, aber sie durfte seinen Überredungskünsten nicht erliegen – vor allem seinen Küssen nicht.

»Raus«, befahl sie erneut und überlegte, ob sie ihrem Befehl mit ihrer kleinen Pistole, die sie in der Manteltasche hatte, nicht mehr Nachdruck verleihen sollte.

Doch sie verwarf den Gedanken sofort wieder. Niemals könnte sie auf Webb schießen, er würde ihr höchstens die Pistole wegnehmen.

»Steig sofort aus der Kutsche«, sagte sie statt dessen kühl.

»Immer noch das Thema?« Webb streckte die Hand aus und spielte mit einer Locke von ihr.

Lily mochte es jetzt nicht, wenn er sie berührte, weil sie das zu sehr ablenkte. Sie mußte sich konzentrieren und daran denken, wie sie Webb aus der Kutsche und aus ihrem Leben bekam. »Ich schreie! Der Kutscher wird nicht so freundlich sein wie ich.«

»Das bezweifele ich«, sagte Webb und klopfte an die Luke in der Decke.

Sie öffnete sich, und der junge Mann spähte zu ihnen hinein.

»Halten Sie an und werfen Sie den Schurken hier raus«, befahl Lily.

Der Kutscher schüttelte den Kopf. »O ja, Mylord, sie ist eine temperamentvolle Dame, wie Sie gesagt haben. Soll ich den Plan ändern oder dahin fahren, wo die Dame hinwollte?«

»Fahr weiter, Ned.«

Zu Lilys Schrecken knallte die Luke wieder zu, und sie fand sich einem sehr zufriedenen Webb Dryden gegenüber. Sie kletterte von seinem Schoß und setzte sich hin.

»Ned?«

»Ja, mein Kutscher. Hast du ihn heute morgen nicht kennengelernt?«

Sie ballte die Hände zu Fäusten. »Das ist eine Entführung. Ich bringe dich vor Gericht. Ich …«

»Und was genau willst du dem Richter erzählen, warum du dich als Junge verkleidet vor dem Haus deiner Tante im Schatten herumgedrückt hast?«

Verdammt, Lily haßte es, wenn er sie ausmanövrierte. Aber noch gab sie nicht auf. »Ich war auf dem Weg zu einem Maskenball, wenn du es unbedingt wissen willst.

Meine Tante wartet dort auf mich, und sie wird sich Sorgen machen, wenn ich nicht komme. Also laß mich bitte raus.«

»Einen Maskenball? Wie ungewöhnlich. Sag mir wo, und ich setze dich ab.« Er kratzte sich am Kinn. »Nein, das wäre nicht höflich. Als Viscount muß ich an meinen Ruf und an den meiner Frau denken.«

»Ich bin nicht deine Frau.«

»Wenn du das französische Eherecht nicht akzeptierst, werde ich das heute noch legalisieren und dich nach englischem Recht heiraten. Du wirst meine Frau, ob dir das gefällt oder nicht.«

Nicht sicher, was sie darauf antworten sollte, sah Lily aus dem Fenster. Sie roch den Fluß, ehe sie ihn sah – die Themse. Sie waren nahe des Flusses. »Wo bringst du mich hin?«

»Zum Außenministerium. Da wolltest du doch hin, oder?«

Lily öffnete den Mund und schloß ihn dann wieder.

»Na, komm schon, ich kann es dir selbst bei dem Dämmerlicht vom Gesicht ablesen. Du wolltest Adam befreien. Ich weiß nicht, warum. Weil du ihn liebst? Obwohl ich nach deiner leidenschaftlichen Reaktion eben daran zweifele. Schuldgefühle vielleicht?«

Sie sah weg.

»Ich dachte es mir. Du hast nicht gelogen, als du meinem Vater heute gesagt hast, er habe den falschen Mann, nicht wahr?«

Lily sah in die blauen Augen und suchte nach Zynismus, Sorge, Mitleid.

Nichts.

»Sag es mir, Lily. Sag mir ausnahmsweise einmal die Wahrheit. Für wen wird Adam geopfert?«

Lily schüttelte den Kopf. Sie konnte es immer noch

nicht. »Du willst es gar nicht wissen. Bitte, kannst du mich nicht gehenlassen? Wenn dir etwas zustieße, wäre ich …« Lily konnte nicht weitersprechen, so sehr schmerzte ihr Herz. Amelia hatte ihr geraten, Webb zu vertrauen, aber wie konnte sie das tun? Und gerade jetzt?

»Wärest du was?« drängte Webb.

Verloren. Aber war sie das nicht ohnehin schon?

Webb legte ihr die Hand aufs Knie, damit sie ihn ansah. Sanft umfaßte er ihr Gesicht. Lily schloß die Augen, weil sie die Tiefe des Gefühls in seinen nicht ertragen konnte.

Sorge. Bewunderung. Und Liebe.

Webb liebte sie immer noch.

Himmel, warum hatten sie nicht einfach weitermachen können? Einander verabscheuen? Das war so einfach und so vertraut gewesen.

»Warum willst du es mir nicht sagen?« fragte er. »Denkst du, ich würde dann aufhören, dich zu lieben? Aber das wird nie der Fall sein, ich werde dich lieben bis zum letzten Tag, selbst wenn du mich meistens zum Wahnsinn treibst.« Er ergriff ihre Hände. »Ich liebe dich, egal, was es ist. Selbst wenn du mir sagtest, daß *du* der Kopf des amerikanischen Spionagerings wärest, würde ich dich weiterlieben«, sagte er und lachte über die absurde Idee.

Lily blinzelte gegen die Tränen an. »Aber das bin ich.«

25

Webb hatte das Gefühl, als gäbe der Boden der Kutsche unter ihm nach. Er konnte Lily nicht richtig verstanden haben. »Du bist – was?«

»Der Kopf der amerikanischen Agentenbande, die dein Vater ausgemerzt wähnt.«

Er lachte, aber es klang selbst in seinen eigenen Ohren etwas schrill. »Lily, jetzt ist nicht die Zeit für Witze.«

»Ich mache keine Witze.« Ihre herabsackenden Schultern symbolisierten, daß sie sich gerade einer immensen Bürde entledigt hatte – das Geheimnis, das sie seit ihrer Ankunft auf Byrnewood vor ihm verborgen hatte.

»Vizepräsident Jefferson hat mich angeworben, damit ich Amerikas Interessen vertrete, solange ich hier in England bin. Es gibt noch mehr, aber darüber will ich lieber schweigen.«

Er nickte wie betäubt. Der Verrat schockierte ihn, aber sie hatte recht, nicht mehr zu sagen. Je weniger er wußte, desto besser war es für sie beide.

Als Celeste ihm geraten hatte, Lily nicht zu glauben, hatte er gedacht, daß sie Lilys Versprechen meinte, Adam nicht zu befreien, nicht ihr Leugnen, von Adams Aktivitäten gewußt zu haben.

Kein Wunder, daß sie bei der Nachricht seines Vaters so blaß geworden war.

Der richtige Mann, ha! Sein Vater lag völlig daneben, und ihm saß die richtige Antwort gegenüber.

»Sag doch was«, flüsterte sie.

»Ich versuche zu denken, was jemand sagt, der erfährt, daß seine Verlobte eine Spionin ist. Eine richtige.«

»Nun, mir hat es nie was ausgemacht«, schnappte Lily. Sie sah ihn vorsichtig an, und ihre Augen funkelten wie Smaragde. »Ist das dein Ernst? Verlobte? Du willst mich trotzdem noch heiraten?«

Webb holte tief Luft. Eine Verräterin heiraten? Nicht in tausend Jahren hätte er das für möglich gehalten. Seine Zukunft wurde plötzlich noch düsterer. Er hatte gedacht, die folgenden Monate mit Lily fern von England auf Hochzeitsreise zu verbringen, nachdem er ihr geholfen hatte, Adam zu befreien.

Sein Vater wäre nicht glücklich darüber gewesen, aber Webb hatte ihm in einem Brief alles erklärt und hoffte, daß er es eines Tages verstehen würde. Wie, hatte er geschrieben, konnte Adams Befreiung Hochverrats sein, wenn sie doch beide wußten, daß Adam der falsche Mann war?

Lily die Anführerin des amerikanischen Spionagerings. Die Person, die von Rechts wegen an Adams Stelle hätte hängen sollen.

Aber er konnte Lily nicht sterben lassen. Er konnte sie nicht ausliefern und weiterleben. Was blieb ihm also, außer der Lösung, die er ohnehin vorgehabt hatte?

Hochverrat. Er holte tief Luft. Er beging Hochverrat.

Aber gab er wirklich das Leben auf, das er liebte? Eher tauschte er es gegen ein anderes Abenteuer ein. Eine Ehe mit Lily wäre wild, stürmisch und töricht. Genau das, was er mochte.

Wenn es doch schon entschieden war, warum sollte er das jetzt ändern?

Falls überhaupt, beantwortete das seine Frage. Ihr Widerstreben, nach Paris zu gehen, ihre Intrigen und seltsamen Fähigkeiten – alles ergab jetzt Sinn.

Webb blickte aus dem Fenster und entdeckte, daß sie am Außenministerium angelangt waren.

»Lily, ich …«

»Ich verstehe«, unterbrach sie ihn, »wenn du dich verpflichtet fühlst, mich deinem Vater auszuliefern.«

»Nun, Lily, ich …«

»Nein, erkläre mir nichts.« Sie sprach sehr hastig. »Wenn das heißt, daß Adam freikommt …«

Webb hielt ihr den Mund zu.

»Mädchen, wenn du noch ein Wort sagst, lasse ich dich in Eisen legen. Zumindest, bis *wir* deinen ehemaligen Verlobten aus dem Gefängnis haben.«

Ihre grünen Augen sahen ihn unsicher an.

»Ich liebe dich, Lily. Mein Leben ist an deiner Seite, egal, wo uns das hinführt.«

Er zog seine Hand von ihrem Mund und ersetzte sie durch seine Lippen, um das Versprechen zu besiegeln.

Diesmal, das wußte er, würde es keine Geheimnisse mehr zwischen ihnen geben. Er verlor alles, wofür er je gearbeitet hatte, aber dafür hatte er die große Liebe gefunden.

Die Kutsche hielt in einer Allee nahe des Außenministeriums. Widerstrebend lösten sie sich voneinander und stiegen aus. Er führte sie bis zur Ecke, ergriff ihre Hand und bat: »Versprich mir eines.«

»Alles«, flüsterte sie.

»Keine Verlobten mehr. Ich glaube nicht, daß ich es schaffe, noch mehr davon loszuwerden.«

Sie lachte leise. »Das schaffe ich schon alleine, danke.«

»Cecil! Cecil!« brüllte Lord Dryden. Sein Sekretär kam mit schief sitzender Perücke hereingestürzt.

»Mylord? Ich … äh … habe Sie heute abend nicht mehr erwartet«, stotterte Cecil atemlos.

»Ich hatte es auch nicht vor, aber ich dachte, ich schaue noch mal vorbei, ehe ich zu meiner Frau zu Sir Wentworths Neujahrsfeier fahre.«

»Kann ich Ihnen behilflich sein, Mylord?«

»Sie können anfangen, indem Sie mir sagen, wer in meinem Büro war.«

Cecil zuckte mit den schmalen Schultern. »Ich habe keine Ahnung, Mylord. Ich war zum Abendessen aus und komme gerade erst herein.«

»Abendessen, ja? Seit wann essen Sie zu Abend?« Lord Dryden fragte das nur, weil Cecil im Außenministerium eine Legende war. Es hieß, er hätte das Gebäude seit vierzig Jahren nicht verlassen, aber Lord Dryden wußte, daß das unmöglich war, auch wenn die Momente selten waren, an denen Cecil nicht im Büro saß. »Na, egal. Mir gefällt die Vorstellung nicht, daß einfach jeder kommen und gehen kann.«

Er nahm den Brief hoch und betrachtete das Siegel. Es war ihm vertraut, aber er erkannte es nicht sofort.

»Wer ist das?« fragte er und gab Cecil den Brief.

»Lord Weston, Mylord. Ihr Sohn.«

Lord Dryden strahlte, aber er fühlte auch plötzlich Trauer. Seine Position, die immer aufreibend gewesen war, hing plötzlich als Drohung über ihm. Und nun hatte er sich vor Cecil blamiert, als er das Siegel seines Sohnes nicht erkannt hatte.

Er wurde alt.

Und Cecil auch.

Abendessen, also wirklich.

»Nun, ja«, sagte er. »Ich wollte Sie nur testen, guter Mann. Ich nehme das.« Er ergriff den Brief und öffnete ihn, während Cecil sich zurückzog. Erst ergab der Brief wenig Sinn für ihn, weil Worte wie ›Kündigung‹, ›keine andere Wahl‹ und ›Frau, die ich liebe‹ vorkamen, aber am Ende hatte er die schockierende Wahrheit begriffen.

»Himmel, dieser dickköpfige Idiot!«

»Ja, Mylord?« fragte Cecil von der Tür her.

»Rufen Sie die Wachen!« bellte Lord Dryden.

»Die Wachen, Mylord?«

»Ja, halten Sie keine Maulaffen feil, die Wachen! Alle sollen sofort herkommen!«

Cecil eilte davon und wiederholte Lord Drydens Befehl mit hoher Stimme.

Lord Dryden setzte die Brille ab und begann, sie zu polieren.

»Verdammter Narr«, brummte er, »verdammter, rücksichtsloser Narr!«

»Wo gehen wir hin?« fragte Lily, als sie zum Fluß liefen.

»Adam befreien.«

Lily sah über die Schulter. »Ist das Außenministerium nicht dort?« fragte sie.

»Doch, aber du wolltest doch sicher nicht zum Haupteingang reingehen und seine Entlassung verlangen, oder?«

Lily zuckte verlegen mit den Schultern, weil sie nicht zugeben wollte, was sie wirklich hatte tun wollen.

»Amerikaner«, murmelte er. »Kein Wunder, daß wir euch haben ziehen lassen.«

»Die Amerikaner haben ihre Unabhängigkeit gewonnen, falls du das nicht weißt.«

»Doch, aber nicht, indem sie ins Parlament gestürmt und das gefordert haben.«

Webb ging zum Ufer und begann, eine schmale Steintreppe hinunterzusteigen. Ein großes Holzstück, das dort lag, warf er ins Wasser. Es drehte sich langsam und trieb dann flußaufwärts.

»Zum Teufel«, fluchte er. »Die Flut kommt.«

Lily wollte nicht wissen, ob das schlecht war und was es

mit Adam zu tun hatte, deshalb schwieg sie lieber. Sie blieb, wo sie war, oben auf der Treppe, und fragte sich, ob die Plattform aus Holz sie beide aushielt. Unten hielt Webb die Laterne hoch, die er aus der Kutsche mitgebracht hatte, suchte etwas, und das Wasser spülte ihm um die Knöchel.

»Was machst du da?« fragte sie, voller Angst, er könnte sie auffordern nachzukommen.

»Ich bringe uns ins Außenministerium«, antwortete er und öffnete eine kleine Falltür am Ufer. »Komm mit.«

Lily folgte ihm und schnitt eine Grimasse, als das kalte Wasser der Themse ihr oben in die Stiefel schwappte. Doch ehe sie klagen konnte, zog Webb sie hinter sich her. Hinter ihnen schwang die Tür zu, und völlige Dunkelheit umgab sie. Webb drehte den Docht der Laterne höher, und langsam gewöhnten sich ihre Augen an die Dunkelheit.

Sie standen in einem engen Gang. Sie konnte nur ein paar Meter weit sehen. Das Wasser tropfte von den Wänden, und der Gestank trieb ihnen Tränen in die Augen. Als Lily losgehen wollte, stellte sie fest, daß ihre Stiefel in dickem Schlamm steckten, der sie nur mit einem saugenden Geräusch freigab.

»Wo sind wir hier?« fragte sie, als Webb sie mit sich zog.

»Das ist ein geheimer Weg in den Keller des Außenministeriums. Den kennen nicht viele. Mein Bruder hat ihn mir vor Jahren einmal gezeigt, als ich noch ein Kind war und er der neue Agent. Er hat mich hier unten gelassen und gesagt, daß ich selber den Weg nach draußen finden muß.«

»Wie furchtbar«, flüsterte sie.

»Ja, vor allem, wenn man weiß, daß der Gang sich bei Flut bis zur Decke mit Wasser füllt.«

Lily blieb stehen. »Aber du hast gesagt, daß die Flut kommt.«

»Ja, das habe ich.« Er beugte sich vor und küßte sie

schnell, ehe sie weiter durch den Schlamm wateten. »Das heißt, daß wir uns beeilen müssen.«

Nach Stunden, die wahrscheinlich nur Minuten waren, gabelte sich der Pfad. Lily folgte Webb nach rechts, bis sie zu einer Leiter kamen.

Webb legte den Finger auf die Lippen und flüsterte ihr zu: »Leise jetzt, über uns ist ein Büro. Hoffentlich hat der Mann schon Feierabend gemacht.«

Webb wollte die Laterne löschen, als Lily ihn festhielt.

Sie hatte Angst vor der Enge und dem steigenden Wasser, und der Gedanke an Dunkelheit behagte ihr nicht.

Webb zog sie an sich und küßte sie innig. Dann strich er ihr übers Haar. »Wir können kein Licht anlassen.«

Sie nickte und bedauerte das sofort, als es finster wurde. Ihr Herz klopfte so heftig, daß sie befürchtete, alle Wachen könnten es hören.

Webb war schon oben und nahm die Fußbodenbretter heraus, von denen die Luke verschlossen war.

Das Wasser umspülte bereits ihre Knie und ließ sie vor Kälte zittern.

Wenn das hier gutgeht, gelobte sie sich, werde ich nie mehr ein Abenteuer erleben wollen. Nie mehr.

Dann wurde es hell, und Webb streckte ihr von oben die Hand entgegen.

»Alles klar«, flüsterte er.

Webb hatte die Stiefel ausgezogen und forderte sie auf, dasselbe zu tun. »Sie hinterlassen zu viele Spuren. Du kannst dir die Füße an dem Teppich dort abtrocknen.«

Sie tat es und bewunderte seine Umsicht.

Daß sie sich für eine Agentin gehalten hatte! Hier stand sie vor einem Meister.

Sie gingen weiter durch die Gänge des Gebäudes. Webb bedeutete ihr zu warten und spähte um eine Ecke.

»Stehenbleiben!« befahl eine Stimme.

Lily hörte, daß Webb verharrte.

»Was haben wir denn da, eine Flußratte?« sagte der Mann. »Der Chef hat mir gesagt, ich soll nach solchen wie dir Ausschau halten, und nun bin ich ein Held.«

Lily lugte um die Ecke und sah, wie Webb sich langsam im Kreis drehte. Dann sah sie die Wache, die ihn gefaßt hatte, und erschrak.

Der Mann war ein Riese, der Webb wie eine gewaltige Eiche überragte. »Stillstehen!« kommandierte er.

Sie riskierte noch einen Blick und sah in der Nähe die Zellen. Adam stand hinter einem Gitter und sah Webb offenen Mundes an.

Webb hatte den Mann jetzt dazu gebracht, daß er mit dem Rücken zu Lily stand.

Dann nickte er ihr zu.

Lily holte tief Luft und zog ihre Pistole aus der Tasche. Da sie nicht wußte, wie man sie lud, mußte sie gut bluffen.

Aber als sie Webbs Wärter ansah, wußte sie, daß sie mehr tun mußte. Plötzlich fiel ihr ein, wie Amelia sich hinter Armand geschlichen hatte.

Lily umfaßte die Waffe und schlich sich an die Wache an. Dabei betete sie, daß ein Schlag reichen würde, und hieb dem Mann die Waffe auf den Kopf, so hart sie konnte.

Wie ein mächtiger Baum begann der Mann zu schwanken, ehe er schließlich zu Boden stürzte.

Mit offenem Mund starrte Lily ihr Opfer an. Sie hatte es getan, genauso, wie sie es bei Amelia gesehen hatte.

»Also wirklich, Lily«, sagte Adam amüsiert. »Das war aber nicht sehr fair.«

Lord Dryden und Cecil saßen in einer Kutsche vor dem Außenministerium. Eine Armee von Wachen hatte das Gebäude umstellt. Cecil lächelte, als er den Alarm hörte.

»Er ist entkommen. Der Gefangene ist geflohen.« Die Männer stürmten in das Gebäude, um es zu durchsuchen.

Lord Dryden beugte sich aus dem Fenster und sprach den alten Kutscher an.

»Bertram, fahr uns näher an den Fluß heran, da, wo es nach unten geht.«

Der Kutscher nickte und fuhr los.

»Sind Sie sich sicher, Mylord?« fragte Cecil.

»Sind Sie es?«

Das erstemal seit seiner Anstellung grinste Cecil.

»Ich wollte immer schon mal ein Außenagent sein. Nur einmal.«

»Nun, hier haben Sie Ihre Chance, mein Junge. Das ist unser letzter gemeinsamer Tag.«

Lord Dryden klopfte an die Decke, und die Kutsche hielt an. Cecil und er stiegen aus. Das Paar sah auf den Fluß hinaus, als genösse es die Sicht.

Unter ihnen öffnete sich eine Luke. Verblüfft betrachtete Cecil die drei Gestalten, die aus dem Wasser kamen. Er hätte eigentlich nicht überrascht sein sollen. Es kam genau so, wie Lord Dryden es erwartet hatte.

Lord Dryden hatte alle Wachen nach draußen geschickt, damit das Innere unbewacht blieb.

Danach hatte er Cecil hereingerufen und die Tür geschlossen. Er hatte ihm einen Drink in die Hand gedrückt und ihm gesagt, was sie vorhatten.

Cecil hatte verblüfft zugehört.

»Cecil, machen Sie den Mund zu«, hatte Lord Dryden befohlen. »Gehen Sie zur Kutsche, und ich gebe Bertram die Befehle. Es darf nichts schiefgehen, nicht jetzt, wo wir in den Ruhestand gehen.«

Ruhestand. Cecil wußte nicht, was er daraus machen sollte. Aber wenn Lord Dryden glaubte, daß es an der Zeit war, die Führung an seinen ältesten Sohn James abzugeben, wollte er sich dem nicht widersetzen.

»Ay, Mylord«, stimmte er zu. »Ich hätte Lust, mir ein wenig die Welt anzusehen.« Er ergriff Lord Drydens künftige Schwiegertochter und half ihr auf das Ufer, gefolgt von Webb und dem Spion.

Cecil betrachtete die Nacht als guten Schlußpunkt ihrer Karriere.

»Vater«, sagte Webb, und seine Stimme war voller Bewunderung.

»Kein Wort, mein Junge«, warnte Lord Dryden ihn. »Ich spreche erst wieder mit dir, wenn du diese Frau heiratest und eine Schar Enkel produzierst. Und bring nicht diese französische Lizenz als Trauschein an. Ich will Flaggen und eine anständige Feier.«

»Ich fürchte, das wird nicht leicht, weil wir für eine Weile das Land verlassen müssen.«

Lord Dryden sah beiseite, und Cecil dachte sich, daß es dem alten Mann nicht gefiel, wenn sein Sohn im Exil war. Er hatte über gefährliche Missionen nie zweimal nachgedacht, aber dies war anders. Webb Dryden dürfte vielleicht nie mehr zurückkommen.

»Nun, dann laßt euch vom Kapitän trauen. Wenn ihr dann mit Kindern kommt, verzeihe ich dir vielleicht.« Er schlug seinem Sohn auf die Schulter und führte ihn zur Kutsche.

Cecil wandte sich ab, um die Tränen in seinen Augen zu verbergen.

»Was ist mit meiner Mutter?« fragte der gefährliche Amerikaner.

»Wir holen sie als nächstes«, erwiderte Lord Dryden. »Und nun in die Kutsche, ehe man euch doch noch bemerkt.«

»Ich weiß nicht, ob Mutter zustimmt, mitten in der

Nacht mit dem Schiff wegzufahren«, sagte Mr. Saint-Jean. »Sie wird eine Szene machen.«

Neben ihm zog Mrs. Copeland und künftige Viscountess Weston ein Fläschchen aus der Tasche. »Adam, das wird deine Mutter ruhig halten.«

»Was ist das?« fragte er.

»Laudanum.« Lily grinste.

»Du willst meine Mutter betäuben?«

»Höchstwahrscheinlich«, erwiderte sie.

Da wußte Cecil, was er im Ruhestand tun würde. Lord Dryden wollte sich aufs Land zurückziehen, aber er hatte andere Pläne.

Er würde eine Frau finden, die so wagemutig war wie Webbs künftige Frau.

Das ist noch aufregender als der Außendienst, dachte er und betrachtete die schöne Frau, die hingebungsvoll ihren künftigen Mann ansah, als wären sie füreinander bestimmt.

Entschieden.

EPILOG

Weston Hall, England 1805

»Freust du dich, wieder zu Hause zu sein, Göre?« fragte Webb Dryden, Viscount of Weston, seine Frau, die sich neben ihm in dem großen Bett des Schlafzimmers von Weston Hall räkelte, nach fünf Jahren Ehe.

»Und wie«, erwiderte Lily. »Wo immer ich mit dir bin, bin ich glücklich.« Sie schmiegte den Kopf an seine Brust, und seine Finger spielten mit ihrem seidigen Haar.

Er lachte. »Laß das nicht Mrs. Miles hören. Ich glaube, du hast die Haushälterin schockiert, als du die Hälfte des Platzes für deine Kleider genommen und ihr gesagt hast, daß du mit im Elternschlafzimmer schläfst.«

»Dann zeige ich ihr besser nicht meine Hose.«

Webb grinste. Auch nach drei Kindern war seine Frau noch eine Range. Er hatte sie schon ein paarmal ertappt, wie sie morgens ihre Hose zum Reiten angezogen hatte. Er dachte sich, daß der Landadel nicht minder schockiert wäre als Mrs. Miles, aber sie würden schließlich merken, daß sie eine warme und großherzige Frau war.

»Wirklich, Webb, ich bin froh, daß wir wieder in England sind«, sagte sie und sah ihn mit diesen grünen Augen an, die immer noch so geheimnisvoll waren. »Es war richtig, daß du James' Angebot angenommen hast, wieder für England zu arbeiten, jetzt, da Napoleon den Frieden gefährdet. Er muß aufgehalten werden.«

»Das tun wir, und zusammen.« Fast hätte er gelacht, als

er daran dachte, was für eine Braut ihm seine Mutter hatte suchen sollen. Er bezweifelte, daß eine andere ihn so glücklich gemacht hätte wie die in seinen Armen.

Er zog sie an sich, und seine Hände glitten über ihre bloßen Brüste, und er genoß es, wie ihn ihr Duft und das Gefühl ihrer Haut auch nach all den Jahren noch erregte.

»Wollen wir sehen, ob dieses Bett so bequem ist wie das in Virginia?« flüsterte er ihr ins Ohr.

Sie lachte. »Beim letztenmal hat uns das eine Tochter eingebracht.«

»Eine Göre wie ihre Mutter«, sagte er und bemühte sich um ein ernstes Gesicht.

»Adelaide ist durch und durch eine Dryden«, behauptete sie. »Ich habe gehört, wie sie verlangte, daß Mr. Reed ihr alle Geheimgänge im Haus zeigen sollte. Ich dachte, der arme Butler wird ohnmächtig.«

»Hat er es getan?«

Lily nickte. »Er hat ihr das Priesterversteck gezeigt und die Geheimtreppe im Südflügel. Sie wird nie wieder die Haupttreppe nehmen.«

Webb lehnte sich in die Kissen zurück, ein Grinsen väterlichen Stolzes im Gesicht. »Das ist mein Engel.«

Lily stöhnte. »Du sollst sie nicht noch ermutigen.«

»Addie wird es schaffen. Sie wird genau wie ihre Mutter alle Männer zum Wahnsinn treiben.«

Lily setzte sich auf und streckte sich, wohl wissend, wie sehr ihm das gefiel. »Treibe ich dich immer noch zum Wahnsinn?«

Er nickte und griff nach ihr.

Lily erbebte, als sich sein Mund in einem alles verzehrenden Kuß auf ihren legte. Fünf Jahre … fünf Jahre voller Leidenschaft und voll dieses unstillbaren Verlangens, das sie jede Nacht zueinander zog. Sie wußte nicht, wie sie die kommenden Monate überstehen sollte, wenn er in London arbeitete, aber jetzt ... jetzt gerade war sie diejenige, die abgelenkt war.

Er liebkoste sie, als würde er ihren Körper neu entdecken. Seine Berührung war voller Verehrung und Begehren zugleich.

Eine Begierde, die ihrer gleichkam.

Lily legte ihm die Hände auf die Schultern und drückte ihn auf den Rücken. Wie er vorher bei ihr, nahm sie sich ein paar Minuten Zeit, seinen wundervollen Körper zu betrachten. Wie sie diese muskulösen Flächen liebte, die weichen Haare auf seiner Brust, die in einer Linie zu der Stelle führten, die sie am meisten an seinem Körper liebte.

Lily setzte sich auf ihn und führte ihn lächelnd in sich ein.

Webb schloß die Augen und lächelte genießerisch. Auch Lily fühlte sich vollkommen zufrieden, als er sie ausfüllte. Langsam hob und senkte sie sich auf ihm, schürte seine Leidenschaft und nahm sich, was sie brauchte.

Er wußte, wann sie kurz vor der Erlösung stand, denn er griff nach ihrer Hand und drückte sie kurz, als sie leise seinen Namen rief.

Ich liebe dich, Göre, hieß die Berührung, die er nie vergaß, wenn sie sich liebten.

Webb ergriff ihre Hüften, und sie fuhr fort, durch Wellen der Leidenschaft zu gleiten, sich immer enger um ihn zusammenzuziehen, bis er mit ihr kam.

Lily brach über ihm zusammen, und er umschlang sie und zog sie an sich, ihre heißen Körper immer noch vereint.

Sie flüsterten einander Liebesworte zu, Liebkosungen und Versprechungen, die nur für ihre Ohren bestimmt waren.

Lily schlug die Augen auf und sah sich in dem dämmerigen Zimmer um. Das war ihr neues Heim, um das viele

Frauen sie beneiden würden. Doch sie kannte den wahren Schatz von Weston Hall, den Mann, den sie in den Armen hielt.

Sie konnte sich nicht erinnern, daß sie je anders empfunden hätte als in diesem Moment.

Webb Dryden, ich liebe dich bis zu dem Tag, an dem ich sterbe.

Anmerkung der Autorin

Das versuchte Attentat am Heiligabend auf den Ersten Konsul von Frankreich, Napoleon Bonaparte, ist eine historische Tatsache, wohingegen nicht bekannt ist, ob Joseph Fouché vorher darüber Bescheid wußte. Trotz der nahezu unblutigen Übernahme der Herrschaft in Frankreich 1799 durch Napoleon gab es immer noch viele konkurrierende Strömungen im Lande wie die Royalisten oder diejenigen, die immer noch die extremen Ansichten der Jakobiner teilten. Bonaparte wollte kein bißchen von der Macht abgeben, die er innehatte, und Historiker haben die These aufgestellt, daß die Geheime Polizei, deren Kopf Fouché war, Intrigen gegen Napoleon angezettelt haben, um ihre Position unter dem Ersten Konsul zu stärken. Die Bombe am Heiligabend lieferte Fouché die Entschuldigung für eine Hexenjagd auf Napoleons Feinde, bei der Royalisten wie Jakobiner für den Anschlag hingerichtet wurden. Wie man es auch von unseren modernen Spekulationen über Anschläge im 20. Jahrhundert kennt, kann man doch einfach mal annehmen, daß Fouché über die Bombe in der *Rue Saint-Nicaise* Bescheid wußte, wie ich es in meinem Roman geschildert habe.

Marie Cordonnier
Die Sterne von Armor

Lange haben die Nonnen von Auray geheimgehalten, welchen Schatz sie in den Mauern ihres Klosters verbergen. Es heißt, daß nur derjenige der wahre Herrscher der Bretagne sein könne, der im Besitz des goldenen Kreuzes von Ys sei, jenes legendären Schmuckstücks, das mit den fünf Sternen von Amor geschmückt ist.
Doch nun hat die Äbtissin das Kreuz zerstört und die fünf kostbaren Steine an fünf junge Frauen verschenkt. Damit nimmt deren Leben einen dramatischen Verlauf …

18 193 Band 1: Graciana – Das Rätsel der Perle
18 197 Band 2: Jorina – Die Jade-Hexe
18 232 Band 3: Oliviane – Der Saphir der Göttin
18 240 Band 4: Tiphanie – Feuer der Sehnsucht

In Vorbereitung:
Ysobel – Das Herz aus Diamant

BASTEI LÜBBE

Es ist in New York zu einer Mode geworden, an spiritistischen Sitzungen teilzunehmen, und das bekannteste Medium ist die geheimnisvolle Gräfin Lovaenya. Niemand weiß, wer sie wirklich ist, und die schöne Lovaenya tut alles, um ihr Geheimnis auch weiterhin zu wahren. Niemand soll erfahren, daß sie in Wirklichkeit Lavinia Murphy heißt und aus dem Waisenhaus mitsamt vier kleineren Kindern geflohen ist. Doch Edward Stuyvesant-French ist ihr auf die Spur gekommen, und in ihrer Verzweiflung bietet Lavinia ihm einen Handel an – den zu halten ihr immer schwerer fällt, weil sie sich so unglaublich von diesem Mann angezogen fühlt, der ihr größter Feind ist ...

ISBN 3-404-18198-0

BASTEI
LÜBBE